JOSÉ LUIS CORRAL, Premio de las Letras Aragonesas 2017, Aragonés del Año 2015 y medalla de plata en el XXXIV Festival Internacional de Cine y TV de Nueva York, ha dirigido programas de radio y televisión y ha sido asesor histórico de Ridley Scott en la película *1492. La conquista del paraíso*.

Catedrático de Historia medieval, es autor de treinta y seis ensayos como *Historia contada de Aragón*; *Breve historia de la Orden del Temple*; *Una historia de España*; *El enigma de las catedrales*; *La Corona de Aragón. Manipulación, mito e historia*; *Misterios, secretos y enigmas de la Edad Media*, o *Covadonga, la batalla que nunca fue* (en Penguin Random House).

Está considerado como el maestro de la novela histórica española contemporánea, por novelas como *El amuleto de bronce*, *El Cid*, *El amor y la muerte*, *El médico hereje*, *Los Austrias* (3 vols.) o *Batallador* (con Alejandro Corral). En Penguin Random House ha publicado las novelas *El Conquistador*, *El número de Dios* (reedición), la novela gráfica *El Cid* (con Alberto Valero), *El Salón Dorado* (reedición), la bilogía *Matar al rey* y *Corona de sangre*, y *El reino y el trono* (con Antonio Piñero).

Papel certificado por el Forest Stewardship Council®

Primera edición: noviembre de 2024

© 2006, José Luis Corral
© 2024, Penguin Random House Grupo Editorial, S. A. U.
Travessera de Gràcia, 47-49. 08021 Barcelona
Diseño de la cubierta: Penguin Random House Grupo Editorial / Claudia Sánchez
Imagen de la cubierta: Agustín Escudero

Printed in Spain – Impreso en España

ISBN: 978-84-1314-979-0
Depósito legal: B-16.034-2024

Compuesto en Llibresimes, S. L.
Impreso en Black Print CPI Ibérica
Sant Andreu de la Barca (Barcelona)

BB 49790

El caballero del templo

JOSÉ LUIS CORRAL

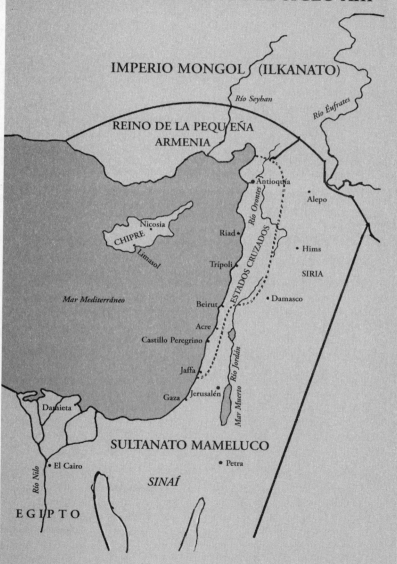

TIERRA SANTA A FINES DEL SIGLO XIII

IMPERIO MONGOL (ILKANATO)

Río Seyhan

Río Éufrates

REINO DE LA PEQUEÑA ARMENIA

● Antioquía

● Alepo

Río Orontes

Nicosia ●

CHIPRE

Riad ●

● Hims

Limasol

Trípoli ●

SIRIA

ESTADOS CRUZADOS

Mar Mediterráneo

Beirut ●

● Damasco

Acre ●

Castillo Peregrino ●

Río Jordán

Jaffa ●

Gaza ● Jerusalén ●

Mar Muerto

Damieta ●

SULTANATO MAMELUCO

Río Nilo

● El Cairo

● Petra

SINAÍ

E G I P T O

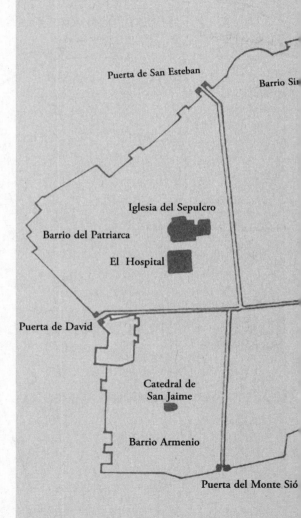

JERUSALÉN.

Puerta de San Esteban

Barrio Sir

Iglesia del Sepulcro

Barrio del Patriarca

El Hospital

Puerta de David

Catedral de
San Jaime

Barrio Armenio

Puerta del Monte Sió

Siglos XII-XIII

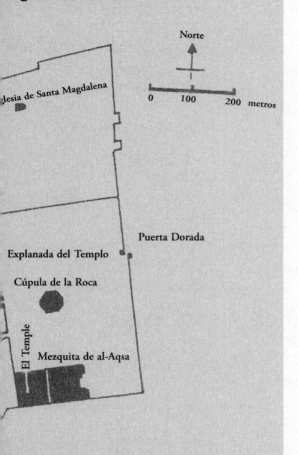

Norte

0   100   200 metros

Iglesia de Santa Magdalena

Puerta Dorada

Explanada del Templo

Cúpula de la Roca

El Temple

Mezquita de al-Aqsa

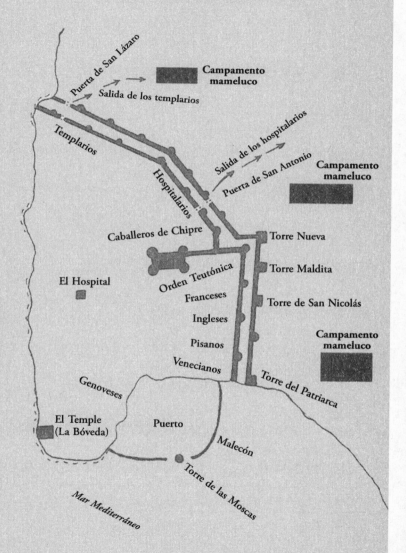

SAN JUAN DE ACRE. 1291

Puerta de San Lázaro

Campamento mameluco

Salida de los templarios

Templarios

Hospitalarios

Salida de los hospitalarios

Puerta de San Antonio

Campamento mameluco

Caballeros de Chipre

Torre Nueva

El Hospital

Orden Teutónica

Torre Maldita

Franceses

Torre de San Nicolás

Ingleses

Pisanos

Campamento mameluco

Venecianos

Genoveses

Torre del Patriarca

El Temple
(La Bóveda)

Puerto

Malecón

Mar Mediterráneo

Torre de las Moscas

Mar Mediterráneo

Capítulo I

EL PRINCIPIO DEL FIN

1

Una fina lluvia empapaba las montañas azules del norte y el aire cálido y húmedo estaba impregnado de un aroma a heno fresco y a tierra mojada. El jinete ascendió la ladera del cerro espoleando a su caballo, reclamando al animal un último esfuerzo. Al llegar ante el portón del castillo, gritó con fuerza; poco después, las dos gruesas hojas de madera chapada de hierro se abrieron y el caballero entró en el patio de armas. El alcaide aguardaba ansioso la noticia.

—Una terrible tempestad ha desbaratado la flota. El rey está a salvo en Perpiñán; su galera consiguió eludir el ojo de la tormenta y bogó rumbo norte en busca de refugio. Otros navíos han recalado en las costas de Provenza e incluso en Mallorca, pero varios se han perdido. De vuestro señor no se sabe nada; la galera en la que viajaba ha desaparecido. Por el momento, el conde de Ampurias se hará cargo de la esposa de don Raimundo; vendrá hoy mismo conmigo a Peralada —informó el jinete nada más descender de su montura a la vez que le entregaba un pequeño sobre de papel sellado a lacre con el escudo del conde.

El alcaide se atusó la barba, cogió el documento y sin mediar palabra se dirigió al interior del torreón. Junto a la chimenea, una joven de apenas quince años comía un plato de sopa. Su prominente barriga anunciaba que estaba embarazada.

—Doña María —le dijo el alcaide—, preparaos enseguida para partir, el conde os reclama.

La joven señora miró al alcaide y al contemplar su rostro severo supo que algo grave había ocurrido.

Unas semanas antes, su esposo, Raimundo de Castelnou, señor del castillo y vasallo del conde de Ampurias, le había dicho que iba a estar ausente una larga temporada. Durante toda una tarde le explicó que el rey de Aragón había convocado a los barones y caballeros de todos sus estados a una gran aventura, y que como vasallo estaba obligado a acudir en su ayuda. Le habló de una extraña tierra muy lejana en la que se encontraba el sepulcro de Jesucristo, un lugar sagrado para los cristianos pero que ahora poseían los sarracenos. Su deber como creyente, como señor del castillo de Castelnou y como vasallo del conde era acudir allá y recuperar para la cristiandad el lugar donde había sido enterrado Cristo.

Una luminosa mañana, María contempló su partida acompañado por cuatro caballeros. La noche anterior había cenado con él y pese al embarazo habían hecho el amor, y le había repetido cuál era su misión y su destino. Lo observó alejarse entre las curvas del camino y perderse tras la espesura del bosque, varios centenares de pasos más allá de la puerta de la fortaleza. Fue la última vez que vio a su esposo.

Jaime el Conquistador, el más grande de los reyes de Aragón, había pasado toda su existencia guerreando contra los musulmanes de Valencia y de Baleares; casi al final de su vida decidió que había llegado el momento de ir más allá. Todavía vigoroso a pesar de sus sesenta años, convocó a los nobles de sus reinos y estados a una nueva cruzada que tendría como objetivo la reconquista de Jerusalén y la aniquilación del islam. Hacía dos años que algunos de sus agentes secretos, mercaderes catalanes que comerciaban con Oriente, estaban intentando alcanzar pactos con los mongoles para, entre ambos, destruir a los musulmanes. Al final no llegaron a ningún acuerdo, pero de esos contactos surgió la idea de acudir a una nueva cruzada. El rey Jaime no dudó en convocarla y del puerto de Barcelona zarpó una armada compuesta por más de treinta navíos el 4 de septiembre del año del Señor de 1269. En los primeros días todo parecía ir bien; los tajamares de las galeras de guerra rompían las olas rumbo a Oriente, pero una tormenta desbarató la flota y aunque unas pocas naves lograron alcanzar el puerto de San Juan de Acre, en la costa de Palestina, otras recalaron en puertos occidentales en busca de refugio y algunas zozobraron yendo a parar al fondo del Mediterráneo. La gran cruzada del viejo rey había sido desbaratada por una tempestad; el soberano vencedor en cien batallas había sucumbido ante el mar y el cielo embravecidos. La voluntad de Dios no había permitido que Jaime el Conquistador cumpliera su último gran sueño.

La joven doña María llegó al castillo de Peralada cuando el otoño comenzaba a teñir de rojo y amarillo las hojas de las hayas y los castaños. El conde la recibió con cortesía y le explicó cómo había ocurrido el naufragio de la galera donde había embarcado su esposo don Raimundo. Le dijo que había sido un buen vasallo y un fiel cumplidor de sus obligaciones como castellano de Castelnou y le prometió que ni a ella ni a su hijo —«futuro hijo», recalcó señalando su vientre— les faltaría su ayuda y su auxilio.

—Cuidaré de vuestro hijo como si fuera mío, y cuando esté preparado, le otorgaré uno de mis castillos en feudo, como hice con vuestro esposo —dijo el conde.

—Tal vez sea una niña —repuso doña María.

—En ese caso, dispondrá de una buena dote y no carecerá de un marido adecuado a su linaje.

Jaime de Castelnou nació el primer día de enero de 1270. Hacía frío y el viento del norte arrastraba heladas gotas de agua y nieve. Doña María no pudo resistir el parto. A pesar de que el médico judío del conde hizo cuanto pudo para salvar la vida de la joven, su frágil cuerpo no resistió y murió pocos minutos después de dar a luz a un hermoso niño; su cuerpecito arrugado y tembloroso fue lo último que vieron sus ojos.

2

Los dos sudorosos jóvenes se aplicaban con vigor a la pelea bajo la atenta mirada del maestro de armas. Jaime de Castelnou se movía con la agilidad y la rapidez de un felino, esquivando una y otra vez y sin aparente esfuerzo las acometidas vigorosas pero imprudentes del hijo del conde. Las espadas de madera entrechocaban haciendo resonar su característico crujido entre las paredes del patio del castillo.

—¡Sube la guardia, sube la guardia! —le indicaba el maestro de esgrima al hijo del conde, que no podía desbaratar, pese a tanto esfuerzo, la bien cerrada defensa de Jaime.

Tras varios intercambios de golpes, el de Castelnou pasó al ataque; hasta entonces se había limitado a mantener a distancia a su oponente y amigo, esquivando sus acometidas y guardando fuerzas para el momento decisivo. Cuando lo estimó oportuno, armó su brazo izquierdo hacia atrás y lo lanzó, con gran fuerza y velocidad, de abajo arriba, dibujando una amplia y compleja finta que desconcertó a su adversario, y de inmediato ejecutó dos mandobles que lo desarmaron.

—Me has vencido de nuevo, no hay manera de derrotarte —se lamentó el muchacho con la cabeza baja.

—Tienes que practicar más. Si lo haces, llegará un momento en que lograrás vencerme —replicó Jaime.

—Eres demasiado fuerte para mí.

—No ha estado mal, muchachos, pero no creáis que aquí hemos acabado por hoy, ahora toca una buena cabalgada —dijo el maestro de armas, guiñando un ojo a los dos jóvenes.

Los tres jinetes cabalgaron por los campos de los alrededores del castillo de Peralada obedeciendo las órdenes y las instrucciones que les iba dando el maestro. Cabalgar era lo que más le gustaba a Jaime. Sentir el viento en el rostro mientras espoleaba los flancos de su montura lanzada al galope colina abajo le hacía sentir un enorme placer.

De vez en cuando, y si se lo permitían, montaba a caballo y se perdía en el bosque; entre los árboles soñaba con emular las legendarias hazañas de aquellos maravillosos caballeros legendarios que los juglares cantaban en las largas veladas invernales en la gran sala del castillo. Se imaginaba que un día sería como Lanzarote del Lago, fuerte e invencible, o como Galahad, piadoso y compasivo, y soñaba con combatir algún día al lado de soldados como aquellos de los poemas y los relatos, y salir a buscar por el mundo el santo grial, el cáliz sagrado que ninguno de ellos había logrado encontrar.

A sus dieciocho años, Jaime era un joven esbelto, pleno de vida y vigoroso. Moraba en la corte del conde y había sido educado como uno de sus hijos, pero sus gustos y aficiones distaban mucho de los de los jóvenes de su edad. Era callado, casi taciturno, y jamás se reía, aunque no parecía estar triste. Pasaba muchas horas en la soledad y la penumbra de la capilla, meditando, y no perseguía a las sirvientas acosándolas por los rincones como hacían los muchachos de su edad. En las clases de equitación y esgrima siempre era el primero en acudir y el último en marcharse, cumplía sin rechistar todo cuanto se le ordenaba y nunca se mostraba displicente o cansado.

Algunas noches, cuando el castillo quedaba en silencio y solo se oía el grave ulular de las lechuzas y los ronquidos estridentes de los que dormían a su lado, intentaba rememorar cómo habría sido su vida si hubieran vivido sus padres. De su padre, don Raimundo, solo sabía lo que le había contado el conde, y con cuánta ilusión zarpó de Barcelona para conquistar Tierra Santa. De su madre le habían dicho que era una mujer bella y recatada, y que aceptó la marcha de su esposo porque esa había sido su voluntad, pese a que la había dejado apenas un año después de haberse casado y embarazada de seis meses. Intentaba entender por qué lo había hecho, por qué se había alejado de su joven esposa y la había abandonado en esas circunstancias. En una ocasión se atrevió a preguntárselo al conde, pero este le contestó con una evasiva. Jaime intuyó que en aquella decisión de su padre había algo que no le habían explicado y que necesitaba saber, pero se resignó de momento porque nadie parecía dispuesto a confesarle la verdad.

Algo en su interior le decía que su padre había dejado una obra inacabada y que su obligación era terminarla; le obsesionaba no saber qué había ocurrido, no conocer casi nada de su pasado ni del de su familia. Cada vez que intentaba que le hablaran de sus antepasados, todo el mundo le respondía con vaguedades. Él se sabía hijo de un caballero, un joven de linaje noble, pero desconocía sus orígenes, dónde estaban sus verdaderas raíces, ni siquiera sabía si tenía otros parientes. Indagó sobre su apellido, Castelnou, y sobre sus antepasados, pero solo encontró silencio. La respuesta a sus preguntas era siempre la misma: su padre, don Raimundo de Castelnou, era un caballero vasallo del conde de Ampurias, último heredero de una familia de la pequeña nobleza de las montañas del Pirineo, mientras que su madre procedía de un linaje señorial que había desaparecido con ella, la última heredera de una casa nobiliaria de una rama secundaria del tronco principal de los condes. Eso era lo único que sabía.

Jaime se sentía solo. Era verdad, y así lo entendía, que el conde, la condesa y sus hijos se habían comportado como su auténtica familia. Desde que tenía uso de razón recordaba el buen trato recibido y cómo se sentaba a la mesa condal como uno más de los parientes cercanos del gran señor, y había recibido de la condesa un cariño similar al que dedicaba a sus hijos legítimos. Aun así, la oscuridad de sus orígenes le atormentaba. Por eso se recluía tanto tiempo en la capilla, por eso le gustaba cabalgar en soledad apurando las fuerzas del caballo hasta el extremo pero sin agotarlo, por eso se mostraba siempre callado y taciturno.

Toda su energía se concentraba en una sola idea, la que rondaba su cabeza desde que supo que su padre murió persiguiéndola: la reconquista de Jerusalén.

El castillo del conde no disponía de biblioteca, y además Jaime apenas sabía leer; lo estaban formando para ser un caballero, un futuro soldado, y para ese oficio no hacía falta entender de letras. El patio del gran castillo solía estar lleno de gentes que procedían de lugares lejanos. Era frecuente encontrarse con mercaderes que habían viajado por Oriente, con trovadores de Borgoña y de Aquitania, con caballeros del rey de Aragón y con saltimbanquis que recorrían Europa ganándose la vida con juegos de magia y chanzas burlescas. Aquellos trovadores y cómicos suplían con sus versos su carencia de lecturas, y gracias a sus poemas y canciones supo de la existencia de un grupo de caballeros que bajo las órdenes de un rey llamado Arturo se congregaron para encontrar el santo grial.

Aquellos juglares le hicieron comprender que el mundo era muy grande y parecía estar lleno de posibilidades maravillosas. Fuera del condado, lejos de aquellos horizontes limitados por las montañas nevadas del norte y la llanura y las colinas que se extendían por el este hacia el mar, había un inmenso universo de sueños, tal vez los mismos que su padre pretendió alcanzar y que perdió para siempre cuando su galera se hundió en las aguas azules del Mediterráneo.

Encerrado en aquellos muros de piedra, el mismo horizonte que antaño había percibido como su paisaje vital, con el que se identificaba y en el que se reconocía, ahora se le quedaba pequeño, y comenzó a sentirse incómodo. Comprendió que necesitaba salir de allí, romper con ese pasado oscuro que no lograba esclarecer y que lo atormentaba, otear otros horizontes más amplios, intentar alcanzar las utopías que lo perseguían, buscar un sentido a su presente y a su pasado. Sin embargo, era un vasallo del conde, y nada podía hacer sin contar con su permiso. ¿Qué podía esperar? Estaba seguro de que su señor le permitiría marcharse si se lo pedía, pero ¿adónde ir? Algo le decía que su futuro estaba en Tierra Santa, que solo en ese lejano lugar de Oriente iba a encontrar las repuestas a las preguntas que lo perseguían desde niño, y que solo allí alcanzaría el conocimiento que aquí todos le negaban y el sosiego que su alma le demandaba.

3

Una mañana, mientras estaba en los establos con varios jóvenes de la corte cepillando los caballos, un paje entró corriendo y gritando:

—¡Están aquí, están aquí! El señor conde ordena que vengáis a verlos. ¡Venid, venid! —Dicho esto, salió tan rápido como había llegado.

—¿Qué ocurre? —demandó Jaime extrañado.

—Los templarios. Hace dos días llegó un emisario del comendador de Mas Deu anunciando que hoy estarían aquí. Vamos, el señor conde me ha dicho que acudamos a su presencia —dijo el maestro de armas, y los jóvenes salieron del establo detrás de él.

En ese momento atravesaban el umbral de la puerta del castillo seis jinetes en columna de a dos. Los dos primeros vestían sendas capas blancas, impolutas como la nieve recién caída, y sobre el hombro izquierdo lucían una esplendorosa cruz roja que parecía dibujada con sangre. Se cubrían la cabeza con un bonete blanco orlado con una cinta llena de pequeñas cruces rojas. Cabalgaban erguidos sobre sus caballos, como si fueran estatuas; sus rostros barbados y sus ojos serenos y fríos denotaban un inmenso orgullo. Tras ellos cabalgaban dos jinetes vestidos con mantos pardos, muy oscuros, con la misma cruz en rojo sobre el hombro izquierdo, y detrás, cerrando el severo cortejo, dos criados montados en mulas.

Jaime de Castelnou tuvo la impresión de que la visita de aquellos hombres algo tenía que ver con él.

El conde de Ampurias saludó a los dos caballeros de blanco, que descendieron de sus monturas con agilidad. No eran jóvenes, pero tampoco tan mayores como le habían parecido en la primera impresión, al verlos tan altivos, con sus largas barbas y su porte solemne.

—¡Jaime! —llamó el conde a su ahijado, y con un gesto de la mano le indicó que se aproximara.

El joven se acercó confuso.

—Mi señor...

—Te presento a Raimundo Sa Guardia, caballero del Temple, de la encomienda de Mas Deu, y a su compañero, Guillem de Perelló.

Los dos templarios saludaron al muchacho con una ligera inclinación de cabeza, pero observándolo a la vez como quien mira a un insecto sin otro interés que el que despierta su zumbido.

—Señores... —balbució Jaime.

—Este apuesto joven es Jaime de Castelnou, de quien os hablé hace unas semanas. Como podéis comprobar, no exageré; su porte es digno de un príncipe. Será un perfecto caballero templario.

Al oír aquella frase, Jaime se quedó perplejo, mirando a su señor como si le acabara de anunciar que había sido designado rey de Inglaterra o papa de Roma.

—Desde luego que no exagerabais, conde —dijo el primero de los caballeros—. ¿Le habíais comentado algo?

—No. Quería que fuera una sorpresa, y como podéis comprobar por el arrobamiento de su rostro, esta ha sido mayúscula. Bien, Jaime, vas a ser un caballero de la Orden del Temple.

—¿Yo, señor? —El joven estaba tan aturdido como si le acabaran de propinar una buena tunda.

—Sí, tú —respondió el conde—. ¿Quién mejor que el hijo del gran Raimundo de Castelnou para vestir el hábito más prestigioso de la cristiandad? Vas a tener el privilegio de ser un soldado de Cristo. Tu padre así lo hubiera deseado. Seguro que desde el cielo, en donde ahora está gozando de la paz celestial a la derecha de Nuestro Señor, está muy orgulloso de ti.

—Pero yo... no sé si soy digno...

—Claro que lo eres. No conozco a nadie más piadoso, más discreto ni más honrado que tú. Eres el más indicado para ingresar en la Orden del Temple. Los caballeros de Cristo necesitan jóvenes arrojados y valientes que refuercen sus filas en Tierra Santa. El maestre ha dado instrucciones para que se reclute a nuevos caballeros que acudan en defensa de la cristiandad de ultramar, que corre serios riesgos de desaparecer ante la ofensiva de esos perros infieles seguidores de Mahoma. —El conde escupió al suelo tras pronunciar el nombre del profeta.

—Yo no tengo... —volvió a balbucir Jaime.

—Claro que tienes —lo interrumpió el conde—. Tienes cuanto hay que tener para ser un perfecto caballero de Cristo: linaje, agallas, valor, fortaleza de cuerpo y de alma. Te he visto pelear y no creo que haya muchos que puedan igualar tu destreza en el combate, pese a tu juventud. El maestro de armas me ha dicho que no ha conocido a nadie que manejara la espada y la lanza con semejante habilidad y potencia a tus años. Está asombrado. La cristiandad necesita jóvenes como tú. Le he dicho al comendador del Temple en Mas Deu que podrías ser uno de ellos, uno de los caballeros que Cristo elige para que le sirvan como los primeros y más puros defensores de su mensaje.

Jaime observó a los dos templarios. Sus figuras lucían realmente imponentes. Intentó imaginarse cómo estaría él vestido con aquel manto blanco, y si sería capaz de portarlo con la majestuosidad con que lo hacían aquellos dos hombres.

—Ser templario es el mayor honor con el que puede investirse a un caballero cristiano, pero nuestra vida es dura y abnegada —dijo el caballero que respondía al nombre de Raimundo Sa Guardia—. Si deseas vestir este noble hábito, deberás renunciar a muchas cosas de este mundo y dedicar tu vida por completo al servicio y a la defensa de la cristiandad.

—Mi decisión está tomada —terció el conde—. Quiero que profeses como soldado de Cristo, pero antes hay que investirte caballero. Creo que ya estás preparado para ello, pues tu formación es más que suficiente y la nobleza de tu sangre está más que contrastada. Ahora, la decisión última depende de ti. Nadie puede ser templario en contra de su voluntad.

—Yo me encuentro bien a vuestro servicio, señor —le dijo Jaime.

—Pero el servicio a Dios es más importante que cualquier otro. Por mi parte, estaría muy orgulloso si uno de mis ahijados formara parte del Temple.

—No sé, no lo he pensado... Estoy un poco confuso.

—Tienes tiempo. Don Raimundo, don Guillem y sus acompañantes se quedarán con nosotros hasta mañana. Dispones de todo el día para meditarlo. Piénsalo bien, porque si ingresas en la Orden, renunciarás a los fútiles placeres del mundo, pero ganarás la eternidad en el paraíso.

—¿Puedo retirarme a la capilla? Necesito reflexionar.

—Claro, claro, hazlo —respondió el conde, y dirigiéndose a sus huéspedes—: Entretanto, permitidme que os ofrezca mi hospitalidad; mi cocinero ha preparado un asado de pierna de buey para celebrar vuestra visita.

Jaime se dirigió presto a la capilla; atravesó el umbral y avanzó directamente hacia el altar, ante el cual cayó de rodillas. Su corazón palpitaba con tal alborozo y fuerza que lo sentía golpear entre sus costillas. Él, ¿un templario? Jamás lo hubiera imaginado. Su vida había discurrido hasta entonces en el castillo del conde, recibiendo formación militar para ser un día no muy lejano un vasallo a quien su señor le entregaría un pequeño feudo, tal vez un castillo con dos o tres aldeas, para gobernarlas en su nombre, como hiciera su padre años atrás. Pero en unos momentos todos sus planes habían cambiado. Él, ¿un templario? Tendría que acatar una dura disciplina, renunciar a deleitosos placeres que todos los jóvenes de su edad anhelaban, servir a la cristiandad defendiendo las peligrosas rutas de los peregrinos a Tierra Santa, combatir a los musulmanes, dedicar su espada y su vida a recuperar Jerusalén... Él, ¿un templario? Nunca antes se había imaginado vestido con la capa blanca, cabalgando orgulloso tras el estandarte blanco y negro de la Orden, obedeciendo sin rechistar las instrucciones de sus superiores... Pensó entonces en su padre, muerto por acudir a la cruzada, y en su madre, fallecida para que él pudiera vivir. Y de repente, como si hubiera recibido un fogonazo de luz clarificadora, se disiparon todas sus dudas: los horizontes que buscaba en sus sueños acababan de presentarse ante sus ojos.

—Me alegro mucho de que hayas tomado esta decisión, hijo. Yo la apruebo y sé que tu padre también lo hará allá arriba en el cielo.

El conde, que era la primera vez que llamaba «hijo» a Jaime, lo abrazó con fuerza cuando el joven Castelnou le comunicó que aceptaba ingresar en la Orden del Temple.

—Intentaré no defraudaros, señor.

—Sé que te esforzarás por dejar tu apellido en el alto lugar que le corresponde, y que te comportarás como un buen soldado de Cristo. Esta noche velarás las armas, mis hijos te acompañarán. Y mañana serás investido caballero. Yo mismo te impondré las insignias que ratificarán tu rango.

Jaime pasó la noche en vela en la capilla del castillo, ante el altar, delante de la espada, las espuelas, el cinturón de recio cuero y los guantes de piel claveteados que el conde ordenó que se le entregaran. Las horas transcurrieron lentas y pesadas.

Al amanecer, los templarios se presentaron en la capilla para rezar sus oraciones diarias. No hicieron el menor caso ni a Jaime, que había logrado resistir al sueño, ni a los dos hijos del conde, que habían permanecido a su lado y que por momentos sí habían dado algunas cabezadas.

Uno de los criados del conde le indicó que debía prepararse para la ceremonia de investidura de la Orden de la Caballería, que tendría lugar en la misma capilla justo a mediodía. Jaime se retiró para vestirse con su segunda túnica, una de algodón teñido de color verde y ribeteada con una cinta dorada, y para lavarse la cara con agua fresca a fin de despejarse al menos momentáneamente del sopor que le invadía tras toda una noche en vela.

Aquello estaba sucediendo tan deprisa que el joven apenas había logrado asimilar cuanto le había ocurrido desde que el día antes aparecieran los templarios en el castillo.

Mientras estaba acabando de vestirse, el conde se presentó en su alcoba.

—Me ha agradado mucho que hayas aceptado ingresar en la Orden —le dijo—. Ahora sí, la deuda de tu familia está definitivamente pagada.

—¿Deuda?, ¿qué deuda, señor?, no entiendo... —se sorprendió el muchacho.

—Bien, es hora de que te explique lo que hasta ahora me estaba vedado hacer. Escucha.

El conde se sentó frente a Jaime y le indicó que se sentara también. El de Castelnou se ajustó la túnica verde antes de obedecer.

—Os escucho, señor —dijo con absoluta serenidad.

—Hace mucho tiempo, el papa ordenó aniquilar a unos herejes que habían logrado difundir su ponzoña por las ciudades de Béziers, Perpiñán, Carcasona, Toulouse y sus comarcas, al otro lado de los Pirineos. La Iglesia los llamó «cátaros», pero a ellos les gustaba denominarse como los «perfectos», y se extendieron como el agua torrencial tras la tormenta, empapando con su maldad a las gentes sencillas de esas tierras. Muchos campesinos aceptaron engañados las palabras de aquellos embaucadores y adoptaron la herejía, renunciando así a la Iglesia y a la salvación de sus almas. El papa envió contra ellos a su mejor general, un soldado temeroso de Dios llamado Simón de Montfort, que atacó el mal desde su mismo corazón. Pero ocurrió que muchos de esos malhadados herejes eran vasallos del rey don Pedro de Aragón, el padre de nuestro gran rey Jaime el Conquistador, que el Señor tenga en Su gloria, y bisabuelo de nuestro amado rey Alfonso, que con tanta prudencia nos gobierna hoy.

»Don Pedro era conocido como "el Católico", por el amor que demostraba hacia la Iglesia y el servicio que hacía a Cristo Nuestro Señor, pero tuvo que acudir en defensa de sus vasallos heréticos, porque, como su señor natural que era, se había comprometido a defenderlos y auxiliarlos. Fue en Muret en el año del Señor de 1213; el rey don Pedro combatía con una fiereza y una fuerza proverbiales contra enemigos muy superiores en número, pero la fortaleza de su brazo era tal que nadie podía vencerlo en combate singular. Sus enemigos, desalentados por el poder de nuestros caballeros, idearon una estratagema: uno de ellos gritó en medio de la batalla que el rey de Aragón era un cobarde porque no se mostraba y seguía combatiendo escondido entre sus caballeros. Entonces, el orgullo de don Pedro fue mayor que su prudencia. Alzó su espada, se quitó la cimera y mostró su rostro a sus enemigos, gritando que allí estaba el rey de Aragón y que aguardaba a cuantos quisieran medir su espada con él. Ese fue un grave error. Varios caballeros de Simón de Montfort se lanzaron a la vez contra don Pedro, quien, a pesar de que luchó como un león y abatió a cuatro de ellos, acabó sucumbiendo ante la superioridad de sus contrincantes. —El conde hizo un alto en su relato y tomó un sorbo de vino especiado de una copa que acababa de servirle un criado.

—Es una triste historia, señor —dijo Jaime—, pero no comprendo en qué parte de ella interviene mi familia.

—Tu abuelo era uno de esos cátaros. Se enamoró de una de aquellas siervas del diablo y se sometió a la herejía maldita. Era hijo de uno de los más nobles vasallos del conde de Toulouse y heredó una rica baronía, pero el amor hacia esa mujer pervirtió su alma cristiana, pues el demonio a veces se sirve de la mujer para anular la razón del hombre. Fue uno de los últimos en resistir a las tropas del papa. Poco antes del asalto del ejército cristiano al castillo de Montsegur, su última fortaleza, nació tu padre. Tus abuelos lo entregaron a uno de los caballeros de mi padre para que lo protegiera. Tus abuelos murieron en el prado de los Cremats, en una enorme hoguera donde fueron purificados los cuerpos de los últimos cátaros capturados tras la conquista de Montsegur.

»Tu padre y yo crecimos juntos, y, al igual que he hecho yo contigo, los míos también lo trataron como a un hijo. Cuando cumplió veinte años, fue armado caballero y mi padre le entregó el feudo de Castelnou con tres aldeas, para que lo gobernara en su nombre como fiel vasallo.

—¿Conoció mi padre esta historia?

—Sí. Yo mismo tuve que contársela. Se casó con tu madre, una jovencísima y hermosa dama de Perpiñán, justo un año antes de que el gran Jaime el Conquistador convocara a los señores de sus reinos a la cruzada, y cuando supo quiénes habían sido sus padres y qué les había ocurrido, acudió presto a la llamada del rey y embarcó en la playa de Barcelona rumbo a Tierra Santa. Era la manera de saldar los pecados cometidos por sus progenitores. El resto ya lo sabes: la galera en la que viajaba fue una de las que zozobraron por la tempestad.

Cuando el conde acabó de decir esto, dio otro sorbo de vino.

—¿Y no había otra alternativa? —preguntó Jaime.

—Me temo que no —respondió el conde—. Sabedor de lo que habían hecho sus padres, era la única manera de lavar la mancha que había caído sobre la familia. Se lo confesó a su esposa, tu madre, y ella lo comprendió. Estaba embarazada de seis meses; para tu padre fue muy duro tener que abandonar así a su joven esposa y al hijo que llevaba en las entrañas, pero tenía que enfrentarse con su destino, y su honor de caballero cristiano le demandaba aquel inmenso sacrificio.

»Antes de embarcar hizo votos de cruzado y pasó por aquí para despedirse de mí y comunicarme que confiaba la administración de su señorío en las manos del alcaide de Castelnou. Yo confirmé esa decisión y le deseé mucha suerte en su partida. Ahora comprendes por qué se fue y abandonó a tu madre; no hubiera podido vivir tranquilo con aquel eterno remordimiento.

Jaime bajó la cabeza y sintió una intensa punzada en la boca del estómago y un dolor lacerante y agudo en las sienes. Había escuchado con atención las palabras del conde, pero algo no concordaba en esa historia. ¿Por qué el conde le había contado todo aquello a su padre nada más casarse? ¿Por qué no lo hizo antes?

—Yo acabaré la tarea que no pudo cumplir mi padre, y lo haré como templario —resolvió el joven Castelnou.

—Estaba seguro de que reaccionarías así. Cuando hablé con el comendador de Mas Deu para proponerle tu ingreso en la Orden, le dije que eras un muchacho honesto y de firmes convicciones religiosas. No me equivoqué —reconoció el conde—. Y bien, ha llegado la hora de que te conviertas en caballero. Vamos a la capilla; tu investidura ha de ser a mediodía. Anoche di orden para que avisaran a mis vasallos de este acto solemne.

Jaime de Castelnou se dirigió a la capilla acompañado por el conde y escoltado por dos de sus caballeros. Pese a que un cúmulo de sentimientos contradictorios se agolpaba en su cabeza, entró en el oratorio con paso seguro y decidido y se arrodilló ante el altar, tras cuya ara esperaba el capellán del castillo. El clérigo bendijo a Jaime y pronunció una larga oración en latín, a la que los presentes respondieron con un simple «amén». En el primero de los bancos estaban sentados los dos caballeros templarios, en su habitual porte altivo, y tras ellos, los dos sargentos vestidos con su atuendo amarronado. El conde se sentaba junto a ellos, al lado de su esposa y de sus hijos, que miraban a Jaime con un aire de envidia y, al mismo tiempo, de admiración, pues lo conocían bien y sabían de su fortaleza y su bondad.

Cuando acabó la oración, el conde se levantó y se acercó hasta la mesa del altar, donde estaban depositados los objetos rituales con los que el joven iba a ser investido caballero. Tras santiguarse, le entregó en primer lugar las espuelas, para que dominara al caballo; después le ofreció el cinturón de cuero, signo de su honestidad y su pureza; a continuación, los guantes, señal de fuerza y templanza, y por fin le dio dos golpecitos con su espada sobre los hombros, proclamando que desde ese momento Jaime de Castelnou era nombrado caballero y que por ese honor debería guardar las normas y reglas de la caballería: defender a los desfavorecidos y a los débiles, procurar la justicia y comportarse con honor. Jaime juró hacerlo así y no caer nunca en la felonía.

El conde lo invitó a incorporarse y le dio un emotivo abrazo y un beso en cada mejilla.

—Ya eres caballero —sentenció, y alzando la voz para que lo oyeran con claridad cuantos estaban en la capilla, añadió—: Y ahora, amigos, quiero comunicaros a todos que don Jaime desea profesar en la Orden del Temple. Los hermanos Raimundo Sa Guardia y Guillermo de Perelló están aquí para acompañarlo a la encomienda de Mas Deu, donde cumplirá el periodo de prueba antes de que, como espero, sea admitido como caballero templario. Yo entregaré al Temple treinta florines de oro y dos caballos como dote de mi ahijado.

Los templarios no movieron ni un músculo del rostro, ni siquiera cuando escucharon la generosa donación del conde.

Jaime comprendió entonces con claridad. Aquellos seis visitantes habían acudido al castillo para recoger el dinero y los caballos y escoltarlos hasta su encomienda, y no para acompañarlo a él como guardia de honor.

4

El convento templario de Mas Deu era el más importante de la región, el centro de la encomienda más rica y poderosa del Temple en todo el Languedoc. Había sido dotado con numerosos bienes y donaciones en recompensa por la ayuda que los templarios habían prestado al ejército del papa en la cruzada contra los cátaros, en la que habían intervenido seis de sus escuadrones de caballería.

El convento lo conformaban varios edificios cercados por un muro muy alto pero no demasiado grueso, de manera que su función no era defensiva, pues solo servía para aislar a los freires del resto del mundo. En el centro del complejo se alzaba una pequeña iglesia de planta rectangular y de aspecto macizo; desde el exterior parecía más un torreón que una capilla. A su alrededor se disponían dos amplias salas de características y tamaño similares; una era el refectorio o comedor, a cuyo costado estaba la cocina, y la otra el dormitorio, donde se alineaban dos filas de camas pegadas por la cabecera a la pared y separadas una de otra por dos pasos; a un costado se abría una sala más pequeña, a la que se accedía a través de un pasillo, donde descansaban los enfermos y los más ancianos. Frente a la capilla había una construcción de planta circular, cubierta con una bóveda de piedra, en la que se reunía cada domingo el capítulo de la encomienda para celebrar las sesiones en las que se debatía la administración del convento; en una pequeña estancia anexa, protegida por una gruesa puerta de tablones reforzados con placas de hierro, se guardaba el tesoro de la encomienda y varias cajas con los depósitos en dinero de los nobles y comerciantes que habían confiado su custodia al Temple. El resto de los edificios eran almacenes, graneros, bodegas, el dormitorio de los criados, talleres para los artesanos de la Orden y los establos.

Algo más de cien personas vivían en aquella casa, que era como los templarios llamaban a sus conventos. De ellas, solo diez eran caballeros de hábito blanco, más doce sargentos; los demás eran artesanos, escuderos y criados. Por supuesto, dentro de los muros del convento no había ninguna mujer, tal como prescribía la regla.

La comitiva que acompañaba a Jaime de Castelnou entró en el recinto de Mas Deu encabezada por los dos caballeros templarios, a los que recibió con una reverencia el escudero que guardaba la única puerta al exterior. Luego se dirigieron a los establos, donde dejaron los caballos al cuidado de los criados. Sin mediar palabra, Raimundo Sa Guardia le hizo una señal a Jaime para que lo siguiera.

Atravesaron el amplio patio alrededor del cual se disponían los edificios más importantes y entraron en una sala que tenía las paredes cubiertas por estanterías y amplios cajones de madera.

—Hermano, este es Jaime de Castelnou. Desea entrar en la Orden.

Aquel hermano era el pañero, encargado de todo el equipamiento de los templarios de la encomienda.

—Deja aquí todo cuanto has traído; ahora nada te pertenece, todo cuanto posees es del Temple —le dijo al muchacho—. Vestirás este hábito y nada más que las prendas que aquí se te entreguen. No añadas ningún adorno ni ningún complemento a tu uniforme o serás castigado. Y conserva con cuidado lo que se te confíe, o responderás si haces mal uso de ello.

Jaime recibió una camisa larga de lino, una túnica gris, unas calzas del mismo color, un capote negro de fieltro, unas botas de cuero, un bonete de fieltro y dos cinturones, uno ancho y otro más estrecho.

—Acompáñame —le indicó Sa Guardia.

—Y no olvides traerme la ropa que llevas puesta en cuanto te pongas el hábito —le dijo el pañero.

Cruzaron de nuevo el patio y entraron en el dormitorio. Era una sala rectangular muy alargada, de ocho pasos de ancho por cincuenta de largo, en la cual se alineaban unas cuarenta camas.

—A partir de hoy este será tu lecho. —Sa Guardia señaló una de las camas, la más cercana a la puerta—. A la hora de acostarte dejarás tu hábito y tu manto colgados de ese gancho —dijo mostrándole un pequeño y simple perchero colgado de la pared junto a la cama, utensilio que se repetía a lo largo de toda la estancia— y no te quitarás la camisa para dormir, que deberás llevar siempre sujeta con el cinturón estrecho.

»Nuestro comendador es muy estricto con el horario que establece nuestra regla. Tendrás que fijarlo en tu memoria. De momento haz lo mismo que yo; he sido designado como tu preceptor, y por tanto soy el encargado de enseñarte cuanto hay que saber para ser un buen templario. Por lo que me ha dicho el conde, tú tienes madera para serlo, pero no confíes en lograrlo fácilmente. Durante varios meses (y si pasas la prueba, para el resto de tu vida) vas a ser sometido a una disciplina muy estricta. Habrá momentos en los que desearás marcharte de aquí, y otros incluso en los que renegarás de haber nacido. Ser templario es un alto privilegio que solo les es concedido a unos pocos elegidos; es el mismo Cristo quien selecciona a los que van a ser sus más fervorosos soldados. Estás aquí para convertirte en un soldado de Dios, y desde este momento solo a Él te debes. Todo cuanto hagas, todo cuanto desees, todo cuanto pienses ha de ser exclusivamente en beneficio y en el nombre del Salvador.

»Desde hoy ya no eres Jaime de Castelnou, sino un aprendiz de caballero de Cristo. Tú no significas nada, no eres nadie; lo único que importa es Dios y el Temple. Tú eres una propiedad de la Orden, uno de sus instrumentos. Olvida tu orgullo y tus sentimientos, y piensa solo en el beneficio del Temple, en su honor y en su grandeza. ¿Lo has entendido?

—¿Cuántos superan la prueba? —preguntó Jaime.

—Dios elige al templario y le da la fuerza necesaria para superar tantas renuncias y tantos esfuerzos. Si confías en Dios, si tu corazón está limpio y desea servir a Nuestro Salvador, lo lograrás. Nada más debe importarte —contestó Sa Guardia—. Y ahora quítate esas ropas seglares y vístete con el hábito de los novicios; se acerca la hora de la cena, pero antes debemos presentarte al comendador.

El joven y su preceptor se dirigieron a la sala capitular, donde el comendador y tres hermanos conversaban pausadamente.

—Hermano comendador, este es el joven Jaime de Castelnou, el novicio recomendado por el conde de Ampurias. Ya está instalado en el dormitorio.

—¿Has tenido buen viaje, hermano Raimundo? —le preguntó el comendador.

—Sí, hermano. En cuanto a la dote del conde...

—Sí, sí, ya me ha informado el hermano Guillem. Los florines están en la cámara del tesoro y he tenido oportunidad de ver los caballos; son magníficos. Los enviaremos en nuestra próxima remesa a ultramar. —Y dirigiéndose a Jaime—: Acércate, muchacho.

Castelnou avanzó unos pasos hasta colocarse en el centro de la sala circular.

—Señoría... —balbució.

—No —lo cortó tajante el comendador—, aquí somos todos hermanos. No hay señores ni señorías, sino hermanos; solo nuestro superior, el maestre, debe ser llamado con su título; los demás templarios somos simplemente «hermanos».

—Sí, hermano —acató Jaime.

—¿De modo que deseas profesar como templario?

—Así es. Mi padre murió en un naufragio cuando se dirigía a la cruzada que convocó el rey Jaime, y creo que debo hacerlo para honrar su memoria y cumplir la misión que él no pudo culminar.

—Sí, aquella peligrosa aventura acabó en un tremendo fiasco. Yo era muy joven, pero lo recuerdo bien porque acababa de profesar como caballero de Cristo. Me hubiera gustado partir junto a aquellos valientes, pero la voluntad del Todopoderoso era otra y no quiso que don Jaime viera cumplida su ambición; tal vez con ello castigó los pecados que el soberano cometió a lo largo de su vida.

»He designado al hermano Raimundo como tu preceptor; deberás obedecer y aprender de él. ¡Ah!, y cumple estrictamente el horario, la disciplina es uno de nuestros principales valores, y no existe disciplina si no se cumple con rigor el horario que marca nuestra regla.

La cena transcurrió en un estricto silencio. Los caballeros comieron legumbres y pescado asado, y nadie pronunció una sola palabra; lo único que se oía era la voz del hermano lector que, desde un púlpito de madera ubicado en una de las esquinas del refectorio, leía en voz alta una de las cartas de san Pablo.

5

El sonido metálico de la campana estalló en sus tímpanos como una tralla. Apenas había cogido el primer sueño y ya lo estaban conminando a levantarse.

—Vamos, hermano, ponte las botas, cúbrete con el capote y síguenos. Han tocado a maitines; debemos acudir a la capilla a rezar.

—Pero si acabamos de acostarnos —repuso Jaime.

—No protestes, no dudes, no pienses; simplemente obedece y haz lo mismo que los demás hermanos.

Los freires salieron del dormitorio y acudieron a la capilla, donde el capellán dirigió el primero de los oficios religiosos del día. Después se encaminaron a los establos, donde cada uno de los caballeros y sargentos inspeccionaron sus monturas y su equipo militar con ayuda de los criados.

—Y ahora a continuar durmiendo. Y procura hacerlo enseguida, porque a la hora prima sonará de nuevo la campana y regresaremos a la capilla para el segundo oficio —anunció Sa Guardia.

Y así fue. Cantaba el gallo cuando volvieron a levantarse y, una vez vestidos, asistieron en la capilla a la oración de la hora prima. Esa fue la rutina diaria: maitines, en plena madrugada; a la hora prima, cuando cantaba el gallo y apenas comenzaba a clarear el horizonte; a la hora tercia, mediada la mañana; a la hora sexta, justo a mediodía; a la hora nona, mediada la tarde; en vísperas, al ocaso del sol, y en completas, ya en plena noche, además de una oración de acción de gracias tras la comida del mediodía y la cena.

Durante doce meses, Jaime de Castelnou cumplió la regla, memorizó el horario del convento, aprendió a comportarse como un templario y obedeció a cuanto se le ordenó. Poco a poco su espíritu y su cuerpo se fueron adaptando a las normas que regían la vida de los hermanos, y sus viejos recuerdos empezaron a empañarse en su memoria.

En la etapa de novicio solo cometió dos faltas leves, por las que fue castigado, en la primera, a rezar tumbado sobre las frías losas del suelo durante un buen rato y, en la segunda, a permanecer de rodillas durante los oficios religiosos de todo un día.

Raimundo Sa Guardia le fue explicando todos los aspectos de la Orden que un novicio tenía que conocer: sus obligaciones como futuro caballero templario, sus deberes para con la cristiandad y su forma de actuar. Dedicaban parte de la mañana a ello, mientras el resto del tiempo lo pasaban ejercitándose en el combate y preocupándose de mantener listos su equipo de combate y sus caballos.

A los dos meses le asignaron una montura. Se trataba de un caballo bayo, de gran alzada y pecho poderoso. Era un animal formidable que parecía el más apropiado para realizar una carga de caballería.

—Eres un luchador excelente —le dijo Sa Guardia a Jaime al acabar una sesión de entrenamiento con la espada—. ¿Quién te ha enseñado a manejar así las armas?

—El maestro de esgrima del conde de Ampurias.

—Pues ha hecho un trabajo insuperable; no creo que haya ningún caballero capaz de vencerte con la espada en la mano.

—He practicado mucho; en el castillo, cuando acababan las sesiones y los demás aprendices se marchaban a jugar, yo seguía practicando una y otra vez.

—Pues sigamos.

Sa Guardia recogió las dos espadas de madera, le entregó una a Jaime y se puso en posición de combate.

—¿No estás cansado, hermano Raimundo? —le preguntó Castelnou.

—He cumplido cuarenta años, no soy tan viejo. Vamos, ataca, o lo haré yo.

—¿Estás seguro?

Sa Guardia lanzó una estocada directa al estómago de Jaime, que la evitó con gran agilidad y, al mismo tiempo, contraatacó con fuerza el flanco derecho de su oponente. Durante un buen rato los dos se lanzaron golpes contundentes que lograron detener para luego volver a cargar con fuerzas renovadas. Las espadas de madera chocaban con tal estrépito que parecían a punto de quebrarse. Por fin, el joven novicio ejecutó varios mandobles feroces y consecutivos que lograron que el templario perdiera el equilibrio, dejando su costado derecho desprotegido; fue solo un instante, pero bastó para que Jaime le diera una certera estocada bajo las costillas que dejó a su oponente hincando una rodilla y sin respiración.

—For... formidable —se limitó a balbucir Raimundo mientras se incorporaba e intentaba recuperar el resuello—. Serás una gran ayuda en ultramar. Tu periodo de prueba está a punto de concluir. El comendador ha resuelto presentar en unas pocas semanas tu candidatura en el capítulo de la encomienda para que los hermanos te otorguen su conformidad y puedas ser investido caballero del Temple.

—Entonces, ¿he pasado el examen?

—No vayas tan deprisa, muchacho. Tan solo has superado la primera fase de tu aprendizaje, la más sencilla. Ahora deben someterte a encuesta los miembros del capítulo, y te aseguro que no será fácil convencerlos de que reúnes todas las condiciones para ser un hermano más. Recuerda lo que te dije: en el Temple solo profesan los elegidos de Dios.

6

El único momento de asueto diario del que disponían los hermanos del convento era poco antes de cenar, cuando se permitía, a los que así lo desearan, charlas distendidas e incluso un par de juegos de tablero con fichas. Era el momento en que se aprovechaba para comentar asuntos más triviales o para recabar las noticias que llegaban de ultramar, donde la situación de los cristianos era enormemente delicada.

Con unas copas de vino rebajado con agua en la mano, aquella tarde media docena de hermanos departían sobre lo que acontecía en Tierra Santa. Un hermano templario acababa de llegar de ultramar malherido, con una pierna amputada, y les contó la delicada situación. Junto a él habían viajado dos hermanos a fin de recabar fondos y reclutar nuevos soldados para reforzar la guardia templaria en San Juan de Acre, la ciudad costera de Tierra Santa adonde se había trasladado la sede central de la Orden tras perder Jerusalén a manos de Saladino cien años atrás.

—Nuestra obra en Oriente se desmorona —confesó el templario—. Nosotros somos los únicos que mantenemos el espíritu de la cruzada que predicara dos siglos atrás el papa Urbano. Los señores seglares han perdido el alma. Hace tres años, el rey Enrique de Chipre fue coronado en el transcurso de una ceremonia en la que se celebraron festejos desproporcionados. Mientras nosotros peleábamos por mantener las últimas ciudades que le quedan a la cristiandad en Tierra Santa, en la isla de Chipre se derrochaba dinero y recursos en fiestas y torneos donde caballeros disfrazados con los más extravagantes trajes confeccionados con las más caras telas de Damasco y Mosul emulaban ser la reencarnación de Lanzarote, Tristán o Palamedes. Las mujeres, vestidas con carísimas sedas importadas de la lejana China, jugaban a ser damas de la corte del rey Arturo rodeadas de enanos, tullidos y seres deformes para que su belleza resaltara entre tanta fealdad. Algunos caballeros, ebrios de vino dulce de Samos, se disfrazaban de mujeres o de frailes, burlándose abiertamente del orden divino de las cosas.

»En aquellos días de la coronación de Enrique se alteró toda razón y se conculcó la honestidad. Esas fiestas lujuriosas fueron sin duda el anuncio del fin de un tiempo. Dios nos castigará por ello.

—¿Tan grave es la situación? —preguntó el comendador, que excepcionalmente se había unido a la charla para escuchar las nuevas que traía el hermano templario.

—Todo se derrumba. El rey de Chipre, que también ostenta la corona de Jerusalén, acabados los fastos de su coronación, pidió ayuda al papa. Nuestro maestre Guillermo de Beaujeu me ha enviado para demandar vuestro auxilio. Nuestro comandante sabe de vuestros desvelos por la Orden. Antes de llegar aquí he visitado en el palacio real de Barcelona al rey don Alfonso, que se ha comprometido a enviar cinco galeras equipadas para colaborar en la defensa de San Juan de Acre. Debéis hacer un gran esfuerzo, tal es la petición de nuestro maestre. Si cae la ciudad, ni un solo cristiano volverá a poner los pies en la tierra donde Jesucristo predicó nuestra fe, anunció la buena nueva y murió en la cruz por nuestra redención.

El comendador frunció el ceño, cruzó las manos sobre el pecho y dijo:

—Podemos enviar unos doscientos florines de oro, es cuanto disponemos en el tesoro de la casa. Pero soldados..., solo podríamos enviar media docena de caballeros y unos diez sargentos; no podemos dejar este convento totalmente desprotegido.

—Todo será bien recibido. Nuestros hermanos son más necesarios en ultramar que aquí.

—Así será, pero ahora vayamos a cenar. Mereces reponerte con una buena comida.

—La semana que viene serás investido caballero templario —le dijo Sa Guardia a Castelnou de regreso de una cabalgada para probar una reata de nueve caballos que acababan de recibir procedentes de una donación del conde de Bearn.

—¿Seguro?

—Claro. Esta misma mañana me lo ha comunicado el comendador. Me ha demandado si estabas preparado, y le he respondido que sí.

—Iré a ultramar, ¿verdad?

—De inmediato. Ya oíste al hermano que vino de allí. Hacen falta hombres valientes para defender Acre y las pocas ciudades y castillos que todavía mantenemos. A mí me gustaría ir, pero me temo que ya estoy demasiado viejo.

—¿Viejo? Serías capaz de acabar tú solo con una docena de infieles.

—Eso ya lo hice en otro tiempo, cuando mis fuerzas y mis reflejos estaban intactos. Ahora no es posible. ¿Recuerdas con qué facilidad me venciste la última vez que peleamos en serio?

—No fue nada fácil, Raimundo; estaba agotado y tuve que emplear mis últimas fuerzas para lanzar un ataque desesperado que, por fortuna, dio resultado.

—Tal vez, pero yo no tuve los reflejos suficientes para proteger mi flanco; si hubiera sido un combate real en pleno campo de batalla, ahora estaría muerto.

—¿Cómo son esas lejanas tierras?

—Estuve allí quince años; sé cómo es aquello y la dureza de cuerpo y de espíritu que hay que tener para soportarlo. Desde que se fundó la Orden hace casi dos siglos, miles de hermanos han muerto defendiendo la fe cristiana, a los peregrinos y los Santos Lugares. Fui herido en cuatro ocasiones, mis cicatrices son la prueba de que mi sangre ha empapado la tierra de ultramar, y volvería a dar hasta la última gota si me dejaran ir allí. Pero la decisión ha sido tomada: mi lugar ya no está frente a Jerusalén, espada en mano, sino aquí, recabando recursos para que la llama del Temple no se apague para siempre.

»Pero no te preocupes, Jaime, que no estarás solo. Irá contigo el hermano Guillem y varios caballeros del convento a los que ya conoces, los más jóvenes. Aquí solo nos quedaremos los viejos, los impedidos y los enfermos. Vosotros sois probablemente los últimos templarios. Muy pocos son los que se han acercado últimamente a la Orden para entregar su vida al servicio de Cristo. Cuando yo profesé, hace ya más de veinte años, nuestras casas estaban llenas de muchachos ansiosos de empuñar la espada en el nombre de Dios, y fíjate ahora. ¿Has visto el dormitorio o el comedor? Hay sitio para más de cien hermanos, pero no llegamos a treinta entre caballeros y sargentos, y de ellos ni siquiera la mitad están en condiciones de combatir. Sois vosotros la última, la única esperanza de la cristiandad.

7

En los inicios del verano de 1289 se encadenaron varias tormentas consecutivas que causaron importantes daños en los cultivos; hubo quien vio en aquello una señal de mal agüero, pero las calamidades del cielo y la tierra no alteraron el plan que los templarios de Mas Deu habían aprobado en el capítulo del último domingo de primavera. Enviarían a Tierra Santa todo el dinero disponible y a todos los caballeros y sargentos menores de cuarenta años que estuvieran en disposición de poder luchar. Jaime de Castelnou sería investido con el hábito blanco de la Orden para que se incorporara a la expedición antes de su partida, cuya fecha se fijó, en coordinación con el rey don Alfonso y otras encomiendas de la provincia de Aragón y Cataluña, para la primera semana de septiembre.

Aquel día de finales de julio era caluroso y húmedo. El comendador de Mas Deu había convocado al capítulo para la ceremonia de imposición del hábito blanco y la cruz roja al de Castelnou. La sala redonda de la encomienda estaba llena de miembros del convento. El comendador se dirigió a los presentes pronunciando una frase del apóstol san Pablo: «Poned a prueba el alma, a ver si viene de Dios».

—Y Dios vino a nosotros —prosiguió—, y nos ha legado en su bondad infinita a un nuevo hermano. Hemos examinado los méritos de Jaime de Castelnou, y nadie ha encontrado ningún impedimento para que pueda ser llamado hermano nuestro.

»Hemos designado como padrinos a los hermanos Raimundo Sa Guardia y Guillem de Perelló para que actúen como postulantes y abogados del aspirante. Id pues los dos con el aspirante y el capellán a la estancia de interrogatorios y preguntadle según la costumbre.

Los cuatro hombres abandonaron el capítulo y se encerraron en la pequeña estancia anexa. Una vez allí, en presencia del capellán como único testigo, Sa Guardia se dirigió a su protegido:

—Jaime de Castelnou, de condición noble, ¿solicitas de corazón y sin engaño el ingreso en la Orden del Temple y ser esclavo y siervo de ella para siempre?

—Sí, lo solicito —respondió el joven con gravedad.

—En ese caso, ¿conoces los muchos sufrimientos que habrás de soportar a lo largo de tu vida y el deber de abandonarlo todo para entregarte con plenitud a los demás hermanos?

—Los conozco y deseo abandonar la vida seglar para entregarme a la Orden.

—¿Tienes esposa o estás prometido a alguna dama?

—No.

—¿Has hecho voto de promesa a alguna otra orden de la Iglesia?

—No.

—¿Has dejado en el mundo alguna deuda que no estés en condiciones de poder pagar?

—No.

—¿Estás sano de cuerpo?

—Sí.

—¿Padeces alguna enfermedad que hayas ocultado a los hermanos hasta ahora?

—No.

—¿Eres de condición servil, perteneces a algún hombre?

—Soy de condición noble, y fui vasallo del conde de Ampurias, pero soy libre para profesar como templario.

—¿Eres sacerdote?

—No.

—¿Has sido excomulgado o declarado anatema por la Santa Madre Iglesia?

—No.

Acto seguido, Sa Guardia proclamó que Jaime de Castelnou cumplía todos los requisitos para entrar en la Orden del Temple, el capellán tomó nota de las respuestas y regresaron a la sala capitular. Una vez dentro y en presencia de todos los hermanos del convento de Mas Deu, Raimundo anunció en nombre de los dos padrinos que no se había encontrado ningún impedimento para que aquel joven fuera recibido en la Orden de los Pobres Caballeros de Cristo, unas palabras que ratificó el capellán. Entonces el comendador se levantó de su sitial preferente y preguntó en voz alta si alguno de los presentes tenía que hacer alguna objeción a la solicitud de ingreso de Jaime de Castelnou. Nadie dijo palabra alguna; a continuación, le preguntó al postulante si en verdad y de corazón solicitaba el ingreso. Jaime contestó con la fórmula que le habían enseñado:

—Deseo abandonar la vida seglar y entregar mi cuerpo y mi alma como siervo y esclavo del Temple para siempre.

—En ese caso —añadió el comendador—, deberás obedecer todas las órdenes de tus superiores sin mostrar atisbo de queja o de desagrado, no tendrás en cuenta ni tus querencias ni tus deseos; si muestras voluntad de hacer algo que te agrade, se te encomendará que hagas lo contrario, que comas si estás harto, que ayunes si tienes hambre, que duermas si estás descansado, que te levantes si tienes sueño, que pases sed si deseas beber o que bebas si no tienes sed.

—Acataré cuanto se me ordene y cumpliré con disciplina y fidelidad extremas cuantos mandatos me impongan mis superiores.

—Ahora, regresa a la estancia y reza. Aguardarás allí hasta que este capítulo te llame para emitir su veredicto.

Jaime salió de la sala y regresó a la pequeña estancia donde había sido interrogado por Sa Guardia. Comenzó a rezar una serie de padrenuestros, pero acabó meditando sobre cuanto le había ocurrido. Los últimos meses habían pasado tan deprisa que apenas había tenido tiempo para calibrar la importante decisión que estaba tomando. Le dio la impresión de que todo lo sucedido lo había preparado el conde de Ampurias para quitárselo de encima, pero no encontraba sentido a esas dudas. ¿Por qué iba a querer el conde que desapareciera de su corte? Lo había tratado como a un hijo, proporcionándole la misma educación, incluso le había dicho que cuando fuera un hombre y se invistiera como caballero le entregaría un feudo. Y allí estaba, aguardando a que unos cuantos freires lo admitieran como a uno de los suyos para embarcar hacia Tierra Santa en busca de un ideal que hasta hacía unos meses ni siquiera había imaginado.

Sa Guardia regresó antes de lo previsto.

—Apenas ha habido debate sobre ti —le dijo—. Sígueme.

Volvió a la sala capitular y permaneció de pie en el centro del círculo de paredes de piedra.

—Ponte de rodillas y une las manos —le ordenó el comendador—. Preguntados en tu ausencia los hermanos, nadie ha puesto ningún inconveniente para rechazar tu petición. ¿Sigues solicitando el ingreso en nuestra Orden Sagrada?

—Sí, así lo quiero.

—En ese caso, volveré a preguntarte si reúnes los requisitos que te ha demandado el hermano Raimundo Sa Guardia, porque si se demostrara lo contrario, serás despojado de tu hábito, encarcelado, sometido a vergüenza pública y expulsado del Temple para siempre. Si has profesado en otra orden, serás entregado a ella; si se comprueba que has tenido una mujer o que debes dinero a acreedores, a ellos serás entregado; si has pagado a alguien para profesar como templario, serás condenado por simonía y expulsado, y si tienes un señor, serás devuelto a él.

—Cumplo cuanto se precisa para ser caballero de Cristo —repuso Castelnou.

—Eres de sangre noble, ¿has nacido de caballero y dama unidos en matrimonio legal?

—Así es.

—Recemos un padrenuestro.

Tras la oración, Jaime de Castelnou tuvo que pronunciar los tres votos obligatorios para profesar: el de pobreza, el de castidad y el de obediencia, y además juró observar los votos como soldado de Cristo y observar las costumbres y tradiciones de la Orden, ayudar a conquistar la Tierra Santa de Jerusalén y no actuar en contra de ningún cristiano.

El comendador extendió sobre un atril un códice de pergamino abierto por una página que Jaime tuvo que leer, cosa que hizo no sin dificultad, pues aunque había aprendido a leer, no tenía la suficiente fluidez para hacerlo con soltura.

—«Yo, Jaime de Castelnou, juro servir a la regla de los Caballeros de Cristo y de su caballería y prometo hacerlo con la ayuda de Dios por la recompensa de la vida eterna, de tal manera que a partir de este día no permitiré que mi cuello quede libre del yugo de la regla; y para que esta petición de mi profesión pueda ser firmemente observada, entrego este documento escrito en la presencia de los hermanos para siempre, y con mi mano lo pongo al pie del altar que está consagrado en honor de Dios todopoderoso y de la bendita Virgen María y de todos los santos. De ahora en adelante prometo obediencia a Dios y a esta casa, vivir sin propiedades, mantener la castidad según el precepto de nuestro señor el papa y observar firmemente la forma de vida de los hermanos de la casa de los Caballeros de Cristo».

El joven dejó sobre el atril un pergamino previamente preparado en el que ratificaba por escrito su petición de ingreso y el acatamiento de la regla del Temple.

—A cambio de tu cuerpo y de tu alma, esta Orden de

Cristo solo puede ofrecerte pan, agua, vestidos modestos y mucho dolor.

—Renuncio al mundo y acepto el sufrimiento que me espera.

El comendador se dirigió entonces hacia uno de los bancos, donde estaban depositados los símbolos de la investidura como caballero templario.

—Aquí te impongo el manto blanco con nuestra cruz roja propio de la categoría de caballero templario, el más alto honor y rango de nuestra Orden.

Cubrió con la capa los hombros de Jaime mientras lo invitaba a incorporarse y le ató las cintas de la capa cruzándolas sobre el pecho. En ese momento el capellán comenzó a cantar uno de los salmos del rey David:

—«¡Mirad qué bueno y agradable es habitar juntos los hermanos!».

Y pronunció una oración al Espíritu Santo y un padrenuestro.

El comendador besó a Jaime en la boca mientras en el exterior comenzaba a repicar la campana de la capilla.

—Ya eres un caballero de Cristo. A partir de este momento te está prohibido golpear, tirar de los cabellos o patear a cristiano alguno; nunca jurarás por Dios, la Virgen o los santos; no usarás de ningún servicio o favor de mujer salvo por enfermedad y con permiso especial de tus superiores; no emplearás palabras, insultos o expresiones malsonantes; dormirás siempre con la camisa y los calzones puestos y ceñidos con el cinturón pequeño y no usarás otra ropa que la que te proporcione el hermano pañero; jamás iniciarás una comida antes de dar las gracias a Dios por su promisión, y cumplirás el horario y las oraciones de la regla.

Jaime aceptó todas las imposiciones y el comendador lo acogió como nuevo hermano en el seno de la Orden del Temple. Ya era un caballero de Cristo.

Los hermanos del convento se acercaron a felicitarlo uno a uno, y, en contra de la seriedad que rodeaba todos los actos de la vida conventual, uno de ellos incluso le hizo una burla:

—Esta noche tendrás que besarle el trasero al hermano comendador, es lo más doloroso de nuestra regla secreta, pero tienes que hacerlo antes de acostarte o perderás la condición de caballero del Temple que acabas de ganar —le dijo con una cara tan seria que parecía verdad.

—¿Es eso cierto? —demandó Jaime a Raimundo.

—Claro, es el rito iniciático de nuestra hermandad por el que todos hemos tenido que pasar. No lo olvides: tras el oficio religioso de vísperas, acude a la cama del comendador y bésale en el ano.

—Pero...

—No te preocupes, él ya está acostumbrado a que cada nuevo caballero le dispense ese... acto de homenaje.

—¿Estás seguro?

—Por supuesto, es una manera de sellar nuestros lazos de camaradería.

—No sé, me parece tan extraño...

—No te preocupes, solo es un beso en el culo.

—Sí, debes hacerlo, Jaime —dijo otro de los hermanos con toda solemnidad—, el comendador así lo espera.

Aquella noche, tras colgar con cuidado su nuevo hábito blanco, Jaime se acercó a la cama del comendador.

—Hermano, debo besaros en el...

—¡¿Qué dices?! —exclamó el comendador, extrañado y sorprendido.

—El rito de hermandad, el beso en el ano...

En ese momento varios hermanos empezaron a reír como nunca antes los había visto Jaime. La risa se consideraba algo maléfico, propia de seres diabólicos o de ignorantes, pero no de buenos cristianos; los templarios solo podían mostrar su agrado mediante sonrisas, sin abrir la boca para evitar prorrumpir grandes carcajadas.

—¡Me habéis engañado! —gritó Castelnou avergonzado.

—Vamos, hermano, solo era una broma —intentó calmarle uno de ellos—. Es la burla que solemos hacer a los que acaban de ingresar en la Orden, como un aviso para que dejen fuera de aquí su orgullo.

El comendador sonrió a Jaime con complicidad y le indicó que regresara a su cama. Mientras lo hacía, algunos de los hermanos no pudieron reprimir nuevas risas. La docena de pasos que separaban la cama de Jaime de la del comendador los cubrió como en volandas, tembloroso y lleno de vergüenza; el rostro le ardía tanto que se lo imaginó totalmente sonrojado. Una vez se hubo acostado, se cubrió la cabeza con la manta, aunque en la oscuridad aún pudo escuchar varias risitas. El calor del verano le obligó a sacar la cabeza fuera, así que tardó un buen rato en dormirse. Además, el dormitorio del convento estaba iluminado por dos lámparas de aceite que siempre lo alumbraban y que jamás debían apagarse. Miró a su alrededor y atisbó la fila de camas, con sus nuevos hermanos abandonados al sueño. Ya no se oía ninguna risita, solo algún ronquido y el crujido de las maderas de los catres cada vez que alguno se removía sobre su colchón de lana.

8

El Halcón era la galera más grande de cuantas surcaban el Mediterráneo. Su enorme perfil destacaba sobre otras cinco galeras del rey de Aragón que se alineaban en la playa de Barcelona, dispuestas para zarpar rumbo a ultramar. Era propiedad del Temple, como bien indicaba el estandarte blanco y negro que ondeaba en el segundo de sus dos elevados mástiles. La llamada de auxilio del maestre del Temple apenas había tenido acogida entre los soberanos de la cristiandad; solo el rey don Alfonso había decidido enviar algunas naves con soldados y dinero. Los templarios de los reinos y estados del monarca habían logrado reunir varios miles de sueldos y enrolar a un centenar de caballeros y sargentos, además de doscientos caballos, que fueron embarcados en tres navíos de carga llamados *huissies*, preparados especialmente por los templarios para el transporte de estos animales.

Aquella mañana de septiembre la playa de Barcelona estaba llena de caballos, mulas, fardos de víveres, equipos de campaña, operarios, soldados y marineros que iban y venían cargando las naves prestas a zarpar hacia Tierra Santa.

Jaime de Castelnou estaba ordenando su equipo a bordo de El Halcón; el comendador de Mas Deu le había entregado dos caballos, un escudero y un criado. Cuando subía a la nave por una rampa de madera apoyada en la arena, observó sobre el castillo de proa a un impetuoso sargento templario que impartía órdenes como si fuera el mismísimo maestre Beaujeu.

—Es Roger de Flor —le dijo Guillermo de Perelló—,

una pieza de cuidado. Todavía no me explico cómo consiguió ingresar en la Orden, porque no es precisamente el templario ideal. Alguien tuvo que influir, y mucho, para que lo aceptaran en la encomienda de Brindisi.

Con las piernas abiertas, los brazos en jarra y una densa y larga barba rubia, Roger de Flor parecía un soldado formidable. Vestía el hábito de sargento del Temple, de un color negro intenso, como ala de cuervo, con la cruz roja cosida sobre el hombro izquierdo. Su historia en el Temple era peculiar. Hijo de Richard Blume, un halconero alemán del emperador Federico II, se quedó huérfano muy pronto, y su madre, una dama de Brindisi, consiguió que lo aceptaran en la Orden como grumete de una de las galeras que el Temple solía tener destacadas en ese puerto. Debido a su astucia, y como no podía vestir la capa blanca de caballero por no ser de sangre noble, Roger de Flor ascendió muy pronto a la categoría de sargento, y no tardó en conseguir que le otorgaran el mando de una de las embarcaciones templarias. Cambió su apellido alemán Blume por el de Flor y logró ser muy conocido y respetado entre sus hermanos y los marineros del Mediterráneo por su audacia y su valor, hasta el punto de ser considerado como uno de los más hábiles marinos.

No era un hombre religioso y no solía cumplir con algunos de los estrictos preceptos de la regla, pero ninguna autoridad le recriminaba su comportamiento irregular porque realizaba con éxito importantes misiones para la Orden en el mar. Solo tenía veintidós años, pero su experiencia era tal que todos los hombres bajo su mando, la mayoría de más edad que él, lo obedecían sin rechistar. Su imponente figura impresionaba tanto como sus ojos azules y profundos, cuya mirada transmitía una intensa sensación de fiereza.

Guillem de Perelló había sido designado como comandante de los caballeros templarios embarcados en la galera, y así se lo hizo saber a Roger de Flor.

—De acuerdo, hermano, tú mandas en esa gente, pero El Halcón está a mi cargo, y una vez hayamos zarpado, yo seré el único que dé las órdenes a bordo.

—Estás hablando con un caballero templario; tú eres solo un sargento.

—Ya he visto tu hábito blanco, pero mira tú el mío, es negro, y ahora observa nuestro estandarte allá arriba, en lo alto del mástil de proa. ¿Lo ves? El *baussant* es mitad blanco y mitad negro, no hay preferencias de colores. ¿Acaso sabes gobernar una de esas galeras, hermano? Esta es la más grande del mundo, el mayor navío jamás construido por manos humanas, salvo el arca de Noé, claro. Si sabes cómo se maneja, de acuerdo, ahí tienes el puente, los timones y el instrumental de navegación. ¿Podrías señalar hacia dónde está Tierra Santa? Hacia allí, hacia allá, por ahí... —dijo Roger de Flor, señalando con el dedo en varias direcciones mar adentro—. Bien, mientras seas incapaz de dirigir esta galera, yo seré el capitán.

Guillem calló y continuó la carga mientras el sargento seguía dando órdenes a voz en grito para acelerar el ritmo de trabajo.

A media tarde ya estaban todos los bultos colocados en la bodega de El halcón; las naves del rey de Aragón también estaban listas. Los capitanes se intercambiaron señales y dieron la voz de zarpar. Empujadas hacia el agua, las seis galeras comenzaron a desvararse de la arena hasta que la profundidad del agua les permitió flotar.

—¡Bogad, bogad con todas vuestras fuerzas! —gritó Roger de Flor a sus remeros.

Más de trescientos brazos se movieron a la vez y remaron al mismo ritmo; la enorme galera templaria comenzó a alejarse de la costa cuando el sol se ocultaba tras los montes de Barcelona.

—¿Cuánto tiempo tardaremos en arribar a Acre? —le preguntó Jaime a Guillem.

—Nunca se sabe; uno, dos, tres meses... Depende del tiempo, de las tormentas, de las corrientes, de los vientos y de la voluntad del Todopoderoso. He estado tres veces en Tierra Santa; en el primero de los viajes empleamos cuatro meses desde Marsella, en el segundo dos y en el tercero apenas veinticinco días. Son el mar, el cielo y Nuestro Señor los que deciden cuánto durará nuestra travesía.

Tres semanas después de zarpar arribaron a Sicilia. La isla pertenecía desde hacía seis años al rey de Aragón; la población se había rebelado contra el dominio de la casa de Anjou y con ayuda del rey Pedro el Grande había logrado liberarse de un gobierno tiránico. Recalaron en el puerto de Siracusa y allí se reaprovisionaron de víveres. Roger de Flor les anunció que la siguiente escala sería en Brindisi, de donde partirían directos hacia Acre una vez se les uniera allí una escuadra del Temple formada por dos galeras de guerra y varios *huissies*.

Entonces se enteraron de que en Bari se estaba concentrando un verdadero aluvión de gentes con destino a Tierra Santa.

—Parece que hay muchos cristianos dispuestos a luchar por Acre —comentó Jaime de Castelnou al enterarse de la noticia.

—Temo que no sea así —repuso Guillermo de Perelló—. Supongo, más bien, que todos esos que aguardan en Bari para embarcar son una chusma de fanáticos y aventureros dispuestos a una ganancia fácil y a apoderarse de cuanto botín caiga en sus manos; no creo que les guíe la idea de defender la cristiandad. Hace ya tiempo que el ideal que guiaba a los cruzados se desvaneció; ahora todos esos son mercenarios sin escrúpulos que matarían a su propia madre por un puñado de monedas. La mayoría de quienes aparecen en estas circunstancias por Tierra Santa son bandidos en busca de fortuna fácil y dispuestos a robar cuanto les sea posible.

»Fíjate en ese Roger de Flor —añadió—. Hace veinte años lo hubieran echado del Temple a patadas, y ahí lo tienes, gobernando nuestro navío de guerra más importante.

Castelnou recordó que la regla prohibía hablar mal a unos hermanos de otros, y ordenaba huir de la murmuración y los chismes, pero no le dijo nada a Guillem, que parecía muy enojado con el comandante de la galera.

En Siracusa se entretuvieron más tiempo del esperado, y al fin partieron hacia Brindisi, adonde llegaron a mediados del mes de diciembre, bajo un cielo gris y, en el horizonte, unos negros nubarrones que amenazaban con fuertes lluvias.

Los barcos que tenían que partir con El Halcón hacia Acre no estaban preparados. Una tormenta había desbaratado algunos de sus aparejos y se tardaría al menos otro mes en repararlos. Además, la borrasca que se había formado hacia el sur no aconsejaba precisamente zarpar en esas condiciones. Los retrasos se acumulaban y Roger de

Flor decidió que sería mejor pasar en Brindisi los dos primeros meses del nuevo año y zarpar a finales del invierno, cuando las condiciones de navegación fueran mejores.

Guillem de Perelló protestó por ello, pero el comandante de la galera se limitó a responderle que nada se podía hacer con aquellas condiciones y que, por tanto, era preceptivo esperar. Los caballos fueron desembarcados y conducidos a un cercado en el que los templarios los obligaron a trotar para evitar que sus patas y sus músculos quedaran entumecidos por la inmovilidad durante la larga travesía. Algunos no resistieron el viaje y hubo que sacrificar a seis.

Conforme se acercaba el día de la partida hacia Acre, más y más peregrinos y cruzados se iban uniendo a la expedición del Temple. La Orden era propietaria de muchos navíos de todo tipo; además de las voluminosas naves de carga, tenía en su haber galeras como el propio Halcón, La Buenaventura, La Rosa del Temple o La Bendita, que explotaba consiguiendo unos buenos beneficios con el precio del pasaje que pagaban los peregrinos que viajaban a los Santos Lugares desde sus bases en los puertos de Niza, Tolón, Marsella, Bari o La Rochelle.

Jaime de Castelnou se quedó asombrado al contemplar cómo se descargaban de las bodegas de dos navíos templarios que acaban de arribar a puerto desde Constantinopla decenas de sacos con pimienta, azúcar, clavo, azafrán, nuez moscada y canela, fardos de telas de seda, decenas de cántaras de vino y aceite, sacas con alumbre, cajas con pescado salado, tablas de madera de ébano, frascos con barnices, rollos de lino e incluso gallinas vivas de la India.

Al fin, tras varias semanas de espera, se dio la orden de zarpar. Habían tardado medio año en atravesar medio Mediterráneo; ahora les quedaba por delante la otra mitad.

Entrada la primavera de 1290, el tiempo cambió y la travesía fue mucho más rápida. Desde Brindisi pusieron rumbo sudeste hasta que avistaron la costa occidental de Grecia, que bordearon navegando de cabotaje ahora con rumbo este. Pasaron al norte de la isla de Creta, sin llegar a divisarla, y a mediados de abril tocaron tierra en la costa sur de Chipre. Si no surgía ningún contratiempo, San Juan de Acre se encontraba solo a tres días de navegación hacia el sudeste.

9

El Halcón arribó majestuoso a la ensenada del puerto de Acre. Desde el castillo de popa, vestido con su hábito blanco y su capa ligera, Jaime de Castelnou observaba la actividad del puerto, sobre cuyos atestados malecones iban y venían estibadores cargados con todo tipo de fardos y sacos.

—Ya estás en Tierra Santa, hermano. Tu deseo se ha cumplido —le dijo Perelló.

—Espero que así sea —convino Jaime, que no perdía detalle de cuanto estaba viendo.

San Juan de Acre era la última gran ciudad que los cruzados mantenían en las costas de ultramar; el año anterior se había perdido Trípoli, y los cristianos ya solo conservaban algunas plazas aisladas y unas pocas fortalezas a lo largo de la costa; entre ellas, el castillo del Peregrino, la más imponente fortificación de los templarios, que se consideraba inexpugnable.

Acre era, desde 1191, la ciudad en la que estaba ubicada la casa madre del Temple; allí se había trasladado tras abandonar Jerusalén cuando en 1187 Saladino conquistó la Ciudad Santa. Estaba ubicada sobre una prominencia rocosa, en la misma orilla del mar, rodeada de agua por el oeste y por el sur, donde se abría una ensenada natural que se había aprovechado para construir el puerto, protegido por un recio malecón. Los lados este y norte estaban defendidos por una doble línea de muralla apoyada en numerosos torreones, y donde se unían esos dos lados se elevaban sendas torres, llamadas Torre Nueva y Torre Maldita, ambas formidables. La fortaleza que los templarios habían construido pegada al mar todo el mundo la conocía precisamente con el nombre de El Temple, aunque también como la Bóveda de Acre, una construcción que imponía por su solidez y su volumen. Otra considerable fortaleza se alzaba en el mismo centro de la ciudad.

La ciudad era como un hormiguero repleto de individuos de las especies más variadas. Demasiado pequeña para albergar a tanta gente, en sus callejuelas se amontonaban cristianos de toda Europa, comerciantes griegos de Constantinopla y Salónica, artesanos musulmanes, mercaderes sirios y egipcios, soldados de fortuna y caballeros de las cuatro grandes órdenes militares cristianas de Tierra Santa: los templarios, los hospitalarios de San Juan, los del Santo Sepulcro y los caballeros alemanes de la Orden Teutónica.

Guillermo de Perelló dio un salto para salvar la distancia que separaba la borda de El Halcón del malecón del puerto de Acre. En cuanto pisó tierra, le llegó el intenso olor a pescado fresco y a especias que se amontonaban en cajas y sacos por el muelle.

Sobre el malecón aguardaba una comitiva de bienvenida que presidía el mismísimo Guillermo de Beaujeu, maestre del Temple, la máxima autoridad de la Orden. Cuando lo reconoció, Guillem hincó la rodilla y le besó la mano.

—Hermano maestre, soy el caballero...

—Te recuerdo, hermano Guillem, de tu última estancia entre nosotros. ¿Qué habéis traído en estos barcos?

—Cuanto hemos podido reclutar. Cien soldados de Cristo, doscientos caballos, equipo para doscientos caballeros y provisiones suficientes para varios meses.

—¿Solo cien hombres?

—Exactamente, treinta y cinco caballeros y setenta y dos sargentos, hermano maestre, además de sus escuderos y criados.

—No serán suficientes.

—Hicimos cuanto pudimos por convencer a los soberanos cristianos, pero su espíritu dista mucho del que nos impulsa a nosotros.

—Tenemos mucho trabajo por delante. Hay que descargar las naves y almacenar las provisiones y los equipos, e instalar los caballos en los establos que os indiquen los hermanos. He ordenado que vengan a ayudar los criados de la Orden. Ahí están nuestras carretas. —A un lado del muelle se alineaban media docena de carros tirados por mulos—. Todos los caballeros que han venido contigo cenarán hoy en el refectorio de nuestra sede; creo que lo merecen. Allí, el mariscal asignará destino a cada uno de los caballeros y de los sargentos.

En cuanto se despidieron, Jaime preguntó a Perelló:

—Ese era el maestre Guillermo, ¿verdad?

—Sí, el mismo —respondió el templario—. Esta noche lo conocerás, vamos a cenar en el refectorio de la casa madre y el maestre presidirá la mesa; pero eso será después, antes tenemos mucha tarea que atender.

Tres semanas después, la ciudad seguía siendo un hervidero constante de gente yendo y viniendo por sus estrechas callejas. Un olor indefinido, mezcla de frituras de pescados, carnes y pasteles, aromas de sándalo y almizcle y de especias, inundaba las calles y las plazas.

—Aquí hay demasiadas gentes para tan poco espacio. Se nota que están huyendo del avance sarraceno —comentó Guillem de Perelló a Jaime—. Si no recibimos más ayuda, presta y abundante, de los monarcas de la cristiandad, esta ciudad será la última que pisen los cristianos en Tierra Santa, y te aseguro, hermano, que no aguantaremos mucho tiempo.

Los dos templarios y sus hermanos llegados en El Halcón se habían instalado en las dependencias de la casa madre de la Orden en Acre. Ninguna autoridad les había dicho nada al respecto, pero por los preparativos en los que estaban trabajando no tenían duda alguna de que se estaban organizando para resistir un largo asedio.

Todo el mundo colaboraba en reforzar las dos líneas de murallas, ahondar los fosos, consolidar los parapetos y acarrear a las zonas señaladas piedras, flechas, lanzas y aceite; entretanto, en los almacenes se apilaban sacos de harina, barriles con carne y pescado salados, y cántaros de aceite y vino.

—¿Crees que vendrán pronto? —le preguntó Jaime tras permanecer los dos un buen rato en silencio contemplando desde lo alto de un torreón la llanura que se extendía frente a la ciudad.

—Nunca se sabe —respondió Guillem—. Los sarracenos suelen estar muy ocupados con sus propias disputas internas, que a veces duran años. Pero cuando las solucionan, casi siempre cortando la cabeza de uno de los dos gallos que se disputan el poder, el vencedor se lanza sobre los cristianos con renovada ferocidad. Así ha sido al menos hasta ahora.

—Esos muros parecen muy sólidos; resistirán sus ataques.

—Dependerá de su fuerza, del número de soldados que traigan y de su voluntad de vencer. Para ganar una batalla hace falta que se den esas tres circunstancias a la vez; si falla una de ellas, la derrota está garantizada.

—¿Cómo son esos sarracenos?

—¿Tienes miedo?

—En el Temple me habéis enseñado a no tenerlo.

—Pues deberías. Esos malditos hijos de Mahoma no dejan a nadie vivo. Miles de cabezas de nuestros hermanos se amontonan en fosas por toda Tierra Santa. ¿Has oído hablar de la batalla de los Cuernos de Hattin?

—Sí, aunque no sé muy bien qué ocurrió.

—Fue nuestra peor derrota, y por ella perdimos Jerusalén. Ocurrió hace poco más de cien años. Gerardo de Ridefort era nuestro maestre; un hombre valeroso, pero quizá demasiado irreflexivo y pendenciero. Dicen que ingresó en el Temple a causa de un desengaño amoroso y que a él se deben nuestros peores momentos. Se enfrentó con el sultán Saladino en esa batalla y fue derrotado bajo un sol abrasador. Cayeron doscientos treinta hermanos nuestros. Lucharon con gran valor, pero eran inferiores en número al enemigo sarraceno, que además contaba con una clara ventaja estratégica. Todos ellos fueron decapitados y sus cabezas, clavadas en picas. Allí se perdió la reliquia de la vera cruz, que los templarios teníamos que custodiar. Fue nuestra más amarga derrota y un terrible deshonor, pero supimos rehacernos. Perdimos Jerusalén y nuestra casa fundacional en el templo de Salomón, aunque aquí seguimos, y aquí seguiremos, porque esta es nuestra razón de ser. Hattin no significó nuestro final; aprendimos mucho de aquella derrota.

—Ahí está el *baussant* —señaló Jaime con orgullo al estandarte blanco y negro de los templarios que ondeaba mecido por la brisa marina en lo alto de una de las torres del recinto exterior.

—El blanco y el negro, la luz y la oscuridad, el día y la noche, la pureza y la fuerza... Todo eso significa nuestro emblema. Todavía no has participado en ninguna acción de armas, pero cuando lo hagas, y creo que la ocasión llegará pronto, sentirás un orgullo infinito cuando en el fragor de la batalla levantes la cabeza y observes nuestro pendón siempre alzado, y a centenares de caballeros vestidos de blanco o de negro, con las cruces rojas sobre capas y hábitos, luchando codo con codo junto a él.

10

Estaban acabando de comer cuando una voz corrió por toda la ciudad. Sobre el mar se atisbaba una línea de velas que se acercaba hacia el puerto con viento favorable.

—Son cruzados, pero por si acaso vayamos para allá —dijo Perelló.

Media docena de templarios y algunos escuderos cogieron sus espadas y salieron prestos hacia el puerto. Allí esperaron la llegada de la flota, a la que una galera se había acercado para comprobar que no eran sarracenos camuflados. Se trataba de una expedición de cruzados que habían embarcado en diversos puertos del sur de Italia en respuesta a la llamada del papa para acudir en defensa de Tierra Santa.

—Es una buena noticia. Necesitamos más soldados —comentó Jaime de Castelnou mientras desde el muelle observaba las maniobras de la flota para embocar la entrada al puerto de Acre.

—Veremos —musitó Guillem de Perelló en un tono escéptico.

Uno a uno, los barcos de carga y las galeras de guerra fueron atracando en el puerto, y a tenor de lo que vio sobre sus cubiertas, Jaime preguntó:

—¿Te referías a eso, hermano?

—En efecto; temía que iba a ocurrir algo así. No son hombres de fe, sino aventureros y mercenarios en busca de una oportunidad para enriquecerse. Nos causarán problemas.

Sobre las cubiertas de los barcos, una barahúnda heterogénea de tipos de poco fiar agitaba los brazos y reía a carcajadas cantando canciones soeces como si estuvieran en mitad de una gran juerga.

Los primeros que saltaron a tierra, algunos incluso antes de que los barcos hubieran sido amarrados, gritaban como posesos y reían, y preguntaban a grandes voces que dónde estaban los sarracenos y dónde su oro, y cuántas mujeres había en esos reinos del perro Mahoma dispuestas a alcanzar el paraíso; y todo ello lo hacían mientras se tocaban de modo soez sus genitales.

Guillem de Perelló llamó a uno de los escuderos y le ordenó que acudiera presto al Temple para informar al maestre de lo que estaba pasando en el puerto y de la necesidad de establecer algún sistema de guardia para controlar a aquellos tipos.

Junto a los templarios pasaron varios italianos recién llegados, que se dirigieron a ellos con frases burdas y algunos insultos. Los caballeros no movieron un músculo de sus rostros, pero Jaime hubiera despachado bien a gusto a alguno de aquellos impertinentes botarates si sus votos no le impidieran golpear o herir a un cristiano.

No existía ninguna autoridad que controlara aquel tropel de gente. Mercaderes sin escrúpulos y media docena de piratas se habían encargado de reclutar a la peor chusma de Italia y la habían embarcado previo pago de una buena cantidad de dinero con la promesa de que en Tierra Santa se podía conseguir un buen botín.

Las calles de Acre se llenaron pronto de aquellos individuos que iban de taberna en taberna gritando, avasallando y violentando a quienes se cruzaban en su camino.

Jaime y Guillem intentaron poner cierto orden, pero aquellas gentes no atendían a ninguna razón; muchos de ellos estaban borrachos y solo preguntaban por las tabernas y los prostíbulos. De repente, uno de ellos contó a gritos que, según le habían contado, en un barrio de la ciudad había ricos mercaderes sarracenos con sus tiendas rebosantes de mercancías que aguardaban que alguien fuera a cogerlas, y hacia allá se dirigieron corriendo sin que nadie pudiera detenerlos.

En Acre se había establecido una colonia de comerciantes musulmanes de Damasco que hacían negocios con los cristianos y aprovisionaban los bazares de la ciudad de productos de lujo como joyas y ricas telas, pero también de alimentos y vestidos. Ese día, los italianos cayeron sobre sus tiendas como un alud, saqueando una a una las botigas de los damascenos.

Las autoridades de la ciudad tardaron en reaccionar y cuando enviaron a varios destacamentos de soldados para poner fin a semejante desmán, el daño ya era irreparable. Los mercaderes musulmanes reclamaban de las autoridades de Acre una compensación por los perjuicios causados y los templarios actuaron con contundencia. A modo de alguaciles, varios grupos de caballeros y sargentos recorrieron la ciudad requisando todas las mercancías robadas. En algunos casos fue fácil, pues los ladrones no habían tenido ningún reparo en colocarse encima los brocados y las joyas sustraídas, y paseaban engalanados con ellas por las calles de Acre como pavos reales.

La contundente actuación de los templarios devolvió la calma a la ciudad.

—No te esperabas esto, ¿verdad? —le dijo Perelló a Jaime.

—Pues no; nunca imaginé que mi primera acción en Tierra Santa sería detener a cristianos que han atacado a musulmanes. Este mundo parece estar del revés.

—Aquí nada ha de extrañarte, pues nada es lo que parece. Y no creas que se ha acabado este asunto. Esas alimañas han venido a buscar su botín. Son gente sin entrañas, mucho más peligrosos que los sarracenos, y no dudes que volverán a causar problemas —sentenció Guillem.

Durante varios días los templarios se dedicaron a recorrer la ciudad en grupos de dos caballeros, cuatro sargentos y cuatro escuderos para que aquellos incidentes no volvieran a repetirse. Las patrullas tenían orden de detener a cualquiera, cristiano o musulmán, que se comportara de manera violenta o que no atendiera las normas dictadas en un bando por las autoridades.

La ciudad recuperó una cierta tranquilidad y los comerciantes de Damasco se contentaron por el momento, aunque no lograran rescatar todas sus mercancías.

Sin embargo, mediado el mes de agosto se rompió la tensa calma. Los italianos estaban celebrando un banquete en uno de los mesones del puerto. A la caída de la tarde se habían reunido varios de sus cabecillas para hablar de qué hacer, pues no estaban dispuestos a quedarse allí, encerrados en las murallas de Acre, gastando el dinero que habían traído y sin obtener ningún beneficio. En el banquete corrió de manera generosa el vino dulce de la zona, y muchos de aquellos mercenarios empezaron a mostrarse violentos y a reclamar el botín por el que habían viajado hasta ese rincón del mundo. Los más exaltados dijeron que ya estaba bien, que como cristianos que eran, no podían consentir que sus bolsas menguaran mientras los damascenos engordaban las suyas.

Los ánimos se fueron calentando hasta que un mercenario de Bari, con notorios síntomas de embriaguez, se subió a una mesa e incitó a los demás a salir a la calle a degollar a cuantos sarracenos encontraran. Sus palabras fueron acogidas con vítores, y un grupo desenvainó sus cuchillos y sus espadas y se dirigió con manifiesta excitación hacia el barrio musulmán. Borrachos y ávidos de oro, decenas de italianos irrumpieron en la calle del bazar de los damascenos y asesinaron a cuantos encontraron a su paso. El terror cundió entre los musulmanes de Acre y algunos de ellos lograron huir de la ciudad ante la enorme confusión que se extendió por todas partes.

Jaime de Castelnou estaba revisando su equipo en las caballerizas del Temple cuando un criado le indicó que debía acudir presto y armado al patio. Allí se encontró con el mariscal de la Orden, que estaba dando instrucciones a un grupo de caballeros; entre ellos, Guillem de Perelló. La situación parecía grave, pues los mercaderes asesinados estaban bajo la protección de las autoridades de la ciudad, y aquellos italianos habían roto una de las normas sacrosantas de esas tierras.

—Esos italianos han vuelto a cometer una grave tropelía —comentó el templario—. Han degollado a unos cuantos musulmanes en plena calle y les han robado. Algunos han huido de la ciudad y a estas horas corren a reunirse con sus hermanos de religión. Me temo que buscarán justicia... y venganza.

—Y, en ese caso, ¿qué crees que ocurrirá? —preguntó Jaime.

—Si no me equivoco, esta es la excusa que necesitaba el sultán de Babilonia para atacar Acre.

—Pero si le entregamos a los culpables...

—Eso no ocurrirá; hemos jurado defender a los peregrinos cristianos de los infieles.

—Pero estos canallas no son peregrinos, dudo incluso que sean cristianos.

—Han tomado la cruz al embarcarse, están bajo la protección de la Iglesia y, por tanto, son cruzados. Ni el maestre del Temple ni el del Hospital irán jamás contra ellos.

—No son otra cosa que ladrones y asesinos —aseguró Jaime.

—Son cruzados —repuso Guillem—. En la guerra todo el mundo comete acciones infames; en la batalla no rigen las leyes que nos obligan en tiempos de paz. Tal vez en otra época, cuando los caballeros lo eran de verdad... Pero ahora no.

—Esta matanza no ha tenido lugar en una batalla; se ha perpetrado sobre inocentes desarmados.

—Pero eran musulmanes, Jaime, hijos del diablo. Y, además, necesitaremos a esos italianos para cuando el ejército del sultán de Babilonia caiga sobre nosotros.

Los damascenos que habían logrado huir de Acre se presentaron en El Cairo ante el sultán Qalaún y denunciaron los asesinatos y robos que habían cometido los cristianos en Acre. Como bien había supuesto Perelló, fue la excusa que el señor de Egipto estaba aguardando para intervenir.

A finales de septiembre llegó una embajada a Acre encabezada por un visir del sultán. Las autoridades de la ciudad lo recibieron con todos los honores, pero el rostro del embajador no era precisamente un signo de paz.

—Mi señor, el gran sultán Qalaún, demanda la entrega de los culpables de la cobarde matanza que contra los fieles del islam se perpetró semanas atrás en esta ciudad.

—Los culpables han sido detenidos y juzgados —respondió el rey de Chipre, la máxima autoridad cristiana en Acre.

—Vuestra justicia no conforta a mi señor. Esos asesinos han de ser juzgados conforme a sus actos criminales y ejecutados por la vileza cometida.

—Debéis comprender su reacción. Todo empezó cuando un grupo de musulmanes intentó violar a una mujer cristiana. A sus gritos acudieron varios cristianos y se produjo una pelea.

—No son esas las noticias que nosotros tenemos.

—El informe que hemos recabado así lo indica; solo se pretendía evitar una violación. Algunos hombres, movidos por su indignación y su afán de venganza, tal vez se excedieron, pero eso fue todo.

—Mi señor reclama justicia, no venganza, y exige la entrega inmediata y sin condiciones de los asesinos.

El visir se mostraba firme. Sus órdenes eran tajantes: o regresaba a Egipto con los culpables, o habría guerra.

—Sentimos la muerte de vuestros hermanos musulmanes, pero nada podemos hacer. Decidle al sultán que comprendemos y compartimos su indignación, pero le pedimos que tenga en cuenta y admita nuestras alegaciones.

—Entregadnos a los culpables y nos marcharemos en paz.

—Son cristianos; no podemos hacerlo.

—¿Es vuestra última palabra?

—No podemos, ya os lo he dicho.

—En ese caso, pronto tendréis noticias de mi señor.

Guillem y Jaime fueron designados para escoltar al visir hasta las afueras de la ciudad. Hacía varios meses que habían llegado y era la primera vez que salían fuera de sus murallas.

De regreso a Acre, Jaime hubiera querido hablar con su hermano templario, pero recordó la norma del silencio y decidió disfrutar del paseo a caballo después de tantas semanas sin cabalgar.

11

—Preséntate ante el hermano vestiario; él te proporcionará un atuendo que te hará parecer un mercader catalán. Mañana nos vamos a Egipto.

—¡¿Qué?!

Jaime de Castelnou se quedó pasmado cuando escuchó a Guillem de Perelló.

—Acabo de recibir órdenes directas del mariscal, que a su vez ha despachado con el maestre. Saben por nuestros espías en Egipto que la intención del sultán es atacar Acre en la próxima primavera. Ha intentado convencer a los comandantes de los distintos grupos de cruzados de que es mejor llegar a un buen pacto con el sultán antes que arriesgarnos a una batalla que no podemos ganar de ninguna manera; pero ha sido en vano. Los franceses y los ingleses lo han tachado de cobarde y de preocuparse solo por el dinero de la Orden, y los venecianos, a pesar de ser nuestros aliados, se han negado a entregar a los italianos que provocaron la matanza de damascenos. Si hubiera dependido de Beaujeu, los culpables hubieran sido entregados al sultán, pero todos los demás se han negado. No obstante, es preferible un mal acuerdo que la guerra, y nos han encomendado ir a Egipto para entrevistarnos en secreto con el visir Al-Fajri. Viajaremos con una caravana de mercaderes que sale mañana de una aldea cercana. Toma, guarda estas ropas, son las que tendrás que ponerte para el viaje.

—¿Por qué nosotros?

—En mi caso, porque conozco la lengua árabe y porque ya he estado en Egipto en mis anteriores viajes a Tierra Santa; en el tuyo, porque eres un recién llegado y porque así lo han decidido nuestros superiores. ¿Recuerdas que juraste obediencia? Y aféitate la barba, ¿no pretenderás parecer un templario?

Castelnou se atusó la barba, que apenas alcanzaba la longitud de dos dedos, y no replicó. Se limitó a recoger el hatillo que le había entregado Guillem y a guardarlo junto a su cama.

El día amaneció caluroso y húmedo. El otoño ya estaba avanzado, pero el calor seguía apretando. La caravana estaba formada por casi un centenar de camellos cargados con fardos muy voluminosos, con sus correspondientes camelleros y una docena de soldados contratados para su custodia. Los dos templarios vestían a la usanza sarracena, pero sus facciones denotaban claramente que eran *frany*, que así llamaban los musulmanes a los cruzados.

—Recuerda que somos dos mercaderes catalanes buscando hacer negocios en Egipto —dijo Guillem.

—No tengo ni idea de comercio —repuso Jaime.

—No importa, tú déjame a mí.

Durante varios días marcharon en dirección sur, bordeando la costa mediterránea por una antiquísima calzada. A la derecha dejaron el castillo del Peregrino. Guillem le comentó a Jaime que en una de sus anteriores estancias en Tierra Santa había servido durante varios meses en esa formidable fortaleza y le contó que estaba construida de tal manera que con apenas dos centenares de defensores, ningún ejército sería capaz de conquistarla.

Más hacia el sur pasaron por Jaffa, de donde salía un camino hacia el este, directo a Jerusalén, y por Ascalón y Gaza, donde descansaron y se aprovisionaron de agua antes de atravesar el norte del desierto del Sinaí.

Por fin, tras dos semanas de travesía, llegaron a El Cairo. Jaime jamás había visto una ciudad como aquella. Hasta entonces las urbes más grandes que había conocido eran Barcelona y Acre, pero El Cairo rebasaba su propia imaginación. Ubicada a orillas del río Nilo, ante cuyo enorme caudal quedó asombrado, la ciudad se extendía por una superficie tan grande que no podía abarcarse con una sola mirada.

—¿Cuánta gente vive aquí? —preguntó Jaime.

—Nadie lo sabe —respondió Guillem—. Algunos aseguran que mil veces mil, una cantidad que los italianos llaman «millón». Una vez oí decir a un comerciante que si los cairotas se dieran la mano los unos a los otros y se pusieran en fila, unirían en una cadena humana Jerusalén con El Cairo.

—En ese caso, pueden movilizar un ejército de muchos miles de soldados.

—Más de cien mil. ¿Por qué crees que el maestre y el mariscal nos han enviado hasta aquí? Si el sultán quiere consumar su deseo de venganza y ataca Acre, ¿cuánto tiempo supones que podremos resistir su asedio? Nuestra única esperanza es conseguir un acuerdo de paz.

—Sin entregar a los criminales italianos, parece difícil.

—Ya veremos; tal vez ceda ante una buena bolsa repleta de monedas de plata.

—Este tipo de acuerdo no parece propio de templarios —alegó Castelnou.

—Ya te comenté en una ocasión que en estas tierras nada es lo que parece —repuso Perelló.

Accedieron a El Cairo por una gran puerta custodiada por unos guardias que miraban con desinterés al tropel de gente que iba y venía con mercancías de todo tipo. Las calles estaban tan atiborradas de personas y animales de carga que apenas se podía dar dos pasos en línea recta. Todo eran gritos y voces demandando atención, o llamadas de los mercaderes que proclamaban con exagerados aspavientos la bondad de sus productos.

Guiados por uno de los musulmanes que había viajado con ellos en la caravana, atravesaron la intrincada red de callejuelas hasta que se presentaron ante un enorme portón de madera cubierto por un arco de piedra decorado con yeserías pintadas en verde, rojo y negro. Tras varios golpes, la puerta se abrió y apareció un gigantesco criado negro vestido con unos calzones blancos, un chaleco sin mangas y un voluminoso turbante. Le hizo una señal con la cabeza al guía y este se perdió entre las callejuelas, mientras con la mano indicaba a los dos templarios que pasaran.

En cuanto la puerta se cerró a sus espaldas, quedaron frente a un patio cercado por altísimos muros enjalbegados con yeso de color rojizo y cubiertos de arriates. Al fondo se abría una gran arcada decorada con finas filigranas de yeso y en el centro manaban tres chorros de agua cantarina de una fuente rodeada de árboles frutales y arbustos aromáticos. Solo habían atravesado una puerta, pero les pareció que se habían adentrado en otro mundo. El ruido de las calles, la barahúnda de personas, las prisas, los empujones y la mezcla de olores indefinibles habían dado paso a un apacible silencio apenas alterado por el rumor de los chorros de agua y a un delicado aroma de arrayanes y limones.

El criado los condujo hasta una cálida estancia repleta de enormes almohadones de fina tela con exquisitos brocados, les indicó que se acomodaran y desapareció por una pequeña puerta. Instantes después, por esa misma puerta apareció una joven que apenas cubría su cuerpo con unos pantalones bombachos de lino y un ajustado corpiño adamascado, dejando al aire todo el vientre y más de la mitad de la espalda. Jaime se sintió muy incómodo y notó cómo su rostro se ruborizaba ante la presencia de aquella mujer que olía a áloe y algalia. Como no quería que Guillem fuera testigo de su arrobamiento, bajó la cabeza a la vez que se giraba de espaldas procurando no fijar su vista en los ojos de la hermosa muchacha, tal y como prescribía la regla de la Orden.

La joven portaba una bandeja repleta de pastas de miel, frutas almibaradas, almendras, pistachos, nueces y dos copas con jarabe de moras, que dejó sobre una mesa baja. Después dijo unas palabras en árabe y desapareció por la puerta con la misma sutileza con la que había entrado.

—Nos ha deseado salud —comentó Guillem.

Jaime se giró hacia su hermano templario, que se había acercado a la mesa para coger una ciruela confitada.

—¿Repíteme qué hacemos aquí? No entiendo nada.

—Hemos venido a comprar al visir Al-Fajri para que convenza a su sultán de que no ataque la ciudad de Acre.

En ese momento un heraldo anunció la inmediata

presencia del visir de Egipto, que apareció sonriente y saludó en árabe a los dos templarios deseándoles la paz e indicándoles que se recostaran en los cómodos almohadones.

—Sed bienvenidos a mi casa —dijo en árabe, a la vez que los animaba a coger algunas frutas y a beber el dulce néctar de mora—. Vos debéis de ser Guillem de Perelló, y este es vuestro criado, ¿me equivoco?

—Así es, señoría, solo que no es mi criado, sino un caballero templario como yo; se llama Jaime de Castelnou y hace muy poco que está destinado en Palestina.

—Por lo que percibo, no entiende el árabe.

Jaime asistía a la conversación sin entender una sola palabra, más allá de su nombre, pronunciado de los labios de Guillem.

—Cierto, pero es un extraordinario guerrero; por suerte, en Acre hay muchos como él —dijo el templario, y a continuación añadió—: Gran visir, si al fin decidís atacar la ciudad, no será fácil su conquista. Deberíamos llegar a un acuerdo antes de que mueran muchos hombres en un bando y otro.

—Sí, parece lo más adecuado —repuso Al-Fajri—. ¿Cuál es vuestra oferta?

—Veo que vais directamente al grano.

—No me gustan los rodeos. Ya sé que mi gente prefiere demorar las cosas y que a veces se muestran demasiado diletantes, pero yo no quiero perder el tiempo.

—En ese caso, estoy autorizado por nuestro maestre, a quien ya conocéis, para ofreceros diez mil libras de plata.

—No es mucho a cambio de una ciudad tan rica como Acre.

—Y cinco mil más para vos, digamos que como compensación por vuestros esfuerzos en alcanzar la paz.

—Que sean veinte mil, y diez mil por mi trabajo.

—No estoy autorizado.

—Vamos, don Guillem, sí que lo estáis. ¿Seguro que vuestro compañero no entiende lo que estamos diciendo?

—¿Acaso no veis la cara de despistado que tiene?

Jaime de Castelnou se dio cuenta de que en ese momento estaban hablando de él.

—Quince mil y ocho mil —dijo Al-Fajri.

—Doce mil y diez mil —reaccionó Perelló.

Ante esa nueva oferta, que otorgaba dos mil libras más de las que había pedido para sí, aun a costa de perder tres mil para el sultán, el visir aceptó.

—De acuerdo, don Guillem, pero ahora debo convencer al sultán de este pacto.

—Habéis hecho un gran negocio.

—Tengo muchos gastos: este palacio, mi guardia personal, mi harén...

—¿Cuándo podréis darnos una respuesta?

—En un par de días; mañana despacharé con el sultán y le presentaré vuestra oferta. Confío en que la acepte. Entretanto, aceptad ser mis invitados. Ordenaré a mis criados que no os falte de nada y que alimenten bien a vuestros caballos. ¡Ah!, y ya sé que a los templarios os están prohibidas las mujeres, pero si deseáis pasar la noche con alguna, no dudéis en decírmelo, os procuraré unas hembras capaces de colmaros de un placer inimaginable.

—Hemos profesado votos de castidad.

—Una buena hembra puede conseguir que olvidéis esos votos... al menos por un rato.

—Agradecemos vuestra hospitalidad, pero no podemos tocar siquiera a una mujer.

—En ese caso, consideraos en vuestra casa.

Al-Fajri rio con ironía y salió tras hacer una educada reverencia.

Tal como había acordado en la primera entrevista, el visir citó a los templarios en la misma sala dos días más tarde. Durante esas dos jornadas Guillem y Jaime no habían hecho otra cosa que comer y esperar. Ni siquiera habían salido del palacio para recorrer las calles de El Cairo.

—No hay acuerdo —sentenció Al-Fajri.

Perelló tradujo a Jaime las palabras del visir.

—En ese caso...

—Ayer, mediada la tarde, el sultán no aceptó vuestras excusas ni vuestro dinero, y rechazó por completo la oferta de vuestro maestre. Ante una considerable multitud reunida en la gran mezquita y delante de un ejemplar del sagrado Corán, juró con la solemnidad propia de semejante ocasión que él mismo se va a poner a la cabeza del ejército, que empeñará el resto de su vida no solo en conquistar Acre, sino en arrojar al mar al último cruzado, y que no dejará las armas hasta lograrlo.

—Pero Qalaún es un hombre anciano —dijo Perelló.

—Tiene setenta años; sabe que el final de su vida está cerca y desea dejar este mundo como un buen musulmán, como el caudillo que arrojó a los *frany* al mar para siempre.

—¿No habéis podido convencerlo para evitar la guerra?

—Lo he intentado, pero ha sido inútil. La edad lo ha

ablandado; sus ojos se llenaron de lágrimas cuando a la entrada de la mezquita varias madres clamaron venganza para sus hijos muertos por los cruzados. Tomad esta carta, es la respuesta al ofrecimiento de vuestro maestre. La ha dictado el sultán esta misma mañana. En ella se niega a acordar pacto alguno y dice que Acre debe ser conquistada. Al mismo tiempo, ha emitido las órdenes por las que convoca a todo el ejército a la yihad.

—Vuestra guerra santa.

—Bueno, digamos que se trata de la defensa del islam, que durante dos siglos ha sido amenazado por vuestros cruzados.

—Siento no haber podido cerrar un acuerdo con vuestra señoría.

—Yo también, pero la voluntad de Dios ha querido que las cosas sean así. He dispuesto todo para que no tengáis ningún contratiempo en el camino de regreso a Acre. Aquí están los salvoconductos; vuestros caballos también están preparados. Por mi parte, os recomiendo que convenzáis a vuestros superiores para que ordenen evacuar la ciudad, o de lo contrario, que se preparen para morir. He visto vuestras defensas; las murallas no son despreciables, pero se prepara una sorpresa que os hará temblar.

—Somos templarios, visir, la palabra «miedo» no existe en nuestra lengua.

—Os lo repito: convenced a vuestros jefes para que se marchen, o la matanza será tremenda.

—Allí nos encontraréis.

Guillem y Jaime salieron de El Cairo y no descansaron hasta llegar a Acre. La carta que portaban para el maestre Beaujeu estaba fechada según el calendario musulmán, que correspondía al 4 de noviembre del año del Señor de 1290. Ese mismo día, decenas de copias de un edicto habían salido en todas las direcciones de Egipto, Palestina y Siria reclamando la concentración de tropas para marchar en expedición a la conquista de Acre. Una sensación de euforia y un afán de victoria inundaron el corazón de los musulmanes.

12

Desde que los dos templarios regresaron de su embajada secreta a Egipto, las autoridades de Acre habían puesto en marcha un plan de defensa basado en la distribución por zonas de los diversos contingentes acantonados en la ciudad, organizados y agrupados según su procedencia.

Un comité formado por el rey Enrique de Chipre, los maestres del Temple, del Hospital y de la Orden Teutónica, así como varios comandantes de las tropas francesas, inglesas e italianas allí destacadas, acordó la distribución de los soldados por sectores: los templarios y los hospitalarios defenderían el tramo norte de los muros; los templarios junto a la costa y los hospitalarios en la zona más próxima a la Torre Nueva; en el centro, junto a la Torre Maldita, donde la muralla giraba hacia el sur en ángulo recto, estarían los teutones, en tanto que en el resto del tramo hasta la playa del puerto se ubicarían las compañías de franceses, ingleses, pisanos, venecianos y genoveses.

Al-Fajri seguía manteniendo buenas relaciones con los templarios, y le hizo llegar al maestre una carta en la que le avisaba de que el ataque a Acre iba a ser inminente. Así fue: un inmenso ejército mameluco se puso en marcha en dirección a Palestina a través de la costa norte del Sinaí.

Una noticia despertó cierta esperanza. Apenas una semana después de partir de El Cairo, había muerto el sultán Qalaún. Los espías y exploradores destacados a lo largo de la ruta de Egipto a Palestina comunicaron que el ejército mameluco se había detenido. Muchos pensaron que daría media vuelta y regresaría a sus hogares a orillas del Nilo, pero se equivocaron. Apenas se ultimaron los funerales por el sultán, su hijo Jalil asumió el sultanato, recibió el juramento de fidelidad de los generales del ejército mameluco y ordenó continuar avanzando hacia el norte, tras jurar ante el Corán que seguiría con el plan trazado por su padre para conquistar Acre y arrojar de la sagrada tierra del islam a los cristianos.

Los exploradores y las avanzadillas destacadas en la ruta del sur para observar la marcha del ejército mameluco se replegaron y se refugiaron en Acre. El nuevo sultán había ordenado acelerar la marcha y pasar de largo ante las fortalezas cruzadas ubicadas en el camino, especialmente la del castillo del Peregrino, en cuya leyenda de inexpugnable los templarios habían confiado para detener o al menos retrasar el avance sarraceno.

—Estarán aquí muy pronto —le dijo Perelló a Castelnou.

Los dos templarios montaban guardia en la torre de la puerta de San Lázaro, la más cercana a la costa en el sector norte de la ciudad. Desde lo alto de la torre almenada podían ver el mar y el extenso llano que se extendía hacia el norte y hacia el este.

Un escudero apareció por la poterna y comunicó a los dos caballeros que el maestre del Temple estaba subiendo por las escaleras interiores.

Guillermo de Beaujeu apareció seguido por los altos oficiales de la Orden; entre ellos, el mariscal, el senescal y el comendador del reino de Jerusalén. Los dos caballeros inclinaron la cabeza e hincaron la rodilla derecha en el suelo ante la presencia de sus superiores.

—Levantaos —ordenó el maestre en francés—. Quería felicitaros de nuevo por vuestro trabajo en Egipto.

—No ha resultado efectivo, hermano maestre —dijo Guillem de Perelló.

—Tal vez debimos ofrecer más dinero a ese viejo sultán, o quizá haberlo hecho a su hijo. Ahora ya no tiene remedio. Estamos girando una visita de inspección a nuestras posiciones, que han de ser las mejores y las más firmes. La Orden se juega todo su prestigio en esta batalla. Apenas nos quedan Acre, algunas posiciones en la costa y el castillo del Peregrino; si caen, el Temple estará abocado a su fin. No obstante, hemos preparado un plan por si los mamelucos consiguieran tomar Acre. Vosotros dos, hermanos, habéis demostrado absoluta fidelidad a nuestra Orden, de modo que os lo podemos confiar.

El maestre hizo una señal y uno de sus escuderos se acercó con un rollo de pergamino que desplegó en cuanto lo tuvo en sus manos.

—Esto es Acre —supuso Jaime de Castelnou.

—En efecto, hermano, es un plano con las fortificaciones de la ciudad. Aquí estamos nosotros —apuntó señalando con el dedo un arco que representaba la puerta de San Lázaro——, y aquí, la Bóveda. En una cámara contigua a la sala capitular se guarda el tesoro de la Orden en Tierra Santa: cuatrocientas mil libras en joyas, oro y plata.

»Bien, tú, Jaime de Castelnou, serás el encargado de su custodia. Si nuestras posiciones en la muralla exterior son desbordadas, abandonarás tu puesto, sea cual sea la situación, y acudirás presto a la Bóveda, recogerás el tesoro y embarcarás en una nave que estará anclada junto a una puerta que da directamente sobre el mar. Entre las rocas de esa zona existe una pequeña ensenada con profundidad y anchura suficientes para que una de nuestras galeras se acerque hasta el mismo muro y pueda cargar el tesoro desde nuestro edificio central. Una vez a bordo, dirigirás la galera hacia Chipre y te quedarás allí como custodio del tesoro hasta que un nuevo maestre decida su nueva ubicación.

—¿Un nuevo maestre? —se sorprendió Castelnou.

—Claro, pues si es el deseo de Nuestro Señor, yo quiero morir luchando en Acre. No pienso huir de la ciudad; con la infamia de un maestre ya hemos tenido bastante.

Beaujeu se refería al maestre Ridefort, el insensato que condujo al Temple al borde del desastre cien años atrás en la batalla de Hattin.

—¿Por qué yo, hermano maestre? Ni siquiera hace dos años que visto el hábito blanco de caballero —preguntó Castelnou.

—Pues ya deberías saber que no debes hacer preguntas, sino limitarte a obedecer a tus superiores.

Jaime bajó la cabeza abochornado.

—Pero, hermano maestre, yo...

—Y no te avergüences, levanta la cabeza y muestra el

orgullo que todo templario ha de sentir al portar este hábito.

»Por lo demás, ¿hay alguna novedad, hermano Guillem?

—Ninguna, hermano maestre, ninguna. Todos los hombres están en sus puestos y todo el equipo ha sido repartido conforme a las instrucciones recibidas —informó Perelló.

—Tan eficaz como siempre.

El maestre Beaujeu dio un abrazo a los dos caballeros y salió de la azotea de la torre seguido por su séquito.

—¿Por qué yo? —se preguntó Jaime—. ¿Por qué no tú, hermano, que tienes mucha más experiencia?

—No lo sé —contestó Guillem—, pero ya has oído al maestre: no preguntes y limítate a obedecer, que es lo que juraste cuando recibiste la capa blanca en Mas Deu.

13

La calma era absoluta. Solo una ligera brisa del mar que hacía ondular los estandartes enarbolados en lo alto de los torreones alteraba la quietud. Hacía dos días que los últimos espías y oteadores destacados en la ruta de Egipto habían corrido a refugiarse dentro de las murallas de Acre. Los templarios habían distribuido armas y provisiones en las torres del sector norte que les habían atribuido para la defensa; una decena de estandartes con bandas negras y blancas ondeaban en lo alto de los muros, en tanto los caballeros pasaban las horas en silencio observando fijamente el fondo de la llanura costera.

Nadie movía un dedo, pero todos tenían la mirada puesta en el horizonte, como si estuvieran esperando un acontecimiento sobrenatural. Armados con espadas, lanzas y arcos, y protegidos por las cotas de malla, las corazas y los yelmos de combate, los templarios aguardaban tensos en sus puestos.

—Llevamos así horas, ¿qué está pasando? —le preguntó Jaime a Guillem de Perelló sobre la terraza del torreón cuya defensa les habían asignado el mariscal y el senescal del Temple.

—No lo sé; es como si el miedo estuviera latente en el aire. Lo puedo sentir. Hace dos días que regresaron los exploradores, pero aquí no sabemos nada de lo que está ocurriendo ahí fuera.

—Tal vez su ejército no sea tan grande como han asegurado los espías.

—Enseguida tendremos ocasión de comprobarlo por nosotros mismos.

Perelló alargó el brazo y señaló hacia el este. Al fondo de la llanura brotó, como si emergiera de detrás del horizonte, una masa de soldados que avanzaba hacia Acre cual una marea marrón y gris.

En unos instantes todo el frente de la tierra se llenó de un mar de picas, corazas y cimeras.

—¡Ahí están los mamelucos! —exclamó Jaime.

—Sí, ahí los tienes; el ejército del sultán de Babilonia al completo, doscientos mil hombres. Tal vez el mayor ejército jamás visto.

—¿Qué podemos hacer?

—Nada, hermano, nada. Bueno, tal vez prepararnos para morir con dignidad. No hay otra salida.

—Quizá recibamos ayuda...

—¿Ayuda?, ¿de quién?, ¿del papa?, ¿de los monarcas cristianos? No, hermano, no, estamos solos; nosotros, los defensores de Acre, frente a ellos, los mamelucos. No esperes ningún auxilio. La cristiandad se ha olvidado de nosotros. Hubo un tiempo en que fuimos el orgullo de la Iglesia y el escudo de la fe; ahora somos un estorbo, y tal vez un remordimiento en sus conciencias. Hoy es 5 de abril, una fecha que los anales recordarán como fatídica para la cristiandad de ultramar. Es probable que en este día se inicie, en verdad, el fin de una época.

Perelló ordenó a los sargentos y a los escuderos que se mantuvieran atentos a los movimientos del enemigo. Luego observó uno a uno a los hombres que tenía a su mando en aquel torreón y miró a los ojos a Jaime, que actuaba como segundo jefe en aquel puesto.

—No hay esperanza, ¿verdad? —preguntó Castelnou.

Perelló hizo un movimiento de negación con la cabeza, se colocó el casco cilíndrico y ajustó las correas a su cuello.

—¡Todo el mundo atento, todos preparados! ¡Esos sarracenos pueden cargar contra nosotros en cualquier momento! —gritó Perelló a la vez que desenvainaba su espada de doble filo.

Castelnou hizo lo mismo y todos los defensores de la torre se prepararon para la lucha.

Un emisario del sultán se acercó hasta una de las puertas enarbolando una bandera blanca y reclamó la entrega de la ciudad a cambio de perdonar la vida a todos sus habitantes; les concedía toda la jornada para decidirse. Al día siguiente, a la misma hora, volvería para recibir la respuesta. Reunido el consejo de jefes, solo el maestre del Temple propuso aceptar la oferta y entregar Acre; fue tachado de cobarde por todos los demás, que decidieron resistir. El emisario regresó para escuchar la negativa a la propuesta de rendición.

La enorme multitud de tropas que conformaban el ejército mameluco avanzó de inmediato hasta colocarse a una distancia de unos doscientos pasos de las murallas. Cuando se detuvieron, se hizo un silencio espeso y metálico. La brisa del mar soplaba desde el oeste y los estandartes ondeaban en sus mástiles. Al fondo, como surgido de las entrañas de la tierra, comenzó un estruendo; sonaba como un redoble de un millón de timbales repicando al unísono, como si un gigante de un millón de brazos los estuviera golpeando a la vez. Un estrépito monocorde y reiterativo fue creciendo hasta hacerse ensordecedor.

De pronto, la compacta masa humana del ejército de Egipto comenzó a abrirse en dos puntos, como si dos ríos invisibles hubieran orillado a las tropas, y al fondo, entre los vítores de los soldados mamelucos, aparecieron cual dos monstruos infernales.

Los sarracenos las habían bautizado como La Victoriosa y La Furiosa. Eran las dos mayores catapultas jamás fabricadas por manos humanas; habían sido construidas en Egipto y trasladadas en varias piezas durante más de un mes en decenas de carros tirados por centenares de bueyes. Las habían montado en solo dos días, y arrastradas con bueyes, hombres y camellos se acercaban amenazadoras hacia las murallas de Acre.

—¡¿Qué es eso!? —se extrañó Jaime.

—Catapultas —respondió Guillem—, las más grandes que he visto hasta ahora. Jamás imaginé que pudieran construirse de un tamaño similar. Me temo que con ellas podrán lanzar piedras de hasta tres centenares de libras de peso. Ni siquiera estas murallas reforzadas podrán resistir el impacto de semejantes proyectiles.

—¿Eso quiere decir que no van a asaltar la ciudad?

—Por el momento, parece que no. Creo que antes van a lanzarnos unos cuantos bolaños para minar nuestras defensas y nuestra moral. Fíjate allí.

Perelló señaló entre las dos catapultas gigantes a un grupo de máquinas más pequeñas; los mamelucos tenían unas doscientas de ellas.

—¿También son catapultas?

—Sí. Se llaman «madrones»; son formidables máquinas de guerra capaces de lanzar enormes piedras de casi cien libras de peso a cuatrocientos pasos de distancia. Hace unos años las vi en acción en mi primer periodo de estancia en Tierra Santa. Las emplearon contra los muros de uno de nuestros castillos en la costa. Abrieron una brecha de cien pies en un muro de sillares en apenas medio día. Parece que esto va en serio.

Los habitantes de Acre, que habían acudido en masa a las murallas para contemplar el despliegue de los mamelucos, quedaron descorazonados. El ejército enemigo estaba integrado por doscientos mil soldados: cuarenta mil jinetes y ciento sesenta mil infantes. Nunca se había visto en Tierra Santa, tal vez en toda la historia, un número similar de combatientes. En verdad, los informes de los espías se habían quedado cortos.

Los sitiadores no perdieron el tiempo; uno a uno, los madrones fueron alineados a espacios regulares frente a los muros de Acre, apenas a doscientos pasos de distancia. Tras ellos se agolpaban decenas de carros cargados de piedras del peso de un hombre. Durante medio día y ante la mirada expectante de los sitiados, los soldados montaron y anclaron las catapultas, luego descargaron los proyectiles de los carros y los depositaron al lado de cada una de aquellas máquinas. Un poco más atrás de la línea de catapultas, habían desplegado miles de tiendas de entre las cuales ascendían centenares de finas columnas de humo.

Mediada la tarde se hizo la calma y desapareció la frenética actividad que desde los muros se atisbaba en el campamento sarraceno. Y de nuevo solo se oyó la brisa del mar y el aleteo de los estandartes.

—¿Y ahora qué? —preguntó Jaime.

Guillem de Perelló señaló a un grupo de jinetes que cabalgaba al galope recorriendo la línea de catapultas.

—Mira, están transmitiendo una orden a los artilleros; imagino cuál es.

Cuando los jinetes hubieron recorrido todos los puestos de tiro, levantaron unos estandartes amarillos y, alzados sobre las grupas de sus caballos, comenzaron a tremolarlos. Como si del mismo resorte se tratara, las doscientas catapultas comenzaron a la vez a vomitar las pesadas piedras sobre Acre.

Unos silbidos agudos rasgaron el aire y los primeros proyectiles pasaron por encima de los muros impactando sobre las casas más cercanas y desatando un enorme estruendo.

—Están fallando —dijo Jaime.

—No, disparan al interior —repuso Guillem—. No pretenden derribar los muros, sino amedrentar a la población con estas primeras andanadas.

Los defensores oían silbar y veían pasar sobre sus cabezas las enormes piedras que de inmediato derrumbaban tejados y paredes. Los moradores de aquellas viviendas salieron corriendo despavoridos hacia ninguna parte.

—Hermano Jaime, coge a un par de sargentos y baja de esta torre. Avisa a la gente de las casas más próximas para que se retiren hacia el interior de la ciudad.

Castelnou y los dos sargentos descendieron a grandes zancadas por las estrechas escaleras del torreón y comenzaron a gritar ya en la calle que todo el mundo saliera de las casas y que se retirara hacia la costa. Cada poco tiempo, y tras un silbido agudo, un proyectil impactaba en una casa provocando el pavor de los que huían desesperados.

Desde el inicio de la calle que desembocaba en la puerta de San Lázaro, Jaime pudo ver a decenas de personas moviéndose aterradas y confusas sin saber muy bien adónde dirigirse.

—¡Alejaos de las murallas, corred hacia el interior de la ciudad! —les indicó Castelnou, aunque sin demasiado éxito.

Después regresó a su puesto en lo alto de la torre. Perelló y los templarios a su mando seguían observando con atención, e impotentes desde la distancia, los disparos de las catapultas.

—¿Has conseguido que se retiren de aquí? —le preguntó a Jaime.

—No estoy seguro. Algunas personas están tan paralizadas por el pánico que ni siquiera han escuchado lo que les decía. ¿Qué podemos hacer?

—De momento, esperar.

—¿No hay manera de responder a esos disparos?

—No disponemos de catapultas tan potentes, y somos muy inferiores en número. Para situaciones como esta, los manuales de guerra solo ofrecen dos soluciones: resistir el asedio reconstruyendo lo que las catapultas destruyen o realizar una salida sorpresiva y desbaratar a los sitiadores. Estoy seguro de que el maestre y el mariscal están trazando algún plan al respecto. Los templarios no sabemos quedarnos quietos esperando que nos aplasten como a insectos. Fíjate, hay al menos doscientos pasos de terreno llano y despejado desde el muro exterior hasta la línea de catapultas. Un grupo de jinetes podría llegar hasta esos malditos ingenios antes de que pudieran reaccionar los artilleros que los manejan, y tal vez podría destruir algunos madrones, pero sería insuficiente.

14

Amaneció el día 6 de abril casi a la vez que los primeros proyectiles volvían a caer sobre Acre.

Jaime había dormido muy poco, recostado bajo su capa en un rincón de la sala interior del torreón. Unos criados acababan de traer una olla todavía humeante con un potaje de legumbres y carne que fueron sirviendo a los defensores de la torre. En aquellas circunstancias, las normas de la Orden del Temple que regulaban las comidas, sus horarios y la forma de distribuirlas no servían de nada. Cada templario, independientemente de su cargo o categoría, tomaba su ración y comía en silencio lo más rápido posible, para incorporarse de inmediato a su puesto en la muralla.

Castelnou despachó su escudilla, se colocó el yelmo cilíndrico y salió al exterior de la torre. Al mirar hacia la llanura, quedó impresionado. La Victoriosa estaba enfrente de la puerta de San Lázaro. Los mamelucos habían aprovechado la noche para acercar una de sus dos enormes catapultas hasta la primera línea de madrones, y parecía lista para disparar.

De pronto, toda la torre tembló como si hubiera sido sacudida por un terremoto.

Jaime miró a Guillem, ambos se acercaron a las almenas y miraron hacia abajo. El primer proyectil lanzado por La Victoriosa había impactado a media altura de la torre, provocando un boquete del tamaño de un caballo.

—¡Dios mío, jamás había visto nada semejante! —exclamó Perelló—. La fuerza de esa catapulta es extraordinaria; si mantienen su puntería y una adecuada cadencia de tiro, derribarán una a una todas las torres del recinto exterior en apenas una semana.

—Tenemos que hacer algo —dijo Castelnou.

—Ve a la Bóveda e informa de esto al maestre y al mariscal; ellos sabrán cómo responder.

Jaime bajó corriendo las escaleras y al llegar abajo entró en una cuadra donde había varios caballos; buscó el suyo, lo sacó a la calle y lo montó espoleando sus costados. El animal levantó las patas delanteras e inició un rápido galope a través de las calles polvorientas. La Bóveda, el edificio donde tenía el Temple su casa central, estaba justo en el extremo opuesto a la puerta de San Lázaro, por lo que tuvo que cruzar de norte a sur toda la ciudad, sorteando a la gente que se apiñaba en los cruces de las calles esperando no se sabe qué.

A llegar ante el enorme bloque de piedras de la Bóveda, saltó del caballo y entregó las riendas a un sargento que hacía guardia en la puerta.

—¿Está el hermano maestre dentro? —le preguntó.

—Sí, pero...

—Debo darle un informe de lo que está ocurriendo en el sector norte.

El sargento miró al caballero y por un instante pareció recelar.

—¿Quién eres?

—El hermano Jaime de Castelnou, caballero templario, estoy destinado en la torre de San Lázaro.

—De acuerdo, aguarda un instante.

El sargento hizo una señal y la puerta se abrió; un caballero templario saludó a Jaime y le preguntó qué quería. Castelnou le explicó lo ocurrido y ambos se dirigieron hacia el interior del edificio en busca del maestre.

Guillermo de Beaujeu estaba reunido con el mariscal y el comendador del reino de Jerusalén en la sala capitular. Sus semblantes eran serios y parecían muy preocupados, aunque se mostraban serenos. El caballero que había acompañado a Jaime se acercó al maestre y le susurró unas palabras al oído.

—¿Qué ocurre, hermano Jaime? —preguntó Beaujeu.

—Se trata de esa enorme catapulta. Han disparado un único proyectil que ha provocado un gran boquete en mitad de la torre. El hermano Guillem de Perelló me ha dicho que viniera de inmediato a informarte.

—Bueno, al verte pensé que ya estaba todo perdido. Iremos a ver qué ocurre.

Jaime, el maestre, el mariscal y diez templarios como escoltas cabalgaron hacia el sector norte. Cuando llegaron a la puerta de San Lázaro y subieron a lo alto de la torre, La Victoriosa estaba preparada para realizar su segundo disparo. En esta ocasión el proyectil, una piedra del tamaño del tronco de un buey, alcanzó de lleno un tramo de muro entre dos de los torreones de la muralla. En cuanto se disipó el polvo causado por el impacto, pudieron observar el destrozo provocado por el segundo disparo de aquel formidable ingenio. Varios sillares habían saltado hechos añicos y una grieta de varios codos de longitud se había abierto de arriba abajo del muro.

—¿Cada cuánto tiempo dispara esa catapulta? —le preguntó el maestre a Perelló.

—Este ha sido su segundo disparo; el primero lo efectuó poco después del amanecer.

—Diez, tal vez doce cada día —calculó el maestre—. A ese ritmo, en una semana habrán abierto varias brechas lo suficientemente amplias como para lanzar sus tropas al asalto. Y todavía disponen de otra catapulta semejante en el flanco este, frente a la puerta de San Nicolás, aunque, por lo que sabemos, todavía no ha comenzado a disparar.

—No habrá más remedio que efectuar una salida —le dijo el mariscal.

Beaujeu asintió ante las palabras del jefe del ejército templario.

—Preparad un plan —ordenó el maestre—. Observaremos durante un par de días cuál es su rutina, cómo organizan sus campamentos y qué horarios cumplen, y cuando conozcamos sus movimientos, lanzaremos un ataque. Quiero que todos los preparativos se ejecuten con el máximo sigilo. No os fieis de nadie; el lugar, el día y la hora, el mismo ataque, han de ser un secreto.

—Solo disponemos de quinientos combatientes templarios; tal vez habría que contar con los hospitalarios y los teutones —alegó el mariscal.

—No, hermano; lo haremos nosotros solos. Tenemos que saldar las cuentas de Hattin.

Cien años después, los templarios seguían obsesionados por la terrible derrota en la batalla donde perdieron la vera cruz.

—En ese caso, creo que podremos efectuar una salida con trescientos jinetes —acató el mariscal.

—De acuerdo. Y vosotros, hermanos —dijo el maestre dirigiéndose a Guillem y a Jaime—, seguid defendiendo esta torre cuanto sea posible. Mantener esa posición es imprescindible para nosotros.

Beaujeu abrazó a los dos caballeros y se marchó seguido de su séquito.

—¿He oído bien? El mariscal ha dicho que realizaremos un ataque sorpresa con trescientos caballeros. ¡Ahí fuera hay doscientos mil sarracenos! —exclamó Jaime.

—En el Temple somos así, ya deberías saberlo, hace dos años que vistes el hábito blanco —repuso Guillem, y añadió—: En una ocasión, un viejo templario me contó que seis caballeros cargaron contra una columna de seiscientos soldados mamelucos. ¡Uno contra cien! Seis caballeros vestidos con la capa blanca y la cruz roja, formados codo con codo, cabalgando con sus lanzas apuntando hacia los seiscientos. ¡Ah!, puedo imaginar los rostros de asombro de los sarracenos al ver a los seis jinetes blancos, las capas al viento y las cruces rojas brillando bajo el sol amarillo yendo hacia ellos sin miedo alguno a la muerte.

—¿Y qué ocurrió?

—Que los pusieron en fuga. La columna enemiga se deshizo como un montón de arena arrastrada por una riada. Ni siquiera presentaron pelea.

—¿Estás seguro de que ocurrió así?

—De este modo es como me lo contó mi viejo hermano, no tenía por qué mentir.

—A veces la edad provoca fallos en la memoria.

—Tal vez, pero recuerda que esta que te he contado no es la única gran hazaña de nuestros hermanos en Tierra Santa. La historia de nuestra Orden está repleta de acontecimientos gloriosos, y de ellos es testigo la sangre de tantos templarios muertos.

—Pero solo trescientos...

—Trescientos, treinta..., ¡qué importa! Tres templarios incluso son suficientes para amedrentar a varios millares de sarracenos. Nosotros no tememos a la muerte, ¿lo has olvidado?

—No, claro que no, pero opino que un templario vivo puede servir a Dios de manera más eficaz que uno muerto.

—En ese caso, cuando se presente la ocasión en el combate, que va a ser muy pronto, procura que no te maten.

De repente, un proyectil golpeó contra las almenas de la torre causando algunos heridos. Guillem y Jaime se arrojaron al suelo para protegerse de la lluvia de cascotes.

—Ese disparo no ha salido de La Victoriosa —dijo Jaime mientras se incorporaba sacudiéndose el polvo.

—No, procede de uno de los madrones —convino Guillem—. Parece que han cambiado de táctica; ya no apuntan al interior de la ciudad, sino directamente a los muros. Habrán creído que ya han causado suficiente daño en las casas y que la población se ha refugiado en el interior, a salvo de sus disparos, como así ha sido, de manera que toda su potencia de tiro se concentra sobre las murallas.

Un nuevo proyectil golpeó el muro unos seis codos más abajo del parapeto almenado.

15

Durante varios días, las maniobras de los sitiadores se repitieron una y otra vez. Con una cadencia precisa, los doscientos madrones y las dos catapultas gigantes lanzaron sus proyectiles sobre los lienzos y las torres de la muralla. Las zonas más castigadas estaban siendo la puerta de San Lázaro y la de San Nicolás, justamente los dos sectores donde se concentraban los disparos de La Victoriosa y La Furiosa. Cada vez que uno de los proyectiles impactaba de lleno en el muro, un tramo entero de muralla temblaba de tal modo que parecía como si fuera a derrumbarse enseguida.

A pesar de que los sitiados se aprestaban a reponer por la noche los destrozos causados por las dos formidables catapultas durante el día, algunas zonas de la muralla exterior comenzaban a mostrar serios desperfectos. El machaqueo constante empezaba a ser insoportable. Los sitiados no podían hacer otra cosa que permanecer pasivos, resignados a soportar con paciencia aquella lluvia inclemente de proyectiles.

Habían perdido la esperanza de recibir ayuda del exterior. Algunas galeras habían salido del puerto en los últimos días portando desesperados mensajes de auxilio, pero los soberanos cristianos hacía ya tiempo que se habían olvidado de Tierra Santa. Demasiados problemas tenían ya la mayoría de ellos en sus reinos y estados como para preocuparse de unos pocos miles de cristianos cercados en una ciudad que para los europeos no significaba nada.

Jaime de Castelnou hacía acopio de la paciencia aprendida en el convento de Mas Deu para soportar la monotonía de unas jornadas en las que todas las horas eran iguales; en cuanto amanecía, comenzaba el recital de silbidos rasgando el aire y el inmediato estruendo de las piedras impactando contra los muros. Doce veces al día La Victoriosa lanzaba sus proyectiles y entonces la muralla temblaba como si un coloso la hubiera sacudido.

Aquella tarde, en el ocaso del sol sobre las aguas del Mediterráneo, un jinete llegó presuroso a la torre de San Lázaro, que ese mismo día había perdido las almenas tras un impacto que había causado la muerte de un sargento templario.

—Estad preparados, la salida será esta misma noche —informó a Guillem y a Jaime.

Dos días antes les habían comunicado el plan de ataque.

Hartos de recibir una y otra vez los proyectiles mamelucos, el mariscal del Temple había ultimado un plan tan audaz como arriesgado. Aprovechando la luna nueva, trescientos jinetes templarios realizarían un ataque al campamento sarraceno ubicado al norte de la ciudad, frente a la puerta de San Lázaro. El objetivo sería destruir La Victoriosa, cuyos disparos estaban a punto de provocar el derrumbe de la puerta y de las torres que la flanqueaban, y acabar con algunos de los madrones, de modo que los sitiados dispusieran del tiempo y la tranquilidad necesarios para reparar los daños y tapar las brechas de los muros. Era un golpe de mano que quería provocar la desmoralización de las tropas enemigas, pues al frente de la gran catapulta estaba uno de los hijos del sultán, Abú ul-Fida, un joven de dieciocho años. Si lograban capturarlo o acabar con él, era probable que la confianza de los mamelucos se debilitara y quién sabe si incluso podrían pensar en una retirada.

Sirvieron la cena un poco antes de lo habitual. Cada caballero recibió una ración extra de vino y almendras. Trescientos caballeros, casi todos ellos templarios, más un puñado de ingleses, habían sido convocados al anochecer en el interior de la puerta de San Lázaro con todo su equipo de combate. Las instrucciones que habían recibido de sus comandantes eran claras: atacar el frente mameluco, destruir La Victoriosa y arrasar cuanto pudieran; si además podían capturar vivo o muerto al joven príncipe, mejor que mejor.

La noche del 15 de abril era cerrada; apenas se veía otra cosa que unos tenues resplandores de los fuegos del enorme campamento musulmán que rodeaba Acre como una capa hecha de amarillentos pedazos de fieltro.

Perelló y Castelnou ocuparon el ala izquierda de la tropa, la que se desplegaría más cerca de la línea de costa. El maestre y el mariscal habían organizado el ataque en tres columnas: la del centro sería la encargada de atacar directamente la gran catapulta, mientras que las dos alas la protegerían de una posible respuesta de los sitiadores por los flancos. Había que actuar con contundencia, precisión y rapidez, y para ello era muy importante desplegarse sin tropiezos. La puerta de San Lázaro apenas permitía el paso de cuatro caballos en frente, de modo que los trescientos caballeros se alinearon en una columna de a cuatro por setenta y cinco de fondo. Las filas de a cuatro se fueron formando dentro de la ciudad, ocupando el pequeño espacio que se abría al interior de la puerta y los primeros tramos de las tres calles que confluían en esa pequeña plazuela.

Castelnou se colocó el yelmo de combate y se ajustó las correas al cuello tal como le habían enseñado, lo suficientemente fuerte para que no se soltase y se convirtiera en un estorbo más que en una defensa, pero con la holgura necesaria para que no impidiera los movimientos naturales del cuello y la cabeza. Bajo la capa blanca con la cruz roja se había colocado la cota de malla y una coraza que le cubría el pecho y parte del vientre, y sus manos estaban protegidas por los guantes claveteados que le regalara el conde de Ampurias el día de su investidura como caballero, la única prenda que el hermano vestiario le había permitido conservar cuando ingresó en la Orden.

Hacía una noche cálida y húmeda. Cubierto con todo su equipo de combate y aguardando en silencio el momento de atacar, Jaime de Castelnou sentía cómo el mador comenzaba a humedecer su piel. A través de la mirilla del yelmo apenas podía ver una parte de lo que tenía delante de los ojos, que en ese momento se limitaba a un abigarrado grupo de capas de sus hermanos templarios, cuya blancura resaltaba en la oscuridad de la noche. Las instrucciones habían sido distribuidas a cada uno de los escuadrones, y él solo tenía que cumplir lo que sus superiores le habían ordenado. Guillem de Perelló se había encargado de difundir a otros miembros de la Orden que Castelnou era un extraordinario combatiente, prácticamente insuperable en el manejo de la espada, lo cual era cierto, pero hasta entonces solo había podido demostrarlo en el patio de armas del castillo del conde de Ampurias o en la encomienda de Mas Deu. En esa ocasión la situación era bien distinta. Sus adversarios no iban a ser viejos maestros de armas con sus facultades ya disminuidas por la edad o jóvenes imberbes atolondrados e inexpertos, sino fieros mamelucos bregados en las cruentas batallas de Tierra Santa. Fue entonces cuando se dio cuenta de que aquella iba a ser su primera acción de armas. Tenía veintiún años y jamás había participado en un combate en serio.

Volvió la cabeza a su derecha y contempló la figura de Perelló. Su compañero estaba bien erguido sobre su montura, las riendas sujetas con la mano izquierda y la lanza apoyada en el suelo sostenida con la derecha; parecía una estatua de mármol blanco, y aunque no podía ver su rostro cubierto con el yelmo de combate, intuía que estaba sereno y confiado. Por encima de los cascos de los caballeros que formaban delante de ellos observó el estandarte de la Orden, recién desplegado. Como apenas hacía viento, el *baussant* de las dos franjas, blanca y negra, estaba caído, y solo se distinguía la banda blanca, que destacaba como una faja de plata recortada sobre el fondo oscuro de la noche.

El mador se había convertido en un sudor frío que le había empapado la espalda y el cuello. Le hubiera gustado quitarse el casco, secar la humedad de su rostro y lavarse la cara con agua limpia y fresca, pero se armó de esa paciencia que debía observar todo buen templario, y optó por procurar evadirse de aquellas molestias concentrándose en la batalla que se presentía inmediata. Con su mano enguantada palpó la empuñadura de su espada, envainada en su funda de cuero flexible, y el escudo alargado que colgaba de la silla de su caballo; se ajustó una vez más los guantes y procuró imitar la postura altiva del hermano Guillem de Perelló.

Un jinete se acercó a las filas donde se alineaban Guillem y Jaime, seguido por otro con el estandarte templario. Era Guillermo de Beaujeu. En cuanto se detuvo ante ellos, les dirigió las siguientes palabras:

—Hermanos, enseguida cargaremos contra esos hijos de Satanás; será nuestro mariscal quien dirija el ataque. Luchad con valentía y demostrad lo que sois, soldados de Cristo, y seguid el plan establecido. Recordad que un templario jamás se rinde y nunca abandona en el campo de batalla a sus hermanos. Que Dios os bendiga. *Non nobis, Domine, non nobis, sed Tuo nomine da gloriam* —concluyó el maestre, arengando a la tropa con el lema: «No para nosotros, Señor, no para nosotros, sino para Tu nombre, da gloria».

—*Non nobis, Domine, non nobis, sed Tuo nomine da gloriam* —repitieron al unísono los hermanos que estaban más próximos.

El mariscal y su portaestandarte recorrieron las setenta y cinco filas de a cuatro, arengando de la misma manera a los caballeros. Una vez revisadas todas las filas, el estandarte blanco y negro se alzó por encima de las cabezas y tremoló con energía.

Jaime sintió que Guillem se inclinaba hacia él.

—Sujeta bien las riendas —le dijo—, arroja la lanza en el primer envite sobre el primer enemigo que veas y luego desenvaina la espada y pelea como tú sabes. Olvídate de que es tu primera acción de combate y actúa como si estuvieras luchando en un torneo. Y mata, mata antes de que te maten a ti. No sientas otra cosa que deseos de vencer; olvídate de que eres un hombre y dedícate a matar sarracenos; piensa en ellos como si fueran demonios y procura no perder los nervios.

La puerta de San Lázaro se abrió y los caballeros templarios espolearon a sus monturas lanzándose a la oscuridad exterior. Los cascos de los caballos atronaron en el silencio de la noche. La columna central se dirigió en línea recta hacia las primeras tiendas del campamento musulmán, en tanto las dos alas se desplegaban para confluir en el punto de encuentro de las tres columnas, fijado en La Victoriosa.

Los caballeros se desplegaron en el llano deshaciendo la formación en filas de a cuatro, aunque la oscuridad de la noche dificultaba la maniobra. Las tiendas amarillentas y el enorme perfil de la catapulta hacían de guía a los templarios, que irrumpieron en el campamento con estrépito y gritando sus consignas para amedrentar a los sarracenos. Los primeros en llegar arrojaron sus lanzas sobre las tiendas y desenvainaron las espadas. La oscuridad era muy densa y no percibieron el marasmo de cuerdas y estacas. Las patas de los caballos comenzaron a trabarse en ellas y conforme iban llegando por detrás nuevas filas de templarios la confusión entre los atacantes se hizo total. La columna central había perdido su formación de ataque y se había convertido en una barahúnda de caballos y caballeros solo preocupados por salir de aquella trampa de cuerdas, tiendas y estacas. Amontonados, estorbados unos por otros, los templarios apenas podían maniobrar. La llegada de las dos alas contribuyó a empeorar la situación. En aquella circunstancia, el ataque sorpresivo que tenía como objetivo causar una enorme matanza entre los mamelucos se volvió en contra de los templarios.

Una carga de la caballería pesada resultaba muy eficaz en campo abierto, donde los caballos y los caballeros forrados de hierro podían maniobrar con amplitud de movimientos; pero de noche, entre decenas de tiendas, cuerdas, estacas y todo tipo de obstáculos, su capacidad para causar daño resultaba muy limitada.

Cuando el ala en la que estaban Guillem y Jaime alcanzó el campamento musulmán y se encontró con la desorganizada columna del centro, el caos era absoluto. Al quedar enredadas las patas de los caballos, algunos jinetes fueron derribados de sus monturas. El perfil de La Victoriosa se intuía cercano pero inalcanzable.

Jaime de Castelnou no pudo siquiera arrojar su lanza, y el amontonamiento de caballeros le impidió incluso desenvainar su espada. En medio de la oscuridad, pudo atisbar las capas blancas de los templarios que habían caído y a decenas de manchas negras que se movían entre los caballeros con rapidez. Destellos metálicos brillaban en la noche.

Entre el piafar y los relinchos de los caballos, Jaime comprendió que el ataque sorpresa se había convertido en una encerrona para los templarios. De todas partes surgían más y más manchas oscuras; eran guerreros musulmanes que acudían a rematar a los confusos templarios, algunos de los cuales yacían en el suelo del campamento en medio de un charco de sangre.

Castelnou no sabía qué hacer. Cada templario actuaba por su cuenta, olvidando las instrucciones recibidas antes de iniciar el ataque. Vio venir hacia él una de aquellas sombras negras que portaba una lámina de plata y le arrojó la lanza. El mameluco cayó de espaldas ensartado en mitad del pecho. Y cuando por fin pudo desenvainar su espada, cargó contra aquellas sombras oscuras que se movían como demonios entre las tiendas y los caballos. Repartiendo tajos a derecha e izquierda con toda la rapidez de la que era capaz, sintió el impacto de cada uno de sus golpes y cómo los demonios a los que alcanzaba chillaban como cerdos en el matadero al ser heridos por su acero; pero estaban por todas partes, y cada vez eran más y más que surgían de la nada para derribar de sus monturas a los caballeros y rematarlos con sus finas dagas en el suelo.

El mariscal se dio cuenta de que su plan había fracasado y que de insistir en el ataque no quedaría un solo templario vivo; dio entonces la orden de retirada.

—¡A la ciudad, todos a la ciudad! —se le oyó gritar.

—¡Retirada, retirada! —gritaron los comandantes de los escuadrones.

Jaime intentó localizar a Perelló, pero se había separado de su compañero durante el combate y no sabía dónde se encontraba.

—¡Vamos, vamos, atrás, atrás!, ¡retroceded en orden o nos matarán a todos! —oyó que gritaba a su lado uno de sus hermanos.

Los templarios se retiraron hacia Acre sin que los musulmanes los persiguieran. Pudieron alcanzar la puerta de San Lázaro y entraron de manera ordenada aunque muy deprisa. Jaime de Castelnou fue uno de los últimos en atravesar el umbral.

Empapado en sudor por dentro y en sangre por fuera, descendió de su caballo y se quitó el casco de hierro. Decenas de criados del Temple habían acudido para atender a los caballeros y recoger sus monturas. Tras un primer golpe de vista, Castelnou sintió cierto alivio. Los templarios que habían regresado a Acre eran muchos, de modo que las bajas no habían sido tantas como supuso en un primer momento cuando vio caer a varios hermanos delante de su caballo. Unos a otros se confortaron, y tras el recuento echaron en falta a dieciocho. Entre los caídos no estaba Perelló, que había logrado alcanzar las murallas de la ciudad. Jaime se alegró al verlo con vida y lo abrazó con fuerza.

16

Al amanecer, cansados y derrotados, los templarios se reunieron en la capilla de la Bóveda. Estaban todos, salvo los que cumplían su turno de vigilancia en las murallas. El mariscal se mostraba muy afectado, y el maestre, antes de dirigirse a todos los hermanos, le habló al oído y pareció reconfortarlo con un abrazo; después lo hizo para todos los freires allí congregados:

—Hermanos templarios, dieciocho de los nuestros cayeron anoche luchando por Cristo y por la defensa de la cristiandad. No estéis tristes, pues a estas horas están disfrutando de la presencia de Dios en el paraíso. Nuestro Salvador ha querido que las cosas sucedieran de esta manera, tal vez porque hemos sido demasiado orgullosos, pero se ha llevado a su diestra a los mejores de nuestros hermanos. Los que nos hemos quedado aquí, en la tierra, hemos de ser merecedores de su bondad y su misericordia.

El Salvador nos ha concedido una segunda oportunidad para servirlo. Hagámoslo con todas nuestras fuerzas.

Entretanto, dieciocho cabezas de caballeros templarios fueron enviadas al sultán por su hijo. Un caballo, cargado con las testas colgadas de su cuello a modo de macabro collar, corrió en paralelo al recinto murado de Acre entre los vítores de los sitiadores. Los templarios observaron en silencio el macabro espectáculo y alguno de ellos apretó los dientes para no gritar de ira.

El maestre de los hospitalarios decidió por su cuenta que tenía que emular la acción del Temple. Sus hombres custodiaban el tramo de muralla cercano a la puerta de San Antonio, entre la Torre Nueva y el sector templario. Tras la fracasada acción de los caballeros de Guillermo de Beaujeu, los hospitalarios pretendían demostrar a sus grandes rivales cómo hacer bien las cosas.

Unos pocos días después del asalto al campamento sarraceno, el maestre del Hospital decidió efectuar una acción similar, de noche y saliendo desde la puerta de San Antonio, pero su objetivo sería la otra gran catapulta, La Furiosa, que estaba causando estragos en el sector central de la muralla.

Doscientos hospitalarios aguardaban en el interior de la puerta el momento de atacar. Sus mantos rojos se camuflaban en la oscuridad de la noche. Cuando el maestre dio la orden, el portal se abrió y los caballeros hospitalarios cargaron contra las líneas de los mamelucos. En esta ocasión el enemigo estaba prevenido. Sus generales habían organizado un sistema de guardia permanente, de modo que durante la noche las puertas de la ciudad eran vigiladas constantemente por si los sitiados tenían la tentación de realizar una segunda salida, pese al fracaso de la primera.

En cuanto percibieron que los primeros caballeros hospitalarios salían al galope por la puerta de San Antonio, se encendieron antorchas y hogueras previamente preparadas, y al darse la voz de alarma, decenas de arqueros que hacían guardia armaron sus arcos y dispararon contra los jinetes, que a la luz de los fuegos y desaparecido el factor sorpresa fueron presa fácil.

Los primeros caballos cayeron al suelo atravesados por la lluvia de flechas. El maestre del Hospital no tuvo más remedio que interrumpir el ataque y ordenar el repliegue hacia la ciudad. La noche se llenó de canciones de victoria que provenían del campamento mameluco ubicado frente a la puerta de San Antonio, y de lamentos entre los cristianos.

Jaime de Castelnou hacía guardia en la torre de San Lázaro. En el silencio de la madrugada había podido escuchar lejanos sonidos y el resplandor de las hogueras, por lo que despertó a todos los hombres a su cargo y ordenó que estuvieran prevenidos ante un posible ataque. Guillem de Perelló, que dormía en ese momento, se despertó y acudió ante su compañero.

—¿Qué ocurre?, ¿por qué has despertado a los hombres?

—He oído gritos procedentes del sector central, y de repente se han encendido varios fuegos.

Jaime señaló hacia el sudeste, donde todavía podían atisbarse los resplandores de las fogatas. Guillem miró al frente y vio que en esa zona el campamento mameluco estaba tranquilo. Pasaron toda la noche en vela, aguardando un ataque inminente que no se produjo.

Al amanecer, las catapultas volvieron a lanzar sus proyectiles sobre los muros. Fue entonces cuando se enteraron de lo que había ocurrido la noche anterior.

—¿Para qué lo han hecho? —se preguntó Jaime.

—Para demostrar que saben hacer las cosas mejor que nosotros —respondió Guillem—, o para ofrecer una prueba de su valor. Desde que se fundaron, hace casi dos siglos, nuestras respectivas órdenes han sido rivales. Templarios y hospitalarios jamás nos hemos llevado bien, y en ocasiones incluso hemos peleado entre nosotros. A pesar de que nuestra regla nos ordena que acudamos a reunirnos bajo el estandarte del Hospital en caso de que el nuestro sea abatido, la verdad es que nunca hemos congeniado. Hemos competido por ser los primeros en la defensa de los Santos Lugares y esa ha sido una de las causas de nuestra enemistad. Desde el principio, ellos y nosotros nos hemos visto como rivales y no como aliados. En el campo de batalla contra los sarracenos siempre peleamos al margen de las necesidades del combate, cada uno por su lado, y así es como hemos perdido eficacia.

»En Roma ya se oyen algunas voces que piden la fusión del Temple y el Hospital en una única y gran orden, pero creo que esa idea jamás se realizará —prosiguió Guillem—; son demasiados años de diferencias, enfrentamientos y recelos mutuos.

—¿Crees que esa fusión sería beneficiosa?

—¿Para quién?

—Para la Iglesia, para la cristiandad, claro.

—No soy quién para opinar de eso. Yo soy, como tú, un templario; me limito a cumplir cuanto me ordenan mis superiores y a observar la regla que he prometido seguir.

Jaime asintió y contempló los ojos de su compañero. Guillem era un templario ejemplar; la regla siempre era su norma de conducta y jamás había cometido una falta contra la disciplina de la Orden. Su expediente estaba inmaculado, y ni una sola vez había sido reprendido, ni siquiera levemente, por sus palabras, su conducta o sus actos.

17

Tras un mes de asedio y de constantes bombardeos, la moral de los defensores de Acre comenzaba a desmoronarse, igual que sus murallas. Las catapultas de los mamelucos, especialmente La Victoriosa y La Furiosa, habían causado una importante mella en la muralla del recinto exterior, que estaba seriamente dañada, sobre todo alrededor de las puertas.

El día 4 de mayo, los sitiados vislumbraron alguna esperanza. Varias galeras arribaron al puerto cargadas con víveres y con dos mil soldados de refresco. El rey Enrique de Chipre había zarpado días atrás de Acre con la promesa de que regresaría con refuerzos; algunos no lo creyeron, pero todos se sintieron reconfortados al ver recalar en el malecón a las naves coronadas con la bandera de la cruz.

Los generales mamelucos habían cometido un error de planificación; tal vez acuciados por las prisas en comenzar el asedio a Acre, no habían tenido en cuenta la necesidad de disponer de una flota de apoyo al poderosísimo ejército de tierra que también impidiera a los sitiados recibir por mar cuantas provisiones necesitaran.

El rey de Chipre, que también lo era de Jerusalén, se

hizo cargo de nuevo de la jefatura suprema de los ejércitos de Acre. Instalado en el gran castillo ubicado en el centro de la ciudad, emitió un edicto por el que asumía el control de todas las tropas cristianas, que hasta entonces carecían de un mando unificado.

Tras recorrer los muros y contemplar personalmente el penoso estado de las fortificaciones después de un mes de asedio, decidió enviar una embajada ante el sultán mameluco para intentar alcanzar algún acuerdo de paz o, al menos, ganar tiempo.

El rey reunió a los principales comandantes de los diversos grupos de cristianos que defendían la ciudad y les explicó su plan. Templarios y hospitalarios le mostraron sus recelos y propusieron seguir resistiendo sin condiciones. Para ello alegaron que, aunque el primer recinto estaba en muy malas condiciones, todavía quedaba el segundo, que estaba prácticamente intacto; además, mantenían el puerto abierto, lo que les posibilitaba seguir recibiendo suministros sin problemas. También propusieron enviar mensajeros a los reyes cristianos de toda Europa pidiendo que reclutaran tropas en ayuda de los sitiados.

El debate fue largo y acalorado, y al final se aceptó el plan del rey Enrique. Los templarios consiguieron que el portavoz de la embajada fuera uno de los suyos; se trataba del caballero Guillermo de Canfranc, buen amigo de Perelló, con quien había coincidido en varias misiones de espionaje por Tierra Santa.

Un criado se presentó en la torre de San Lázaro con la orden de que Jaime de Castelnou y Guillem de Perelló acudieran de inmediato al castillo real, y que dejaran al sargento templario de mayor edad al cargo de su sector.

Los dos caballeros montaron en sus corceles y atravesaron media ciudad al galope; en el castillo los esperaba Guillermo de Canfranc.

—Hermanos —saludó a los dos con un abrazo—, tenemos encomendada una delicada misión; me han encargado que acuda ante el sultán mameluco para iniciar conversaciones a fin de acordar algún pacto que ponga fin a este asedio. Me han autorizado a ir con dos templarios más y yo he solicitado que fuerais vosotros dos, petición que el maestre me ha concedido. Preparaos, pues saldremos de inmediato.

Mediada la mañana, los tres caballeros atravesaron la puerta de la Torre del Patriarca, la ubicada más al sur del recinto y que cerraba la muralla junto a la playa, al lado del malecón que protegía el puerto. Vestían el manto blanco del Temple, con la cruz roja patada sobre el hombro izquierdo, y uno de ellos portaba una lanza en cuyo extremo ondeaba una enorme bandera blanca. Iban desarmados y sin el yelmo de combate, aunque con la cota de malla y la coraza bajo su sobreveste. Se acercaron despacio hasta la primera línea de los sitiadores, y avanzaron hasta detenerse a unos treinta pasos de ella.

Guillermo de Canfranc alzó la mano y, a voz en grito, anunció en árabe que eran emisarios de Acre y que demandaban una entrevista con el sultán. Durante un buen rato nadie respondió. Los tres caballeros comenzaron a impacientarse, y cuando estaban a punto de dar media vuelta, un jinete sarraceno, portando también una lanza con un paño blanco en la punta, se acercó al trote y se detuvo a apenas diez pasos de ellos.

—¿Quiénes sois y qué pretendéis? —preguntó en su lengua.

—Somos caballeros de Cristo y representamos a los ciudadanos de Acre —respondió Canfranc—. Deseamos entrevistarnos con tu señor el sultán para ofrecerle un pacto.

—¿Qué tipo de pacto?

—Eso se lo diremos a tu señor.

El jinete sarraceno dudó por unos instantes.

—¿Vais desarmados?

—Así es.

—En ese caso, no os importará que os cacheen.

Canfranc asintió.

Tras cerciorarse de que no portaban armas, los tres templarios fueron conducidos hasta la tienda del sultán de Egipto. Jaime se sorprendió de lo cerca que se encontraba de las murallas y calculó que un disparo de catapulta lanzado desde lo alto de la Torre del Patriarca podría incluso alcanzar su pabellón.

El sultán estaba sentado en un ancho trono de madera sobre enormes almohadas de telas con brocados en negro y rojo. Tenía en su mano una copa de plata cuyo líquido paladeaba con deleite en cada sorbo. Los templarios fueron colocados frente a él, a una distancia prudencial. El sultán estiró el brazo y un sirviente recogió presto su copa, después se limpió los labios con un delicado pañuelo de seda e hizo una señal a su camarlengo.

—Podéis hablar ahora —anunció este—; mi señor Ashraf Salah ad-Din Jalil, soberano de Egipto y de Siria, señor del islam, descendiente del Profeta, a quien Dios proteja, os escucha.

Guillermo de Canfranc dio un paso al frente ante la mirada atenta de los guardias y, tras saludar con una ligera reverencia, se dirigió al soberano en árabe:

—Majestad, los hombres de Acre han delegado en mi humilde persona para que me dirija a vuestra señoría solicitando un acuerdo que ponga fin a este asedio. Es nuestra intención vivir en paz con los hombres de esta tierra que siguen al profeta Muhammad y mantener relaciones amistosas que sean fructíferas para ambas partes.

Jalil miraba fijamente a los ojos del templario.

—¿Y cuál es vuestra propuesta? —preguntó al fin.

—Que pongáis fin al asedio de Acre, a cambio de una cantidad de oro y plata que os compense haber movilizado a todo este ejército.

—¿Cuánto vale para vosotros, los politeístas, la vida?

El templario no entendió la pregunta y miró sorprendido a sus dos hermanos. Jaime, tras varios meses en Tierra Santa, ya entendía algunas palabras y frases en árabe, aunque todavía no era capaz de seguir toda la conversación.

—No os comprendo, majestad.

—Vosotros permitisteis que unos asesinos quedaran libres; mi padre prometió que vengaría el crimen que varios de los vuestros cometieron sobre los pacíficos comerciantes de Damasco que vivían entre vosotros. ¿Por qué habría de confiar yo en quienes protegen y ocultan a los asesinos de mis súbditos?

—Ya le dijimos a vuestro padre que se trató de un acto de defensa propia; una doncella cristiana fue violada y esos hombres obraron mal, pero fue un acto de venganza por...

Un enorme estruendo interrumpió la exposición de Canfranc. Los guardias cruzaron sus lanzas sobre el pecho y se colocaron de inmediato delante de su señor. Tras el enorme ruido llegaron desde el exterior de la tienda unos lamentos.

El sultán ordenó que vigilaran a los tres templarios y

salió de la tienda. Un proyectil lanzado desde lo alto de los muros de Acre había impactado a unos pocos pasos del pabellón real sobre algunos miembros de la guardia personal del sultán; uno de ellos estaba muerto y dos sufrían graves heridas.

Jalil regresó al interior de su tienda, con el rostro atravesado por la cólera.

—¿Estas eran vuestras intenciones? —preguntó muy irritado.

—No sé qué ha ocurrido —se excusó Canfranc.

—Uno de mis hombres yace muerto y hay al menos dos heridos más a causa de un disparo desde Acre. ¿Qué puedo hacer con unos hombres que ni siquiera respetan a sus propios embajadores? Debería ordenar que os cortaran las cabezas aquí mismo y que las arrojaran a los perros, pero di mi palabra de musulmán de acogeros en paz. Marchaos de aquí antes de que me arrepienta por haberos dejado ir y decidles a vuestros señores que Acre está perdida. Huid si podéis o preparaos para morir.

Guillermo de Canfranc intentó hablar, pero los guardias se lo impidieron.

Los tres templarios fueron conducidos hasta sus caballos y cabalgaron de regreso a Acre. En el corto trecho que separaba el campamento sarraceno de las murallas de la ciudad apenas hablaron, pero, una vez dentro de los muros, Guillermo de Canfranc dijo:

—Esta ciudad está perdida. No hay un mando unificado, nadie que sea capaz de asumir la dirección y el control; el rey Enrique carece de autoridad. Cada grupo, cada hombre, hace lo que considera oportuno, sin tener en cuenta a los demás. Somos cadáveres, hermanos, todos somos ya cadáveres.

Los tres templarios dieron cuenta al consejo de Acre, presidido por el rey de Chipre y con asistencia de los maestres del Temple y del Hospital, de lo ocurrido. Perelló le comentó a Castelnou que quien había ordenado lanzar el proyectil sobre la tienda del sultán seguramente pretendía boicotear el plan del maestre del Temple de llegar a un acuerdo con Jalil; sin embargo, dentro de Acre había tantos enemigos de la Orden que sería muy difícil averiguar de quién había partido esa idea.

Pocas horas después de celebrarse la entrevista entre los emisarios cristianos y el sultán, las catapultas enemigas comenzaron a lanzar proyectiles de manera más intensa si cabe.

18

Tras varias semanas de asedio y bombardeos, el muro exterior presentaba un aspecto ruinoso. Había tantas brechas, y algunas de ellas eran de tal tamaño, que el asalto del ejército musulmán podía iniciarse en cualquier momento. Durante los primeros días de mayo los zapadores mamelucos habían excavado varios túneles hasta alcanzar los cimientos de las torres principales del recinto exterior; después los habían llenado de leña, aceite y brea. El sultán, informado de que las minas estaban preparadas, ordenó que les prendieran fuego.

El suelo empezó a crujir como si se estuviera produciendo un gran terremoto y, una a una, varias torres del recinto exterior comenzaron a caer en medio de un gran estrépito, envueltas en polvo y humo. De las galerías excavadas por los minadores, que se abrían en el suelo como enormes heridas humeantes en la piel de un gigante, surgieron algunas llamaradas. Una de las últimas en derrumbarse fue la Torre Maldita, la más poderosa de todas, ubicada en la mitad de la línea exterior de murallas.

Un mensajero avisó a Perelló y a Castelnou para que acudieran con algunos de los hombres a su mando al sector central, donde la infantería sarracena estaba lanzando su primer gran asalto entre las ruinas de las torres caídas.

Cuando llegaron, vieron un enjambre de infantes musulmanes que trepaban por los escombros de los muros y las torres, como un ejército de hormigas prestas a despedazar a su presa. Los dos templarios desenvainaron sus espadas y corrieron al encuentro de un grupo de egipcios que acosaban a media docena de hospitalarios que intentaban impedir que penetraran por una enorme brecha abierta junto a una torre que mantenía en pie tan solo la mitad de su fábrica, pero en vertical, como si la hubieran partido de arriba abajo con una enorme hacha. Por primera vez en mucho tiempo, templarios y hospitalarios combatían codo con codo y en el mismo bando en Tierra Santa.

Los seis hospitalarios apenas podían contener a los soldados egipcios. Habían formado una línea sobre la parte superior de los cascotes y se habían juramentado para defender aquella posición hasta la muerte. Cuando vieron colocarse a su lado a los dos templarios, sus fuerzas parecieron renovadas. Detrás de Jaime y Guillem llegaron varios sargentos y el grupo de soldados cristianos rechazó el ataque en ese sector.

—Gracias, caballeros —les dijo el hospitalario que parecía dirigir el grupo—. Por un momento creí que esta iba a ser nuestra última batalla.

—Vosotros hubierais hecho lo mismo —supuso Perelló—. Aquí todos somos soldados de Cristo.

Sobre los escombros, rodeados de cadáveres, los hábitos rojos con la cruz blanca del Hospital y los blancos con la cruz roja del Temple parecían uno solo.

—Pues preparaos, soldados, porque ahí vienen otra vez —avisó Castelnou al ver que los asaltantes habían retomado aliento y regresaban al ataque con nuevos contingentes de refresco.

Los guantes de Jaime estaban empapados en sangre, así como su hábito blanco, que casi parecía rojo. Los soldados cristianos formaron de nuevo una línea de combate en lo alto de la montaña de escombros, asentaron los pies con firmeza y se prepararon para repeler el siguiente envite. Eran solo seis caballeros hospitalarios, dos templarios y cinco sargentos, y frente a ellos avanzaban no menos de doscientos mamelucos.

—¡Que no pasen, hermanos, que no pasen! —gritó Perelló.

Los primeros musulmanes en llegar cayeron como los brotes de un seto tajados por un experto jardinero. El poder de los caballeros acorazados con sus cotas de malla y sus pectorales de hierro, formando una línea formidable, era extraordinario, pero los atacantes eran muchos y no cesaban de acudir en constantes oleadas. Los caídos eran sustituidos de inmediato por otros y tras ellos venían muchos más. Un hospitalario y un sargento templario fueron abatidos al fin, dejando un pequeño hueco por donde los mamelucos trataron de ganar la espalda de los defensores, que procuraron cerrar filas ocupando el espacio dejado por los muertos. El frente sobre el muro arrumbado era demasiado amplio y Perelló tomó la iniciativa gritando a sus compañeros que se replegaran hacia el interior de la ciudad. Los sargentos templarios obedecieron de inmediato, en tanto los hospitalarios dudaron.

—Vámonos, aquí estamos perdidos. Si nos quedamos, seremos héroes, pero héroes muertos, y de nada serviremos a los que pretendemos proteger.

Un segundo hospitalario cayó alcanzado en la cabeza por una maza de hierro.

—¡De acuerdo! ¡Atrás, hermanos del Hospital, atrás, atrás!

Los supervivientes retrocedieron en formación cerrada hasta la segunda línea de murallas, defendiéndose del acoso al que decenas de mamelucos los estaban sometiendo. Al fin pudieron alcanzar una puerta del segundo recinto y refugiarse dentro.

Los caballeros supervivientes estaban agotados. Jaime se quitó el yelmo de combate y miró a sus compañeros, exhaustos y jadeantes. Fuera, los gritos de los musulmanes anunciaban que la mayor parte del gran recinto exterior había caído en sus manos.

Durante una semana, las oleadas de mamelucos fueron ocupando una a otra las torres del recinto exterior o lo que quedaba de ellas tras venirse abajo con los incendios de las minas excavadas por los zapadores. El 15 de mayo, una jornada de calor intenso y humedad insoportable, cayó la torre conocida como del Rey Enrique, la última del recinto exterior en la que se mantenían algunos defensores; al día siguiente, todo el tramo externo de las murallas de Acre estaba en manos de los mamelucos.

Aprovechando que el ejército sitiador se tomaba un respiro para consolidar sus posiciones, se reunió el consejo que gobernaba la ciudad bajo la presidencia del rey de Chipre. Todos eran conscientes de que la caída de Acre era cuestión de días. A propuesta del monarca se decidió enviar una galera en busca de ayuda, pero era una solución inútil, pues aunque lograra recabar esa ayuda, nunca llegaría a tiempo para romper el asedio.

—Solo atisbo una solución —intervino Guillermo de Beaujeu tras esperar a que todos los miembros del consejo opinaran sobre qué hacer.

—Decidnos cuál —repuso el rey Enrique.

—Lanzar un contraataque con todas nuestras fuerzas sobre la Torre Maldita, o lo que queda de ella. Es en ese sector del centro donde el enemigo ha concentrado sus mejores tropas. Si recuperamos la torre y los echamos de ahí, tal vez duden y nos concedan alguna oportunidad.

—Creo que ese plan no es el más adecuado en estos momentos —intervino el maestre del Hospital.

—Imaginad, señor maestre, a los caballeros del Hospital y del Temple luchando juntos, mezclados en las mismas filas. Los musulmanes jamás han visto esa escena. Hábitos rojos y blancos y negros fundidos en uno solo. Por lo que sé, hermanos nuestros actuaron así hace unos días y apenas una docena mantuvieron firme la línea de defensa ante el ataque de centenares de enemigos, e incluso los rechazaron antes de que se reforzaran y volvieran a la carga.

—Pese a ello, dudo que vuestro plan tenga éxito.

—En ese caso, proponed alguno alternativo —dijo Guillermo de Beaujeu.

El maestre del Hospital calló.

El 18 de mayo, trescientos templarios y hospitalarios estaban listos para la batalla decisiva. Perelló y Castelnou prepararon su equipo y afilaron sus armas para que estuvieran en perfectas condiciones para el combate. Se había aprobado el plan del maestre Beaujeu y saldrían del recinto interior en un ataque combinado contra el grueso de los sitiadores que estaban apostados alrededor de la Torre Maldita.

Los trescientos caballeros, encabezados por los maestres del Temple y del Hospital, cayeron como un ciclón sobre los sitiadores, que, confiados en su enorme superioridad y en su éxito, habían relajado la guardia. A media mañana, los estandartes del Temple y del Hospital ondeaban sobre las ruinas de la Torre Maldita. El ataque sorpresa había resultado un éxito y los mamelucos habían abandonado su principal conquista, dejando atrás muchas bajas.

—¡Lo hemos logrado! —exclamó Castelnou eufórico mientras veía alejarse al enemigo.

—Volverán —dijo Perelló—. Solo hemos conseguido sorprenderlos.

Y, en efecto, los mamelucos regresaron poco después. Un enjambre de miles de guerreros se lanzó sobre las ruinas de la Torre Maldita con una virulencia como los sitiadores no habían experimentado hasta entonces. El sultán, informado del contraataque cristiano, había prometido dos monedas de oro como recompensa por cada cabeza cristiana, y la muerte para el soldado musulmán que diera un paso atrás.

El combate en la Torre Maldita fue terrible. Musulmanes y cristianos lucharon cuerpo a cuerpo en medio de una vorágine de sangre, polvo y miedo. Por todas partes se veían cadáveres o miembros amputados y el suelo, antes polvoriento, se cubrió de un barro espeso y rojizo.

Castelnou luchaba al lado de Perelló con su habitual destreza con la espada. Desde que aprendiera a manejarla en el castillo del conde de Ampurias, jamás había encontrado a un oponente que lo pudiera vencer, al menos en un torneo o un entrenamiento. Para su habilidad, los enemigos con los que combatía eran unos aprendices inexpertos que caían muertos tras tres o cuatro fintas de su espada.

Pero esta vez, como ocurriera unos días atrás, los enemigos eran demasiados. Con las espaldas cubiertas, los caballeros cristianos mantenían a raya a los infantes mamelucos, que caían a decenas ante su primera línea de combate, parapetados en lo alto de lo que quedaba de la Torre Maldita. La batalla prosiguió apenas iniciada la tarde, pero los defensores de la muralla comenzaban a dar señales de debilidad, en tanto los asaltantes recibían constantes tropas de refresco. Una compañía de arqueros egipcios tomó posiciones en una torre contigua a la Maldita y comenzó a asaetear a los defensores. Las flechas caían incesantemente sobre templarios y hospitalarios, y aunque las cotas de malla, los yelmos y las corazas eran protección suficiente para no sufrir heridas de gravedad, la lluvia incesante de saetas dificultaba sus movimientos y les impedía luchar con seguridad.

Una oleada de sarracenos armados con enormes mazas de hierro cayó sobre los caballeros, abatiendo a varios de ellos. La andanada de flechas se hizo más densa y algunas de ellas, lanzadas desde pequeñas catapultas, dieron en el blanco. Poco a poco, la superioridad numérica de los mamelucos se fue imponiendo. Sobre los escombros de la

Torre Maldita, apenas cincuenta caballeros templarios y hospitalarios se agrupaban en torno a sus dos maestres, que contemplaban impotentes la llegada del fin.

Beaujeu luchaba con todas sus fuerzas, intentando mantener la posición en el extremo de una terraza que en su día fuera una de las plantas interiores de la Torre Maldita; junto a él peleaban con bravura varios templarios. El maestre del Hospital, tras ser herido de gravedad al alcanzarle una piedra lanzada desde una catapulta, y pese a sus protestas, fue conducido a la ciudad por cuatro de sus hermanos. Uno a uno, los defensores de la Torre Maldita iban cayendo ante la enorme superioridad de los egipcios.

Castelnou había perdido la cuenta de cuántos enemigos había matado ya; le pareció que había despachado a media humanidad. Insensible a cuantas muertes causaba con su espada, estaba como ciego de ira y solo pensaba en liquidar a todos los musulmanes que se colocaran al alcance de su acero. No era un hombre; se sentía una bestia irracional, un instrumento de la muerte, la guadaña ejecutora de la Negra Señora. En cada uno de los soldados que caían bajo los formidables tajos de su espada no veía a un ser humano, sino a una especie de autómata del Maligno que era necesario eliminar cuanto antes. Ni siquiera sentía cansancio o dolor en sus miembros, solo una extraña sensación de pesadez en los párpados y de aire viciado y acre en los pulmones. Tras tantos días de asedio y muerte, su olfato se había acostumbrado a los olores nauseabundos, una mezcla de carne chamuscada, heces, orines y sangre corrompida que inundaba el aire y lo impregnaba todo.

Un terrible grito le hizo volver la cabeza. A unos pocos pasos a su derecha vio caer a Guillem de Perelló. Una enorme lanza de madera le había penetrado por el omóplato y su punta acerada empapada en sangre asomaba entre el cuello y el pecho, justo entre el yelmo de combate y el peto de hierro.

—¡Guillem! —gritó Castelnou, corriendo en su ayuda.

El templario había caído de bruces y su cuerpo sufría tremendas convulsiones. Jaime se arrodilló y le quitó el casco cilíndrico. La boca de su hermano estaba llena de sangre y en sus ojos había anidado la muerte. Apoyó con cuidado su cabeza en el suelo, se incorporó lleno de rabia y corrió hacia el grupo de cuatro mamelucos que habían tumbado a Guillem ensartándolo por la espalda con la pesada lanza. Con las dos primeras estocadas despachó a los dos soldados que le hicieron frente y después liquidó a los otros dos haciendo girar su acero como las aspas de un molino de viento.

Cuando regresó al lado de Guillem, este expiró su último aliento. La lanza, en su trayectoria ascendente, le había perforado un pulmón y le había destrozado las venas del cuello. La sangre de su hermano templario se mezcló en sus guantes con la de los enemigos recién abatidos.

Los soldados musulmanes acosaban la Torre Maldita por todas partes. Una saeta alcanzó a Guillermo de Beaujeu en la axila cuando levantó el brazo derecho para lanzar un golpe de espada sobre uno de los atacantes, cayendo fulminado pero aún con vida. Jaime de Castelnou había ido retrocediendo ante la avalancha enemiga y pudo ver al maestre del Temple abatido y apenas a dos docenas de caballeros hospitalarios y templarios agrupados a su alrededor, mientras centenares de sarracenos ascendían por las ruinas de la Torre Maldita como serpientes en busca de su presa.

—¡Vámonos de aquí! —exclamó Castelnou.

—Nuestro estandarte todavía sigue enhiesto —le respondió un templario señalando al *baussant* blanco y negro ondeando sobre uno de los montones de escombros.

—¡Y el nuestro! —gritó un hospitalario.

—Pues recogedlos y vayamos al interior de la ciudad.

Dos templarios cargaron con su maestre herido y, pese a sus protestas, se retiraron hacia la segunda línea de muralla protegidos por los caballeros supervivientes.

Ninguno hubiera sabido explicar cómo lo consiguieron en medio de las feroces cargas de sus adversarios, pero unos cuantos lograron alcanzar el segundo recinto. De los trescientos caballeros que contraatacaron en la Torre Maldita, solo diez templarios y siete hospitalarios lograron salvar la vida; los dos maestres habían sido gravemente heridos y el lugarteniente del Temple había dejado su vida en la retirada.

Beaujeu fue conducido a la Bóveda. Sudaba a mares producto de la fiebre, pero aún mantenía la cabeza lúcida. Ante la inmediatez de su muerte, ordenó que llevaran a Castelnou a su presencia.

—Ya no puedo más, hermano Jaime, pues estoy muerto, mira si no la herida —le dijo—, pero recuerda lo que te ordené semanas atrás: cuando veas que todo está perdido, embarca el tesoro en una galera y ponlo a salvo en Chipre. Quien sea elegido mi sucesor como maestre ya sabrá lo que hay que hacer. Ese tesoro es la garantía de la supervivencia de la Orden. No lo olvides.

—Pero ¿por qué yo, hermano maestre?

—Lo sabrás a su debido tiempo.

Poco después, Guillermo de Beaujeu, vigésimo primer maestre de la Orden del Temple, expiró.

19

El caos en la zona de la ciudad que todavía no había sido tomada por los mamelucos era total. Ya nadie obedecía ninguna orden y la gente que quedaba en Acre corría hacia el puerto, todavía en manos cristianas, para tratar de escapar en alguna de las naves que aún permanecían allí atracadas. El control del puerto, protegido por las murallas del sector sur y por el malecón, seguía siendo cristiano, pero la desorganización sobre los muelles hacía imposible que se impusiera ninguna autoridad.

Un barco de la Orden del Hospital había zarpado con el cuerpo malherido de su maestre y unas decenas de sus caballeros. El rey Enrique, viéndolo todo perdido, también embarcó con sus principales caballeros y puso rumbo a Chipre. El patriarca de Jerusalén, que había pasado todo el tiempo del asedio rezando, rodeado de monjes y clérigos, en la catedral de la ciudad, fletó su galera cargada con cuanto de valor pudo recoger en las iglesias. La embarcación se separó del muelle y avanzó un trecho hasta alcanzar el mar abierto, pero iba tan cargada y tan descompensada que bastó un simple golpe de las olas para enviarla al fondo del mar; desde el puerto, todos pudieron ver cómo zozobraba y se hundía junto a su carga y todos sus ocupantes.

Jaime de Castelnou ordenó apilar el tesoro del Temple en cajas y cofres junto a la puerta de la Bóveda que daba directamente sobre el mar, justo donde el maestre le había indicado que una galera podía atracar para poder cargarla directamente desde el edificio.

Fue entonces cuando lo vio por primera vez. Más de

mil libras de oro y no menos de cinco mil de plata se almacenaban en varias cajas llenas de monedas, joyas y objetos diversos, además de un cofre con piedras preciosas clasificadas en saquillos de terciopelo según sus tipos, y una arqueta de madera de dos palmos y medio de largo por palmo y medio de ancho y de alto cubierta de láminas de oro y rematada con una tapa con dos ángeles de oro macizo.

—Es la caja que contiene el santo grial —le dijo uno de los capellanes del Temple.

—¡¿Qué?! —se sorprendió Castelnou. Mucho había oído hablar del sagrado cáliz de la última cena, donde se celebró la primera eucaristía cristiana y donde José de Arimatea había recogido unas gotas de la sangre que Cristo vertió en la cruz, pero que jamás imaginó que pudiera estar allí.

—Es una historia que debes conocer, pues el maestre ordenó que fueras tú el encargado de la custodia de nuestro tesoro —prosiguió el freire—. Hace dos siglos nos fue entregado el santo grial para que lo custodiáramos en Jerusalén, y allí lo guardamos hasta que el malvado Saladino, ese impío hijo del demonio, conquistó la Ciudad Santa. Ha estado a nuestro cuidado desde que se fundó la Orden del Temple y así debe seguir siendo hasta el día del Juicio. Esta arqueta que aquí ves y que lo contiene es una réplica reducida del arca de la alianza, la que Dios ordenó construir a Moisés en el Sinaí para contener las tablas de la ley. Uno de nuestros mejores artesanos la fabricó hace ya tiempo para guardar en ella la sagrada reliquia.

Castelnou contempló la arqueta y admiró el brillo de las láminas de plata sobredorada con nueve cruces templarias incrustadas en oro, y la delicadeza del trabajo del orfebre que la había labrado.

—Es magnífica.

—Tú, hermano Jaime de Castelnou, eres ahora su guardián; al menos hasta que esté a salvo en Chipre y bajo la custodia del nuevo maestre.

La situación en Acre era absolutamente desesperada. Los mamelucos no tardarían mucho en lanzar el último y definitivo asalto contra la ciudad.

Una vez ordenado el tesoro y colocado en cajas para ser embarcado, Jaime se dirigió al puerto para inspeccionar las naves del Temple que allí permanecían atracadas. Al acercarse contempló el perfil majestuoso de la galera El Halcón, tal vez el mayor barco jamás construido. Al ver ondear sobre el segundo de sus mástiles una bandera roja con una flor blanca en el centro en lugar del *baussant* blanco y negro dudó, pero el perfil y el tamaño de la galera eran inconfundibles.

El templario se dirigió hasta ella y se dispuso a subir a bordo, pero unos marineros se lo impidieron.

—Dejadme pasar, soy Jaime de Castelnou, caballero de Cristo. Este navío es propiedad del Temple y lo necesitamos.

—Tenemos orden de que no suba nadie a bordo sin permiso del capitán —dijo uno de los marineros en un tono que sonaba a amenaza.

—¿De Roger de Flor?

—Sí, así es.

—Avisadle de que estoy aquí.

Los marineros se miraron desconfiados, pero al fin uno de ellos accedió a la petición del templario y se dirigió al interior de la galera. Poco después salió acompañado de Roger de Flor.

—Vaya, vaya, el aire de Tierra Santa te ha sentado bien, hermano —le dijo.

—¿Y tu uniforme de sargento? El atuendo que llevas va en contra de nuestra regla.

Roger de Flor vestía unos pantalones y un chaleco de cuero marrón. Se había dejado crecer el pelo, que le caía desordenado y muy rubio casi hasta los hombros.

—Bueno, creo que así estoy más cómodo.

—Serás castigado por falta grave —le dijo Castelnou.

—¿Y quién me impondrá el castigo? ¿Tú? El maestre ha muerto, la mayoría de los freires del Temple son carroña que devoran las ratas y los cuervos, y los pocos que quedáis vivos correréis pronto la misma suerte.

Jaime frunció el ceño.

—Esta galera es propiedad del Temple; entrégamela ahora e intercederé por ti ante el capítulo. Si colaboras, tu castigo será más leve.

—Te equivocas, el Halcón ya no es del Temple —replicó Roger de Flor—. Hemos decidido —añadió señalando a algunos de los marineros— que nos pertenece. Ya no reconocemos otra autoridad que la nuestra.

—Estás cometiendo un robo.

—No, simplemente recuperamos lo que se nos debe.

En ese momento, una rica dama llegó al muelle escoltada por cuatro soldados. Roger de Flor le hizo una reverencia y la ayudó a subir a bordo. Uno de los soldados le entregó una bolsa de cuero que parecía pesar bastante. El antiguo sargento templario introdujo la mano y la sacó llena de monedas de plata y oro. Hizo un gesto de asentimiento con la cabeza y los cuatro soldados subieron a la galera tras la dama.

—¿Estás cobrando dinero a esta gente para sacarla de aquí? —preguntó indignado Castelnou.

—Digamos que simplemente recaudamos un donativo como pasaje a la salvación. Visto así, no me parece caro, ¿no crees, hermano?

Roger de Flor soltó una carcajada y arrojó la bolsa a uno de sus marineros, que la cogió al vuelo con dificultad dado su peso.

De repente, un ruido de voces les hizo volver la cabeza. Unas cien personas corrían hacia los barcos atracados en el muelle gritando desesperadas que les hicieran un hueco en alguno de ellos. Los mamelucos acababan de romper el segundo recinto amurallado en la zona de la puerta de San Antonio y varios de sus regimientos de infantería se habían desparramado por el interior de la ciudad como las aguas bravas de un torrente desbordado.

—¡Dejadnos subir, por Dios, os lo suplicamos! ¡Los mamelucos nos están matando a todos! ¡Somos cristianos, piedad, piedad!

Roger de Flor dio una orden y los marineros izaron la pasarela que unía la galera con el muelle.

—Nos vamos, hermano Castelnou. Que tengas suerte, si es que todavía es posible.

—¡Eres un canalla! —le respondió Jaime, amenazándolo con el puño.

—Nos veremos en el infierno, supongo.

El Halcón comenzó a separarse del muelle a fuerza de remos mientras desde la orilla varias decenas de desesperados rogaban a sus tripulantes que les permitieran subir a bordo. Roger de Flor parecía una estatua inmóvil en el centro del castillo de proa. La carga que portaba era ya suficiente; varias ricas damas y algunos potentados mercaderes habían pagado verdaderas fortunas para hacerse con un pasaje en la galera que había sido del Temple hasta que el antiguo sargento se había apoderado de ella.

Impotente, Jaime de Castelnou observaba desde el muelle la maniobra del navío, con la enseña de Roger de Flor ondeando en lo más alto, cómo se alejaba deslizándose a lo largo del malecón y cómo pasaba junto a la Torre de las Moscas, que protegía la bocana del puerto, buscando la seguridad en alta mar.

En el puerto la confusión era absoluta. Unas pocas galeras y demás embarcaciones todavía permanecían atracadas mientras grupos de gentes desesperadas suplicaban auxilio para escapar de la ciudad. El templario pudo ver el miedo reflejado en los ojos de los supervivientes de Acre y la desesperación de los que no podían pagar un pasaje que los librara de una muerte cierta o de la esclavitud.

Jaime abandonó el puerto y corrió hacia la Bóveda, donde el tesoro templario aguardaba para ser puesto a salvo. Llegó a la vez que un grupo que huía del ataque mameluco. Un caballero hospitalario le dijo que los defensores de la puerta de San Antonio habían cedido ante el empuje de miles de soldados egipcios que estaban avanzando por las calles del centro de la ciudad asesinando a cuantos cristianos encontraban a su paso. Si todavía no habían alcanzado el extremo occidental de Acre, donde se encontraba la Bóveda, era precisamente porque los sarracenos se detenían en cada edificio para saquear cuanto de valor podía contener, e incluso algunos estaban cavando en el suelo de casas y patios para localizar posibles tesoros escondidos.

La Bóveda era el último reducto. Construida con una

solidez extraordinaria, la sede central del Temple era un edificio de un aspecto imponente. Una de sus fachadas daba directamente al mar, y allí estaba la puerta por la que podían evacuar el tesoro y a algunas personas. Las otras tres fachadas daban a la ciudad; estaban construidas con enormes sillares unidos con una durísima argamasa de cal, bien labrados y colocados por canteros y albañiles excepcionales.

—Vamos, hermano, entra, que no tardarán en aparecer esos demonios —le conminó un caballero hospitalario.

—¿No queda nadie ahí fuera?

—Vivo, no. Quien no haya llegado antes que nosotros estará ya muerto. Somos los últimos cristianos de Acre.

Los dos caballeros entraron en el edificio y el sargento templario que mandaba la guardia ordenó cerrar las puertas. Pedro de Sévry, mariscal del Temple, apareció en el patio.

—¿Dónde te habías metido, hermano Jaime? Hace rato que te ando buscando.

—He ido al puerto para tomar posesión de El Halcón y poner a salvo el tesoro, pero se ha apropiado de la galera un hermano sargento, Roger de Flor.

—Sí, ya nos hemos enterado de ese asunto. Propondré que sea expulsado de la Orden y en cuanto lo atrapemos, ya veremos qué hacemos con él. No te preocupes por el tesoro; en el lado del mar hay anclada otra de nuestras galeras, La Rosa del Temple. No es tan grande como El Halcón, pero no hay ningún navío tan rápido como ese en todo el Mediterráneo. Embarcarás en él y pondrás a salvo el tesoro llevándolo hasta Chipre, tal como ordenó el maestre Guillermo.

—¿Y los demás hermanos?

—Resistiremos aquí cuanto podamos. Este edificio puede aguantar cualquier asalto. Somos más de medio millar de defensores y disponemos de agua, provisiones y armamento para varios meses. No te preocupes, hermano, en nuestra Orden cada uno debe cumplir su misión, y a ti se te ha encomendado la de salvar el tesoro.

—Pero ¿por qué yo?, ¿por qué?

—No lo sé. El maestre así lo ordenó, y a nosotros solo nos cabe cumplir lo que él dispuso.

20

Poco después de que se cerraran las puertas de la Bóveda, los primeros mamelucos llegaron ante el colosal edificio. Las avanzadillas se contentaron con insultar a los defensores y amenazarlos con despellejarlos vivos si no se entregaban de inmediato. Desde lo alto de sus imponentes muros se podían ver los barrios más cercanos y el humo y los incendios que surgían por todas partes de la ciudad.

Durante tres días los sitiadores se limitaron a arrojar algunas flechas sobre el edificio, y los sitiados respondieron lanzándoles piedras y algunas saetas.

Por fin, un emisario que portaba una bandera blanca se acercó con cautela hasta la puerta y solicitó parlamentar. Pedro de Sévry, máxima autoridad del Temple tras la muerte del maestre Beaujeu, accedió a hablar.

—Mi señor, el sultán de Egipto, defensor de la fe y de los creyentes, os ofrece un acuerdo.

—¿En qué términos? —preguntó el mariscal.

—Compromete su palabra de fiel musulmán y os concede la libertad si entregáis este edificio.

—¿Nos garantiza conservar nuestros bienes?

—Sí. Podréis llevar encima cuantas riquezas seáis capaces de transportar.

—¿Y nuestras armas?

—También. Un destacamento de nuestros soldados entrará en el edificio para verificar vuestra capitulación y os escoltará hasta las afueras de la ciudad, y más allá si fuera preciso.

Sévry aceptó las condiciones tras deliberar con los caballeros templarios que quedaban vivos.

—No me fío de esos sarracenos —le confesó a Castelnou—, pero nada más podemos hacer. Jamás recibiremos ayuda, y aquí hay algunas mujeres y niños que no merecen morir. ¡Ah!, si solo estuviéramos los templarios.

—Entonces ¿el tesoro...? —preguntó Jaime.

—Seguiremos el plan de Beaujeu. Aunque nos dejen salir libres, el tesoro será embarcado en La Rosa del Temple —respondió Sévry—. Si lo llevamos con nosotros y se enteran esos sarracenos, creo que no cumplirán su palabra. No podemos arriesgarnos a perderlo. Esta misma noche lo cargaremos en la galera y en cuanto nos entreguemos, zarparás rumbo a Chipre; allí nos encontraremos.

Cien soldados mamelucos mandados por un oficial de alto rango entraron en la Bóveda para verificar la capitulación de los cristianos, tal cual se había acordado. Dentro del edificio se habían podido refugiar unas quinientas personas; de ellas, doscientas eran templarios, un puñado de hospitalarios, algunos ciudadanos de Acre que habían logrado alcanzar la Bóveda y dos centenares de mujeres y niños, los últimos supervivientes que no habían podido escapar en una nave desde el puerto o no habían muerto en el ataque sarraceno.

En el patio del edificio había varias mujeres. Uno de los soldados musulmanes hizo un comentario sobre las cristianas y los demás rieron a carcajadas.

—¿Qué ha dicho? —le preguntó Jaime de Castelnou, quien solo comprendió algunas de las palabras del mameluco.

—Que esta misma tarde esas mujeres alcanzarán el paraíso entre sus piernas —le respondió el mariscal.

—Algo así me había parecido entender.

—Estos brutos no van a cumplir su palabra. Mira sus ojos, están ávidos de sexo; si salimos de aquí, violarán a las mujeres.

Uno de los sarracenos se dirigió a las damas con gestos obscenos, y los demás, envalentonados, las increparon y se dirigieron hacia ellas con los rostros llenos de lascivia. Sévry desenvainó su espada y los amenazó en su lengua, conminándolos a que se retiraran, pero los musulmanes se negaron y se entabló un combate en el que los doscientos templarios despacharon al destacamento de cien mamelucos con facilidad.

—Se acabaron los pactos con estos sarracenos —dijo el mariscal, con la espada en la mano chorreando sangre—. Esta misma noche embarcaremos el tesoro.

Los cadáveres de los mamelucos fueron entregados a los sitiadores, no sin antes explicar cómo se habían comportado en la Bóveda.

Al caer la noche, los cofres con el tesoro fueron cargados en La Rosa del Temple. Jaime iría acompañado de Teobaldo de Gaudin, uno de los más prestigiosos caballeros de la Orden y tesorero de Acre, a quien todos señalaban como sucesor del maestre Guillermo de Beaujeu.

—Partiréis al amanecer —les dijo Pedro de Sévry—. Me temo que lo ocurrido ayer nos deja muy poco margen de maniobra.

Así fue. Unos instantes antes de zarpar, el mariscal arrió el *baussant* de combate que ondeaba en lo alto de la Bóveda y se lo entregó a Castelnou. No era conforme a la regla de la Orden, pero ese estandarte jamás había sido derrotado en batalla y Sévry no quiso que cayera en manos sarracenas para que no se repitiera lo ocurrido un siglo antes en la batalla de Hattin.

Con las primeras luces de la aurora, el mar en calma y el cielo despejado, La Rosa del Temple levó anclas en la pequeña ensenada junto a la Bóveda y se alejó lentamente de la costa. Su destino era el castillo del Mar, junto a la ciudad de Sion, donde debía recoger otra buena cantidad de oro y plata. Castelnou consiguió embarcar a muchas mujeres y niños, pero no a todos los refugiados.

A la misma hora, los mamelucos pedían disculpas por la tropelía cometida por el destacamento que había entrado en la Bóveda y acosado a las mujeres. Sévry recibió una invitación personal del sultán, asegurándole que sería muy bienvenido a su tienda y que compartirían la comida. Pese a que algunos hermanos le advirtieron de que no se confiara, el mariscal no quiso parecer un cobarde y salió de la fortaleza con una escolta de diez caballeros. Apenas les dio tiempo a enterarse de lo que estaba pasando, pues los mamelucos los asaltaron y los decapitaron a la vista de los defensores, que desde lo alto del edificio gritaban que la lucha sería ya a muerte.

Desde la popa de la galera, Jaime de Castelnou podía

distinguir nítidamente el perfil de San Juan de Acre y la inmensa y maciza mole de la Bóveda como un enorme mascarón de proa apuntando hacia el mar.

—No podrán resistir, ¿verdad? —le preguntó a Teobaldo de Gaudin.

—No. Se han sacrificado hasta el fin para que podamos poner el tesoro a salvo —respondió el templario—. Creo que es el fin de Acre y, tal vez, de un sueño.

De pronto observaron que el enorme edificio se venía abajo provocando una enorme polvareda, a la vez que se levantaba una cortina de espuma al golpear sobre el agua los muros que caían desplomados. Unos instantes después les llegó el estruendo del hundimiento de la Bóveda y sobre el polvo y la espuma se alzaron unas gigantescas llamaradas.

—¡Dios Santo, se ha derrumbado todo el edificio! —exclamó Castelnou.

En los últimos días, mientras los templarios y los mamelucos intentaban llegar a un acuerdo de capitulación, los zapadores musulmanes habían excavado dos túneles y los habían entibado con maderas hasta alcanzar justo la parte central debajo del edificio. Esa misma mañana les habían prendido fuego y habían conseguido que se abriera una brecha en la fachada principal, por donde un regimiento de dos mil hombres se lanzó al asalto. El cálculo de los ingenieros del sultán había sido erróneo, pues habían estimado que la Bóveda pesaba mucho menos, y lo que ocurrió fue que el edificio se vino abajo, aplastando dentro a musulmanes y cristianos en plena batalla.

Los que habían conseguido huir en La Rosa del Temple lo presenciaron horrorizados.

21

La galera cargada con el tesoro templario de Tierra Santa bogó hacia el norte navegando de cabotaje, con la costa siempre a la vista pero lo suficientemente lejos para evitar cualquier sorpresa.

Castelnou seguía sin entender por qué había sido él uno de los elegidos para salvarse y salir de Acre. Tan solo era un caballero más de los freires del Temple, sin relevancia. Hasta que intervino en la desgraciada salida de la puerta de San Lázaro jamás había participado en una acción de armas, llevaba muy poco tiempo en la Orden y no era hijo de un noble tan poderoso como para ser destinado a cumplir semejante misión.

En las semanas siguientes, La Rosa del Temple fue recorriendo las últimas posesiones cristianas en la costa de Palestina y el Líbano. En Tortosa, Tiro, Beirut y Sidón lograron aparejar tres galeras y evacuar con ellas a cinco centenares de personas y cuantos objetos de valor pudieron reunir. Las noticias que llegaban de tierra en cada uno de estos puertos avisaban del avance de los mamelucos hacia el norte, pero que más al sur de Acre todavía resistían unos cuantos templarios en el castillo del Peregrino.

En Sidón, mientras eran embarcados los últimos cristianos de Tierra Santa, se reunió el capítulo de la Orden del Temple para elegir a un nuevo maestre. Por primera vez participó en un acto tan importante el joven Jaime de Castelnou, que fue testigo de la elección de Teobaldo de Gaudin como máxima autoridad templaria, sin que ningún hermano se opusiera a una elección que se preveía como incuestionable.

En el mismo capítulo se aprobó la expulsión de Roger de Flor y se dispuso que, en caso de ser apresado, sería conducido a presencia del maestre para ser ejemplarmente juzgado y castigado. Jaime deseó ser él mismo quien echara mano de aquel traidor que tanta deshonra había arrojado sobre la Orden.

Una vez elegido el nuevo maestre, Jaime le propuso regresar hacia el sur para rescatar a los hermanos allí atrapados, pero Teobaldo le recordó que su principal misión era poner a salvo el tesoro. No obstante, dispuso que una de las galeras, la más veloz, fuera hasta el castillo del Peregrino y recogiera a los defensores. Tuvieron que esperar casi dos semanas refugiados en la isla de Ruad, un islote desértico y sin agua, a dos millas de la ciudad de Tortosa, que convirtieron en el punto de concentración de cuantos templarios y cristianos quedaban en tierra firme. A finales de agosto llegaron a bordo de La Rosa del Temple los últimos rescatados, los defensores del castillo del Peregrino. Teobaldo de Gaudin dispuso que una guarnición de cincuenta caballeros, cien sargentos y otros tantos criados se quedara en Ruad. Tendrían que recibir periódicamente suministros desde Chipre, pero al menos se mantendría una presencia testimonial en el viejo territorio de los cruzados, y quién sabe si aquel islote podría convertirse alguna vez en la cabeza de puente de una futura reconquista de los Santos Lugares.

Avistaron las playas espumosas y las colinas esmaltadas de olivos y vides de Chipre a principios de septiembre. Siete galeras y media docena de barcos de transporte arribaron al puerto de Limasol un día soleado y ventoso. El viento del oeste levantaba unas olas regulares y azules, con la cresta blanqueada por una espuma brillante que parecía cuajada de enormes perlas transparentes. Aquel paisaje era muy hermoso. Poco después de desembarcar le contaron a Jaime una leyenda de los griegos según la cual en aquellas playas había nacido la mismísima Afrodita, la más hermosa de las diosas, engendrada de una gota de sangre del padre Zeus mezclada con la espuma del mar.

Castelnou presintió que estaba siendo testigo del final de un tiempo de sueños. Dos siglos de presencia cristiana en Tierra Santa se acababan de esfumar como la espuma que se forma tras chocar las olas contra las rocas de los acantilados y desaparece de inmediato sumergida en la base de la siguiente ola.

Observó a los caballeros templarios, la mayoría veteranos de cien batallas, cubiertos con sus mantos blancos marcados con la cruz roja, a los sargentos, vestidos de pardo y gris, y a los escuderos y criados, fieles y callados servidores siempre dispuestos a cuidar de sus señores. Contempló a los hermanos heridos en los últimos combates en Acre, algunos todavía en tan mal estado que tenían que recibir ayuda para dar un paso, y a otros que estaban completamente vendados; todos tenían impresa en sus ojos la amargura de la derrota.

Sintió que un brazo se posaba sobre su hombro y al girarse vio que se trataba del maestre Gaudin.

—Es terrible —se lamentó en un tono en el que no se atisbaba la menor esperanza.

—Nos han castigado con contundencia —repuso Castelnou.

—Sí, esta ha sido la más dura derrota del Temple. Ni siquiera la situación fue tan desastrosa cuando perdimos la vera cruz y Jerusalén en la derrota de los Cuernos de Hattin. No disponemos de una sola fortaleza en tierra firme, y ese islote de Ruad es tan solo una anécdota. Me temo que no podremos mantenerlo durante mucho tiempo. Nuestra presencia en Tierra Santa se ha terminado.

—Estoy convencido de que volveremos.

—Será difícil. Nuestras llamadas de auxilio a los reyes cristianos no han sido acogidas. Los últimos años hemos luchado solos, templarios y hospitalarios, juntos por primera vez en mucho tiempo, pero nadie ha movido un dedo por nosotros, y me temo que ahora tampoco van a hacerlo.

—Pero nuestra Orden todavía es poderosa.

—Hemos dejado que nos arrebataran nuestra única razón de ser. Ahora nuestros enemigos dirán que nosotros hemos sido los únicos culpables de la pérdida de los Santos Lugares. Nos acusarán de no haber sabido mantener la tierra sagrada de Jesucristo, de haber dejado que los sarracenos se apoderaran de ella sin verter en su defensa hasta la última gota de nuestra sangre.

—Sabes bien, hermano maestre, que quienes hemos estado allí conocemos la verdad, que miles de hermanos templarios han dado su vida por la Cruz y por los cristianos.

—Eso es muy cierto, pero hay muchos interesados en que no se reconozca de esta manera. Nos hemos granjeado muchos enemigos que nos han jurado odio eterno.

—Pero ¿por qué? No hemos hecho nada que sea contrario a la Iglesia de Cristo.

—Tal vez consideren que hemos sido demasiado soberbios o demasiado ambiciosos; pero bien sabe Dios que todo lo hemos hecho por su gloria, por su nombre, para enaltecer su divinidad ante otros hombres. Nada hemos hecho para nosotros, solo por Dios, solo por el Salvador y sus criaturas.

Gaudin hablaba como si se encontrara solo, con los ojos entornados y la mirada perdida en un imaginario horizonte.

Aquel invierno en Chipre discurrió lento y pesado. Al poco tiempo de trasladarse a Nicosia, la principal ciudad de la isla, Teobaldo de Gaudin nombró mariscal de la Orden a Jacques de Molay, un caballero que no destacaba precisamente por su inteligencia, aunque se le reconocía como experto en la construcción de fortalezas. El maestre dirigió la instalación de los templarios en sus nuevos conventos, aunque el rey Enrique parecía muy poco dispuesto a compartir sus dominios con la Orden.

Gaudin se mostraba taciturno. Casi todos los días, después de cumplir con sus obligaciones, paseaba poco antes de la cena por los alrededores del convento de Nicosia, y lo hacía ensimismado en sus recuerdos, como un fantasma buscando un sueño que nunca fue.

Para intentar olvidar la derrota, los templarios de Chipre volvieron a su vida monástica y rutinaria: orar, revisar el equipo, orar, comer, orar, revisar el equipo, orar, cenar, orar, dormir, orar..., y así un día tras otro, esperando que se desencadenara algún acontecimiento que acabara de una vez con aquella pesadilla.

La última semana del invierno, una galera procedente de Bari trajo una noticia que soliviantó los ánimos de los templarios que habían escapado de Acre. Un mercader italiano informó que Roger de Flor, el hijo del halconero alemán metido a sargento del Temple y luego renegado, había recalado en Marsella tras salir de Acre cargado de tesoros; de allí había pasado a Génova, donde había vendido la galera El Halcón, pues los genoveses, en guerra con sus competidores venecianos, habían mostrado gran interés en usarla como modelo para las nuevas galeras de guerra que estaban construyendo en sus astilleros. Pretendían armar galeras mucho más grandes que las que hasta entonces se construían para lograr la superioridad naval que se disputaba con la república de Venecia y con el rey de Aragón.

El maestre se enervó cuando escuchó aquello y juró que algún día haría pagar a Roger de Flor su traición y el enorme desprestigio e infamia que había arrojado sobre la Orden; sin embargo, Gaudin estaba enfermo; cansado, derrotado, amargado e incapaz de superar la huida de Acre, no resistió más y murió en las primeras semanas de la primavera, cuando los almendros lucían plenos de flores y los naranjos asperjaban con el rocío su aroma de azahar por los campos de Chipre.

El mariscal De Molay organizó los funerales. Miles de velas se encendieron en la capilla del convento de Nicosia en recuerdo del alma del maestre recién fallecido. Durante los siete días posteriores al entierro, los hermanos del convento rezaron doscientos padrenuestros y ayunaron a pan y agua los tres viernes siguientes. Cien pobres fueron alimentados a expensas de la encomienda.

Castelnou quedó de nuevo, por decisión del capítulo, como guardián del tesoro. Ayudado por un hermano capellán, pues él apenas sabía de cuentas, realizó un inventario de las riquezas depositadas en la sala secreta del convento de Nicosia, y ordenó que se realizara un detallado listado de cuantas propiedades y bienes muebles poseía la Orden en la isla de Chipre, así como del número de miembros de la misma.

Mediado el verano le llegó el inventario: apenas eran quinientos caballeros, seiscientos sargentos y poco más de mil artesanos y criados. El tesoro había disminuido tras los gastos realizados en los últimos meses, y las encomiendas de la isla no estaban precisamente muy boyantes. Escribió una carta circular a las encomiendas de Europa y se encargó personalmente de supervisar el proceso para la constitución del Capítulo General en el que se elegiría al nuevo maestre. Entonces Jaime no imaginaba siquiera el terrible destino que aguardaba a los caballeros templarios.

22

El Capítulo General extraordinario de la Orden del Temple había sido convocado por el mariscal De Molay para el primer domingo de enero del año del Señor de 1294. A primera hora de la mañana, tras el rezo de prima, los caballeros formaron en dos filas y se dirigieron a la sala capitular del convento de Nicosia. Tras el desastre de Acre y la pérdida de todas sus posesiones en Tierra Santa. Chipre se había convertido en el refugio de los que habían logrado escapar en las galeras que consiguieron zarpar de los últimos enclaves costeros, en algunos casos pocas horas antes de que fueran conquistados por los mamelucos.

Los templarios, en su refugio de Chipre, eran conscientes de que se jugaban mucho en la decisión. Quien fuera designado maestre en ese capítulo tendría que poner en marcha un gigantesco plan para recuperar la moral perdida y, además, convencer a los reyes cristianos para organizar una nueva cruzada. Castelnou estaba desanimado. Había sido testigo de la caída de Acre y de cómo esperaron en vano durante meses una ayuda de la cristiandad europea que nunca llegó.

La elección del nuevo maestre se presumía disputada. Dos eran los candidatos que optaban al cargo más relevante de la Orden. De un lado, el propio Jacques de Molay, natural de la región del Franco Condado y mariscal templario, hombre taciturno pero considerado fiel al Temple y estricto cumplidor de la regla; del otro, Hugo de Peraud, tesorero de la encomienda de París, la más rica e influyente de Europa, y, sobre todo, fiel amigo del rey Felipe IV de Francia, quien le había mostrado su apoyo.

En los días previos a la elección, partidarios de uno y otro se habían enfrentado —a veces llegando incluso a las manos— en discusiones sobre cuál de los dos era el candidato más idóneo. Los defensores de Molay aseguraban que era un hombre de voluntad firme y de nervios de acero, justo lo que se necesitaba en tan delicados momentos; sus detractores ponían en duda su capacidad para dirigir el Temple y sostenían que la amistad de Hugo de Peraud con el monarca francés era garantía de que este lo apoyaría a la hora de planear una nueva cruzada.

En la sala capitular del convento de Nicosia la tensión era evidente. Los caballeros se miraban desconfiados, hasta tal punto que previamente se había llegado al acuerdo de que todos acudieran desarmados. El rey de Chipre y el maestre del Hospital habían recibido el encargo de mediar en caso de problemas y habían dispuesto sendas guardias en el recinto.

Desde luego, los partidarios de Peraud desconfiaban del proceso, pues no en vano había sido dirigido por Molay, lo cual le correspondía por ser mariscal y máxima autoridad de la Orden en esos momentos. La importancia del cargo de maestre radicaba en que era vitalicio y la persona elegida lo ostentaba hasta su muerte.

Una vez dentro de la sala del capítulo, el comendador del desaparecido reino de Jerusalén se puso en pie y se dirigió a los caballeros allí reunidos:

—Hermanos templarios, hemos sido convocados aquí para solventar uno de los mayores retos que se han presentado en la historia de nuestra Orden. Como indica nuestra regla, me toca proponer a uno de nuestros hermanos como comendador de la elección; se nos recomienda que sea un hermano que hable varias lenguas, amante de la paz y de la concordia y enemigo de la discrepancia. Pues bien, para ese cometido propongo al joven hermano Jaime de Castelnou.

Cuando oyó su nombre, Jaime sintió como si le hubieran golpeado el pecho con una maza. Aunque era uno de los miembros más jóvenes, todos conocían el valor y el arrojo que había demostrado en la defensa de Acre, en la custodia del tesoro y en el rescate de los caballeros atrapados en las fortalezas costeras de Tierra Santa. Comoquiera que nadie discrepó, Castelnou aceptó tan gran honor. Su primer cometido era elegir a un compañero, y lo hizo en la persona de un caballero que apenas hablaba, pero cuya mirada transmitía serenidad y confianza; se llamaba Ainaud de Troyes y era natural de esa ciudad de la región de Champaña, la misma que había visto nacer al primero de los maestres de la Orden, el fundador Hugo de Payns.

—Caballeros —continuó el comendador del reino de Jerusalén—, ahora deberéis retiraros los dos y pasaréis todo el día y la noche meditando en silencio, sin hablaros salvo que tengáis algo que deciros con respecto a la elección. Nadie podrá molestaros, y si alguno de los hermanos osara interrumpir vuestra meditación, quedará inhabilitado como elector.

Jaime y Ainaud se retiraron a una salita adjunta a la capilla, en la que durante todo el día se celebrarían oraciones y misas en honor al Espíritu Santo, para pedirle que inspirara con su gracia a los electores para que designaran al mejor de los templarios como maestre.

—Ya conoces el procedimiento, hermano, tenemos que elegir a dos hermanos más —le dijo Castelnou a Troyes.

Los dos primeros electores elegían a otros dos, estos cuatro a dos más, y así sucesivamente hasta llegar a doce, de los cuales ocho tenían que ser caballeros y cuatro sargentos, y, además, de diversas naciones para impedir que una sola monopolizara el cargo. Los doce elegidos nombraban entonces a un decimotercero, que tenía que ser necesariamente un capellán de la Orden. Era un rito que recordaba la última cena de Jesús con sus doce apóstoles.

Elegidos los trece, se reunieron en la sala capitular a puerta cerrada y comenzó el debate para designar un candidato a maestre.

—Os recuerdo, hermanos, que nuestras deliberaciones están sujetas a secreto, so pena de expulsión de la Orden —dijo Castelnou—. Se abre el plazo de presentación de candidatos. ¿Alguien propone a un hermano para el cargo de maestre? —preguntó.

Ainaud de Troyes alzó la mano y con voz rotunda y serena dijo:

—Propongo al hermano Jacques de Molay.

—Y yo, al hermano Hugo de Peraud —terció enseguida otro de los electores.

Unos y otros comenzaron entonces a argumentar en favor y en contra de los dos candidatos. La situación empezaba a complicarse. Por lo que Jaime pudo percibir, ocho de los electores estaban a favor de Molay y solo cuatro por Peraud. Él dudaba. Conocía a Jacques de Molay por su cargo de mariscal en Chipre, pero le parecía poco preparado para dirigir la Orden, y además carecía de la inteligencia necesaria, aunque era un hombre valeroso y de firmes creencias. De Hugo de Peraud solo sabía que era muy amigo del rey de Francia y que su gestión al frente de las finanzas de su provincia había dado extraordinarios resultados, pero desconfiaba de su voluntad para seguir manteniendo la guerra en Tierra Santa. Finalmente se decantó por Molay.

En la primera votación el resultado fue de nueve a cuatro a favor del mariscal. Los partidarios de Peraud insistieron en su candidato y propusieron que se retiraran los dos si no había unanimidad. Jaime, demostrando una enorme serenidad, aludió a la importancia de la elección y les recordó que si no se ponían de acuerdo, debería comunicar al capítulo que no había candidato y que deberían seguir reunidos esperando a que la gracia del Espíritu Santo los iluminara.

—Molay ha obtenido mayoría absoluta de votos; otorguémosle nuestra confianza. A los hermanos que no le habéis votado os pido generosidad y comprensión.

Tras varias horas de debate, al fin los cuatro díscolos

cedieron. Jacques de Molay tenía el camino libre para ser proclamado nuevo maestre.

El capítulo fue convocado para la hora sexta. Jaime entró en la sala y en voz alta anunció que los trece hermanos reunidos en cónclave, y tras recibir la gracia del Espíritu Santo, proponían al hasta entonces mariscal del Temple como nuevo maestre de la Orden de los Pobres Caballeros de Cristo.

—Solicito para ello vuestra autorización —concluyó.

Todos asintieron. El capellán pregonó entonces el nombramiento de Jacques de Molay como maestre del Temple y, siguiendo la fórmula de la regla, demandó si estaba presente, aunque sabía que estaba allí. El elegido se puso en pie y, tras identificarse, aunque todos los conocían, declaró que aceptaba el alto honor que se le concedía. A continuación, todos los presentes se dirigieron a la capilla, donde los criados habían preparado lo necesario para la ceremonia de juramento del nuevo maestre.

Arrodillado ante el altar y rodeado de los caballeros y sargentos electores y de los miembros del capítulo, Jacques de Molay juró ante los Evangelios defender a la Orden, ofrecer su vida por ella si fuera necesario y ejercer el cargo de maestre con lealtad a los hermanos y obediencia al papa. Un tedeum de acción de gracias fue entonado por los asistentes como acto final de la ceremonia.

Al día siguiente a la elección, Jaime de Castelnou fue convocado a presencia del maestre. Molay estaba de pie en el centro de la sala capitular donde había sido proclamado.

—Tengo más de cincuenta años y soy caballero templario desde hace casi treinta —empezó—. Todavía recuerdo aquel día del año del Señor de 1265 cuando entré en la modesta encomienda de Beaune, cercana a la ciudad de Dijon. Mi familia pertenece a un linaje de la baja nobleza de la ciudad de Besançon. El maestre Gaudin me nombró mariscal por mi experiencia en la construcción de fortalezas, pero ahora debo reconstruir la Orden, y no voy a cejar en mi empeño para devolverle la grandeza perdida. Deseo viajar pronto a Europa para entrevistarme con el papa y con los reyes cristianos. Una nueva cruzada es posible.

»En cuanto a ti, hermano Jaime, has sido una pieza importante en mi elección —prosiguió—. Todavía eres joven, pero contaré contigo en el futuro para que desempeñes cargos importantes. Ojalá puedas asistir algún día a la elección de mi sucesor en Jerusalén.

—Yo estoy siempre a disposición de la Orden, hermano maestre —repuso Jaime.

—Sé que eres un templario ejemplar. Desde que llegaste a Tierra Santa no has sido castigado ni una sola vez, ni siquiera por una falta leve. Sé que realizaste un buen trabajo en Acre y que fuiste decisivo a la hora de rescatar a nuestros hermanos del castillo del Peregrino, por eso te propusimos para que dirigieras la elección; sabíamos que eras un hombre justo.

—Solo hice lo que la regla señala para esta ocasión.

—Hiciste más que eso; lograste que el rey de Francia no hincara el diente en el Temple. Si hubiera salido elegido el hermano Hugo, el verdadero maestre de nuestra Orden sería ahora Felipe de Francia.

Tras aquella conversación, Molay no le pareció hombre de tan escasa inteligencia como se decía. Es cierto que no era elocuente ni demasiado cultivado, aunque en esa cualidad no difería demasiado del resto de los caballeros; tampoco tenía profundos pensamientos, pero parecía valiente y seguro de su misión.

—Solo nos debemos a Dios —asentó Jaime.

—En efecto. Por eso debemos recuperar los lugares donde nació y murió su hijo —convino el maestre—. Desde que cayeron nuestras últimas posesiones en Tierra Santa han surgido muchas voces que reclaman nuestra disolución como Orden de la Iglesia. Dicen que ya no somos necesarios, pues los templarios se crearon para proteger una tierra que ya no es cristiana. Se equivocan. Ahora somos más importantes que nunca. El islam se ha recuperado tras decenios de agonía y ha tomado la iniciativa; es la cristiandad la que está en crisis, y la que más nos necesita.

»Quienes así hablan solo ambicionan nuestras riquezas, nuestras tierras y nuestras propiedades —advirtió—. Somos envidiados por lo que tenemos, pero sobre todo por lo que representamos. Algunos monarcas cristianos no soportan que nuestra existencia les esté recordando de manera permanente que no han hecho cuanto estaba en sus manos para defender Jerusalén y lo que esa ciudad significa para los cristianos.

»Tal vez hayamos cometido algunos errores en el pasado, no lo niego, pero el Temple ha sido siempre lo mejor de la cristiandad y en nuestra Orden han profesado los más relevantes caballeros y los más sufridos servidores de Cristo. Debemos estar orgullosos por ello.

—Nuestros detractores alegan que ya no hay peregrinos que defender —dijo Jaime.

—Los volverá a haber.

23

En las semanas siguientes, Molay fue informado de la mala situación de la Orden. El tesoro legendario, que según algunos rumores era fabuloso, se había reducido a unos pocos miles de libras, desde luego, absolutamente insuficientes para fundamentar en él la recuperación de los Santos Lugares. Pese a ello, el maestre había decidido destinar al enclave de la isla de Ruad a ciento veinte caballeros, quinientos arqueros y cuatrocientos sirvientes, pese a las dificultades y al enorme gasto que representaba el tener que proporcionarles todo tipo de suministros. El maestre confiaba en que el islote sería la cabeza de puente para una futura invasión de Tierra Santa o, al menos, el icono que mantendría la presencia testimonial de los cruzados en ultramar.

De modo que convocó un Capítulo General en Nicosia al que asistieron cuatrocientos caballeros, y allí les anunció que pretendía poner en marcha un proceso de profunda renovación de la Orden, para lo cual la disciplina debería ser estricta, pues consideraba que tras el abandono de Acre se había producido una cierta relajación en el cumplimiento de la regla.

La primera medida que adoptó fue imponer una uniformidad absoluta; así, fueron confiscados todos los objetos personales de los templarios y todas las ropas y complementos que no fueran escrupulosamente reglamentarios. Una a una fueron revisadas todas las casas y encomiendas de Chipre, requisando incluso cartas y escritos que tuvieran en su poder los hermanos.

A pesar del orgullo y la alta estima y consideración que

tenía de su Orden, era consciente de que el Temple nada podía hacer por su cuenta frente al poder mameluco, por lo que preparó un viaje a Europa para reclamar la ayuda que consideraba necesaria para recuperar Jerusalén. Durante la primavera se organizaron los preparativos de la travesía. Molay se desplazaría hasta Europa acompañado por doce caballeros, entre los que eligió a Castelnou, aunque habría que esperar a que el colegio de cardenales, tras dos años de sede papal vacante, eligiera a un nuevo pontífice.

La Rosa del Temple zarpó de Limasol una mañana, mediado el mes de septiembre, en cuanto llegó la noticia de que al fin había un nuevo papa en Roma. A la vista del mar turquesa, Jaime de Castelnou imaginó un encuentro con El Halcón de Roger de Flor. No había olvidado la traición del sargento en el puerto de Acre y mantenía la esperanza de que algún día cruzarían sus espadas, sabedor de que podría vencerle.

Tras cinco años en el Temple, la barba de Castelnou le llegaba hasta la mitad del pecho. Siguiendo la regla, le gustaba raparse la cabeza casi por completo, dejándose el pelo más corto que la longitud de una uña; era cómodo y a la vez evitaba que se refugiaran en su cabello liendres, chinches y pulgas, que abundaban en aquel clima tan cálido; pero la barba jamás se la había afeitado, limitándose tan solo a recortar algunos pelos de vez en cuando para que la longitud de la misma resultara uniforme y regular y no diera la sensación de descuido o desaliño.

Los años de ejercicio con la espada, de combates a muerte en Acre y de permanente estado de alerta habían fortalecido sus músculos y agudizado sus reflejos más si cabe. Su habilidad con la espada era ya legendaria y en

Nicosia se había convertido en el instructor de los demás caballeros, que no cesaban de preguntarle sobre fintas y movimientos y procuraban imitar su estilo de esgrima. Es probable que Jacques de Molay hubiera tenido en cuenta esta habilidad a la hora de seleccionarlo como uno de sus acompañantes a Europa, pues, en caso de pelea, la espada de Castelnou era una defensa formidable.

Durante la travesía del Mediterráneo, la galera de Roger de Flor no apareció; para entonces, el antiguo sargento templario había formado una compañía propia de soldados, se había ofrecido como mercenario al servicio del duque Roberto de Calabria, y después al del rey Fadrique de Sicilia, que lo había nombrado vicealmirante de Sicilia y señor de las fortalezas de Tripa y de Alicata, con puesto de consejero en la corte real. Sicilia era una pieza codiciada por el rey de Francia, que pretendía dominarla para asentar en ella las bases de un futuro imperio mediterráneo. No obstante, el dominio de las aguas del Mediterráneo estaba en manos del rey de Aragón, quien tenía al frente de su armada al almirante Roger de Lauria, estimado como el mejor marino de su tiempo, y bajo cuya dirección las galeras aragonesas se consideraban casi invencibles.

La Rosa del Temple atracó en la desembocadura del Tíber a finales de noviembre. Los templarios desembarcaron los caballos y cabalgaron hacia Roma, unas pocas leguas al interior. Llegaron a tiempo para presenciar la abdicación del anciano papa Celestino V, un hombre sencillo que había sido elegido como sumo pontífice ese mismo verano, y que renunció al pontificado ante las presiones que le cayeron encima y que no pudo soportar. De inmediato fue elegido nuevo papa Bonifacio VIII. En cuanto se celebraron las ceremonias de coronación del pontífice, Jacques de Molay conferenció enseguida con este, a quien prestó obediencia tal cual prescribía la regla, y consiguió que la Orden quedara exenta de cualquier pago de impuestos en la isla de Chipre.

Jaime de Castelnou asistió a la entrevista entre el papa y el maestre; Bonifacio VIII le pareció un hombre decidido, seguro de poder sacar adelante a la Iglesia en un momento de grave crisis.

—Mis inmediatos antecesores han fracasado en el intento de organizar una nueva cruzada —le confesó el papa a Molay—. Vos no erais todavía maestre del Temple cuando Nicolás V realizó una llamada desesperada para ayudar a los defensores de San Juan de Acre; pero cuando la bula de la cruzada llegó a sus destinatarios, Acre ya estaba bajo las banderas de la media luna. No obstante, dudo que la iniciativa hubiera surtido efecto. Los reyes cristianos están inmersos en luchas y querellas intestinas o enfrentados entre ellos directamente. Ninguno ha mostrado el menor interés por acudir en defensa de la cristiandad de ultramar, o de lo que queda de ella. Vosotros, los templarios, sois los últimos guardianes de nuestras esperanzas.

—Santidad, nuestra Orden siempre ha estado al servicio de los cristianos y preparada para su defensa. Somos soldados de Cristo y hemos sido educados para servir y obedecer sus mandatos; pero nos encontramos solos, y sin ayuda de los monarcas cristianos nada podemos hacer. Necesitamos soldados, naves, caballos, dinero para erigir fortalezas, suministros...

—¿Cuántos hombres serían necesarios para poner en

marcha un gran plan de reconquista de Tierra Santa? —preguntó el papa.

—Un mínimo de cincuenta mil jinetes y otros tantos infantes. El ejército mameluco que conquistó Acre estaba integrado por al menos doscientos mil soldados egipcios y sirios. Para semejante despliegue serían necesarios alrededor de quinientos barcos y galeras de transporte. En el Temple apenas disponemos de mil caballeros y siete navíos; uno de cada cien.

—Esas cifras son desalentadoras. ¿Habéis calculado lo que costaría todo eso?

—Lo ha hecho uno de nuestros hermanos capellanes que sabe de cuentas; sería necesario un millón de libras.

—¿Vuestro tesoro podría responder por esa cantidad?

Jacques de Molay sonrió ante la pregunta de Bonifacio VIII.

—El tesoro de la Orden en Tierra Santa apenas alcanza las seis mil libras. Si consiguiéramos reunir los de todas las encomiendas, tal vez llegaríamos a medio millón, pero a costa de dejar al Temple completamente arruinado.

—¿Y vuestras reliquias?

—¿A qué os referís, santidad?

—Poseéis varias reliquias por las que algunos reyes pagarían una buena suma. ¿Es cierto que está en vuestro poder el santo grial?

—Lo es. Lo guardamos en la cámara del tesoro de nuestra casa en Nicosia.

—¿Sabéis cuánto estaría dispuesto a pagar el rey de Francia por esa copa?

—Hubo un tiempo en el que los templarios poseíamos las más sagradas reliquias de la cristiandad. Éramos los custodios de la vera cruz, y la perdimos en la batalla de los Cuernos de Hattin. Ahora solo nos queda el grial. No podemos deshacernos de él.

—Ni siquiera si os lo ordena vuestra máxima autoridad.

—¿Vuestra santidad?

—¿Quién si no?

—En ese caso...

—El Temple tiene enemigos muy poderosos. El rey de Francia continúa muy molesto porque no salió su candidato para dirigir la Orden; creo que seguirá maquinando para hacerse con su control. Felipe es un ambicioso sin límites. Le gustaría ver a sus pies a la Iglesia y a todas las naciones de la cristiandad. ¿Sabéis que una leyenda atribuye a su dinastía, la de los capetos, un origen divino?

—Lo sé, y conozco cuáles son sus ambiciones. En el capítulo en el que fui elegido como maestre se produjeron enormes tensiones, pero los caballeros templarios supimos reaccionar con dignidad y mantuvimos la independencia de la Orden. Nosotros no ambicionamos nada en beneficio propio, solo la mayor gloria de Dios.

—Y de su Iglesia —añadió el papa—. Y para ello es preciso recuperar los Santos Lugares.

—Nosotros solos no podemos.

—Ni tal vez toda la cristiandad unida, pero podemos conseguir un aliado formidable.

—No hay nadie capaz de aliarse con los cristianos en contra del islam, santidad —repuso Molay, sorprendido por la afirmación de Bonifacio.

—Sí lo hay; de hecho, ya lo hubo: los mongoles.

—Son paganos, santidad, adoradores del fuego y de los espíritus; incluso hay quien asegura que se trata de los descendientes de las tribus de Gog y Magog, y que su irrupción en Occidente señalará el principio del fin del mundo.

—Vamos, sabéis que las profecías pueden ser interpretadas de diversas maneras. Entre los mongoles hay muchos cristianos, incluso entre sus generales. Hace tiempo que los papas han mantenido correspondencia e intercambiado embajadas con los kanes mongoles. Os asombraría saber la cantidad de informes de que disponemos en nuestro archivo sobre ellos. Hace más de cincuenta años que los conocemos bien. Los mogoles son enemigos del islam. El fundador de su imperio, un soberano al que llamaron Gengis Kan y al que veneran como a un dios, arrasó las tierras musulmanas más allá de los grandes ríos, y sus hijos y nietos destruyeron las pobladas ciudades musulmanas de Oriente y la gran Bagdad, su capital. Hubo un tiempo en que luchamos a su lado, y a punto estuvimos de lograr la derrota de los sarracenos. Ahora se presenta una segunda oportunidad.

»Estoy buscando a un hombre que conozca Tierra Santa, que sea leal y que no sepa lo que es el miedo. Tendría que ir hasta la tierra de los mongoles y proponerles un pacto. ¿Conocéis a alguien así?

El maestre se giró y señaló a Jaime.

—¿Él? —preguntó el papa.

—Se llama Jaime de Castelnou y es caballero templario.

—Ya veo su hábito. Bien, Jaime, estarías dispuesto a ofrecer tu vida por la Iglesia.

Castelnou alzó la cabeza y con voz firme dijo:

—Así lo juré al profesar en el Temple, santidad.

—¿Hablas varias lenguas?

—Conozco algunas, pero no con la suficiencia como para poder entenderme con absoluta claridad.

—Bueno, eso lo podemos arreglar. Maestre, dejad a este soldado de Cristo aquí en Roma. Le enseñaremos árabe y turco, con eso podrá entenderse bien entre los mongoles. En cuanto esté preparado lo enviaremos con la misión de acordar un pacto con los kanes para destruir al islam. Entretanto, habrá que convencer a los reyes cristianos para que se avengan a participar en una nueva cruzada, la definitiva.

24

Dos años permaneció Jaime en Roma estudiando árabe, turco y cuanto se sabía de los mongoles. De hecho, cambió la disciplina de la regla del Temple por la de la escuela pontificia. Tres sesiones diarias, dos con los mejores profesores en la biblioteca vaticana y otra vespertina en los campos cercanos para no perder ni la forma física ni la habilidad en el manejo de la espada, fueron la rutina diaria que acompañó a Castelnou durante todo ese tiempo.

En ese tiempo, tuvo conocimiento de las andanzas de Roger de Flor, y de los combates entre sicilianos y franceses. En la sede vaticana se comentaban todos los días los acontecimientos en Sicilia, pues el papa consideraba que la resolución del conflicto en esa gran isla del Mediterráneo era necesaria para poner en marcha el gran proyecto de una nueva cruzada. Las galeras del rey de Aragón, así como el ejército del rey de Francia y de sus vasallos los grandes señores de Champaña, Borgoña y Provenza, eran imprescindibles para el éxito de la empresa, que en aquellas condiciones no se podía celebrar.

Además, el Felipe IV no renunciaba a ninguna de sus ambiciones. Coronado en 1285, era conocido como «el Hermoso», debido a su elevada estatura, su porte altivo y regio, su tez pálida y sus rubios cabellos. Nieto del rey Luis, a quien Bonifacio VIII hizo santo solo veintiséis años después de su muerte, Felipe tenía un carácter muy enérgico y se había empeñado en convertir a Francia en un gran reino, sojuzgando a los grandes nobles, tan poderosos en sus estados como el mismo rey, y ampliando los dominios directos de la corona.

Para lograr esos objetivos se había embarcado en guerras contra Flandes, Sicilia y Aragón que le habían costado mucho dinero. Aprovechando que Hugo de Peraud, quien fuera su candidato para regir el Temple en disputa con Jacques de Molay, continuaba en su puesto de tesorero de la casa de París, le pidió prestadas grandes sumas de dinero para afrontar las guerras y las enormes dotes que tuvo que entregar a su hermana Margarita y a su hija Isabel para casarlas con el rey Eduardo de Inglaterra y con el príncipe de Gales, respectivamente. Las deudas del monarca con el Temple ascendían a tal suma que jamás podrían pagarse con las rentas de la corona francesa.

Felipe también ambicionaba las riquezas de la Iglesia, que en Francia eran cuantiosas. Se había enfrentado con Bonifacio en 1296 con la pretensión de recabar una parte de los ingresos eclesiásticos, a lo que el sumo pontífice respondió promulgando una bula por la que quedaban excomulgados —y, por tanto, apartados del seno de la Iglesia y de la salvación— todos aquellos que exigieran tributos a las personas de condición eclesiástica sin contar con el beneplácito de Roma.

En esas condiciones, la situación en la cristiandad occidental era muy complicada, y el papa estaba obligado a reaccionar con habilidad si no quería verse arrastrado a un conflicto gravísimo. Lo hizo enviando a dos embajadores a París para tratar de alcanzar un acuerdo, pero Felipe proclamó ante los legados pontificios que el gobierno de su reino era exclusivamente potestad suya, y para demostrarle al papa quién mandaba en Francia, expulsó de su sede al obispo de París y dictó un decreto por el que los eclesiásticos debían pagar un impuesto a la corona.

A comienzos del verano de 1297, Bonifacio VIII llamó a Jaime de Castelnou, al que recibió en su gabinete privado, rodeado de media docena de cardenales. Jaime tenía veintisiete años y tras su periodo de formación, además de haber aprendido a leer y escribir correctamente, hablaba árabe y turco y podía comunicarse con algunas palabras en mongol. También había leído todos los informes guardados en la biblioteca pontificia sobre los mongoles, elaborados por viajeros enviados años atrás por el papado a la corte de los grandes kanes.

—Ha llegado la hora —dijo el papa—. Creemos que ya estás preparado para la misión que debes desarrollar. Es un encargo difícil y peligroso, pero conocemos tu determinación y tu valor. El rey de Francia ha provocado un grave conflicto al desoír nuestra voz. Ambiciona nuestras riquezas y las de nuestra Orden del Temple, y sus agentes han comenzado a difundir falsos rumores por las cortes cristianas sobre la maldad del papa y de sus caballeros templarios.

»Hemos decidido que es tiempo de reaccionar ante estas maledicencias y poner en marcha un ambicioso plan para que las energías de la cristiandad se canalicen hacia una nueva cruzada, y para eso necesitamos la alianza con los mogoles, como ya sabes; por eso te has estado formando aquí durante estos dos años. En las próximas semanas partirás de vuelta a Chipre con instrucciones concretas; deberás aprenderlas de memoria, pues no podemos arriesgarnos a que caigan en manos enemigas. Si los sarracenos descubrieran nuestro plan, el fracaso estaría asegurado.

»Nuestro enlace con los mongoles será el rey de Armenia. Es un fiel cristiano llamado Hethum, y por lo que nos han contado de él nuestros embajadores, es un hombre de palabra, valeroso y digno. El plan consiste en una alianza entre los armenios, los templarios y otras órdenes y los mongoles. Un ejército con todas esas fuerzas atacará Siria y Palestina desde el norte. Una vez ocupada Tierra Santa, seguirá avanzando hacia el sur, hasta Egipto. Confiamos en que para entonces los reyes cristianos de Francia y Aragón hayan zanjado sus diferencias en Sicilia y puedan actuar juntos en un ataque combinado a Egipto. Una vez destruido el sultanato mameluco, el islam tendrá sus días contados.

—¿Qué pasará con esas tierras? —preguntó Jaime.

—Propondremos a los mongoles que se queden con todas las ubicadas más allá del río Jordán, en tanto Siria y Palestina, además de Egipto, se convertirán de nuevo en territorios cristianos, lo que siempre fueron y lo que nunca debieron dejar de ser —respondió el pontífice—. El cardenal secretario te dará cuenta de todos los detalles. Tú deberás transmitir estas instrucciones a tu maestre en Chipre, después al rey de Armenia y, por fin, al ilkán mongol de Persia. Cuentas con nuestra bendición.

Bonifacio VIII impuso las manos en la cabeza de Castelnou, que se arrodilló ante el papa para recibirlas.

Las aguas de Sicilia no estaban precisamente en calma

en aquel verano. El año anterior se había coronado en Palermo como rey de la isla el príncipe Fadrique, quien había nombrado al mercenario Roger de Lauria como almirante de su flota. Carlos de Anjou, hermano del rey de Francia, ambicionaba la corona siciliana, y entre ambos había estallado una guerra en la que Francia y Aragón podían volver a enfrentarse, cada uno en ayuda de su respectivo aliado.

En esas condiciones, y con las escuadras de los dos contendientes a punto de combatir, lo más adecuado era atravesar Italia por tierra y embarcar en algún puerto del Adriático rumbo a Chipre. El de Bari era una buena opción, pues allí siempre había alguna galera templaria lista para zarpar.

Jaime de Castelnou llegó a Bari a finales de septiembre, y lo hizo en buena hora, pues se enteró de que en Sicilia se había librado una gran batalla en la que Roger de Lauria había sido derrotado por los franceses que apoyaban a Carlos de Anjou. Ante esa derrota, el rey de Aragón no tardaría en acudir en defensa de sus intereses y de los de los comerciantes catalanes, con lo que una guerra total en la cristiandad parecía inevitable; solo una nueva cruzada como objetivo común y nuevas tierras que repartirse entre los reyes y nobles de Europa podían evitarla.

En Bari no había fondeada ninguna galera templaria cuando llegó Castelnou, pero al recorrer las ancladas en el puerto se enteró de que una pequeña galera veneciana estaba lista para salir en unos días hacia Constantinopla. El comandante le dijo que podía llevarlo hasta la isla de Creta, donde harían una escala, y que de allí a Chipre podría desplazarse en alguno de los navíos que recorrían esa ruta.

Así lo hizo. La galera veneciana lo dejó en Creta, y tras tres semanas de espera pudo embarcar en una nave de carga que arribó al puerto de Limasol. Dos días después estaba en Nicosia, ante el maestre del Temple.

25

—¡Magnífico! ¡Esta era precisamente la noticia que esperaba! —exclamó Jacques de Molay—. Empezaremos con los preparativos para la campaña. Tú deberás ir hasta Armenia. El viaje es peligroso. Lo harás disfrazado de mercader catalán, una vez más. Te procuraremos un salvoconducto para que puedas atravesar la tierra de los turcos, y después ya veremos.

El maestre del Temple parecía entusiasmado con el plan trazado en Roma para acabar con el islam, aunque no le hacía demasiada gracia pactar con los mongoles. No obstante, como era su deber, acataría las órdenes del papa.

En Chipre había más de mil miembros de la Orden, pero la isla no era de su propiedad. Pudo haberlo sido si años atrás hubieran mantenido su señorío y hubieran sabido gobernarla con tino, pero la perdieron. Ahora eran huéspedes, y no demasiado bien recibidos. Al rey chipriota no le gustaba la presencia de aquellos caballeros en su reino, que además no obedecían y se comportaban con una arrogancia insultante. Cuando Molay puso en marcha al ejército templario para que comenzara a realizar maniobras de cara a la cruzada que se avecinaba, el rey receló de aquellos movimientos e intentó ejercer el control sobre los caballeros, a lo que se opuso el maestre.

Una vez pasado el invierno no había tiempo que perder. Jaime de Castelnou tuvo que afeitarse sus barbas y dejarse crecer el pelo; tenía que parecer un comerciante de esencias aromáticas de Barcelona. Para acompañarlo en su misión, fueron elegidos un caballero de Aquitania llamado Ramón de Burdeos y un sargento italiano de nombre Pedro de Brindisi, ambos con un magnífico expediente en la Orden y supervivientes del castillo del Peregrino.

Los tres hermanos dejaron sus hábitos y se vistieron con las ropas habituales de los mercaderes. Pedro era un hombre alto y fuerte, de mentón cuadrado y mandíbulas robustas; por el contrario, Ramón era de aspecto aniñado, casi barbilampiño, de miembros alargados y tan delgados que le daban un aspecto frágil y quebradizo.

Embarcaron en Limasol rumbo a un puerto de la antigua Cilicia, en el sur de Anatolia. Tras una complicada travesía, tuvieron que atravesar la cordillera del Tauro y caminar a lo largo de una ruta que llegaba hasta las orillas del gran lago Van, siempre por territorio turco, y de allí continuaron hacia el este, hasta Armenia, el reino cristiano al sur de la gran cordillera del Cáucaso, que se mantenía independiente en medio de territorio musulmán gracias a su alianza con los mongoles.

Las tierras altas de Anatolia se mostraron como un tapiz de infinitos matices verdes salpicados de flores rojas, blancas y amarillas. Habían sido tierras del Imperio bizantino que cayeron en manos de los turcos cuando este pueblo de formidables guerreros destruyó al ejército de Constantinopla en 1071 en los campos de Manzikert, a una jornada de camino al norte del gran lago Van. Hacía ya más de dos siglos de aquella batalla, pero cuando pasaron por aquel lugar, los turcos asentados en las aldeas de los ricos valles les comentaban que todavía podían recogerse armas de ambos ejércitos tras un día de lluvia, y que en algunas veredas solían aparecer huesos de los soldados caídos en el combate. No se detuvieron a comprobarlo, pero sí fueron sorprendidos por algunas copiosas tormentas de primavera que los retrasaron más tiempo del previsto.

A mediados de abril, tras contratar a dos guías y cuatro porteadores en una aldea de montaña, atravesaron un alto puerto todavía cubierto de nieves abundantes y descendieron por un estrecho valle encajonado entre montañas tan altas como jamás hasta entonces habían visto. Poco a poco el valle se fue haciendo más ancho y el camino pedregoso y escarpado dio paso a un valle verde, de abundantes aguas, defendido por una poderosa fortaleza. Acaban de entrar en Armenia.

Un destacamento de caballería integrado por media docena de soldados les salió al paso. Su capitán les preguntó por su destino. Usando palabras de varios idiomas, Jaime de Castelnou le pudo decir que eran comerciantes catalanes, súbditos del gran rey cristiano de Aragón, que querían establecer relaciones comerciales con el rey de Armenia. Los jinetes se miraron sorprendidos y entre ellos comentaron que ninguno había oído hablar de un reino de ese nombre, pero se mostraron confiados al escuchar que eran cristianos, y más todavía cuando vieron el salvoconducto escrito en latín y en árabe con los sellos del papa Bonifacio VIII, lo que pareció impresionarles mucho.

El que mandaba el destacamento dio una orden y les indicó que lo siguieran. Poco después entraban en el castillo, donde fueron minuciosamente cacheados y revisadas todas sus pertenencias. No había nada que pudiera parecer sospechoso, de modo que los dejaron seguir adelante aunque usaron un sistema de señales con banderas de colores para comunicar a otra fortaleza próxima la presencia de esos mercaderes extranjeros.

Armenia no era precisamente un reino cristiano al estilo de los occidentales. Se trataba de un territorio gobernado por señores que se sentían miembros de una misma comunidad unida por el cristianismo, pero que tenían buenas relaciones con los mongoles, de los que se consideraban los mejores aliados. La mayoría de aquellos señores de la guerra rendían vasallaje al rey Hethum, que tenía su palacio en Ani, una ciudad de piedra y adobe construida en una ladera sobre el río Aras, al que antaño los griegos llamaran Araxes.

Apenas tuvieron que esperar para ser recibidos por el rey. Hethum era un joven apuesto, de cuerpo robusto y extremidades todavía más membrudas. Tenía la piel clara y los ojos verdosos y llevaba el cabello de color castaño, muy largo, recogido en una trenza adornada con hilos de oro. No tuvieron problemas para comunicarse con él, pues el monarca hablaba perfectamente el turco.

—Me dicen que traéis un mensaje de su santidad el papa, nuestro padre en Roma, para nosotros.

—Así es, majestad. En realidad no somos mercaderes, sino miembros de la Orden del Temple, soldados de Cristo —dijo Jaime, y a continuación se presentó él mismo y a sus dos hermanos.

—He oído hablar mucho de vuestra Orden —comentó Hethum—, se dice que sois invencibles.

—No, majestad, ¡ojalá fuera así para el mejor servicio

de Dios y de su Iglesia!, pero no es el caso. Los templarios hemos jurado ofrecer nuestra vida en defensa de la cristiandad, y el santo padre ha confiado en nosotros para exponeros un ambicioso plan.

—Decidme. —Hethum se acomodó en su sillón de madera pintada con racimos de uva y hojas de parra y señaló unos bancos para que se sentaran los tres templarios.

—Su santidad desea una alianza con los mongoles y con vos para recuperar los Santos Lugares. Se trata de lanzar un ataque conjunto sobre Siria y Palestina y aislar a los mamelucos en Egipto para, una vez queden encerrados allí, atacarlos desde el norte y desde Europa y poner el final definitivo al islam.

—¿Y qué pasaría después?, si tuviéramos éxito, claro.

—Tierra Santa y Egipto serían para los nobles cristianos de Occidente, Siria para los mongoles y vos podríais ganar tierras hacia el sur y hacia el oeste; sin su retaguardia cubierta por los mamelucos, los turcos caerían con facilidad; los emperadores de Bizancio recuperarían las tierras occidentales de Anatolia y vos podríais crear una gran Armenia entre las tierras altas de Anatolia, los grandes lagos del sur y las montañas del Cáucaso.

—Vaya, parece que conocéis bien estas tierras; ¿habéis estado alguna otra vez por aquí?

—No. Cuanto sé lo he aprendido en Roma; allí estuve algo más de dos años estudiando lenguas y leyendo informes sobre estos territorios —respondió Castelnou.

—Parecéis un hombre serio y de palabra, pero ¿cómo me puedo fiar de vos? ¿Cómo sé que no sois un espía turco o un agente de los mamelucos?

—Soy un templario al servicio del papa y del maestre

Jacques de Molay; mi palabra es suficiente, pero ahí tenéis el salvoconducto de Bonifacio.

Hethum cogió el pergamino con el sello pendiente de plomo y lo examinó con atención.

—Solo es una piel escrita y un sello de plomo, cualquiera podría falsificar un documento como este.

—Es auténtico, os lo aseguro.

Uno de los escribas del rey asintió.

—Bien, aunque sea auténtico, ahí solo dice que los portadores del mismo son tres mercaderes catalanes, nada sobre unos templarios.

—¿Me permitís empuñar una espada? —pidió Castelnou.

—¿Con qué fin?

—Para demostraros que es cierto cuanto digo. ¿Quién es vuestro mejor luchador con la espada?

El rey señaló a uno de sus guardias.

—¿Me permitís batirme con él?

—¡¿A muerte?! —se sorprendió Hethum.

—No; solo cruzaremos unos cuantos golpes.

—Si es así, de acuerdo —consintió el rey.

El soldado armenio y Castelnou asieron sendas espadas y se colocaron en el centro de la sala. El armenio cargó creyendo que su oponente era en verdad un simple mercader, pero se llevó una enorme sorpresa cuando comprobó la velocidad y la habilidad del extranjero; con un movimiento rápido, Jaime lo desarmó y lo derribó de una zancadilla. Sin apenas darse cuenta de cómo había ocurrido, el soldado armenio estaba tumbado en el suelo con la espada del templario apuntándole al cuello.

—¿En verdad os parece razonable que un comerciante catalán maneje la espada de este modo? —le preguntó a Hethum—. Somos templarios y hemos venido hasta aquí para ofreceros un acuerdo que ponga fin al dominio musulmán en los Santos Lugares. Vos sois un monarca cristiano, sabréis sin duda cuál es vuestro deber.

Hethum quedó impresionado con la destreza de Castelnou. Se atusó la cuidada barba y dijo:

—De acuerdo. Enviaré una embajada ante el ilkán Ghazán; es el soberano mongol en las tierras occidentales de su imperio. Vosotros iréis con ella.

—¿Adónde debemos dirigirnos? —preguntó Jaime.

—No muy lejos, a Tabriz. Es una gran ciudad a poco más de una semana de camino hacia el sudoeste, y está custodiada por un destacamento del ejército mongol. Una vez lleguéis a la ciudad, ya os dirán dónde encontrar a Ghazán.

26

Los tres templarios, sus sirvientes y guías y varios embajadores armenios se pusieron en marcha hacia Tabriz. Unos jinetes mongoles les salieron al paso, pero la comitiva les enseñó el salvoconducto del rey de Armenia y los dejaron continuar hacia el sudeste, ofreciéndose como escolta. Estos soldados, hombres fornidos, de piel amarronada y ojos tan rasgados que, incluso abiertos, apenas parecían una fina raya dibujada en medio de los párpados, montaban unos caballos que a los cristianos les parecieron demasiado pequeños.

Tabriz era una ciudad enorme, con un extenso mercado por el que pululaban individuos de todas las razas imaginables. Los puestos del zoco rebosaban de productos de todo el mundo, y los comerciantes parecían felices en medio de aquella abundancia de telas, sedas, alfombras, cuero, orfebrería, plata y oro. Los tres templarios pasaron totalmente desapercibidos; tal vez, si hubieran portado sus capas blancas, habrían despertado cierta curiosidad, pero su aspecto no era desconocido y vestidos como mercaderes parecían unos occidentales más cuya presencia era frecuente en la ciudad.

Se instalaron en un enorme caravasar para mercaderes, donde pudieron disponer de varias habitaciones para todos ellos y de establos para sus caballos y acémilas.

Los jinetes mongoles que los habían escoltado los acompañaron hasta el palacio del gobernador de la ciudad, un general mongol de aspecto fiero tras su fino mostacho, y con el pelo recogido en una gruesa coleta, pero que resultó de trato amable y casi refinado. A través de los intérpretes armenios, le dijeron que pretendían entrevistarse con el ilkán Ghazán para trabar con él una sólida alianza. El orgulloso gobernador les transmitió que no creía que necesitaran de ninguna alianza, que ellos dominaban todo el mundo desde que lo conquistara el gran Gengis Kan, que eran los señores del universo y que el Eterno Cielo Azul así lo había dispuesto; aun así, se mostró dispuesto a facilitarles una entrevista con su soberano.

Desde luego, el Imperio mongol era en ese año de 1298 el más extenso y poderoso que jamás se había visto sobre la tierra. Se extendía a lo largo de más de mil leguas de este a oeste, desde las aguas del mar de China hasta las llanuras del centro de Europa, y de más de quinientas de norte a sur, desde las cálidas aguas del golfo Pérsico hasta las tierras eternamente heladas de Siberia. Fundado por Gengis Kan en 1206, se había ido expandiendo a lo largo de Asia y del este de Europa hasta abarcar tres cuartas partes del mundo conocido.

El imperio se había mantenido unido bajo la autoridad de Kubilai Kan, nieto de Gengis Kan, quien lo había gobernado desde la lejana Kambalik, una ciudad de cúpulas de oro y palacios sin cuento a casi un año de camino de Tabriz. Pero desde su muerte, hacía pocos años, cada uno de los grandes príncipes mongoles gobernaba sus inmensos territorios con plena soberanía.

Cuando Jaime de Castelnou y sus dos compañeros se enteraron del tamaño del Imperio mongol apenas podían creer lo que estaban oyendo, pero su traductor armenio les aseguró que todo era cierto, aunque les confesó que él no había viajado más allá de una ciudad llamada Herat, a varias semanas hacia el este.

Aquellos días de finales de primavera, el ilkán Ghazán estaba cazando en las montañas del norte de Persia, donde abundaban los antílopes y las águilas. El soberano del occidente mongol era un apasionado practicante del arte de la cetrería, y había organizado una partida para conseguir atrapar algunos polluelos de águila antes de que abandonaran sus nidos.

Jaime estaba desesperado; si tenían que buscar a Ghazán en aquella inmensidad, tardarían semanas, tal vez meses en dar con él, se les echaría encima el invierno y habrían perdido todo un año. Al decirle todo esto al gobernador mongol, este rio a carcajadas, se golpeó el pecho varias veces y pataleó de risa como un niño.

—Los mongoles disponemos de un sistema de comunicación muy rápido. Un mercader tarda un año en ir hasta Kambalik, pero yo puedo enviar hoy mismo una carta al Gran Kan y estará en sus manos en cincuenta días —dijo el traductor armenio, trasladando las palabras del gobernador.

Los templarios se miraron asombrados; todo en aquel imperio les parecía extraordinario, descomunal.

—Entonces, ¿podemos localizar pronto a vuestro ilkán? —preguntó Castelnou.

—Por supuesto; en tres días sabréis si desea recibiros.

—¿Cómo lo hacen? —preguntó Jaime al traductor armenio.

—Poseen un sistema de correo muy eficaz. Por todo el imperio hay postas de caballos de refresco donde los correos cambian de montura cada cierto tiempo. Un jinete mogol puede recorrer en un solo día la misma distancia que una caravana en una semana, e incluso más. Los correos imperiales llevan unas campanillas que indican su proximidad, de modo que cualquier viajero que las oiga debe apartarse de inmediato, incluso si se trata de un príncipe. Un correo imperial tiene preferencia de paso sobre cualquier otro ser humano. Disponen también de un sistema de señales luminosas y ópticas a través de una red de atalayas y castillos que enlazan todo el imperio.

El gobernador pidió explicaciones al traductor, y este le repitió en su lengua lo que les había dicho a los templarios. El jefe mongol miró a los caballeros cristianos y asintió con la cabeza mostrando un gesto a la vez de orgullo y de satisfacción.

Diez días más tarde de aquella entrevista recibieron una misiva del gobernador de Tabriz, que los invitaba a presentarse en su palacio enseguida para darles una importante noticia. Una vez allí, supieron que el ilkán Ghazán los recibiría en la ciudad de Qazvín en la décima luna a partir de ese día.

—¿Dónde está esa ciudad? —le preguntó Castelnou al intérprete.

—La conozco; si nos damos prisa, podemos llegar en una semana; el camino hasta allí es bueno y muy transitado.

—Seremos tan rápidos como los correos imperiales mogoles.

—Sin sus caballos, lo dudo.

Cinco días tardaron en recorrer el camino a Qazvín; esa ciudad era más pequeña que Tabriz, pero parecía igualmente opulenta. La presencia del ejército mongol apenas era perceptible, y ello a pesar de que el ilkán Ghazán iba a presentarse en la ciudad.

Un dignatario mongol condujo a los templarios en el día indicado para la entrevista a un campamento instalado a una hora de marcha de la ciudad de Qazvín. En el centro de un pequeño palmeral se levantaba una tienda de fieltro en cuya puerta había bordado un halcón, el emblema de los borchiguines, la familia imperial de Gengis Kan.

Junto a la puerta, sentado sobre una silla de madera, un hombre vestido con una túnica blanca bebía de una copa de plata un líquido blanquecino. El dignatario mongol les indicó a los templarios que se acercaran.

—Su majestad imperial, el ilkán Ghazán, descendiente del Soberano del Mundo —presentó a su señor.

El intérprete armenio se arrojó de inmediato de rodillas, inclinando completamente su cuerpo.

—¡De rodillas! —les ordenó el dignatario en lengua mongol.

Jaime lo entendió perfectamente, pero se limitó a inclinar levemente la cabeza en señal de respeto hacia el ilkán.

—Dile a este hombre que los templarios solo nos arrodillamos ante Dios y ante el papa.

El intérprete volvió la cabeza y, muerto de miedo, tradujo las palabras de Castelnou.

El dignatario mongol abrió los ojos cuanto pudo, airado por aquellas palabras, y miró a Ghazán esperando instrucciones. El traductor comenzó a rezar creyendo que los iban a decapitar allí mismo, pero con un gesto de su mano, el ilkán calmó a su sirviente.

—¿Qué idiomas hablan tus amigos? —le preguntó al intérprete, que seguía arrodillado e inclinado sobre el suelo—. Te hablo a ti, estúpido. Vamos, levántate.

El traductor miró de soslayo al ilkán y se incorporó lentamente.

—Turco y árabe, majestad —balbució.

—En ese caso, no eres necesario. Retírate.

—Sí, majestad, gracias, señor, gracias...

El traductor se marchó caminando siempre hacia atrás.

—Podemos hablar en esta lengua —dijo Ghazán en árabe.

Jaime de Castelnou asintió.

—Será mejor así. Permitid, majestad, que nos presentemos.

—Sé quiénes sois y qué pretendéis. Nuestro vasallo el rey de Armenia dice que buscáis una alianza con nosotros contra los mamelucos. ¿Para qué? —preguntó el ilkán.

—Para acabar con nuestro enemigo común.

—¿Y qué ganamos nosotros con esa alianza?

—Todas las tierras entre el río Jordán y el Éufrates.

—Es un desierto.

—Los oasis de Siria y sus ricas ciudades, no.

—¿No ofrecéis nada más?

—Sí, la venganza.

—¿Venganza?

—La batalla de El Pozo de Goliat; ocurrió hace cuarenta años, en Palestina. En ese tiempo, mongoles y templarios éramos aliados. Uno de vuestros ejércitos fue masacrado y miles de vuestros mejores soldados, asesinados. Nosotros también hemos sufrido la derrota, pero juntos podemos vengar a nuestros muertos.

—De eso hace ya tiempo.

—¿Qué creéis que hubiera hecho el gran Gengis Kan en vuestro lugar? ¿Hubiera dejado sin vengar una derrota como la del Pozo de Goliat? Vuestros muertos y los nuestros claman venganza. Si vengáis esa afrenta, vuestro nombre se escribirá con letras de oro en los anales del Imperio mogol.

Castelnou se dio cuenta de que acababa de encontrar el recurso para convencer a Ghazán de la necesidad de la alianza contra los mamelucos.

—¿Qué acuerdo nos ofrecéis?

—Mongoles, armenios y templarios, juntos en un ataque contra los mamelucos. Siria y todas las provincias al este del río Jordán serán para vuestra majestad, Palestina y Egipto para la cristiandad y Anatolia central para el rey Hethum.

—¿Cuántos hombres podríais movilizar? —preguntó el ilkán.

—Entre armenios y templarios, unos veinticinco mil; pero, además, nuestro santo padre el papa convencerá a los reyes cristianos para que envíen a sus mejores caballeros.

—De acuerdo, sellaremos nuestro pacto con un trago de *kumis*.

A un gesto del ilkán, un sirviente vertió el mismo líquido blanquecino que él estaba tomando en tres copas y se las ofreció a los tres templarios.

—¿Qué es esta bebida? —quiso saber Jaime.

—No temáis; no existe nada igual en el mundo. Es leche de yegua fermentada, nuestra fuente de energía; la llamamos *kumis*. Puede que os resulte un poco picante y agria al principio, pero es la mejor bebida que podáis imaginar. Con nuestros caballos y un boto de *kumis*, Gengis Kan conquistó el mundo.

Jaime dio un sorbo de aquel líquido y sintió en el paladar su sabor ácido y picante, pero una vez lo hubo tragado, le quedó en la boca una sensación agradable.

—No está mal —dijo el templario.

—Apurad la copa; ninguna alianza puede salir bien sin compartir un buen *kumis*.

—Hermano Jaime, has estado muy bien; esa alusión a la venganza ha sido definitiva. El ilkán ha quedado convencido de la necesidad de la alianza —le dijo Ramón de Burdeos una vez que los tres templarios se quedaron solos tras la entrevista con Ghazán.

—Sí, hermano, el maestre estará orgulloso de ti —convino el sargento Pedro de Brindisi.

—Pero falta lo más importante: sellar el acuerdo, trazar el plan de ataque contra los mamelucos y, sobre todo, dirimir quién será el jefe supremo del ejército —repuso Jaime—. Esa cuestión será complicada, sí. Ya habéis visto cuán grande es la arrogancia de esos mongoles. Se creen hombres superiores al resto. En alguno de los informes que pude estudiar en la biblioteca de Roma leí que Gengis Kan estaba convencido de que era el elegido de Dios para gobernar el mundo. Si no estoy mal informado, Ghazán es su biznieto, de modo que la sangre del Gran Kan corre por sus venas. No creo que consienta que nadie excepto él dirija un ejército en el que, además, su pueblo aporta la mayoría de las tropas.

—Y yo no creo que nuestro maestre acceda a que el ejército templario lo dirija alguien que no sea él mismo —supuso Ramón de Burdeos.

—Pues será necesario alcanzar una fórmula de compromiso. El Temple apenas puede movilizar a mil caballeros, frente a unos cien mil de los mongoles. Con esa tremenda desproporción, es lógico que el mando supremo corresponda a Ghazán. No obstante, queda mucho trabajo por hacer.

En las semanas siguientes, los generales del ilkanato, los tres templarios y los embajadores armenios fueron trazando el plan de ataque contra los mamelucos y acordando las diferentes cláusulas del acuerdo.

Algunas tardes, Castelnou se ejercitaba en la palestra con sus dos compañeros, ante la mirada atónita de los guerreros mongoles, asombrados ante la habilidad con que el caballero templario manejaba la espada con su mano izquierda.

Había días en que templarios y mongoles se intercambiaban trucos y habilidades. Los mongoles les enseñaron a disparar con el arco de doble curva, pequeño pero extraordinariamente poderoso. Un mongol fue capaz de lanzar una flecha y acertar en un blanco con forma humana a quinientos pasos de distancia. Los templarios intentaron emular la hazaña, pero ninguno alcanzó ni la distancia ni la precisión lograda por el arquero mongol. Como jinetes, los mongoles también parecían insuperables, y a lomos de sus pequeños caballos eran capaces de disparar sus arcos con endiablada precisión.

Un ataque combinado de la pesada caballería templaria, con su contundencia acorazada, y de los ligeros jinetes mongoles, con su rapidez y movilidad, sería demoledor para cualquier enemigo. Tras participar en varios ejercicios con los jinetes mongoles, Jaime de Castelnou se convenció de que los mamelucos no podrían resistir una carga de semejantes fuerzas unidas.

Tras varios meses entre armenios y mongoles, Jaime había cambiado. Desde niño había sido educado en los valores y creencias de la Iglesia, y mientras postuló como novicio del Temple su vida giró en torno a la defensa de la cristiandad. Entonces creía que el mundo se dividía entre cristianos e infieles y que fuera de la Iglesia no había ninguna posibilidad de salvación, pero conviviendo con aquellas gentes del lado lejano del mundo comenzó a apreciar otros valores y otros sentimientos.

El mundo era mucho más grande de lo que siempre había imaginado. Más allá de Tierra Santa se extendía una región de la que los occidentales solo tenían referencias por las informaciones parciales de un puñado de viajeros y por las de unos cuantos mercaderes que hablaban de un mundo de maravillas, de animales extraños y fabulosos, de riquezas extraordinarias, de ciudades de tejados cubiertos de oro y de tesoros sin cuento. El mundo le pareció inacabable; tras una enorme cordillera se abría un valle o una meseta, y luego otra cordillera más alta y grande que la anterior, y aún faltaban muchos meses de camino hasta llegar a la corte del Gran Kan. Dudó de cuanto le habían enseñado y de que la razón solo estuviera anclada en una pequeña parte de un mundo tan inmenso.

A comienzos del otoño, el acuerdo y el plan de ataque estaban perfectamente diseñados. Convinieron en que los ejércitos mogol, armenio y templario se reunirían el primer día de luna llena del otoño del año siguiente, el correspondiente a 1299 del calendario cristiano, en las ruinas de la ciudad de Antioquía, la que otrora fuera opulenta metrópoli de Siria, pero que tras dos siglos de guerras había quedado fatalmente arrumbada, y desde allí avanzarían hacia el sur.

Los armenios regresaron a Ani antes de que los pasos de las montañas quedaran cerrados por las nevadas, en tanto los templarios decidieron volver a Chipre bordeando el límite sur del territorio mongol, a través de una ruta que unía Qazvín con el Mediterráneo atravesando Persia por la ciudad de Hamadán y Mesopotamia por Bagdad, donde el invierno era muy suave y la nieve jamás interrumpía los caminos.

Cansados pero felices por el éxito de su empresa, los tres templarios arribaron a Chipre dos días antes de la Navidad de 1298.

27

Jacques de Molay reunió de inmediato al capítulo de la Orden en la sala capitular del convento de Nicosia para informar sobre la alianza con los mongoles; los mismos que años atrás habían sido considerados como los hijos de

Gog y Magog, las terribles tribus de las profundidades de la estepa polvorienta y cuya alianza habían rechazado, eran presentados ahora como la única esperanza para recuperar los Santos Lugares y asestarle un golpe mortal al islam. Molay no necesitó hacer ningún esfuerzo para convencer a sus hermanos de la oportunidad de esa alianza y de entrar en guerra; habían pasado ocho años desde la última ocasión en que los templarios habían combatido y derramado su sangre sobre los muros de Acre y después de tanto tiempo inactivos, los caballeros veteranos estaban deseosos de vengar a sus hermanos muertos, mientras que los jóvenes recién llegados de las encomiendas europeas ansiaban participar en su primera acción bélica.

Era preciso llevar a cabo los preparativos para la gran campaña, no había que perder tiempo. El maestre del Temple envió varias cartas solicitando al papa Bonifacio que, ante el éxito de la alianza con los mongoles, convocara una nueva cruzada para que en el otoño de 1299 un gran ejército cruzado pudiera unirse al templario y acudir a la ciudad de Antioquía, a orillas del Orontes. Era la gran oportunidad para destruir al islam y ganar nuevas tierras y señoríos para los monarcas y nobles cristianos. El pontífice lo intentó, pero la cristiandad estaba inmersa en problemas internos demasiado importantes para preocuparse por Oriente: Inglaterra miraba con recelo a sus vecinos del norte, los indómitos escoceses, con quienes estaban enfrentados desde hacía tiempo; Castilla se había sumido en una grave crisis; Aragón y Francia estaban enfrentados en una guerra por Sicilia, donde se libraban cruentas batallas entre los propios cristianos; el Imperio alemán era complejo y, además, no se llevaba bien con el papado, y los reinos del norte quedaban demasiado lejos para que les interesara lo que pudiera acontecer en el extremo oriental del Mediterráneo.

Al hecho de que la cristiandad estaba más rota y desunida que nunca había que añadir que los campos ya no producían como antes, la hambruna había aparecido en algunos lugares y el descontento de las masas campesinas se manifestaba en revueltas y en la adopción de herejías que abogaban por una vuelta a la pobreza evangélica. Eran muchos los predicadores, incluso de condición eclesiástica, que ante la riqueza de la Iglesia reclamaban un regreso a la Iglesia de los pobres, argumentando que Cristo así lo habría querido.

A principios del verano llegaron malas noticias a Chipre; Bonifacio VIII no había logrado convencer ni a un solo soberano cristiano para que acudiera ni para que enviara soldados a una nueva e imposible cruzada. Molay estaba indignado; los templarios eran los únicos cristianos europeos que asistirían al encuentro de Antioquía.

El Capítulo General fue convocado para el último domingo de julio. Doscientos hermanos participaron en él. Habían venido caballeros de muchas encomiendas de Europa, y todavía se esperaban más a lo largo del verano. El maestre había escrito una circular ordenando a todos los comendadores de las casas del Temple que enviaran a cuantos combatientes pudieran para esa gran campaña que se avecinaba, siempre y cuando los conventos no quedaran indefensos y desasistidos.

Jaime de Castelnou se sentaba cerca de Jacques de Molay. Desde que cumpliera con éxito su complicada misión ante el rey de Armenia y el ilkán de los mongoles, había ganado mucho prestigio, y ya había algunos hermanos que consideraban que podría ser un buen maestre en el futuro. Todavía no había cumplido los treinta años, pero era un caballero ejemplar, había realizado varias misiones diplomáticas secretas con mucha eficacia y se consideraba el mejor luchador con espada del Temple.

—Hermanos —empezó el maestre—, tenemos ante nosotros la gran oportunidad que hemos estado esperando largos años. Desde que nuestro fundador, el maestre Hugo de Payns, creara el Temple en Jerusalén hasta hoy, miles de soldados de Cristo han muerto en defensa de nuestra fe, de la cristiandad y de los peregrinos. Hace ya demasiado tiempo que el sepulcro del Señor está en manos sarracenas, y es hora de recuperarlo. Meses atrás, nuestros hermanos Jaime de Castelnou, Ramón de Burdeos y Pedro de Brindisi cerraron un pacto secreto con el rey de Armenia y con los mongoles —en la sala se oyó un leve murmullo al citar a ese pueblo— para constituir una alianza con la que destruir al islam. Ese momento ya ha llegado. En las próximas semanas nos trasladaremos hasta las costas del Líbano en las galeras fondeadas en el puerto de Limasol y nos reuniremos con nuestros aliados en Antioquía.

»Estaremos solos —advirtió—. Ninguno de los reyes y nobles de la cristiandad ha respondido afirmativamente a la llamada de su santidad el papa Bonifacio para presentarse a esta cruzada. Pero que esto no os desanime; los templarios fuimos los últimos en abandonar Tierra Santa y seremos los primeros en regresar. Aprovecharemos nuestra posición en la isla de Ruad para desde allí dar el salto a tierra firme; una vez en el continente, nos uniremos a nuestros aliados. Os prometo que pronto volveremos a rezar en nuestra primera sede en Jerusalén.

Algunos de los hermanos congregados preguntaron por ciertos detalles de la campaña; el maestre les recordó que convenía guardar silencio a causa del secreto de la operación y les pidió que tuvieran confianza en él.

En las semanas que precedieron al embarque, Jaime de Castelnou actuó como instructor de los jóvenes templarios recién llegados de las encomiendas europeas. Le recordaban a sí mismo, cuando diez años atrás embarcó en El Halcón rumbo a San Juan de Acre lleno de ilusiones y de esperanzas, y confió en que no les ocurriera lo que a él, que tuvieran que retirarse derrotados ante los musulmanes. Los más bisoños se mostraban ufanos y altivos con sus hábitos blancos, y era a esos a los que trataba de rebajar la arrogancia cuando practicaba con ellos con la espada en el palenque.

—Cada año están menos preparados —le comentó Jaime a Ramón de Burdeos, que se había convertido en su compañero inseparable.

—Lo has notado, ¿verdad?

—Por supuesto. Las cosas están cambiando, y deprisa; hace años, para entrar en el Temple era necesario demostrar valor, sentido de la disciplina y voluntad de servir, pero ahora... Fíjate en esos jóvenes, creen que con vestir el hábito blanco con la cruz roja ya han vencido en la batalla antes siquiera de que comience.

—¿Sabes?, intuyo que nuestra época se está acabando —dijo Ramón—. El Temple fue necesario, tal vez imprescindible en los tiempos en que reyes como Ricardo Corazón de León o Luis el Santo tenían grabada en su alma la señal de los cruzados, pero ahora ya no existen soberanos como aquellos. Felipe el Hermoso o Jaime de Aragón jamás atenderán al viejo espíritu de los caballeros cruzados; solo les preocupan su riqueza y su propio poder. Nunca harán nada que no les produzca un beneficio material.

—Tal vez, pero todavía quedan hombres dispuestos a luchar por Cristo.

—Pocos, cada vez menos. ¿No te das cuenta, hermano?, ya nadie cree en nuestros ideales, nadie los comparte; somos una rareza en un mundo en el que solo importa el propio interés. Los templarios somos seres extraños a los ojos de la mayoría. Sí, nuestro tiempo ha pasado ya.

—Vamos, Ramón, tú has estado conmigo en Armenia y entre los mongoles, y has visto que el mundo es diverso y que todavía tenemos un sitio en él.

Ramón de Burdeos sonrió.

—Nunca abandonarás el espíritu del Temple; habremos abjurado todos y tú seguirás firme en tus ideales.

28

El Temple había logrado reunir a mil doscientos combatientes en el puerto de Limasol, pues poco antes de partir se habían sumado a la expedición algunos caballeros hospitalarios y dos regimientos de las milicias concejiles de Chipre. Los caballeros, los sargentos y los criados, cada uno de ellos con sus uniformes reglamentarios, embarcaban en orden en las galeras que los llevarían a la isla de Ruad, donde seguía presente un destacamento de templarios, para desde allí saltar al continente. Cada una de las galeras enarbolaba en lo alto de sus mástiles el *baussant*. En la galera capitana, donde iba Jacques de Molay, se enarboló el estandarte de combate bajo el cual pelearían de nuevo los hermanos templarios. Desde que fue llevado a

Chipre en La Rosa del Temple junto con el tesoro, no había vuelto a desplegarse, y de eso hacía ya ocho años. El propio maestre dio la orden de que el *baussant* de combate fuera colocado en el puente de popa de la galera capitana. Jaime de Castelnou sintió que se le erizaba el vello cuando volvió a ver ondear el mismo estandarte que el mariscal había arriado de la Bóveda de Acre y se lo había entregado poco antes de que se viniera abajo.

Desde el islote de Ruad, las galeras templarias navegaron de cabotaje hacia el norte, buscando la desembocadura del río Orontes; desde allí, y siguiendo su curso, Antioquía se encontraba a poco menos de una jornada de distancia.

El ejército templario alcanzó las inmensas ruinas de la antigua Antioquía mediada la tarde, justo el día en que por la noche la luna estaría llena. La otrora populosa ciudad se había convertido en un solar de escombros y edificios arrumbados donde unas decenas de familias campesinas malvivían cultivando campos que en otro tiempo debieron de ser fértiles. Las imponentes murallas que detuvieran durante un año al poderoso ejército que en la Primera Cruzada dirigieron los formidables Bohemundo y Tancredo de Tarento y Godofredo de Bouillon eran un rosario de rocas que semejaban la espina dorsal descarnada de un enorme monstruo; sus palacios abandonados estaban cubiertos de maleza y espinos y sus antaño florecientes mercados servían de solar para lagartos que tomaban el sol entre losas de piedra y paredes de mampuesto a las que les habían arrancado las piezas de mármol que antaño las habían recubierto.

Molay eligió un lugar elevado, donde antes estuvo el castillo de la ciudad, para instalar el campamento y esperar la llegada de sus aliados.

—¿Vendrán? —preguntó Burdeos mirando hacia las colinas del norte de Antioquía.

—No lo dudo —respondió Castelnou—. El rey Hethum me pareció un hombre de palabra y el ilkán Ghazán estaba deseoso de vengar la derrota de El Pozo de Goliat.

—Aquello que le dijiste, ¿cómo fue? Ah, sí, que su nombre se escribiría con tinta de oro en los anales del Imperio mongol... Fueron unas palabras definitivas.

—Todo gobernante quiere pasar a la historia con su nombre escrito en letras doradas en las crónicas de su país. Mira, ahí están.

Sobre la cresta de una colina apareció el estandarte de los mongoles: un mástil del que pendían siete colas de caballo; y detrás, las banderas amarillas de Armenia.

Los dos templarios observaron atónitos la enorme masa de guerreros que avanzaba hacia la ciudad, esmaltando las colinas con los colores de sus uniformes.

—¿Cuántos crees que son? —demandó Burdeos.

—No lo sé, nunca he visto a tantos hombres juntos —dijo Castelnou—. Bueno, tal vez en Acre, donde aseguraron que los mamelucos eran doscientos mil.

Los ejércitos armenio y mongol sumaban cien mil combatientes, bien equipados para la guerra, porque, como hicieran los templarios, también sus aliados habían estado ensayando ejercicios ecuestres y prácticas de combate en los meses previos.

Unos jinetes se acercaron hasta el pabellón del maestre del Temple y se acordó que a la mañana siguiente los jefes de los tres ejércitos se reunirían para establecer el plan de ataque.

El ilkán Ghazán, el rey Hethum de Armenia y el maestre del Temple se encontraron con sus consejeros e intérpretes en el pabellón del jefe mongol, una enorme tienda de fieltro decorada con extraños dibujos de gran colorido, con un gran halcón sobre la puerta. A su derecha se sentó el rey Hethum y a la izquierda, el maestre Molay. El ilkán comenzó diciendo que él sería el jefe supremo del ejército y se situaría en el centro y que el rey Hethum y el maestre del Temple dirigirían cada uno una de las dos alas; Ghazán dejaría al mando de Molay a treinta mil de sus hombres, y a otros diez mil al mando de Hethum, para equilibrar el número de soldados en las tres secciones. El maestre del Temple, que no estaba en condiciones de debatir la jefatura del ejército ante la aplastante superioridad mongola, se dio por satisfecho. Se decidió iniciar la marcha de inmediato, pues los espías enviados por el ilkán habían informado que un ejército mameluco integrado por ciento cincuenta mil hombres había salido de Egipto al enterarse de los movimientos de tropas mongolas en Siria, y avanzaba rápido hacia el norte.

Ochenta mil mongoles, veinte mil armenios y mil doscientos templarios con algunos aliados, divididos en tres cuerpos de ejército, se pusieron en marcha. Nunca antes varias divisiones mongolas habían sido dirigidas por alguien ajeno al ejército de los herederos de Gengis Kan. El maestre templario, con su capa blanca y su cruz roja al hombro izquierdo, era el primer occidental que dirigía tres *tumanes*; cada *tumán* era una división integrada por diez mil hombres, todos mongoles.

Ocuparon fácilmente la ciudad de Alepo, salvo su poderosa fortaleza, donde se habían hecho fuertes algunos cientos de soldados mamelucos, y continuaron hacia el sur.

—Fíjate, hermano. —Ramón de Burdeos señaló a Jaime de Castelnou la cabeza de la columna en donde formaban, en la cual dos abanderados portaban en paralelo el *baussant* de los templarios y el estandarte de las siete colas de caballo de los mongoles—. ¿No te parece extraordinario?

—De no estarlo contemplando con mis propios ojos, no lo creería. Ya ves, gracias a esos tártaros todavía hay esperanza para los cristianos.

Las columnas del ejército aliado avanzaban por un amplio valle siguiendo el antiquísimo camino de Antioquía a Damasco. En lo alto de algunos cerros pudieron ver los restos de antiguas fortalezas construidas por templarios y hospitalarios para defender una de las rutas de los peregrinos cristianos que tiempo atrás acudían a rezar al Santo Sepulcro de Jerusalén. Los templarios más veteranos todavía reconocieron algunas de ellas, en las que habían servido siendo jóvenes.

Unos oteadores, enviados por los generales de la vanguardia para inspeccionar el camino, informaron que el ejército mameluco acababa de salir de Damasco.

—Ciento cincuenta mil de su lado y más de cien mil del nuestro... —reflexionó Jaime—. Si se libra la batalla, y eso parece inevitable, será la más grande de la historia.

—¿Tú crees? —preguntó Ramón.

—Por lo que sé, jamás se habían reunido tantos combatientes en un solo lugar para luchar.

Los dos ejércitos se encontraron en el llano de Hims, que los romanos llamaron Emesa, a mitad de camino entre Antioquía y Damasco. Ambos comandantes ordenaron que se mantuvieran las posiciones; por informes de los espías y exploradores destacados por ambas partes, sabían bien el tamaño de cada uno de los ejércitos.

El frente del mameluco, al que se habían sumado algunos sirios y árabes, ocupaba una enorme extensión a la entrada de un amplio valle; el aliado formaba en las laderas de unas suaves colinas al norte. Durante dos días se observaron, hasta que, por fin, el 22 de diciembre, el maestre Jacques de Molay aconsejó al ilkán Ghazán que había llegado el momento de atacar, y este dio la orden.

La primera acometida corrió a cargo de los jinetes templarios; protegidos con sus pesadas corazas y cotas de malla, formaron un frente de doscientos caballeros en línea por cinco en fondo y se lanzaron ladera abajo directos al centro de los mamelucos. Todos los combatientes observaron sorprendidos la formidable carga de la caballería del Temple. Las dos primeras líneas estaban integradas por caballeros, bien identificados por sus capas blancas y sus cruces rojas, y las tres siguientes por los hermanos sargentos, con sus hábitos oscuros; parecían un gran estandarte blanco y negro ondeando sobre los campos de Hims al compás del galope de sus caballos.

Jacques de Molay cabalgaba en el centro de la primera línea, al lado del *baussant*, el mismo que habían arriado ocho años atrás de los muros de Acre.

—¡*Non nobis, Domine, non nobis, sed Tuo nomine da gloriam!* —gritó el maestre.

Solo escucharon el lema del Temple los hermanos que cabalgaban a su lado, pero la voz se fue corriendo como una ola desde el centro hasta los extremos de la formación.

Los mamelucos, viendo que se les venía encima una contundente avalancha, dudaron; algunos miraron hacia sus comandantes como pidiendo permiso para retirarse, pero estos los obligaron a mantener la posición. En unos instantes la marea blanca y negra irrumpió entre sus filas como un ciclón, con las lanzas por delante, arrasando la formación en cuadro de la infantería musulmana; todo el frente central se vino abajo cuando el envite de los templarios se llevó por delante a varias filas de infantes mamelucos.

La carga se había realizado con las lanzas; sin embargo, los caballos de los templarios también habían sido entrenados para utilizar sus pezuñas delanteras como verdaderas mazas de combate. Cuando era necesario, un jinete del Temple podía ordenar a su montura, mediante un movimiento de las riendas, que se alzase sobre los cuartos traseros y pateara con los delanteros a quien tuviera enfrente en ese momento. Así pues, en cuanto quedaron frenados por la multitud enemiga, sus jinetes espolearon a sus caballos para que cocearan con sus patas a los amedrentados infantes, acabando con varias decenas de ellos. De inmediato los templarios desenvainaron sus espadas y comenzó una tremenda carnicería. El sultán mameluco había colocado en las primeras líneas a soldados inexpertos para que sirvieran como muro de contención del primer ataque del ejército aliado, por lo que apenas sabían defenderse de los mandobles que repartían los templarios.

—¡Por Acre, por Acre, por nuestros hermanos caídos en Acre! —clamaba Jacques de Molay conforme iban cayendo los musulmanes.

El sultán ordenó entonces el contraataque de su caballería, que se desplegó intentando rodear a los templarios; sin embargo, Ghazán observó la maniobra y lanzó a la caballería pesada armenia, que pudo evitar que los templarios fueran rodeados; a continuación, el mando musulmán ordenó atacar a los mongoles. Erguidos sobre sus pequeños caballos, los jinetes mongoles se desplegaron hacia las alas del ejército mameluco disparando sus potentes arcos de doble curva.

Durante toda la jornada se combatió en grupos, con maniobras tácticas de los escuadrones de caballería que se desplazaban intentando ganar la superioridad al contrario, rodearlo y aniquilarlo. Entretanto, los templarios seguían firmes en el centro de la batalla, sumidos en un cenagal de barro rojizo provocado por la sangre de los caídos.

Jaime de Castelnou combatía al lado del maestre, cerca del estandarte; se mantenía siempre alerta, procurando no dejar descuidados sus flancos, y girando una y otra vez a la izquierda y la derecha, lanzando estocadas certeras. Tras dos horas de combate había despachado a no menos de treinta mamelucos y había herido a otros tantos.

A comienzos de la tarde, la batalla seguía en plenitud, y los sarracenos, pese a la enorme cantidad de bajas sufridas, no amagaban con retirarse.

—La noche caerá enseguida —le dijo Castelnou a Burdeos, que se mantenía a su espalda, tal como le había señalado antes de iniciar la carga—. Si no los derrotamos antes de que se oculte el sol, no habrá victoria hoy.

—¿Y qué ocurrirá entonces?

—Supongo que se retirarán hacia el sur buscando mejores posiciones defensivas, o bien mantendrán las actuales hasta el amanecer.

Esos días de diciembre son los más cortos del año, y la oscuridad se les echó encima como un manto de seda negra. Los combatientes retrasaron sus posiciones iniciales de la batalla y aguardaron al amanecer.

Esa noche nadie pudo conciliar el sueño. Castelnou y Burdeos se turnaron, como hicieron por parejas el resto de los hermanos templarios, para echar unas cabezadas e intentar recuperar parte de las fuerzas perdidas en la pelea. La madrugada fue fría; una fina capa de escarcha cubrió el campo, que a la salida del sol brillaba como si durante aquella noche lo hubieran nacarado.

El sol ascendió brillante y amarillo en un cielo azul claro. El maestre Molay volvió a formar a sus caballeros en cinco filas —tras el recuento faltaban veinte— y ordenó una nueva carga. Los caballos tenían los músculos todavía entumecidos por el frío de la madrugada, pero sus jinetes supieron dosificar el esfuerzo en la primera galopada para tenerlos a punto en el esfuerzo final.

Los mamelucos, desmoralizados por la ingente cantidad de bajas que les habían causado los templarios el día anterior, se mostraron menos firmes en esta segunda acometida, y algunos hicieron ademán de retroceder, pero ya era tarde; las cinco filas blancas y negras se les echaron encima como un torrente desbordado en la tormenta, y el frente de la infantería musulmana se derrumbó. Los infantes, aterrados ante el envite del Temple, intentaron salvarse de una nueva matanza, deshicieron las filas y corrieron en desbandada hacia la retaguardia en busca de refugio. Sin embargo, el rey Hethum les cerró el paso con su caballería, causando una terrible carnicería. Entretanto, Ghazán y sus mongoles rodeaban al desorientado ejército mameluco, provocando una matanza entre su caballería.

A mediodía del 23 de diciembre de 1299, el ejército aliado de mongoles, armenios y templarios alzaba sus estandartes victoriosos al cielo azul de Hims tras haber librado una de las batallas más grandes de la historia. El camino hacia Jerusalén estaba abierto, y el islam parecía herido y acabado.

Cincuenta mil cadáveres alfombraban de muerte y sangre los campos de Hims. Durante toda la tarde, los vencedores se dedicaron a recorrer el escenario de la batalla para recuperar a sus muertos y heridos. Treinta templarios habían caído y unos ciento cincuenta tenían heridas de diversa consideración. Entre los aliados, los armenios se habían llevado la peor parte, tal vez porque se emplearon con todo el ímpetu ante el temor de no combatir con el arrojo de los templarios y los mongoles.

Hethum estaba orgulloso de sus hombres; en la asamblea de jefes y generales que se celebró tras la batalla se le veía feliz pese a que había perdido a uno de cada cuatro de sus guerreros.

—Ya nada nos impide alcanzar Jerusalén —dijo Jacques de Molay—. Propongo que, tras enterrar y honrar a nuestros muertos y retirar a los heridos, sigamos hacia el sur según el plan previsto y acabemos con los musulmanes. Hay que asestarles el golpe definitivo antes de que puedan recuperarse.

Ghazán se levantó de su asiento, hizo y un gesto majestuoso con su brazo derecho y declaró:

—Yo soy musulmán.

El rostro del maestre de Temple se convulsionó como agitado por un gigantesco terremoto cuando el intérprete le tradujo las palabras del ilkán, aunque ya lo había entendido perfectamente.

—¿Vos…, majestad? —preguntó Molay, absolutamente confundido.

—Sí, yo, ¿te extraña? Pero no te preocupes, gran maestre, antes que musulmán soy mongol, y al pueblo mongol me debo. Cumpliré con mi pacto, entraré en la ciudad que llaman Damasco y luego mi ejército regresará conmigo.

—Pero entonces, ¿no vais a acabar esta empresa?

—Con la ocupación de Damasco habré cumplido mi palabra.

Molay miró a Castelnou como pidiéndole explicaciones, pero el templario se encogió de hombros dándole a entender que no sabía que el ilkán fuera musulmán.

Y así fue: el ejército aliado entró en la indefensa ciudad de Damasco a principios de enero de 1300. Ghazán rezó una oración en la gran mezquita de los Omeyas y dos días después de celebrar ese rito ordenó a sus generales que se replegaran por donde habían venido. Pocos días después, el rey Hethum hizo lo mismo y regresó con sus tropas a su reino del Cáucaso.

Siria y Palestina quedaron en manos de los templarios, pero eran muy pocos para mantener semejante extensión de territorio. El maestre Molay envió una carta al papa rogándole que insistiera ante los reyes cristianos para que enviaran soldados a Tierra Santa. Dos siglos después de que lo hicieran los primeros cruzados, Jerusalén podría volver a ser cristiana; los musulmanes estaban derrotados y con un esfuerzo de la cristiandad acabarían siendo eliminados por completo. El sueño de los Santos Lugares libres de infieles sarracenos estaba al alcance de la mano.

29

Bonifacio VIII recibió la noticia de la victoria de Hims y del avance en solitario de los templarios hacia Jerusalén a mediados de febrero de 1300; ese año se celebraba en Roma el jubileo por el decimotercer centenario del nacimiento de Cristo y el papa ofreció grandes compensaciones espirituales a los soberanos cristianos que acudieran a Tierra Santa. Una vez más, la llamada pontificia fue en vano.

Entretanto, los templarios habían logrado recuperar algunos de sus castillos en el sur de Siria, pues los mamelucos que los custodiaban habían huido hacia el sur tras la derrota en Hims. Jacques de Molay disponía de muy pocos hombres para mantener bajo control tan amplio territorio, pues apenas contaba con mil hombres operativos, de manera que ordenó dividirlos en grupos de veinte que se movían permanentemente de un lado para otro para intentar aparentar ante los ojos de los musulmanes de la región que eran muchos más.

Castelnou dirigía una de esas columnas templarias que iban y venían por los caminos del sur de Siria y por la costa. Cada uno de los grupos enarbolaba su estandarte *baussant*, y todos esperaban que de un momento a otro arribaran a la costa miles de cruzados para poder mantener aquellas conquistas.

El papa Bonifacio no fue capaz de convocar ninguna cruzada; durante la primavera sondeó las intenciones de los monarcas cristianos y ni uno solo se mostró partidario de acudir a su llamada. En esas condiciones, citar a los cristianos para concitarlos en defensa de los Santos Lugares hubiera sido un tremendo fracaso y el papa no estaba en condiciones de permitirse un rechazo frontal de toda la cristiandad a sus propuestas.

Jacques de Molay decidió entonces formar una columna con doscientos caballeros y a finales de junio ordenó avanzar hacia Jerusalén.

La Ciudad Santa era poco más que un poblachón polvoriento en medio de una tierra quemada. Tantos siglos de luchas y guerras en sus alrededores habían provocado un considerable descenso de su población, y vivir allí no constituía precisamente un privilegio. El ejército templario contempló sus soñados muros una ardiente mañana de principios de julio. Hacía mucho tiempo que ningún templario pisaba su suelo sagrado, desde luego, ninguno de los que formaban en la columna dirigida por Molay lo había hecho antes, pero el recuerdo de tantos hermanos muertos por conseguir que llegara ese momento provocó en sus corazones una intensa emoción.

—¡Ahí está, hermano Jaime, Jerusalén, la sagrada Jerusalén, la ciudad de Dios! —exclamó eufórico Ramón de Burdeos, que cabalgaba a su lado.

—Es la ciudad por la que hace ya diez años vine a luchar a estas tierras; y ahí está, a nuestro alcance.

—La imaginaba más grande, más hermosa...

—Y lo es; mírala con los ojos del alma. ¡Es Jerusalén!, la Ciudad Santa, el lugar donde murió Cristo, donde fue enterrado, donde resucitó. Es nuestra casa madre; aquí se fundó nuestra Orden hace ya casi dos siglos; aquí está nuestro verdadero espíritu, y nuestro destino.

La columna templaria se presentó ante las puertas de Jerusalén sin que nadie ofreciera resistencia alguna. Los habitantes de la ciudad contemplaban a aquellos caballeros vestidos de blanco y de negro, con las cruces rojas sobre sus hábitos, como si se tratara de espectros recién llegados de otro mundo contra los que fuera inútil cualquier resistencia.

Formados en columna de a dos, los doscientos entraron por la Puerta Dorada y se dirigieron hacia la mezquita de Al-Aqsa, en la explanada del templo de Salomón. De las construcciones que levantaran los pioneros templarios no quedaba nada; el sultán Saladino, tras conquistar Jerusalén en 1187, había ordenado derribar los edificios de los cristianos y asperjar con agua de rosas traída desde Damasco todo el lugar para purificarlo antes de reintegrarlo al culto islámico.

Molay echó pie a tierra y seguido por un séquito de doce caballeros, entre los que se encontraban Jaime de Castelnou y Ramón de Burdeos, avanzó hasta la mezquita de Al-Aqsa, «la Lejana», atravesando la explanada del Templo junto a la cúpula dorada de la mezquita de la Roca, donde los musulmanes aseguraban que se conservaba impresa sobre una piedra la huella de Mahoma cuando ascendió a los cielos desde ese mismo lugar. Los rayos del sol reflejaban destellos dorados sobre el metal de la cúpula. Algunos caballeros comenzaron a cantar el salmo de David, cuyos primeros versos constituían la divisa del Temple: «No para nosotros, Señor, no para nosotros, sino para Tu nombre da gloria, por tu fidelidad, por tu misericordia». A aquellos hombres duros, curtidos en la guerra y en la disciplina, causantes de la muerte de miles de mamelucos en Acre y en Hims, se les enturbiaron los ojos y lloraron de alegría, emocionados por estar sobre el mismo suelo que en su día pisaran Hugo de Payns y sus compañeros fundadores del Temple.

Al llegar ante la mezquita de Al-Aqsa, el lugar donde estuvo la primera iglesia templaria, el maestre se detuvo; ante su puerta había tres musulmanes vestidos con túnicas y turbantes blancos. El mayor de ellos, un anciano de espesa barba totalmente cana, pronunció unas palabras en árabe. Molay se volvió hacia Castelnou y le pidió que le tradujera lo que había dicho.

—Es un ulema, un sabio en teología y derecho islámicos. Dice que este lugar es sagrado y que debe ser respetado. Asegura que si queremos entrar por la fuerza, deberemos hacerlo por encima de su cadáver.

El maestre miró al anciano y en sus ojos pudo observar una determinación absoluta en cuanto estaba diciendo.

—Dile que solo queremos rezar.

Castelnou tradujo las palabras del maestre.

El ulema se dirigió entonces a sus compañeros y les bisbisó al oído unas palabras que Jaime no pudo escuchar; después se dirigió al maestre.

—Es sorprendente —dijo Jaime—, nos invita a rezar juntos por la paz.

—¿Juntos?

—Sí, ellos y nosotros. Dice que Dios es el mismo para todos los hombres y que los corazones limpios pueden dirigirse a él de cualquier modo y en cualquier lugar.

—¿Estás seguro de que es un musulmán?

—Sí, así lo parece, sin duda.

—De acuerdo, rezaremos juntos.

Algunos de los templarios que integraban el séquito del maestre se miraron confusos. Ramón de Burdeos murmuró al oído de Jaime que no estaba bien rezar con los musulmanes, pues ellos eran infieles, enemigos de Dios y de la Cruz, y que la misión de los templarios era acabar con ellos y no confraternizar con sus representantes religiosos.

—Entraremos en ese templo y rezaremos juntos —insistió el maestre—, pero solo quien quiera hacerlo; los hermanos que no deseen entrar pueden quedarse aquí esperando.

Castelnou se lo hizo saber al anciano, que asintió con la cabeza, pero señaló las espadas que colgaban de los cintos de los caballeros.

—Debemos entrar desarmados —tradujo Jaime.

Molay se quitó el cinturón de cuero con la vaina de la espada, y los que decidieron entrar hicieron lo mismo.

De los trece templarios, solo cuatro se quedaron fuera, entre ellos Ramón de Burdeos, quien seguía insistiendo en que aquello era un error y que además era una temeridad hacerlo desarmados.

Dentro de la mezquita de Al-Aqsa ardían varias lámparas que iluminaban la oscuridad de las naves con unos finos haces de luz amarillenta. Castelnou sintió una agradable sensación de frescor tras haber soportado el inclemente calor del exterior. Los tres musulmanes se arrodillaron frente al muro de la *qibla*, que indicaba la dirección de La Meca, y comenzaron a invocar el nombre de Dios. *Allahu akbar, Allahu akbar, wa Muhammad rasul Allah* («Dios es grande, Dios es grande, y Mahoma es Su enviado»), repetían esa frase una y otra vez, como una letanía monocorde, inclinando sus cuerpos hacia delante y hacia atrás en un constante y acompasado bamboleo. Molay comenzó entonces un padrenuestro en voz alta y todos los hermanos presentes lo siguieron. Durante unos mágicos instantes las oraciones de los musulmanes pronunciadas en árabe y las de los cristianos recitadas en latín se fundieron en una sola, como una mística cantinela universal capaz de unir los corazones de todos los seres humanos.

El mensaje papal de que no habría ayuda llegó a principios del mes de julio. Enojado por ello, el maestre convocó un Capítulo General para el tercer domingo de ese mes; se reunió en la ciudadela de David, un enorme bastión defensivo ubicado junto a la puerta del mismo nombre, en el extremo del antiguo distrito armenio de Jerusalén, un barrio que ocupaba el sector sudoeste del recinto murado.

El maestre de los templarios comenzó su alocución alegrándose por haber podido pisar el sagrado suelo del solar del templo de Salomón, pero a la vez comunicó a los hermanos allí congregados que Bonifacio VIII no había convocado una nueva cruzada. Ni siquiera el que se celebraran mil trescientos años desde el nacimiento de Cristo había provocado una reacción positiva de los soberanos cristianos; el sondeo realizado por el papa entre las cortes de la cristiandad había sido tan desalentador que ni uno solo de sus monarcas se había comprometido a enviar un solo soldado a Tierra Santa.

—Nuestra victoria en Hims ha sido en vano y nuestra alianza con los mongoles no ha servido para nada —expuso Jacques de Molay—. Estamos solos. Una vez más, los templarios nos enfrentamos al islam en soledad, y así no podemos mantener Jerusalén.

»Tan solo disponemos de mil hombres para cubrir Siria y Palestina; miles de millas, centenares de ciudades y aldeas, decenas de castillos. Harían falta al menos treinta mil soldados para defender estas posiciones —prosiguió—. Hemos ocupado Jerusalén con absoluta facilidad porque los musulmanes están todavía aturdidos por la derrota en Hims, y los hemos engañado moviéndonos sin cesar de un lado para otro, haciéndoles creer que éramos muchos más, pero esa táctica no puede funcionar por mucho tiempo. Ya se han dado cuenta de nuestra debilidad y, en cuanto se organicen, acabarán con nosotros de un plumazo. Por lo tanto, no tenemos otra alternativa que reunir a todos los hermanos y retirarnos en formación defensiva hasta la costa —anunció—. En Trípoli estarán esperándonos nuestras siete galeras, y en ellas regresaremos a Chipre.

—Todavía somos capaces de defender Jerusalén, podemos reforzar sus muros, recrecerlos —intervino Castelnou—. Esta misma fortaleza es poderosa; en ella, doscientos caballeros podríamos resistir durante meses un asedio de miles de soldados.

—Tal vez, pero después, ¿qué? No quiero ser el responsable de un nuevo episodio como el de Acre —dijo el maestre.

—Prometimos entregar nuestra vida en defensa de la causa de Cristo —alegó Ramón de Burdeos.

Algunos caballeros murmullaron entre ellos, pero Molay se mostró tajante:

—Esta misma semana abandonaremos Jerusalén y nos replegaremos hacia la costa. Nadie lamenta más que yo mismo esta decisión, pero no puedo someteros, hermanos, a un sacrificio que nos conduzca al exterminio. Somos los últimos templarios en condiciones de luchar; aparte del millar que estamos en Tierra Santa, no quedan más hermanos capaces de manejar una espada. Los que permanecen en las encomiendas de Europa, o son ya ancianos o están enfermos, y no pueden sostener un arma en sus manos. Si nos quedamos aquí, en unos pocos meses moriremos todos, y entonces, ¿qué sería de nuestra Orden?

»Sabéis que hay avaros señores muy poderosos que ansían controlar el Temple y sus riquezas —añadió—. Si nosotros perecemos, todos los bienes de la Orden pasarían a sus manos, porque no quedaría un solo templario en condiciones de defender nuestras propiedades.

—No podemos marcharnos así, sería reconocer nuestra derrota. Al menos causémosles algunos daños —propuso Burdeos.

La mayoría de los miembros del capítulo apoyó la propuesta. Los templarios querían venganza. Estaban allí, en Jerusalén, pero si tenían que marcharse de nuevo, no estaban dispuestos a hacerlo como derrotados.

Se aprobó que antes de regresar a Chipre, las siete galeras templarias realizarían una campaña de castigo contra algunas localidades de la costa mediterránea entre el Líbano y el delta del Nilo. Al menos amedrentarían a los musulmanes y podrían obtener algo de botín con el que resarcirse de los gastos ocasionados en aquella fracasada aventura.

30

La mañana era brillante y tórrida. Jaime de Castelnou había dormido en su última noche en Jerusalén en uno de los salones de la ciudadela de David, y cumpliendo la regla, se había levantado con sus hermanos para acudir a una sala habilitada como capilla para rezar las oraciones que la regla prescribía. Poco después de amanecer enjaezaron sus caballos, cargaron cuanto de valor pudieron acarrear y salieron por la Puerta de David rumbo hacia la costa. En los días previos a la partida, Jacques de Molay había enviado emisarios a todas las guarniciones templarias que habían sido distribuidas por varias fortalezas de Siria y Palestina, para que con discreción abandonaran sus puestos y se dirigieran hacia Trípoli, el lugar convenido para la concentración de los caballeros.

Cuando todo estuvo dispuesto, el maestre dio la orden de partida. Los doscientos caballeros que un mes antes habían entrado en Jerusalén la abandonaron formando en columna de a dos, con las lanzas enhiestas, sus cascos relucientes y sus corazones marchitos. Nadie se giró para contemplar por última vez la Ciudad Santa; solo Castelnou lo hizo en una ocasión para observar la cúpula dorada de la mezquita de Omar, que destacaba brillante y resplandeciente entre el caserío blanquecino y ocre.

Durante varias semanas, las siete galeras recorrieron la costa, saqueando pueblos de pescadores y asaltando algunos castillos desde Tortosa hasta las bocas del Nilo. El botín conseguido fue escaso, y algunos dudaron de que la campaña hubiera merecido la pena. A mediados de otoño todas las galeras regresaron a la isla de Ruad, donde resistía la última guarnición templaria; allí se enteraron de que armenios y mongoles habían acordado continuar más adelante con la guerra contra los musulmanes.

La cristiandad se había olvidado por completo de Tierra Santa. A los europeos, inmersos en problemas cada vez mayores, no les interesaban ni Jerusalén ni el Santo Sepulcro. Molay sabía que todo esfuerzo era vano, pero ordenó que se mantuviera la posición templaria en la isla de Ruad, en la que destacó una guarnición de ciento veinte caballeros, medio millar de arqueros y otros tantos criados y sirvientes. Era la única manera de seguir afirmando que los templarios conservaban al menos una posesión en ultramar.

El regreso a Chipre fue amargo. Castelnou lo hizo a bordo de El Viento del Temple, la última de las galeras construidas a expensas de la Orden en los astilleros de Bari. Al avistar la costa de Limasol recordó la leyenda pagana del nacimiento de Venus, pero la belleza de las playas quedó agrisada por la tristeza del fracaso.

En los meses siguientes los templarios se dedicaron a escribir cartas a los monarcas de Occidente insistiendo en que todavía era posible recuperar el viejo espíritu de la cruzada, en que una gran coalición podría ganar definitivamente Jerusalén, en que se podía retomar la alianza con mongoles y armenios y aplastar al islam; pero todo aquel esfuerzo fue de nuevo en vano.

La respuesta a las demandas del Temple llegó desde Roma a través de un mallorquín llamado Ramón Llull. Considerado como uno de los hombres más sabios de su tiempo, Llull se presentó en Chipre con una propuesta inesperada. El maestre recibió al sabio mallorquín en la casa del Temple en Nicosia; junto a él estaban varios caballeros, entre ellos Jaime de Castelnou y Ramón de Burdeos, cuyas relaciones de amistad se habían enfriado un poco tras la salida de Jerusalén.

—Su santidad me ha encargado que os transmita su ferviente deseo de que templarios y hospitalarios os unáis en una sola orden —le dijo Llull a Molay—. La situación de la Iglesia es muy grave, la cristiandad atraviesa malos momentos y por ello el papa considera que sería muy beneficioso para todos esa unión.

—Para nosotros, no —replicó el maestre.

—Imaginad una sola orden, unida en un único fin, sin rivalidades inútiles, sin enfrentamientos ni competencias estériles, con los mismos objetivos en la espada y en el corazón. Sé bien que durante mucho tiempo el Hospital y el Temple han sido más rivales que colaboradores, pero esa época ya pasó. La mejor manera de continuar sirviendo a Cristo y a su Iglesia es a través de la unidad de acción, y ello pasa por la fusión de las dos órdenes.

—Templarios y hospitalarios no nos llevamos bien. Hasta tal punto han sido malas nuestras relaciones, que en más de una ocasión nos hemos enfrentado incluso con las armas en la mano. La fusión que proponéis sería un fracaso. Es mejor dejar las cosas como están.

—Pero no siempre ha sido así. Sé que en Acre combatisteis juntos en defensa de la ciudad, y que hermanos de ambas obediencias murieron luchando codo con codo defendiendo la misma posición. Ese precedente debe primar sobre cualquier otro.

—Fue un caso extremo; en condiciones normales, nuestro Capítulo General jamás aceptará esa propuesta.

—Su santidad está convencido de que la unión mejorará extraordinariamente la eficacia de los soldados que combaten por Cristo.

—Tal vez, pero los templarios nos debemos a nuestro pasado y a nuestros hermanos muertos; no podemos traicionar su espíritu.

—Debéis obediencia al papa.

—Sí, así lo hemos jurado, pero el papa debe entender que nadie puede deshacer nuestros votos templarios, ni siquiera su santidad; y cuando profesamos aquí, juramos defender al Temple con nuestra propia vida. Renunciar a ello sería una traición.

—Creo que estáis exagerando las cosas.

—No, no lo hago; soy el maestre de esta Orden, la más importante de la Iglesia, y soy el garante de que sobreviva a cualquier adversidad. Juré defenderla, protegerla y engrandecerla; no puedo renunciar a ese juramento. El Temple debe seguir siendo lo que es, y su maestre no puede desobedecer lo prescrito en nuestra regla. A ella me debo y no la deshonraré jamás.

Llull comprendió que la determinación de Molay era muy firme.

—Así pues, ¿no hay manera de convenceros?

—Eso es. Pero no se trata de convencerme a mí, que solo soy un instrumento en manos de Dios. Se trata de nuestro pasado, de nuestro espíritu. Vos, don Ramón, no sois templario, y por tanto no podéis ni siquiera imaginar qué significa portar este hábito blanco y esta cruz.

—Imaginé que diríais algo así. Su santidad ya me advirtió de la dificultad de esta misión, pero creí que podría convenceros.

—Supongo que los hospitalarios tampoco estarán de acuerdo con la unión que proponéis —dijo Molay.

—No, no lo están; ya he tenido oportunidad de hablar con su maestre y me ha dejado claro que de ninguna manera desea perder la personalidad propia de su Orden.

Ramón Llull tenía más de sesenta años; su fama de

intelectual y de hombre honesto era considerable en toda la cristiandad, y pese a ello no pudo doblegar la voluntad de los dos maestres, que no estaban dispuestos a aceptar su fusión.

Jacques de Molay encargó a Jaime de Castelnou que escoltara a Llull hasta Limasol, donde embarcaría de regreso a Roma. Poco antes de zarpar, el sabio mallorquín se sintió indispuesto; pasó la noche en vela, vomitando y sumido en un delirio provocado por la fiebre. Un criado del Temple le dijo a Castelnou que el aspecto y los síntomas del sabio eran los de un envenenamiento, y que los musulmanes le habían enseñado un remedio infalible para evitar la muerte; se trataba de colocar en contacto sobre la piel del paciente, en una pulsera, un anillo o un collar, la piedra semipreciosa conocida como «heliotropo», una variedad de ágata de color verde oscuro salpicada de motas rojizas. Le aseguró que era un eficaz talismán contra los venenos, y especialmente contra los de las serpientes.

El templario dudó; sabía que ese tipo de prácticas, aunque muy utilizadas, podían ser consideradas como heréticas por la Iglesia; y todavía tuvo mayor prevención cuando el criado añadió que el heliotropo era un talismán tan poderoso que podía hacer invisible a su portador. Jaime estuvo a punto de denunciar al criado ante el comendador de Limasol para que lo condenara a pasar unos días en una celda, pero pensó que no había nada dañino en ello, de modo que se limitó a ordenar al criado que se olvidara de aquel asunto.

Pasaron los días y la salud de Ramon Llull mejoró, por lo que al fin pudo embarcar.

De regreso a Nicosia, Jaime se sintió más vacío si

cabe. Tierra Santa le parecía ahora un mundo tan lejano como un profundo sueño, y los sinuosos caminos de Chipre, confusas sendas vacías que no conducían a ninguna parte. Fue entonces cuando entendió que en verdad estaba solo.

Capítulo II

El regreso del halcón

1

A principios de marzo de 1302, las arcas del Temple estaban casi vacías. Tras la derrota de Acre y el abandono de las posiciones en Tierra Santa, las pérdidas habían sido enormes y los envíos de dinero que llegaban procedentes de las rentas de las encomiendas de Europa eran cada vez menores. Además, en los últimos meses habían gastado miles de libras en pagar rescates de algunos nobles y de sus familiares que estaban presos en manos de los musulmanes.

Jacques de Molay se mostraba taciturno y preocupado, pero rumiaba un nuevo plan que desatascara al Temple de la situación tan complicada a la que estaba siendo abocado. Necesitaba hombres y dinero, o en poco tiempo la Orden sería poco menos que un vago y nebuloso recuerdo.

Una noticia llegada de Occidente lo animó un tanto. La corona de Aragón, la casa de Anjou y Fadrique de Sicilia acababan de firmar un tratado de paz por el cual se ponía fin a varios años de una cruenta guerra en los reinos de Sicilia y de Nápoles. Ante dicho acuerdo, las tropas mercenarias que luchaban en ambos bandos se habían quedado sin trabajo. Era probable que algunos de aquellos soldados de fortuna estuvieran interesados en acudir a combatir a Tierra Santa.

Entre los que habían luchado del lado de Fadrique de Sicilia estaba Roger de Flor, el antiguo sargento templario que se apoderara de El Halcón en el sitio de Acre y que se hiciera rico cobrando enormes cantidades de dinero a las damas que deseaban escapar de la ciudad sitiada. Desde entonces, el Temple venía reclamando, aunque sin éxito, la entrega del mercenario para ser juzgado por los daños ocasionados a la Orden.

Desde su acción en Acre, el hijo del halconero de Federico II estaba proscrito en media cristiandad. Tras huir con un gran botín logrado a costa de los abusivos pasajes de las personas que embarcó para sacarlos de Acre, se dirigió a Génova, donde vendió la galera templaria, y luego adquirió a los genoveses otra llamada La Olivette. Perseguido y buscado en muchas partes, no tuvo otra salida que ofrecer sus servicios militares al rey Fadrique de Sicilia, hermano de Pedro III de Aragón, que necesitaba soldados con los que defender su reino de las pretensiones de Carlos de Anjou, hermano a su vez del rey Felipe IV de Francia. Gracias a su dinero y a su capacidad de liderazgo, logró constituir una compañía de soldados mercenarios a los cuales trataba como a iguales, y a los que pagaba con prontitud y generosidad, en muchas ocasiones incluso por adelantado. Se había convertido en el caudillo de unos aguerridos soldados que empezaban a ser temidos en todo el Mediterráneo; los llamaban «almogávares», como los belicosos montañeses que habían luchado en las conquistas de Mallorca, Valencia y Murcia por el rey don Jaime de Aragón.

Diez años al frente de su compañía, bregado en batallas en la guerra de Sicilia y experimentado en el mando de hombres duros y sin escrúpulos, Roger de Flor se había convertido en un caudillo formidable, pero ahora su protector, el rey Fadrique, ya no lo necesitaba, y sus hombres se habían quedado sin su principal fuente de ingresos. Unos seis mil almogávares, fieros y rudos soldados mercenarios reclutados en las zonas montañosas de los reinos de Aragón y Valencia y en el condado de Barcelona, que no sabían hacer otra cosa que combatir, fueron licenciados; no tendrían otro remedio que buscarse el pan en una nueva guerra.

Molay llamó a Castelnou; quería comentarle las novedades llegadas de Sicilia, pero sobre todo encomendarle un plan arriesgado aunque irrenunciable.

—Siéntate, hermano Jaime —le indicó con la mano, señalándole una silla al lado de la ventana del cuarto que el maestre utilizaba como gabinete de trabajo en el edificio principal de la encomienda templaria de Nicosia—, tengo un nuevo trabajo para ti.

—Dime, hermano maestre.

—¿Ya conoces las noticias acerca de Sicilia?

—Sí; sé que se ha firmado la paz.

—¿Y lo del traidor Roger de Flor?

Al escuchar ese nombre, Castelnou sintió un vuelco en el estómago. Hacía tiempo que no había oído hablar de él, aunque sabía que había estado al servicio del rey de Sicilia.

—Ese canalla... —musitó—. ¿Qué ha sido de él?

—Se ha quedado sin trabajo —respondió Molay—. Hace tiempo que pretendemos atraparlo, aunque hasta ahora no ha sido posible; mientras lo protegía el rey de Aragón o su hermano el de Sicilia no podíamos hacer otra cosa que reclamar su entrega, pero las tornas han cambiado. Esta paz lo ha dejado sin apoyo, y por eso vamos a ir a por él. Lo que hizo en Acre no puede quedar sin castigo; el Temple fue burlado por ese ladrón sin entrañas, y como maestre de la Orden no puedo consentirlo. Buena parte de nuestro prestigio se desvaneció cuando ese canalla nos robó El Halcón, nuestra mejor galera.

—¿Qué plan has pensado, hermano maestre?

—Ejecutarlo. Su acción merece la muerte. No obstante, si es posible, antes lo traeremos hasta aquí vivo, y será juzgado conforme a nuestra regla. Esta misión va a ser muy difícil. Se ha convertido en el caudillo de una compañía de varios miles de hombres, todos ellos aguerridos y forjados en años de combates navales y terrestres. Sus soldados se llaman almogávares, y por lo que sabemos, veneran a su jefe casi como a un santo, de modo que va a ser difícil llegar hasta él. Ahora bien, existe una posibilidad...

—¿Cuál?

—Que te conviertas en uno de ellos. Te harás pasar por un mercenario catalán; eres natural del norte de esa región, y viviste allí durante toda tu infancia y juventud, no te resultará extraño interpretar ese nuevo papel.

—Pero ¿cómo llegaré hasta él?

—Enrolarte en su compañía de armas no será difícil,

y menos aun teniendo en cuenta tu habilidad con la espada. Ahora bien, acercarte a él será más complicado; sabemos que una guardia personal de cincuenta hombres le cubre las espaldas día y noche, por lo que tendrás que actuar con sumo cuidado.

—Olvidas una cosa, hermano maestre. Roger de Flor me conoce; en mi viaje a Tierra Santa desde Barcelona fue su galera la que nos llevó hasta Acre, y después me enfrenté con él en ese puerto, aunque Roger estaba sobre el puente del navío y yo en el muelle. Es probable que me reconozca.

—No lo creo. Durante estos años habrá visto a miles de hombres como tú. Te conoció hace años como caballero templario: barba, pelo rapado, hábito blanco... Ahora tendrás un aspecto muy distinto. Te afeitarás la barba y el bigote, te dejarás el pelo largo, al menos hasta la altura de los hombros, y vestirás como un almogávar. Ya cambiaste tu aspecto por el de un mercader catalán cuando fuiste a negociar la alianza con los mongoles. Con tu nueva imagen, no te reconocería ni tu propia madre.

—Yo no olvidaré jamás su rostro; recuerdo muy bien su mirada cuando nos robó El Halcón para hacer negocios con las atribuladas damas en Acre. Ese día ganó una verdadera fortuna, y lo hizo extorsionando a mujeres indefensas, aprovechándose de su desesperación y utilizando nuestra mejor galera. Es un infame traidor.

—Sí, todo eso es cierto, hermano Jaime, pero las circunstancias han cambiado. Sus hombres lo veneran porque se comporta como uno más de ellos; y, por cierto, el Temple no está bien visto entre la gente que lo rodea. Hay muchos que piensan que lo que hizo en Acre fue un acto digno de aplauso. Son demasiados los que se alegran de que se burlara de nuestra Orden. Tenemos más enemigos de lo que parece, son muy poderosos y no dudarán en ayudar a Roger de Flor si eso nos perjudica o nos molesta. No lo olvides.

—¿Qué debo hacer? —preguntó Castelnou.

—Atrapar a Roger de Flor mediante un engaño —respondió Molay—. Escucha atentamente: he enviado a dos espías para que intenten convencer a ese alemán renegado de que el rey de Armenia está interesado en contratar sus servicios como comandante militar junto con toda su compañía. Tenemos que lograr que caiga en la trampa y que crea que es verdad cuanto se le diga. Unas galeras del Temple, camufladas como si hubieran sido contratadas por Hethum, recogerán a los almogávares en Bari con la promesa de trasladarlos hasta las costas de Cilicia, pero nada de eso será cierto, pues todas las galeras serán desviadas a diversos puertos bizantinos, menos aquella en la que haya embarcado Roger de Flor. Esa recalará en el puerto de Limasol, y allí lo estaremos esperando.

—Aguarda, hermano maestre. Roger de Flor es un marino experto, dicen que el mejor de todo el Mediterráneo; se dará cuenta enseguida de la trampa. Para él no será difícil averiguar que las naves son templarias, que han sido dispersadas a propósito y que la suya navega hacia Chipre y no a Cilicia.

—Hemos previsto esa contingencia. Una mujer viajará en la misma galera que Flor, una mujer muy hermosa, demasiado hermosa para no caer en la tentación de tomar su cuerpo tras varios días de travesía. Bastarán unos polvos en una copa de vino para que pierda el sentido y entre en estado de sopor hasta que se encuentre en nuestras manos.

—¿Y los demás almogávares? ¿Crees que se mantendrán tranquilos si saben que su jefe ha sido apresado?

—Sin su caudillo al frente, la compañía se deshará como la nieve bajo los rayos del sol de mediodía. Puede que incluso contratemos a algunos de ellos como soldados a nuestro servicio. ¿Sabes?, los mongoles y los armenios están reconsiderando su actitud; saben que lo que hicieron tras el triunfo de Hims fue un error fatal; su precipitada retirada permitió que los mamelucos se rehicieran y todo nuestro plan se vino abajo pese a la victoria. Hemos recibido noticias de Hethum; ha hablado con el ilkán Ghazán y ambos están dispuestos a emprender una nueva campaña, ahora con la intención de acabar de verdad con los mamelucos.

»No quisiera morir sin ver de nuevo nuestro estandarte blanco y negro ondear sobre los muros de Jerusalén y a nuestros hermanos rezar ante el sepulcro del Salvador —añadió el maestre—. Podemos tener una segunda oportunidad, y desde luego no hay que desaprovecharla. Si este plan resulta como espero, el Temple volverá a ser poderoso para mayor gloria del Señor; y si encerramos a ese condenado Roger de Flor en una de nuestras cárceles, mi alma podrá descansar en paz, porque habré cumplido el mandato que los hermanos me otorgasteis al elegirme como vuestro maestre.

2

Jaime de Castelnou se recortó la barba y se dejó crecer el pelo. Su nuevo aspecto debía ser bien distinto del de un caballero templario, para parecerse poco a poco a un verdadero almogávar, uno de esos hombres fieros y rudos nacidos en las tierras fragosas y montaraces de los dominios del rey de Aragón, siempre dispuestos a la gresca a cambio de una soldada, y a cumplir las órdenes de su jefe hasta el fin. Bueno, en esa cuestión al menos Jaime estaba acostumbrado, pues la obediencia al superior y la disciplina según la regla templaria las había practicado en los últimos catorce años de su vida.

La compañía de Roger de Flor era un verdadero ejército compuesto por seis mil hombres y treinta y dos barcos, entre los que había varias galeras de guerra tan bien equipadas como las venecianas, las genovesas o las aragonesas; muchos de ellos viajaban con sus familias, de modo que no solo luchaban por una soldada, sino también por el pan de los suyos y la continuidad de sus linajes.

Desde que Fadrique de Sicilia le comunicara que ya no necesitaba de sus servicios militares, Roger de Flor había buscado un nuevo soberano al que ofrecer sus armas y las de sus hombres. La compañía de almogávares era una máquina construida para la guerra, y funcionaba con una precisión y una eficacia extraordinarias. La lealtad al jefe y la defensa mutua eran dos características que le otorgaban la homogeneidad en la que radicaba su fuerza.

Mientras el maestre del Temple y Jaime de Castelnou estudiaban una estrategia para capturarlo, el comandante de los almogávares tomó una decisión inesperada que desbarató el plan ideado por Molay. En la primavera de 1302 envió unos emisarios ante la corte del emperador de Bizancio. Constantinopla, la populosa ciudad que los cruzados saquearan hacía ya un siglo, había vuelto a recuperar su condición de capital del Imperio bizantino tras varios decenios de dominio latino. Pero Bizancio seguía amenazado por la cercanía de una potencia que crecía en fuerza y en poder. Los turcos otomanos, fieros guerreros descendientes de una tribu seminómada que había emigrado desde el centro de Asia hacia Occidente dos siglos atrás, amenazaban a Constantinopla desde sus posesiones en Anatolia, donde acababan de fundar un reino.

Roger de Flor evaluó su complicada situación y concluyó que la única salida que se le presentaba era ofrecerse como mercenario al emperador bizantino Andrónico II. En principio, el emperador dudó, pues la anterior experiencia con los latinos había sido demoledora para Bizancio, pero como carecía de un ejército con el que hacer frente a la amenaza de los turcos, finalmente accedió y permitió que Roger de Flor y su compañía se desplazaran hasta sus dominios. Los almogávares serían las tropas de choque del imperio a cambio de una cuantiosa paga.

Jaime de Castelnou, en su nuevo papel de soldado de fortuna, se dirigió al encuentro de los almogávares, que se habían concentrado en el puerto siciliano de Mesina para viajar hacia Bizancio. Allí se enteró de que el plan que acordara con Molay ya no servía para nada; las galeras enviadas por el Temple camufladas con las banderas del rey de Armenia habían tenido que regresar a Chipre con la hermosa mujer que debería haber embaucado al caudillo de los almogávares, y Castelnou dudó sobre si seguir adelante él solo o renunciar a acabar con Roger de Flor y regresar a Chipre. Lo más sensato hubiera sido volver a Nicosia y trabajar en un nuevo plan, pero Jaime tomó la decisión de seguir el rastro del renegado. Ya se le ocurriría alguna cosa en cuanto pudiera contactar con él.

Durante varias semanas recorrió las costas del oeste de Grecia, recalando en varios puertos hasta que entró en contacto con una de las galeras almogávares en un puerto de la isla de Corfú. El capitán que la mandaba receló de aquel extraño individuo que apareció de pronto solicitando enrolarse en la compañía, pero las referencias que le proporcionó eran creíbles. Jaime le dijo que era natural del condado de Ampurias y que había estado al servicio del conde hasta que marchó a Tierra Santa para cumplir la promesa que le hizo a su padre antes de que este muriera. Castelnou describió con tal precisión de detalles su solar de nacimiento y su peripecia vital que el capitán lo creyó y lo aceptó. Cuando le preguntó si sabía combatir, el templario le respondió que no había hecho otra cosa en su vida. El almogávar sonrió irónico y le preguntó que si se atrevía a cruzar espadas contra él.

—Será tan solo una prueba, y lo haremos con espadas de madera. Comprende que debo cerciorarme de que sabes manejar un arma; en este oficio, eso es lo único que interesa que conozcas.

—Está bien —aceptó el templario.

Los dos contendientes se dirigieron a la playa seguidos por la mayoría de la tripulación de la galera, empuñaron sendas espadas de madera y se pusieron en guardia. El capitán almogávar se mostraba confiado, pues su destreza en la esgrima era bien conocida por sus hombres, quienes comenzaron a gritar si alguien quería apostar por el ganador alzando el brazo y mostrando unas monedas en la mano. Nadie lo hizo por Castelnou.

Tras un breve tanteo, el capitán se arrojó sobre el templario con una contundencia demoledora. Jaime apenas pudo repeler el primer golpe fortísimo que le lanzó de arriba abajo, y que no esperaba que fuera tan poderoso, pero se rehízo de inmediato y pudo desviar sin dificultad la segunda estocada, que iba directa a su cuello. Recuperado del primer envite, el templario contraatacó con un par de fintas que causaron la admiración de los espectadores y la sorpresa del almogávar. Instantes después, el capitán había perdido su espada y se dolía de un hábil golpe que había recibido en la muñeca de la misma mano que la había sostenido. La espada de madera de Castelnou apuntaba directamente a la nuez del capitán, que se había quedado de pie e inmóvil, absolutamente sorprendido por la rapidez de su adversario.

—Vaya —dijo al fin—, en verdad que sabes manejar una espada.

—Te has confiado y he tenido suerte —repuso Jaime.

—No lo creo. Tú no eres un simple mercenario en busca de una soldada. Tienes demasiada sangre fría.

—No me ha quedado otro remedio, pues he combatido en varias batallas contra los mamelucos. Ante sus espadas de fino acero damasceno, o te espabilas o eres hombre muerto.

—Nos serás útil. Considérate uno de los nuestros. Mi nombre es Martín de Rocafort.

—Yo soy Jaime de Ampurias.

—Bueno, si tú lo dices..., aunque no creo que ese sea tu verdadero nombre, pero si cumples con el código de los almogávares, me importa un comino quién diablos seas. Lo único que aquí se exige es lealtad al jefe y a tus compañeros; de dónde vengas o cuál sea tu pasado no tiene el menor interés para nosotros.

Los hombres de la galera vitorearon a su nuevo compañero y algunos se acercaron a saludarlo y a darle palmadas en la espalda alabando la proeza que había protagonizado al desarmar al capitán Rocafort. Castelnou ya era un almogávar.

3

Los capitanes de todos los barcos de la compañía de Roger de Flor tenían orden de concentrarse en el pequeño puerto de Malvasía, en la península griega de Morea, para emprender juntos la travesía del Egeo hacia Constantinopla.

Allá llegaron a mediados de octubre.

Fue en el mismo puerto donde Jaime vio de nuevo a Roger de Flor. El antiguo sargento había envejecido; tenía el rostro surcado por algunas finas arrugas y su tez era mucho más morena, pero mantenía intactas su larga melena rubia, que sujetaba en una coleta con unas cintas de cuero, y su inconfundible barba, que mantenía desde su militancia en la Orden del Temple.

Esa noche había convocada una reunión de capitanes, pero antes de eso el jefe de los almogávares inspeccionó los barcos que se alineaban a lo largo de la playa. Pasó tan cerca de Castelnou que por un momento pensó que podría identificarlo, pero Roger se limitó a saludar a sus hombres que lo vitoreaban con verdadera devoción.

Cuando se alejó el caudillo, Martín de Rocafort se acercó hasta Jaime.

—Ese es nuestro jefe —le dijo.

—Parece que los hombres le tienen en gran estima —repuso Castelnou.

—Es uno más de nosotros. Nos conoce a todos por nuestro nombre, come la misma comida y del mismo puchero, bebe el mismo vino y en la misma copa... Vela por sus hombres y se preocupa por todos. Creo que cualquiera daría su vida por él si se lo pidiera.

—Pues en Tierra Santa no dejó un buen recuerdo...

Rocafort miró a Jaime con una expresión crispada; no le había gustado nada ese comentario del templario.

—¿Qué sabes tú de eso?

—Solo lo que he oído.

—¿Y qué has oído?

—Nada importante. Que se hizo rico transportando pasajeros en una galera durante el asedio de los mamelucos a San Juan de Acre.

—Mentiras de esa escoria templaria. Seguro que lo has oído de esos frailes meapilas. Roger hizo lo que debía; dio un escarmiento a esos ufanos y estirados caballeros de túnica blanca y los dejó en ridículo. Se lo merecían. Estamos orgullosos de que los burlase, ya era hora de que alguien pusiera en su sitio a esos engreídos frailes.

Rocafort escupió al suelo.

Castelnou tuvo que contenerse para no delatarse.

—Sí, tienes razón, esos templarios son demasiado arrogantes. La última vez que vi a algunos de ellos estaban liquidando a infieles mamelucos en la batalla de Hims.

—¿Y qué hacías tú ahí?

—Combatir, claro.

—¿Con los templarios?

—Bueno, en realidad lo hice a su lado; yo formaba en

las filas del rey de Armenia. Uno de sus generales nos reclutó a mí y a dos amigos más para esa batalla. Yo sobreviví, pero en los campos de Hims quedaron los otros dos.

—Vaya, lo siento.

—Desde entonces viajo solo. Me quedé sin compañeros, y tal vez por eso decidí ir en busca de esta compañía para enrolarme en sus filas. Un comandante capaz de burlar al Temple debe de ser extraordinario.

—Lo es, en verdad que lo es.

En Malvasía aguardaba a la flota almogávar un enorme dromón bizantino en el que habían viajado desde Constantinopla varios embajadores del emperador. La junta de capitanes que presidía Roger de Flor deliberó durante toda la noche con ellos. A la mañana siguiente, en el fresco amanecer del otoño heleno, alcanzaron por fin un acuerdo. Cada caballero pesado almogávar equipado con armadura completa recibiría cuatro onzas de plata al mes como paga, dos los jinetes ligeros y una cada soldado de a pie; los capitanes y los ballesteros también recibirían cuatro onzas. La paga la realizarían los funcionarios del imperio tres veces al año.

—¿Una onza es suficiente? —le preguntó Jaime a su capitán cuando este le comunicó su nueva soldada.

—Para ti solo, sin duda; eso si no juegas y no te la gastas en mujeres, claro. Por cierto, eres el único soltero de este barco que no ha ido ni una sola vez en todo el tiempo que estás con nosotros a los burdeles. ¿No serás...?

—No, no soy lo que piensas.

—Mejor así. Los que habéis pasado algún tiempo en Tierra Santa acabáis adoptando las costumbres de los sarracenos, y ya sabes lo que se dice, que entre ellos la sodomía es habitual. No me importa si tú lo eres o no, pero si te gustan los muchachos jóvenes, mejor olvídate. Si te descubro haciendo la menor insinuación hacia uno de mis hombres, te cortaré los testículos y se los echaré a los peces, ¿lo has entendido?

—Sí, pero no te preocupes, capitán, te aseguro que no me gustan los efebos.

—Hum..., ¿no serás uno de esos?..., ¿cómo se llaman?, eunucos, sí, eunucos, uno de esos castrados que custodian a las concubinas de los harenes de los sultanes sarracenos.

—Tengo mis atributos masculinos completos, créeme.

—No lo dudo. Conocí a un eunuco en Palermo y no se parecía a ti. Tenía la voz atiplada y estaba gordo como un cebón. Además, no creo que un hombre sin cojones pueda luchar como lo haces tú. En ese caso... ¡Claro, un desengaño amoroso! Ella te dejó por otro, ¿no es así?

—Más o menos.

—Lo imaginaba. Bien, el recuerdo amargo de una mujer se borra con el perfume dulce de otra. No lo olvides.

Tras el acuerdo alcanzado con los embajadores bizantinos, los capitanes de las naves almogávares recibieron la orden de zarpar rumbo a Constantinopla. El emperador Andrónico había otorgado plenos poderes a sus embajadores para que concedieran el permiso a sus nuevos aliados si llegaban a un acuerdo con ellos, como así ocurrió. Las galeras zarparon de Malvasía en el orden que Roger de Flor había establecido. La Olivette abría la formación, y en su popa ondeaba un estandarte en el que había dibujado un halcón blanco con las alas desplegadas sobre fondo rojo.

—Ese halcón... ¿es el emblema de Roger de Flor? —le preguntó Jaime.

—Así es; divertido, ¿no? El Halcón era el nombre de la galera que Roger capturó en Acre a los templarios, y dicen que su padre era halconero del emperador alemán Federico. Antes de eso su bandera de combate era una flor blanca, pero ¡qué mejor símbolo que el del halcón para su nuevo escudo!, ¿no crees?

—Sí, no es una mala elección. A pesar de su nombre, el motivo de la flor era poco apropiado para un hombre como él.

La flota almogávar navegó de cabotaje por las costas de Grecia, bordeando las islas más próximas a la costa continental. El tiempo fue bueno, el cielo se mantuvo despejado y el mar en calma. Roger de Flor dio orden de extremar la vigilancia cuando la flota atravesó el estrecho de los Dardanelos para adentrarse en el pequeño mar de Mármara, en cuya orilla norte, justo en la embocadura del otro estrecho, el del Bósforo, se ubicaba Constantinopla.

Desde la borda de la galera en la que viajaba, Jaime contempló la fabulosa ciudad. Construida sobre varias colinas, estaba protegida por el mar y por unas formidables murallas que se consideraban inexpugnables. En un estuario natural llamado el Cuerno de Oro atracaban barcos procedentes de medio mundo que transportaban hasta los mercados mercancías riquísimas.

Las naves de los almogávares se dirigieron hacia un muelle que les indicaron los emisarios bizantinos con los que se habían entrevistado en Malvasía. Una enorme cadena que protegía la embocadura del Cuerno de Oro se retiró para que pudieran pasar las naves, que lentamente se acercaron hasta uno de los malecones donde se había congregado una colorida multitud.

—Es el pueblo de Constantinopla —dijo Rocafort—. Nos consideran la garantía de su independencia, y eso vamos a ser... mientras nos paguen.

—¿Y si dejan de hacerlo? —preguntó Castelnou.

—Por la cuenta que les trae, espero que no lo hagan.

Las galeras y los barcos de transporte se acercaron despacio hacia el muelle, donde esperaba el mismísimo emperador rodeado de decenas de cortesanos, todos ataviados con ropajes lujosísimos. Las embarcaciones fueron atracando una a una; los primeros hombres descendieron entre las aclamaciones del pueblo de Bizancio, que agitaba palmas y ramos de olivo. El aspecto de los almogávares causó una honda impresión a los cortesanos bizantinos. Acostumbrados a vestir sedas carísimas, delicados linos y magníficos brocados, se encontraron con que sus nuevos protectores lo hacían con telas burdas y cueros poco refinados.

Los almogávares vestían calzas de fieltro, camisola de lana burda y correajes de cuero; calzaban unas sandalias de cuero duro atadas con cintas hasta la rodilla y se protegían la cabeza con un casquete de láminas de hierro que sujetaban al mentón con una tira de badana. Siempre llevaban a mano sus armas: varios venablos cortos de madera con punta de hierro, un cuchillo de hoja ancha y otro más estrecho. Para parecer todavía más fieros incluso de lo que eran, se dejaban crecer el pelo y la barba tal cual brotaba de la piel, sin el menor recorte o arreglo. Al lado de los refinados cortesanos bizantinos, cargados de sedas, joyas y túnicas con engastes de piedras preciosas, los almogávares parecían una pandilla de réprobos recién expulsados del infierno.

El emperador Andrónico estaba sentado en un sitial de madera recubierta de láminas de oro repujadas y tapado por un dosel de terciopelo púrpura. Roger de Flor se acercó hacia él acompañado por los embajadores bizantinos y lo saludó con una leve inclinación de cabeza. El *basileus* alzó su mano derecha, con los dedos plagados de gruesos anillos dorados, y le dio la bienvenida al «Imperio de los romanos», que es como seguían llamándose los bizantinos a sí mismos. Uno de los embajadores fue traduciendo las palabras en griego del emperador.

—Sed bienvenidos, amigos, a la capital del imperio. Estamos felices por teneros entre nosotros y por poder disfrutar de vuestra presencia y amistad. Os acogemos como hijos y por ellos os procuraremos un techo bajo el que vivir. Desde hoy os consideramos unos más de nuestros súbditos.

—Os agradecemos, majestad, vuestra acogida y vuestras palabras. Sabed que seremos fieles cumplidores de nuestros compromisos y que velaremos por que viváis en paz y en seguridad —tradujo el intérprete las palabras de Roger de Flor, aunque suavizando algunas expresiones.

—Ahora instalaos en nuestra ciudad; tiempo habrá de hablar de nuestros asuntos.

Uno de los cortesanos que rodeaban al *basileus* dio una orden y de una especie de almacén junto al puerto salieron decenas de jóvenes portando bandejas repletas de pasteles y copas de vino dulce que ofrecieron a los almogávares que habían desembarcado en el Cuerno de Oro. Enseguida, unos funcionarios comenzaron a repartirse entre las galeras y el resto de las naves gritando a los almogávares diversas instrucciones.

—Dicen que nos organicemos en grupos de veinte personas para indicarnos dónde tenemos que hospedarnos —dijo Castelnou.

—¿Sabes griego? —le preguntó Rocafort.

—Un poco; lo aprendí mientras estuve al servicio del rey de Armenia. No es el idioma de esa gente, pero la mayoría de los cortesanos lo hablaban, además de su extraña lengua propia.

—Vaya, no dejas de sorprenderme. Bueno, mejor que sea así.

Los almogávares dedicaron todo el día a distribuirse en grupos para instalarse en los alojamientos preparados por los bizantinos en el barrio de Blanquernas, aunque la mayoría aún pasaron aquella noche a bordo de sus navíos.

4

A la mañana siguiente se celebró en la galera capitana una reunión de jefes almogávares. Roger de Flor había recibido una invitación para entrevistarse con el emperador en el palacio de Blanquernas, ubicado en un extremo de la ciudad, al fondo del estuario del Cuerno de Oro. En esa entrevista se iba a fijar la misión para la que los almogávares habían sido contratados.

Martín de Rocafort, que asistió en su condición de capitán de una de las galeras, intervino para señalar que entre sus hombres había un formidable luchador con espada que además sabía griego, y recomendó su presencia en la comitiva. Roger de Flor se interesó por el nuevo almogávar y tras oír el informe de su capitán se dio por satisfecho y autorizó su presencia ante el *basileus* bizantino.

De regreso a su nave, Rocafort le dijo a Castelnou que estuviera preparado para actuar como escolta, y tal vez como traductor de Flor en su entrevista con el emperador. Jaime asintió, pero tuvo miedo de que el caudillo almogávar lo reconociera. Hasta ese momento había pasado inadvertido, y todos los hombres de su galera habían creído su historia, aunque era consciente de que Rocafort recelaba de la versión que le había dado de su pasado.

Hasta entonces solo había visto de lejos a Roger de Flor, y siempre entre varias personas. ¿Qué ocurriría si se encontraban frente a frente? ¿Reconocería Roger a Jaime y lo identificaría como aquel templario que en el muelle del puerto de Acre lo había llamado ladrón y canalla? Bueno, aunque fuera así, siempre podía alegar que él también había abjurado del Temple y que se había convertido en un proscrito de la Orden. Pero ¿cómo explicar entonces las mentiras que había contado para ser admitido en la compañía? Podría decir que había ocultado su antigua condición de militancia en el Temple por vergüenza, o por temor a no ser admitido como un almogávar más, dados sus precedentes. Al fin decidió entregarse a la suerte y esperar a que llegara el momento de verse cara a cara con su antiguo enemigo.

La comitiva de los almogávares estaba compuesta por veinte personas, entre las que se contaban Rocafort y Castelnou. Ambos fueron al encuentro de Roger de Flor, a quien el emperador le había concedido como residencia un palacete en la zona baja del barrio de Blanquernas.

—Este es Jaime de Ampurias, el soldado del que te he hablado —lo presentó Rocafort a su jefe.

El caudillo almogávar lo miró fijamente y permaneció callado durante unos instantes.

—Yo he visto antes tus ojos —afirmó.

—Claro, hace meses que está entre nosotros —terció el capitán—. En más de una ocasión te habrás cruzado con él.

Jaime intentó mostrar absoluta serenidad ante la mirada metálica y azul de Flor; sus años en el Temple le habían enseñado a dominar sus sentimientos. Tenía enfrente, al alcance de su espada, al hombre al que había odiado durante años, al canalla que desprestigió y burló a la Orden del Temple robándole su mejor galera, aprovechándose de ella para hacer una gran fortuna extorsionando a las damas cristianas desesperadas por huir del asedio de los mamelucos en Acre. Por un momento pensó que sería muy fácil desenvainar su espada y ensartar de una certera estocada el corazón del hijo del halconero; así quedaría vengada la infamia y lavado el buen nombre del Temple. Pero sabía que si lo hacía, caería de inmediato abatido por los demás almogávares que rodeaban a su caudillo.

—No; yo te he visto antes, hace tiempo. No puedo recordar dónde, pero ya iré haciendo memoria.

—Debes confundirte con alguien parecido a mí —repuso Castelnou—, porque yo jamás te había visto hasta que me incorporé a la galera de Rocafort.

—Jaime de Ampurias, ¿así dices llamarte?

—En efecto, ese es mi nombre.

Flor se atusó la barba, rubia como su pelo, aunque ya destacaban bastantes canas.

—Tus modales parecen propios de un noble.

—Mi padre era un caballero, y me educaron para que

yo también lo fuera. La guerra en Tierra Santa no logró que perdiera parte de esa educación.

—Lo importante es que seas leal a la compañía; tu pasado no cuenta, al menos entre nosotros.

Jaime respiró aliviado. Había pasado la prueba..., ¿o no? Pensó que si Roger lo había reconocido, lo más probable es que callara para descubrirlo más adelante. Bien sabía que la Orden del Temple hacía años que pretendía apresarlo por lo que hizo en Acre, y aunque los templarios se habían limitado a reclamarlo a sus señores de Aragón y de Sicilia, él nunca había dejado de estar en guardia ante una posible acción directa. Al fin y al cabo, había sido uno de ellos y conocía perfectamente la audacia de que eran capaces los pobres caballeros de Cristo. Fuera como fuese, debería andarse con mucho cuidado.

La comitiva almogávar llegó ante las pesadas puertas de madera chapada con placas de hierro y claveteadas con enormes clavos de bronce del palacio imperial de Blanquernas, uno de los dos que el *basileus* poseía en Constantinopla. Un ujier los condujo hasta la sala de audiencias, donde poco después de que fueran convenientemente colocados apareció el emperador.

Andrónico vestía una formidable túnica de seda púrpura, orlada con una enorme y ancha banda de tela de hilo de oro engastado con piedras preciosas del tamaño de huevos de paloma que iba desde el pecho hasta los pies. Se cubría la cabeza con un bonete semiesférico también de seda púrpura, decorado con varias filas de perlas y tres enormes esmeraldas. En su mano derecha portaba un bastón de madera negra rematado con una cruz de oro engastada con rubíes, y en la izquierda, una bola de plata. A su paso hasta el trono, media docena de pajes vestidos exactamente igual bandeaban sendos incensarios cuyo perfume llenó enseguida de un embriagador aroma toda la sala cubierta de mármoles rojos y verdes.

El ritual de aquel encuentro era como una ceremonia religiosa donde todo estaba minuciosamente previsto. Cada cortesano ocupaba el lugar exacto que le correspondía en rango y dignidad, cada movimiento estaba previsto y cada acción quedaba sometida al protocolo rígido y profuso de la corte imperial. El emperador constituía el centro del universo, y todo debía girar en torno a él, cual si fuera su persona el eje de un ingenio en el que cualquier movimiento resultara imposible sin su consentimiento.

El *basileus* se sentó al fin en el trono y los almogávares fueron invitados a realizar un rito llamado «prosquinesis», según el cual todo visitante recibido en audiencia por el emperador debía postrarse de rodillas en señal de acatamiento a la figura de su sagrada majestad. Roger de Flor, tragando sin duda buena parte de su orgullo, así lo hizo, y tras él, todos los capitanes de la compañía. Al llegarle el turno a Jaime de Castelnou, el templario dudó un instante, pero al contemplar el rostro de Flor, también se arrodilló, algo que no había hecho ni ante el mismísimo ilkán de los mongoles.

Andrónico estaba angustiado por los movimientos que acababan de realizar los otomanos en la frontera oriental del imperio. Varios espías habían informado que los turcos estaban movilizando a sus hombres, tal vez preparando un ataque masivo a Bizancio. No había tiempo que perder, y así lo significó el *basileus* con su intervención:

—Os tenemos aquí como hijos y aliados. Nuestro deseo es que cumpláis el acuerdo con eficacia y prestéis con diligencia el servicio a que os habéis comprometido. Urge la defensa de las fronteras orientales del imperio, y para ello hemos confiado en vosotros. Es nuestra intención que os encontréis a gusto entre nosotros, y que nuestras relaciones se asienten en la mutua comprensión y se basen en los principios de la sabiduría —dijo ceremonioso, y a continuación añadió—: Hoy mismo daremos la orden para que el secretario del tesoro adelante cuatro meses de paga a cada uno de vosotros, pero además te concedo en matrimonio a ti, Roger de Flor, a nuestra más amada sobrina, la delicada princesa María Asanina, de dieciséis años de edad, hija de nuestro aliado el rey de los búlgaros y de nuestra hermana Irene, para que nuestro acuerdo se selle mediante la unión de nuestros linajes con los lazos indisolubles de la sangre. Y para que la dignidad imperial de la princesa María no sienta ningún menoscabo, tenemos a bien nombrarte megaduque del Imperio —concluyó.

—¿Qué está diciendo? —le preguntó Roger de Flor a Jaime.

—Te vas a sorprender: te ofrece la mano de una de sus sobrinas y el pomposo título de megaduque del Imperio —tradujo Castelnou.

—Bien; eso era lo pactado.

El que se sorprendió fue Castelnou. Estaba claro que antes de aquella entrevista el emperador y Roger de Flor habían acordado lo que en aquel acto solemne no hacía sino ratificarse. Jaime se sintió como un estúpido.

5

La boda del caudillo almogávar y la princesa búlgara se celebró una semana después en la catedral de Santa Sofía. Los invitados de ambos contrayentes procedían de dos mundos diferentes. Los bizantinos lucían trajes coloristas, de brillantes sedas y paños magníficos, y se adornaban con diademas de oro engastadas con esmeraldas y rubíes, collares de perlas y anillos con gemas preciosísimas; las damas de la corte rivalizaban en tocados y peinados refinadísimos, y en velos y tules tan delicados que parecía que iban a rasgarse con solo rozarlos. Los almogávares, en cambio, eran tipos rudos, vestidos con mantos de piel y capas de lana, calzas de fieltro y sandalias de cuero.

Acabada la ceremonia, Castelnou decidió dar un paseo por el entorno de Santa Sofía. Los alrededores de la catedral eran tan impresionantes que le pareció estar en el centro del mundo. Al lado de aquella ciudad, Roma parecía un barrio de menesterosos y Jerusalén, una posada de pordioseros. Desde un mirador cercano a Santa Sofía contempló la otra orilla del Cuerno de Oro; por la ladera de la colina se extendía el barrio de los genoveses, situado en torno a un enorme torreón circular conocido como la Torre de Gálata. A la vista de la torre decidió que al día siguiente se acercaría hasta allí para ver si era posible subir a lo alto; imaginó que la panorámica de la ciudad desde la otra orilla del estuario y sobre aquella atalaya sería formidable.

Muy temprano, cuando los primeros rayos del sol iluminaban el caserío rojo y ocre de Constantinopla, descendió la ladera de la colina de Blanquernas hasta el puerto del Cuerno de Oro y pagó una moneda para cruzar el estuario en una barca que iba y venía sin cesar transportando pasajeros de una orilla a otra. El barrio de los genoveses, al que también llamaban Pera, era un conglomerado de casas de madera azules, amarillas y blancas que se arracimaban en varias empinadas calles que ascendían por la ladera en torno a la altísima torre circular de Gálata. Los genoveses eran los principales aliados comerciales de los bizantinos, y hacía ya tiempo que disfrutaban de beneficios concedidos por los emperadores, que los habían preferido a sus enemigos los venecianos.

Castelnou se acercó hacia la base de la Torre de Gálata, pero fue interrumpido en su camino por dos altivos genoveses.

—Vaya, este debe de ser uno de esos almogávares que han conseguido el favor del emperador —dijo uno de ellos, vestido como un pavo real en pleno cortejo.

—Sí, fíjate en su aspecto —dijo el otro—. Si intentara entrar vestido así en la más apestosa de las posadas de Génova, lo echarían de allí a patadas.

—Señores, solo pretendo ver esta ciudad desde esa torre. Si me permitís...

Castelnou hizo ademán de seguir andando, pero los dos genoveses se lo impidieron.

—Parece que no lo has entendido; hueles mal, apestas, y no queremos que pases por aquí. Dejarías tras de ti un olor nauseabundo y no nos gusta que nuestro barrio se atufe con el hedor de tipos como tú.

—No quiero líos. Dejadme en paz.

—Pues da media vuelta y aléjate de aquí; seguro que eres uno de esos catalanes de mierda.

—Os pido que me permitáis pasar; no busco pelea.

Al intentar dar un paso, uno de los genoveses desenvainó su espada y le lanzó un tajo a Castelnou, que ya estaba atento ante esa posibilidad. El templario se hizo a un lado y esquivó con facilidad el torpe ataque. No pretendía desenvainar su espada, pero al ver que el segundo genovés sacaba la suya, no tuvo otra alternativa que hacerlo.

—Dos contra uno; veremos si sois tan rápidos con la espada como con la lengua —dijo Castelnou.

El templario se lanzó a la carga con dos formidables mandobles de su brazo izquierdo que hicieron palidecer a sus adversarios. Protegiendo su espalda contra una pared para no ser sorprendido por detrás, mantuvo a raya a sus adversarios, que intentaban asestarle una estocada atacándole de manera simultánea por la izquierda y la derecha. Aquellos dos tipos no eran malos espadachines, pero no tenían ni la destreza ni la agilidad de Castelnou. En cuanto se lo propuso, despachó a uno de ellos atravesándole el pecho y desarmó al otro con un giro de muñeca y un golpe de su espada en el brazo. En unos instantes, uno de los genoveses yacía muerto sobre un charco de sangre con el corazón partido y el otro estaba arrodillado a sus pies rogándole que no lo matara.

A los gritos de súplica del superviviente acudieron varios vecinos del barrio de Pera, que increparon a Castelnou llamándolo asesino. Jaime intentó explicarse, pero las protestas fueron aumentando y la turba amenazaba con lincharlo allí mismo. No le quedó más remedio que dar media vuelta y descender corriendo por la calle hasta el puerto de Pera. Lo perseguían varias decenas de personas, que lo tildaban de criminal y clamaban venganza, pero ninguna de ellas se atrevía a acercarse demasiado a la vista de la espada desenvainada y ensangrentada que Jaime portaba en su mano izquierda.

Ya en el puerto, dio un brinco y saltó sobre una de las decenas de barcas que se alineaban en el muelle; conminó al barquero a que remara a toda prisa hacia la otra orilla del Cuerno de Oro. Ante la espada de Jaime y amedrentado por la determinación que mostraban sus ojos, aquel hombre no lo dudó y comenzó a bogar con todas sus fuerzas.

Una vez en la orilla sur del Cuerno de Oro, Jaime se dirigió hacia Blanquernas, donde habían sido ubicados los almogávares, y le explicó lo ocurrido a Martín de Rocafort.

—No es el momento de molestar a Roger, ahora está dando buena cuenta de esa princesita. Pero debemos avisar a los demás, pues me temo que los genoveses no se contentarán con unas simples disculpas —supuso el capitán.

—No hice otra cosa que defenderme —alegó Jaime.

—No lo dudo; y aunque no fuera así, seguro que esos dos genoveses se merecían una buena lección.

Rocafort no se equivocaba; la noticia de la muerte del genovés se había extendido deprisa entre la colonia de sus compatriotas mercaderes y la mayoría clamaban venganza. Para la defensa de sus comerciantes, los genoveses disponían de una guarnición de soldados dirigidos por un impetuoso capitán que necesitaba muy pocas excusas para montar una gresca descomunal. Se llamaba Rosso del Finar y era un hombre bregado en decenas de combates en el mar. Odiaba a los catalanes tras resultar herido por una saeta lanzada desde una de sus galeras durante una batalla de la guerra de Sicilia, dejándole una terrible cicatriz que le cruzaba de arriba abajo el lado derecho del rostro.

Rosso del Finar y varios centenares de soldados irrumpieron en el barrio de Blanquernas, pero los almogávares los estaban esperando. El enfrentamiento se produjo en el cruce de dos amplias calles, y en el primer envite cayeron varios italianos; el propio Rosso fue despachado con dos mandobles por Jaime de Castelnou.

Los genoveses supervivientes quedaron paralizados ante la fiereza del contraataque de los almogávares, quienes, desenvainando sus cuchillos de hoja ancha, comenzaron a golpear el suelo a la vez que gritaban su consigna favorita: «¡Desperta ferro!». Aterrorizados, los soldados retrocedieron y corrieron en retirada perseguidos por los almogávares, que con sus cabelleras al viento aullaban como verdaderos lobos. Antes de que pudieran embarcar de regreso al barrio de Pera, dos centenares de genoveses yacían muertos en la calles de Constantinopla. Animados por la victoria, los almogávares cruzaron el estuario en varias barcas y cayeron sobre los habitantes de Pera, provocando una terrible matanza.

Cuando la noticia de la refriega entre almogávares y genoveses llegó a oídos del emperador, el *basileus* comprendió que había contratado a una gente demasiado peligrosa. Algunos de sus consejeros comentaron que había sido un error traer a la ciudad a semejante turba de guerreros que convertían la ferocidad en su norma habitual de conducta. Otros, por el contrario, sostuvieron la oportunidad de la decisión, señalando que lo que había que conseguir era precisamente que semejante fiereza se encauzara contra los turcos.

—Parece que las cosas se han calmado —le comentó Rocafort a Castelnou—. Los genoveses han aprendido la lección y el emperador nos ha dado la razón.

—Me alegro, porque temí lo peor —dijo el templario.

—Sí, has armado una buena, Jaime. ¿A quién se le ocurre liarse a golpes con todo el barrio genovés?

—No fue exactamente así; yo solo pretendía subir a la torre...

—Claro, subir a la torre... ¿No tendrás algún lío con una linda genovesita? Dicen quienes las han probado que son dulces como la malvasía y delicadas como un colibrí. Por cierto, nunca he follado con una genovesa, tal vez sea ahora la ocasión de ir por allá en busca de alguna.

—Yo no lo haría; no es precisamente el momento más oportuno para que un almogávar se deje ver en el barrio de Pera. El emperador ha ordenado que no nos mezclemos con ellos, y Roger de Flor ha asentido.

—Bien, lo dejaré estar por ahora, pero no descarto en el futuro un buen revolcón con una de esas estiradas gatitas genovesas.

6

El emperador Andrónico citó a Roger de Flor y le indicó que ya era tiempo de atacar a los turcos. Unos espías bizantinos acababan de notificar que se estaban registrando movimientos de tropas que acudían desde varias regiones hacia las cercanías de Constantinopla. Alguien había informado a sus caudillos que los cristianos se habían enfrentado entre sí, y que ante semejantes desavenencias serían más vulnerables.

En efecto, los turcos habían avanzado hacia el estrecho

del Bósforo, habían puesto cerco a la ciudad de Filadelfia y amenazaban a las poblaciones costeras del mar de Mármara. Un ejército imperial se había dirigido hacia allí, pero se había retirado sin combatir.

La compañía de Roger de Flor era una contundente maquinaria de guerra. Armados con sus cuchillos de hoja ancha, sus hondas y sus lanzas cortas, ligeros de equipaje y de armadura, los almogávares se movían en la batalla y luchaban en el cuerpo a cuerpo como nadie antes lo había hecho. Ágiles como demonios, irrumpían de improviso en el combate, liquidaban con precisión y rapidez a sus adversarios y se replegaban con un sigilo extraordinario.

Sin embargo, hasta esos días de 1302 los almogávares jamás se habían enfrentado a los turcos; sus tácticas de combate habían sido muy exitosas en Sicilia, en Italia y a bordo de sus galeras, pero nadie podía asegurar que fueran a resultar igual de eficaces contra los otomanos, a los que se les suponía, además, una fiereza al menos similar.

Jaime de Castelnou embarcó en la galera de Martín de Rocafort; la armada almogávar puso rumbo sur y desembarcó poco después en la orilla asiática del mar de Mármara.

—En estas playas combatieron los héroes griegos —le dijo el capitán al poner el pie sobre las doradas arenas de Anatolia.

—¿También tú te consideras un héroe? —preguntó Castelnou.

—Te lo diré dentro de unos días. Esos turcos deben de estar ahí mismo, detrás de esas colinas. Tal vez nos vigilen ahora, aguardando el momento oportuno para caer sobre nosotros en una emboscada.

—Creía que éramos nosotros los especialistas en eso.

—Y lo somos, pero no olvides que no conocemos el terreno, y es ahí donde esos condenados turcos nos sacan mucha ventaja. Pero no hay que preocuparse demasiado, Roger ya sabrá lo que debemos hacer para derrotarlos.

Jaime calló. A la vista del despliegue de las galeras en la playa recordó la misión que el maestre del Temple le había encomendado, y se sintió extraño. Durante los meses que había ocultado su verdadera identidad para convertirse en un almogávar había actuado, pensado y vivido como ellos, y su actitud era ya más propia de uno de aquellos fieros bravucones desarrapados que de un caballero templario. Pese a que había prometido ejecutar el plan que se le había encomendado en Chipre, no había hecho hasta el momento nada para cumplirlo.

Sentado delante de una de las hogueras del campamento, contemplando las llamas, dudó; por primera vez en su vida, dudó. Él era un templario, había jurado defender la Orden con su sangre, obedecer al maestre, cumplir la regla..., y nada de eso había ocurrido en los últimos meses. Su espada había matado a varios genoveses, su comportamiento había sido impropio de un caballero cristiano y, además, todavía no había movido un solo dedo para acabar con Roger de Flor. Pese al odio y a los deseos de venganza que durante años había sentido hacia el antiguo sargento, ahora se sentía extraño, incluso atraído por el caudillo que había humillado a su Orden, robado El Halcón y mancillado el nombre del Temple en Acre. ¡Cuántas veces había soñado con enfrentarse cara a cara con el hijo del halconero y asestarle una estocada que lo dejara listo para el infierno! Pero no, aquellos meses al lado de sus hombres lo habían cambiado; ya no sentía odio, sino una extraña mezcla de indiferencia y soledad.

¿En qué se había convertido? Ya no era el mismo, casi no se reconocía. Ni siquiera añoraba el hábito blanco de la Orden, aquella capa cuya sola visión atemorizara durante decenios a los musulmanes de Tierra Santa.

—Pareces ausente —interrumpió sus cavilaciones Rocafort, dándole una palmada en la espalda—, debe de ser muy importante lo que estás pensando.

—Estaba intentando quedar en paz conmigo mismo —le confesó Castelnou.

—Sé que no eres quien dices, pero no sé quién eres, y ya sabes que eso no me importa. Lo que sí sé es que eres un extraordinario luchador y que hasta ahora te has comportado como el mejor de los nuestros. Tal vez algún día puedas contarme esos pensamientos que parecen atormentarte.

—Sí, tal vez.

—Ahora será mejor que vayas a descansar un rato; ya he dejado organizada la guardia de noche. Te toca en el segundo turno.

En apenas un par de días los almogávares desembarcaron todo el equipo y avanzaron tierra adentro. No conocían el terreno, pero el emperador Andrónico les había proporcionado varios guías capaces de caminar por cada palmo de esa zona de la costa occidental de Anatolia con los ojos vendados.

Roger de Flor reunió a los capitanes y les explicó que los exploradores habían localizado un campamento turco a unas tres horas de camino. Parecía un destacamento importante, pues habían contado unas doscientas tiendas, pero a la vez les llamó la atención que apenas estuviera vigilado.

—Esos turcos se han relajado —les comentó Rocafort

a sus hombres al regreso de la junta de capitanes—. Vamos a darles una buena sorpresa. Han debido de creer que los bizantinos jamás irían contra ellos, pero no han contado con nosotros. Preparaos para la lucha, saldremos de madrugada y caeremos sobre esos sarracenos justo al amanecer. Descansad cuanto os sea posible y desentumeced los músculos, al alba nos espera una buena caminata antes de la batalla.

Pese a los consejos de su capitán, Castelnou apenas pudo dormir. Era la primera vez que iba a participar en una verdadera batalla al lado de los almogávares, y ya había podido comprobar en Constantinopla cómo se las gastaban aquellos feroces guerreros. Claro que una cosa era enfrentarse a una turbamulta de arrogantes genoveses y otra muy distinta combatir contra un ejército tan aguerrido y feroz como el otomano. En el ejército templario habían servido algunos turcos, y Jaime conocía perfectamente que eran unos formidables soldados.

Era noche cerrada todavía cuando Roger de Flor dio la orden de avanzar hacia el campamento enemigo. La noche era oscura pero despejada, y en el cielo de Anatolia brillaban centenares de estrellas como reflejos de bruñidas perlas en un espejo de azabache.

Tenían orden de avanzar en completo silencio, sin hacer el menor ruido, aunque tampoco era preciso dar nuevas instrucciones, pues cada uno de aquellos hombres sabía muy bien cómo comportarse, cómo moverse, cómo deslizarse entre las sombras con la agilidad de un gato y el sigilo de una cobra.

Los turcos habían acampado a orillas de un arroyo, cerca de su desembocadura; el cauce no parecía demasiado profundo. Roger de Flor se había soltado el cabello y caminaba al lado de sus hombres con la espada en la mano. Castelnou parecía un almogávar más, pero chocaba que de su cintura pendiera una vaina con una espada larga, como las de los caballeros, y no el machete corto y ancho que utilizaban la mayoría de sus compañeros de armas.

Los almogávares se desplegaron con la máxima cautela hasta rodear el campamento otomano. Cuando estuvieron preparados, al tiempo que las primeras luces asomaban plateadas por levante, el mismo Roger de Flor comenzó a golpear su espada contra unas piedras y lanzó al helado cielo el terrible grito de guerra: «¡Desperta ferro!».

De inmediato, decenas de espadas, machetes y cuchillos comenzaron a ser golpeados contra el suelo provocando un ruido metálico aterrador. A una orden de su caudillo, los almogávares se lanzaron corriendo ladera abajo hacia las tiendas. Los sorprendidos otomanos apenas pudieron reaccionar; los escasos vigías que habían sido desplegados alrededor del campamento fueron liquidados sin que pudieran siquiera lanzar un grito de aviso, y cuando los demás quisieron responder al ataque de los almogávares, estos ya se les habían echado encima, con sus aceros brillantes hiriendo, cortando y golpeando a los desprevenidos turcos.

Castelnou empuñaba su espada sujeta con firmeza en su mano izquierda, mientras en la derecha portaba un pequeño y ligero escudo circular. Fue uno de los primeros en alcanzar las tiendas otomanas, y entre las primeras luces del alba pudo ver los sorprendidos rostros de los soldados enemigos, marcados por un rictus de desesperación y de pavor, porque sabían que iban a morir antes de que el sol los bañara con su aterciopelada luz invernal. Ante las hojas de acero de los almogávares, los turcos caían abatidos a machetazos, destrozados por la terrible contundencia de la carga de aquellos diablos calzados con sandalias de cintas de cuero.

Cuando los primeros rayos de un sol amarillo y redondo iluminaron las tiendas de fieltro de los otomanos, varios centenares de soldados yacían en medio de charcos de barro rojo. La sangre de aquellos desgraciados teñía las tiendas desmanteladas sobre el suelo, y las pocas que quedaban en pie aparecían salpicadas por extensas manchas amarronadas y rojizas.

Roger de Flor dio la orden de detener la matanza y Castelnou obedeció. El templario cogió un pedazo de tela y limpió la hoja de acero ensangrentada antes de volver a guardarla en la vaina. Solo entonces se apercibió de que todo su cuerpo estaba empapado con la sangre de los enemigos que había abatido. Un olor acre y húmedo estalló en las aletas de su nariz a la vez que en sus oídos resonaban los gritos de guerra de sus compañeros, que aumentaron de tono cuando alguien izó el estandarte con las barras rojas y amarillas del rey de Aragón sobre la que había sido la tienda del general turco.

—¿Conoces la profecía? —le preguntó Rocafort a Castelnou de improviso.

—¿A qué profecía te refieres?

—¿A cuál va a ser?, a la que sostiene que un rey de Aragón gobernará alguna vez sobre Jerusalén.

—No, nunca la he oído.

—Pues así es; y mira, por algo se empieza, ahí tienes la señal del rey de Aragón ondeando en este infecto rincón del mundo.

7

Ebrios de victoria, los almogávares demandaron a su caudillo que les permitiera continuar hacia Filadelfia, donde un ejército turco estaba a punto de superar las murallas de la ciudad tras varias semanas de asedio. Roger de Flor ordenó la retirada a la isla de Quíos, frente a las costas de Anatolia, para preparar desde allí una campaña mucho más contundente.

Castelnou quiso identificar aquel sentimiento de los almogávares con el que había oído de labios de algunos ancianos caballeros templarios que, retirados en las encomiendas de Europa e incapaces ya de sostener un arma, pasaban los últimos años de su vida relatando viejas historias de los tiempos gloriosos en los que la bandera del Temple ondeaba en lo más alto de los formidables castillos de Tierra Santa.

Influido por el sentir general y acuciado por el consejo de los capitanes, que no solo reclamaban una nueva victoria sobre los turcos, sino también más botín, Roger de Flor ordenó abandonar Quíos y regresar al continente. El emperador le había pedido que acudiera a liberar el cerco que los turcos habían cerrado sobre Filadelfia. Como ayuda, le envió varios escuadrones de caballería de la tribu de los alanos, las tropas mercenarias más afamadas del ejército bizantino.

La noticia de la espantosa matanza ejecutada por los almogávares en el campamento turco ya había llegado a oídos de Alí Schir, el general otomano que comandaba el asedio de Filadelfia. Contaba con un formidable contingente de ocho mil jinetes y doce mil infantes, y al saber que los almogávares apenas eran seis mil combatientes, se sintió tranquilo. Ante su superioridad numérica e informado por sus espías de que estos venían directos hacia la ciudad, imaginó que conseguiría tres triunfos en uno: derrotar a los mercenarios del emperador bizantino, vengar a los soldados muertos en el campamento y conquistar Filadelfia, pues sus defensores no dudarían en rendirse al enterarse de la derrota de quienes venían en su auxilio.

La vanguardia almogávar, encabezada por el mismísimo Roger de Flor, apareció al amanecer de una mañana de mayo sobre las cimas de varias colinas cubiertas de arbustos florecidos. Los turcos habían formado su ejército en una llanura muy abierta, entre las colinas y la ciudad; su superioridad era manifiesta, pues la proporción era de cuatro a uno en favor de los otomanos. Alí Schir sonrió; ni el más loco de los generales se arriesgaría a atacarlo ante una superioridad tan manifiesta. Pero se equivocó. Roger de Flor recorrió uno a uno todos los batallones y arengó a sus tropas prometiéndoles la victoria.

Castelnou formaba en una de las alas, montado sobre un caballo que le habían proporcionado al considerar su condición de gran jinete. Tras escuchar la orden de atacar dada por el caudillo, miró con serenidad a Rocafort, que estaba situado a su derecha.

—¿No te inquieta que vayamos a cargar en campo abierto contra un enemigo muy superior? —le preguntó el capitán.

—No. La victoria suele ser patrimonio de los atrevidos —respondió Castelnou.

—No pareces nervioso.

—Me he visto en situaciones peores que esta.

—No lo dudo. Alguien que maneja la espada como tú ha tenido que utilizarla en numerosas ocasiones.

En el centro de la línea de combate se izó la bandera de franjas rojas y amarillas del rey de Aragón. Seis mil gargantas comenzaron a atronar: «¡Aragón, Aragón!». Después, Roger de Flor alzó su espada y los almogávares desenvainaron sus cuchillos de hoja ancha y comenzaron a golpearlos provocando un estruendo que se extendió hacia la llanura como si de repente se hubiera desatado un millón de truenos.

Los turcos, que hasta entonces se habían mostrado confiados y mantenían sus posiciones, comenzaron a dudar, y un rumor se extendió entre sus filas: aquellos adversarios no eran hombres, sino espíritus recién llegados del averno.

Roger de Flor bajó despacio su brazo y con su espada apuntó hacia el enemigo otomano. Como impulsados por un mismo resorte, los seis mil almogávares se lanzaron ladera abajo gritando «¡Desperta ferro!» y «¡Aragón, Aragón!», a la vez que aullaban como lobos hambrientos en busca de su presa.

El general otomano no podía creer lo que estaba viendo, y al contemplar la inquietud que se extendía por los batallones de su ejército tuvo miedo. El estandarte del rey de Aragón tremolaba en la primera línea y sus brillantes colores guiaban a los combatientes como un faro de esperanza.

El primer envite fue demoledor para los turcos. Paralizados por el avance almogávar, por sus gritos salvajes y terribles y por su aspecto fiero y animal, apenas tuvieron valor para enfrentarse a ellos. Las primeras filas de la formación turca quedaron arrasadas como si se tratara de un arbusto podado por un jardinero. Conforme iban cayendo los combatientes situados en la vanguardia, los que estaban por detrás se sintieron poseídos por un pánico incontrolado y dieron media vuelta para intentar huir de la acometida de aquellos demonios, pero al darse la vuelta se encontraron con las filas de la retaguardia, a las que sus oficiales amenazaban espada en mano para que no huyeran. Entonces se produjo el caos. Los combatientes turcos se golpeaban los unos contra los otros, apretujados en filas tan compactas que ni siquiera podían extender los brazos para defenderse. Mientras tanto, los almogávares los iban liquidando como a corderos dispuestos para el sacrificio. Entre aquella barahúnda de aullidos y estridencias, la caballería almogávar causó un destrozo tremendo.

Castelnou dio varias órdenes que los jinetes de su escuadrón obedecieron pese a que el templario no había sido investido de ningún grado en el ejército almogávar; el mismo Rocafort, aunque era su capitán, también le obedeció. Siguiendo las tácticas de la carga de caballería que había aprendido durante su estancia en el Temple, Castelnou dirigió un ataque frontal, formando a su escuadrón en una línea de veinte caballeros en frente por tres en fondo que irrumpió en el centro del ejército turco desbaratándolo por completo.

El brazo izquierdo de Jaime repartía mandobles con tal contundencia que con cada uno de ellos abatía a un enemigo o lo dejaba inútil para seguir combatiendo. Esta vez en su brazo derecho no llevaba escudo, sino una maza de hierro con la que causó estragos entre los infantes turcos, cuyas líneas se abrieron por el centro antes de descomponerse por completo.

A mediodía todo había terminado. Varios miles de

turcos lograron huir ante la imposibilidad de retenerlos a todos. Cinco mil cadáveres quedaron tendidos sobre el campo de batalla, y apenas doscientos de ellos eran almogávares.

Roger de Flor se mostró satisfecho tras el recuento de bajas.

—Esta batalla será recordada en los anales de la historia; por cada caído de los nuestros hemos abatido a veinticinco sarracenos. Jamás se logró una victoria semejante.

Castelnou observó con atención a su caudillo; en verdad era un soldado formidable.

«Qué gran templario habría sido si no hubiera cometido aquella infamia en Acre», pensó.

De nuevo lo asaltaron las dudas. No podía renegar de su misión, pero ¿qué podía hacer? Roger de Flor estaba en la cumbre de su poder y de su gloria, era megaduque de Bizancio, estaba casado con la sobrina del emperador; incluso, a efectos públicos y protocolarios, había cambiado su nombre por el de Miguel Paleólogo Comneno, y sus soldados lo admiraban, lo respetaban y cualquiera estaba dispuesto a dar la vida por él. Pero no, Jaime era un templario y Roger, un renegado que merecía un justo castigo. Sentimientos contradictorios se amontonaban en su alma. Su cabeza le decía que su deber era entregar a Roger al Temple para que fuera juzgado por traición a la Orden, por robo y por desobediencia, pero su corazón le transmitía sensaciones bien distintas.

¿Se estaba convirtiendo él también en un renegado? No supo qué responderse y supuso que lo mejor sería dejar de pensar en ello por unos días y un poco más adelante decidir si seguir con el plan que le había ordenado el maestre o, por el contrario, convertirse en un almogávar más hasta que se le presentara la oportunidad de abandonar la compañía y regresar a Chipre.

El cerco a Filadelfia fue levantado y los bizantinos colmaron a sus liberadores de regalos. Comoquiera que los turcos huyeron en desbandada, Roger de Flor los persiguió por el sur de Anatolia hasta que ordenó el regreso a Constantinopla. Sabía que aquellas victorias lo habían encumbrado y que el destino del imperio estaba en sus manos.

A finales de verano, los almogávares entraron triunfantes en la capital bizantina y sus habitantes los recibieron con una mezcla de admiración y cautela. Los ricos ciudadanos sabían que aquellos aguerridos mercenarios constituían la única garantía de su independencia, pero a la vez eran conscientes de que su seguridad dependía en demasía de ellos. El emperador Andrónico le había dicho a Roger de Flor que no quería más de seis mil almogávares en su territorio, pero la atracción del hijo del halconero era tal que su compañía estaba integrada por más de ocho mil soldados, muchos de ellos con familia.

En Constantinopla Jaime de Castelnou se enteró de dos noticias terribles. Ese mismo año de 1303, una flota mameluca compuesta por veinte barcos había ocupado la isla de Ruad, eliminando a la mayoría de la guarnición templaria que la custodiaba, de la que solo unos pocos supervivientes habían logrado alcanzar las costas de Chipre a bordo de una maltrecha galera; muchos de los templarios caídos en Ruad habían sido sus compañeros de armas. Además, un ejército sarraceno había derrotado a la nueva coalición de armenios y mongoles en una localidad al sur de Damasco. La vieja esperanza de una Tierra Santa en poder de los cristianos se había esfumado definitivamente.

Si los templarios seguían albergando una mínima esperanza de regresar en breve a Jerusalén, aquellas dos derrotas acabaron de enterrarla. De nuevo estallaron las contradicciones en su corazón. Jaime hubiera deseado estar allí, en Ruad, al lado de sus hermanos, y en Siria, intentando ayudar a sus antiguos aliados. Pero estaba en Constantinopla, ayudando con su espada a agrandar la fama, la leyenda y la fortuna del renegado al que se había propuesto poner en manos de la justicia templaria. ¿Qué hacer en esas circunstancias? El Temple parecía abocado al fracaso, mientras que el empuje de los almogávares podía ser la solución al desgaste de los cristianos en ultramar. ¿Y si el futuro dependiera de la compañía de Roger de Flor? El destino solía ofrecer aquellas ironías.

Con los mongoles derrotados y poco interesados en Tierra Santa, los templarios jamás podrían disponer de la fuerza numérica suficiente para vencer a los mamelucos. Tal vez los almogávares pudieran ser sus posibles aliados en el futuro, pensó Castelnou, pero mientras estuviera al mando Roger de Flor, esa alianza era imposible.

Los bizantinos habían quedado impresionados ante la demostración de valor y fiereza que aquellos mercenarios habían desplegado contra los turcos; eran desde luego los soldados que necesitaba el imperio para mantener sus ya menguadas fronteras, pero suponían también una carga muy pesada. El dinero que el emperador se había comprometido a destinar a los salarios de la compañía difícilmente podían soportarlo las arcas del Estado, de modo que algunos consejeros de la corte plantearon como solución entregarles las tierras que pudieran conquistar a los turcos y que vivieran de ellas. Sin embargo, los almogávares ni eran campesinos, ni estaban dispuestos a serlo. Todos ellos habían vivido toda su vida como soldados de fortuna, enrolados en compañías de armas bajo la dirección de un general como Roger de Flor. Su vida era la guerra y vivían de la guerra, no les interesaba un trabajo ni en el campo ni en la ciudad, sino seguir luchando para ganarse el pan. Ya no tenían raíces que conservar, ni una tierra que añorar, ni un rey o un señor al que servir. Su patria era el próximo horizonte; su esperanza, ver cada día un nuevo amanecer, y su ilusión, la siguiente victoria.

Su origen estaba en las rudas y ásperas montañas del reino de Aragón, en las sierras fragosas del condado de Barcelona y en las tierras montaraces del interior del reino de Valencia, y guardaban en la memoria el orgulloso recuerdo de haber sido súbditos del rey de Aragón; por ello enarbolaban su estandarte barrado con franjas rojas y amarillas, por eso gritaban «¡Aragón, Aragón!», para estimularse inmediatamente antes de iniciar un combate, y por eso seguían manteniendo en su corazón la sensación de pertenencia a la gran corona aragonesa, cuyo rey la profecía anunciaba como futuro señor de todo el Mediterráneo.

8

De regreso a Constantinopla, los almogávares volvieron a los albergues que el emperador les había concedido en el barrio de Blanquernas.

Una mañana, pocos días después de acabada la campaña en Anatolia, Jaime de Castelnou recibió la visita de Martín de Rocafort. Su capitán le dijo que acababa de entrevistarse con Roger de Flor y que este deseaba dar la enhorabuena personalmente al guerrero zurdo del que todos elogiaban su valor y su destreza con la espada. Jaime sintió entonces renacer su alma de templario; al fin podría estar cara a cara con el traidor de Acre y tal vez tuviera una oportunidad para acabar con él, pues, a pesar de las dudas, no había renunciado a ejecutar su venganza.

—¿Qué desea de mí el megaduque? —preguntó Castelnou.

—Conocerte mejor —respondió el capitán—. Varios de nosotros le hemos hablado de ti y estimamos que posees dotes para el mando, que no te falta valor y que conoces tácticas de estrategia en la batalla. Creo que Roger quiere proponerte como capitán de uno de nuestros regimientos de caballería.

—Llevo poco tiempo entre vosotros, no sé si merezco...

—Claro que lo mereces, y aunque sigo pensando que ocultas algo, hasta ahora has demostrado plena fidelidad a la compañía. En la batalla de Filadelfia contra los turcos tu comportamiento fue extraordinario. Jamás había visto combatir a nadie con tu destreza y tu... digamos, frialdad. Nosotros luchamos como fieras sanguinarias, nuestros rostros y nuestros ojos parecen emitir por sí mismos un mensaje de muerte; miramos a nuestros enemigos como perros rabiosos y gritamos como si nos hubieran poseído mil demonios. Pero tú..., tú eres frío como un témpano de hielo, te limitas a liquidar a cuantos enemigos se te ponen delante con la misma naturalidad con la que el artesano trenza un cesto de mimbre tras otro o el tejedor pasa la lanzadera una y otra vez entre la urdimbre del telar. Creo que en todo este tiempo que te conozco jamás te he visto reír, ni llorar, ni emocionarte por nada ni por nadie. Ni siquiera te he visto desear a una mujer; y eso solo les ocurre a los invertidos, cosa que evidentemente tú no eres. No pareces albergar ningún sentimiento en tu corazón, pero sé que hay algo en tu pasado que, aunque no lo manifiestes, te atormenta. Bueno, al menos espero que seas un ser humano.

—Lo soy, no lo dudes.

—Pero basta de cháchara y vayamos a ver a Roger; te está esperando.

—¿Puedo coger mis armas?

—Claro, un almogávar debe tenerlas siempre a mano.

Castelnou se ajustó el cinturón de cuero del que pendían la vaina y la espada y ocultó entre sus calzas, a la altura de la pantorrilla, un pequeño y afilado cuchillo.

De camino hacia el palacete donde vivía el caudillo con su joven esposa, Jaime intentó maquinar un plan. Había llegado a la conclusión de que capturar a Roger de Flor para conducirlo vivo ante un tribunal del Temple que lo juzgara por sus delitos contra la Orden era imposible, de modo que decidió que él mismo sería el ejecutor. En cuanto tuviera una oportunidad, saltaría sobre el hijo del halconero y lo liquidaría, con su espada o con el cuchillo. Sabía que Roger era un luchador bravísimo, no en vano había sido sargento templario, pero confiaba en que la mezcla de su habilidad con la espada y la sorpresa no daría la menor opción de defenderse al traidor de Acre.

El palacete estaba protegido por una guardia personal de cuarenta almogávares, que vigilaban cualquier movimiento que se produjera en las inmediaciones. Rocafort y Castelnou llegaron ante la puerta y se identificaron; los guardias los dejaron pasar sin registrarlos siquiera. Atravesaron un patio porticado con finas columnas de mármol verde y alcanzaron una estancia suntuosa decorada con mosaicos de teselas doradas. En el centro de la sala, debatiendo con media docena de capitanes almogávares, estaba Roger de Flor.

Castelnou evaluó enseguida la situación; los seis capitanes, más el propio Rocafort, iban armados y no dudarían en lanzarse contra él si atisbaban la menor intención de que iba a atentar contra su caudillo. Este solo llevaba un cuchillo al cinto, y no se cubría el cuerpo con ninguna defensa, pues vestía una sencilla túnica hasta la rodilla y unas calzas. Jaime pensó que no sería difícil desenvainar con rapidez la espada y acertar de una certera estocada en su corazón, pero después tendría que vérselas con siete capitanes, hombres bregados en la pelea; podría derrotarlos uno a uno, pero jamás a los siete a la vez. Solo tenía dos opciones: matar a Roger de Flor y luego morir, o dejar pasar la ocasión en espera de otra más propicia en la que al menos pudiera disponer de una oportunidad para escapar.

Roger de Flor se giró hacia Rocafort y Castelnou y, al verlos acercarse, los saludó:

—Bienvenidos, amigos. —Luego dirigiéndose a Jaime, añadió—: Vaya, de modo que tú eres ese formidable luchador zurdo del que todos hablan. Sé que te incorporaste a nosotros ya en Grecia, y que procedes del condado de Ampurias, buena y hermosa tierra, y que no careces ni de valor ni de dotes para el mando. Necesitamos capitanes que sepan luchar y sean capaces de dirigir a nuestros hombres. Rocafort te ha recomendado para que seas nombrado capitán. ¿Aceptas?

Dicho esto, se dio media vuelta para coger una copa y una jarra de encima de una mesa con la intención de servírsela a Jaime. Aquella era la oportunidad: Roger tenía las dos manos ocupadas con la copa y la jarra, los capitanes estaban confiados saludando al recién llegado Rocafort y nadie se interponía entre ellos dos. Bastaría con desenvainar la espada con rapidez y lanzar una estocada directa a su desprotegido pecho y acabar por fin con ese bastardo.

El caudillo almogávar extendió su brazo ofreciéndole la copa a Jaime, que la aceptó y bebió un sorbo.

—Carezco de méritos para dirigir uno de nuestros regimientos —dijo extrañado al oírse a sí mismo hablando con tanta naturalidad como un almogávar más.

—Los que han combatido a tu lado no opinan así.

—En ese caso, acepto.

—Una cosa más. Quiero que enseñes a nuestros hombres a manejar la espada como solo tú sabes.

—Esos hombres tienen poco que aprender; jamás he visto a nadie pelear con su bravura y su determinación. No necesitan nada más.

—El valor es importante, pero la técnica en el combate, también. Nos esperan tiempos de duras batallas, y para vencer en ellas debemos estar perfectamente preparados, de modo que te harás cargo de la instrucción en esgrima de nuestros hombres —explicó Roger—. Pasaremos el invierno aquí, pero no podemos permanecer ociosos. Hemos de seguir ejercitándonos para que ni nuestros músculos ni nuestros sentidos se resientan por la inactividad. La próxima primavera nos aguardan combates para los que debemos estar bien dispuestos.

»Y ahora, amigos, permitid que me retire, el emperador Andrónico desea hablar conmigo; imagino que intentará persuadirme para que admita una rebaja en el dinero que nos paga.

Los capitanes emitieron casi al unísono un murmullo de reprobación.

—Si no fuera por nosotros, los turcos ya estarían a las puertas de Constantinopla y el trono de ese emperador no valdría un besante —comentó uno de los capitanes llamado Fernando Ahonés.

—Es probable, pero habrá que convencer al emperador de ello —repuso su jefe—. No os marchéis todavía, he ordenado que os sirvan más vino y algo de comer.

—Lo haremos a tu salud —dijo Ahonés.

Antes de abandonar la estancia, Roger de Flor se detuvo, se giró sobre sus pasos y le dijo a Jaime casi de pasada:

—Sigo dándole vueltas a la cabeza para recordar dónde he visto antes tus ojos.

Después salió de la sala con pasos firmes pero ligeros.

—Vaya, se acordaba de mí —dijo Jaime.

—Enhorabuena, capitán —lo felicitó Martín de Rocafort.

—Enhorabuena... —reiteró Fernando Ahonés, alargando la palabra.

—Jaime, Jaime de Ampurias es mi nombre —dijo Castelnou.

—Si te parece, yo también asistiré a tus clases de esgrima. He oído contar maravillas de tu manera de manejar la espada.

—Cuestión de práctica.

—¿Dónde aprendiste a luchar?

—En la corte del conde de Ampurias. Tuve un maestro extraordinario, el mejor de la cristiandad. Luego mejoré algunas fintas en Tierra Santa, combatiendo al lado de los mongoles y de los armenios; de ellos aprendí ciertos trucos.

—Yo solo he visto luchar así a unos caballeros: los templarios —enfatizó Ahonés, muy serio.

—Los conozco; también luché junto a ellos en Hims. Son buenos con la espada, pero demasiado previsibles en su envite. Fían todo a la contundencia de su carga de caballería, y eso no siempre resulta una buena táctica.

Ahonés desenvainó su espada y apuntó con ella hacia Castelnou.

—Veamos si eres tan bueno como se comenta.

—Aguarda, Fernando, estamos en casa de nuestro jefe, y combatimos del mismo lado. ¿Qué pretendes? —intervino Martín de Rocafort.

—Solo cruzar unas fintas con el nuevo capitán. Quiero comprobar si sabe pelear como todos comentan o si su habilidad es tan solo una leyenda.

—Yo ni deseo ni pretendo luchar contra uno de los nuestros —dijo Castelnou.

—Vamos, será un mero ejercicio de esgrima —insistió Ahonés.

La situación empezaba a ser demasiado tensa. Jaime escudriñó los rostros de los capitanes, que observaban impacientes.

—Uno de los dos podría resultar herido —adujo el templario.

—Procuraré que no sea así. Vamos, en guardia —exigió el almogávar.

Castelnou desenvainó su espada con desgana. Ambos

contendientes se estudiaron erguidos el uno frente al otro, tensos como dos panteras dispuestas a lanzarse en un instante sobre su oponente.

—¡Basta, ya es suficiente! —gritó Rocafort colocándose entre ambos.

—Solo era un juego, amigo Martín, un simple e inocente juego —dijo Ahonés mientras envainaba su espada.

—Pues deja ese juego para practicarlo con nuestros enemigos.

Jaime también envainó la suya. Su rostro, sereno e inexpresivo, contrastaba con la burla irónica que se dibujaba en el de Ahonés.

Ya de regreso a sus casas, Rocafort le previno:

—Ten cuidado con Ahonés. Es un hombre valiente y buen luchador, pero le puede la envidia. Se cree el mejor de todos nosotros y no admite que nadie pueda hacerle sombra ante Roger. Se considera el almogávar con más méritos para sustituir a nuestro jefe si este faltara alguna vez. Tiene el título de almirante, está casado con una prima del emperador Andrónico y disfruta de la plena confianza de nuestro caudillo.

—Me ha parecido un fanfarrón —dijo Jaime.

—Lo es, pero también es peligroso. No te acerques demasiado a él y procura evitarlo en lo que puedas.

9

El invierno discurrió entre constantes problemas. La onerosa carga económica que los almogávares representaban para el imperio empezaba a ser insoportable. La paga de los soldados llegaba cada vez con más retraso y Roger de Flor tenía que insistir ante el emperador, que apenas podía ya conseguir los fondos necesarios para satisfacer la soldada de sus tropas mercenarias.

Y por si ya fueran pocos, a los seis mil integrantes de la compañía que habían llegado a Constantinopla junto a su caudillo se unieron otros dos mil más encabezados por los capitanes Bernat de Rocafort y Berenguer de Entenza.

Los bizantinos comenzaban a estar agobiados con tantos almogávares a los que mantener, y algunos cortesanos hicieron todo lo posible para que entre ellos estallaran conflictos. Con el fin de enemistar a los recién llegados con la compañía de Roger de Flor, le ofrecieron a Berenguer de Entenza el título de césar del imperio, pero este declinó y le dijo a Andrónico que quien realmente lo merecía era Roger. Este cargo era el segundo en importancia tras el de emperador; se sentaba en una silla casi a la misma altura y vestía ropas azules con listas de oro, frente a las carmesíes con listas doradas del *basileus*.

Todas aquellas maniobras de protocolo y de nombramientos honoríficos eran meramente dilatorias. El Imperio bizantino se descomponía preso de una larga agonía; hacía siglos, desde que los turcos lo derrotaran en Manzikert, que no se había recuperado, y aunque mantenía la importancia económica y política de su gran capital, la mayoría de las ricas tierras agrícolas que antaño fueron suyas estaban en poder de los otomanos en el este o de los eslavos en el oeste.

Roger de Flor supo por algunos informadores, que mantenía a sueldo como espías en la corte, que las dificultades financieras colapsarían el erario imperial en pocos meses y que no habría dinero suficiente en las arcas para pagar a sus hombres. Las alternativas eran escasas; su compañía dependía de los salarios que recibían, y él mismo debía su fortuna y su poder al hecho de haber logrado mantener siempre sus compromisos cerrados con sus hombres, pero ¿qué ocurriría en caso de no poder hacer frente a las soldadas? Los almogávares podían rebelarse, cargar contra los bizantinos y provocar una verdadera masacre. Ni el mismo Roger de Flor era capaz de suponer lo que serían capaces de hacer sus hombres en caso de que se vieran abocados a tener que ganarse la vida al margen del sueldo que les procuraba el emperador.

Jaime de Castelnou y Martín de Rocafort conversaban en una de las moradas del barrio de Blanquernas mientras en el hogar de la cocina un pavo se asaba a fuego lento. Bajo su mando de capitán tenía a su cargo un regimiento de medio centenar de almogávares, a los que estaba enseñando el secreto del combate con espada.

—Roger ha decidido dividirnos en tres compañías: una a su mando, otra bajo el de mi pariente Bernat de Rocafort y la tercera dirigida por Berenguer de Entenza —le explicó Martín—. Ha cedido a los deseos del emperador, que le ha pedido que no estemos concentrados en un único cuerpo. Creo que se trata de una trampa, o al menos de una treta para debilitarnos. Ahora somos ocho mil soldados; juntos suponemos un ejército casi invencible, pero segregados en tres grupos perdemos buena parte de nuestro potencial.

—Nuestro comandante es un soldado muy experto; imagino que habrá valorado esa circunstancia antes de aceptar la división de la compañía en tres —supuso Jaime.

—Tal vez, pero yo no me fiaría demasiado; esos bizantinos son maestros consumados en el arte de la mentira y el engaño. Son capaces de pactar una cosa y darle de tal modo la vuelta que parezca que el acuerdo ha sido el contrario. No en vano hay quien asegura que su diplomacia es la mejor del mundo.

—Roger es muy astuto. Fíjate que ni siquiera el Temple ha podido apresarlo todavía.

Ese «todavía» sonó en los labios de Castelnou como una amenaza.

—El Temple está herido de muerte, mi querido amigo; nadie en su sano juicio apostaría un besante por su supervivencia. Si fuera tan poderoso como lo llegó a ser antaño, hace tiempo que Roger de Flor estaría preso en sus mazmorras. No, los templarios ya no son lo que fueron; no poseen sus poderosos castillos de Tierra Santa ni sus encomiendas de Europa son tan ricas y abundantes en rentas. Hace tiempo que sus ejércitos, otrora nutridos con la flor y nata de la nobleza europea, no son sino vagos remedos de lo que fueron antaño.

»En cambio, Bizancio continúa siendo una extraordinaria potencia; es verdad que han disminuido su influencia y su capital políticos, pero todavía mantiene bastantes tierras y, sobre todo, posee esta ciudad, la más rica de la cristiandad.

—Pero nos necesitan —dijo Castelnou.

—Por ahora sí, pero dentro de unos meses tal vez seamos para ellos más un problema que un remedio —replicó Rocafort—. Tú no estuviste en Sicilia durante la guerra con los franceses; allí también nos necesitaban... hasta que solo fuimos un estorbo, y entonces se limitaron a darnos una patada en el culo y mandarnos a Oriente. Ese es nuestro sino: buscar un mecenas que contrate nuestros servicios militares, ganar una soldada, hacer nuestra faena y, cuando esté acabada, marchar a otra parte; y así una y otra vez. Somos nómadas de la guerra; esa fue nuestra elección y esa ha sido la tuya; ni sabemos, ni queremos, ni podemos hacer otra cosa.

Castelnou no supo qué decir. Su vida como almogávar no era demasiado diferente a la de un templario, pero los caballeros de Cristo respondían a un ideal, la defensa de la cristiandad y de sus peregrinos, mientras que los almogávares solo combatían por ganarse el pan día a día.

Pasaron varios meses en los que los almogávares se replegaron a sus bases en Galípoli, al sur de Constantinopla, donde el emperador les había concedido un asentamiento para mantenerlos alejados de la capital.

10

Roger de Flor se creía invencible. Al frente de sus fieros soldados había derrotado a los turcos en todas las ocasiones en que se habían enfrentado, a pesar de haber afrontado las batallas en franca inferioridad respecto a las tropas enemigas. Con todo, algunos cortesanos bizantinos estimaron que las cosas habían ido demasiado lejos. El caudillo de los mercenarios era muy poderoso y podía ocurrir que en cualquier momento se sintiera con las fuerzas y la ambición necesarias para proclamarse incluso emperador.

El príncipe Miguel, heredero al trono, tenía celos de Roger de Flor. Era un ser taimado y poco dado a actos heroicos, y en su corazón anidaba un odio profundo hacia el caudillo almogávar, de quien envidiaba su valor, su determinación y su espíritu aventurero. No soportaba que su padre el emperador lo comparara siempre con él, a quien citaba una y otra vez como ejemplo de valor y de fuerza, y que le hubiera concedido más títulos y honores que a él mismo. Algunos de sus consejeros, siempre prestos a urdir conjuras y conspiraciones, le propusieron que acabara con Flor. En principio, el príncipe dudó; no se atrevía a enfrentarse con el almogávar, pero al fin concluyó que era la única manera de poner remedio a su agobiante presencia en el imperio. Para ello tenía que urdir una trampa lo suficientemente hábil y creíble para que un soldado tan experto y astuto como aquel acudiera confiado y cayera de bruces.

Los agentes secretos de Miguel se pusieron de inmediato a preparar la celada. Como heredero al trono de Bizancio, el príncipe envió una carta a Roger de Flor invitándolo a celebrar una reunión para tratar los asuntos de la guerra contra los turcos y para solucionar los retrasos en el pago de los salarios de los almogávares.

Roger dudó, pero cuando su esposa, la princesa María, le comunicó que estaba embarazada, supuso que ya no tenía nada que temer, pues no solo había emparentado por matrimonio con la familia imperial, sino que iba a tener un hijo por cuyas venas correría la misma sangre. Ordenó a su fiel capitán Ahonés que se dirigiera a Constantinopla con cuatro galeras y que llevara en una de ellas a su joven esposa, en tanto él decidía ir al encuentro con el príncipe Miguel.

—Nos vamos a Adrianópolis —anunció Roger de Flor a sus capitanes, entre los que ya se encontraba Jaime de Castelnou—. El príncipe quiere hablar conmigo; asegura que ya dispone del dinero para pagar los atrasos que se nos deben.

—Yo desconfiaría; puede ser una trampa.

Los capitanes se volvieron atónitos hacia Castelnou, que era quien había pronunciado esas palabras.

Roger de Flor se acercó hasta el templario y le preguntó:

—¿En qué te basas para afirmar eso?

—Los bizantinos son gente taimada. Están arrepentidos por habernos entregado la defensa de su maltrecho imperio y ahora desean librarse de nosotros. Yo creo que no deberías acudir a esa cita o, en su caso, solicitar garantías fiables.

—Reconozco que yo también dudé —dijo Flor—, pero estoy casado con la prima del príncipe y pronto seré padre de su sobrino. ¿No te parece suficiente garantía?

—Todo lo contrario. Por las venas de tu hijo correrá sangre imperial, motivo por el cual puede convertirse en un candidato al trono cuando tenga la edad suficiente; es decir, en un rival para el príncipe Miguel y para su descendencia. Ahora sí eres realmente un adversario. Ten cuidado.

Roger de Flor se quedó pensativo. Tras unos instantes de silencio, Ramón de Alquer, un caballero de Castellón de Ampurias, habló:

—Mi señor, si no aceptas esa amable invitación, el príncipe Miguel considerará tu actitud como un desaire o incluso como un desprecio. Este invierno apenas hemos recibido suministros y dinero del imperio; nuestras despensas y nuestras bolsas están casi vacías. Te ofrecen la entrega del dinero que nos deben; lo necesitamos. Creo que deberías ir.

La mayoría de los capitanes asintieron. Jaime de Castelnou no se atrevió a intervenir de nuevo, pues Ramón de Alquer era originario del condado de Ampurias, y si lo contradecía, tal vez intentara averiguar quién era en realidad.

Cuando acabó la reunión, Jaime se acercó a la orilla del mar de Mármara, frente al estrecho de los Dardanelos. Sentado sobre una piedra pulida durante siglos por la brisa y la lluvia, contempló el cielo anaranjado del atardecer invernal y el sol rojo y enorme ocultándose tras una capa de espumosas nubes amarillas. Un millar de dudas se amontonaba en su cabeza. Tras más de dos años enrolado en la compañía de los almogávares no había ejecutado su plan para acabar con Roger de Flor o al menos tratar de capturarlo. Ya no sentía el menor rencor hacia aquel hombre al que habría matado con sus propias manos si hubiera podido atraparlo en el puerto de Acre tiempo atrás. Durante varios años apresarlo había sido una obsesión; en decenas de ocasiones había recordado y maldecido la figura burlona y desafiante del antiguo sargento templario sonriendo irónicamente sobre el castillo de proa de El Halcón. Una y otra vez le habían martilleado los oídos las últimas palabras que le escuchó decir cuando la enorme galera se separaba del muelle: «Nos veremos en el infierno, supongo». Y aún regresaban a su cabeza los rostros de las decenas de cristianos que suplicaban angustiados al hijo del halconero que les permitiera subir a bordo, rogando por sus vidas, y cómo este se negó a menos que pudieran pagarle las abusivas cantidades de dinero o de joyas que les exigía por el pasaje a la salvación.

Castelnou había sido educado para obedecer, para actuar durante el resto de su vida como el soldado de Cristo que había jurado ser; pero no lo estaba haciendo. En más de una ocasión había tenido a Roger al alcance de su espada, pero en el último instante, cuando debía desenvainar el acero y hundirlo con todas sus fuerzas en su corazón, alguna fuerza interior que no era capaz de controlar le había impedido ejecutar la orden que el maestre le diera en Chipre.

—Poniendo en orden tus ideas, ¿no es así?

Jaime se volvió al oír la voz conocida de Martín de Rocafort.

—No, solo estaba contemplando el atardecer; es muy hermoso —mintió.

—Tus argumentos han sido convincentes, y tu actitud, muy leal, pero la mayoría está a favor de que Roger acuda a entrevistarse con ese príncipe y regrese con nuestro dinero.

—Es una trampa, lo intuyo.

—¿Tan seguro estás?

—Sí. Así es como actúan algunas gentes por estas tierras. En Oriente rigen otros códigos de conducta, y la traición suele ser habitual.

—Bueno, en ese aspecto no se diferencian demasiado de nosotros, ¿no crees?

—Tal vez, pero por eso mismo deberíamos actuar con sumo cuidado.

—¿Y si el príncipe Miguel dijera la verdad? Si Roger no asistiera a ese encuentro, sería tachado de desleal, o lo que es mucho peor, de cobarde.

—Yo preferiría definir esa actitud como prudente, así me lo enseñaron...

—¿Los templarios? —preguntó Rocafort ante el titubeo de Castelnou.

—Ya sabes que combatí a su lado en Hims.

—Creo que has hecho algo más que combatir a su lado.

—¿A qué te refieres?

—Desde que estás con nosotros sé que no has contado toda la verdad sobre tu oscuro pasado. Siempre te he dicho que ocultabas algo, y que no me importaba lo que fuera, pero ahora nuestro futuro está en juego. Dime quién eres.

—Ya lo sabes: Jaime de Ampurias, un caballero de fortuna que perdió a sus dos mejores amigos luchando contra los mamelucos y que solo aspira a ver amanecer un nuevo día.

—Ramón Alquer nació en Castellón de Ampurias y dice que nunca ha oído hablar de un caballero que se llamara como tú.

—El condado es grande.

—¿No serás un maldito espía bizantino?

—¿Acaso me ves así?

—¡Claro!, ¡seré estúpido!

Castelnou tensó sus músculos ante la exclamación de Rocafort, y al contemplar sus ojos supo que había sido descubierto. Por un instante pensó en desenvainar su acero y acabar con la vida del capitán, al que ya había vencido con facilidad cuando pelearon en la playa de Corfú con espadas de madera, pero conocía bien a aquel hombre y lo estimaba demasiado como para hacerle daño.

—¿Y bien?

—¡Eres un templario renegado! Por eso combates de esa manera, por eso conoces sus tácticas militares, por eso dijo Roger que había visto en alguna ocasión anterior tus ojos. Vaya, vaya... Bienvenido de nuevo.

—¿Guardarás mi secreto?

—Por supuesto, ¿a quién le interesa un renegado monje blanco?, porque tú eras caballero, ¿no?, de esos que usan el hábito y la capa blancos —supuso Rocafort.

—Nunca imaginé que pudieras identificarme, pero ahora que ya lo sabes, creo que nuestra amistad sale reforzada.

—Así es, aunque debiste decírmelo desde el principio. Pero lo importante es que has aclarado mis dudas; ahora ya puedo confiar plenamente en ti.

Jaime respiró aliviado y dio gracias por no haber tenido que liquidar a Martín.

11

Al día siguiente, Roger de Flor anunció que viajaría hasta la ciudad de Adrianópolis para entrevistarse con el príncipe Miguel. Esa ciudad, la puerta trasera de Constantinopla, está ubicada a cuatro jornadas de camino al norte de Galípoli. El hijo del halconero eligió para acompañarlo a una escolta de trescientos jinetes y mil almogávares de a pie.

Cuando le comunicaron a Jaime de Castelnou que él dirigiría uno de los destacamentos de caballería, el templario organizó a sus hombres, pero le extrañó el escaso número de efectivos que Roger iba a llevar consigo.

En Adrianópolis, el príncipe ya tenía preparada la celada. En cuanto recibió la confirmación de que el caudillo almogávar asistiría a la entrevista, hizo llamar a un capitán de nombre Girgon, que comandaba un regimiento de alanos, y a otro llamado Melich, jefe de una partida de soldados turcopolos, los mismos que la Orden del Temple había empleado en las guerras de Tierra Santa como tropas auxiliares de caballería ligera. Cuando los mil trescientos almogávares llegaron a Adrianópolis, ocho mil mercenarios alanos y turcopolos los aguardaban emboscados.

—No parece una trampa —comentó Martín de Rocafort al presentarse ante los muros de la ciudad cabalgando al lado de Castelnou en las primeras líneas de la comitiva almogávar.

Adrianápolis estaba tranquila, la gente acudía al mercado y trabajaba en los campos de los alrededores con aparente normalidad.

—Ya veremos; las mejores trampas no se detectan hasta que no caes en ellas —dijo Castelnou.

La comitiva almogávar acampó cerca de las murallas. Roger de Flor envió una delegación para que anunciara al príncipe Miguel que ya estaba allí, y la respuesta del heredero al trono bizantino fue inmediata: elogió a Flor y le envió un cofre con ricas joyas, una bolsa con monedas de oro y varias tinajas del dulce vino de malvasía.

Durante tres días dejó que Roger de Flor fuera confiándose y, al fin, lo invitó a comer en su palacio. Castelnou advirtió a Roger que lo escoltara una guardia armada, a lo que el príncipe accedió.

Una semana después de varios banquetes sin el menor incidente y con una cierta armonía en cada una de las comidas, Roger de Flor acudió a otro más con doscientos de sus hombres. Aquel día el vino corrió con profusión y algunas jóvenes muy sensuales se encargaron de distraer a varios de los almogávares, atrayéndolos a dependencias del castillo con la promesa de una tarde de amor y lujuria.

Jaime rechazó la insinuante invitación de una hermosa joven morena de cabello negro y brillante que le recordó a aquella esclava de El Cairo; sus votos de castidad eran para él impedimento suficiente para tan siquiera mirar a una mujer.

Ya se habían servido varios platos cuando el príncipe Miguel se levantó y pidió que escanciaran más vino, mientras unos criados recogían la vajilla y otros ofrecían bandejas llenas de confituras y pastelitos de miel. Un sirviente le llenó la copa con un delicado caldo de malvasía; el heredero imperial la alzó brindando por la eterna e indestructible amistad entre almogávares y bizantinos.

—Y ahora, una gran sorpresa —anunció el príncipe dando dos sonoras palmadas.

Los almogávares se miraron confundidos al ver a Miguel desplazarse hacia la puerta principal de la sala de banquetes.

—Es una trampa —bisbisó Castelnou a Rocafort, que comían en una de las mesas laterales.

—¡La sorpresa, señores!

El príncipe abrió la puerta con sus propias manos y salió raudo a la vez que decenas de alanos, con las espadas desenvainadas y en guardia, entraban en tropel cargando contra los confiados y ebrios almogávares, la mayoría de los cuales había dejado sus armas en una alacena junto a la puerta.

—¡Coged los cuchillos, coged los cuchillos! —gritó Castelnou señalando las mesas.

Pero encima de aquellas mesas no había ni un solo cuchillo; con extraordinaria habilidad, todos los criados los habían retirado a la hora de servir las bandejas con los dulces.

—¡Se los han llevado, esos malditos se los han llevado! —gritó desesperado Rocafort.

Castelnou sacó de su bota una daga de palmo y medio de longitud, pero era el único que había tenido la precaución de esconder un arma entre sus ropas.

Entre la barahúnda que se formó en la sala, Jaime pudo ver cómo varios alanos cubiertos con corazas de hierro y enarbolando hachas de combate y espadas cortas se dirigieron a por Roger de Flor, quien intentó defenderse con la silla de madera en la que se había sentado. La resistencia del caudillo almogávar fue en vano, pues tres fornidos alanos lo sujetaron por las manos y los pies mientras un cuarto tiraba de su rubia cabellera hasta hacerle apoyar la cabeza sobre la mesa. Girgon, el capitán alano mercenario contratado por el príncipe, descargó entonces un certero golpe con su hacha que cercenó el cuello del jefe almogávar.

Mientras tanto, los alanos fueron liquidando a los indefensos almogávares, muchos de ellos tan borrachos que apenas podían mantenerse en pie; solo un grupo de cinco se defendía usando las sillas en un rincón de la sala; al frente de ellos estaba Castelnou, que por el momento conseguía mantener a raya a varios alanos utilizando su daga. Ante los gritos de júbilo de Girgon, que se subió encima de la mesa mostrando la cabeza de Roger en su mano, los que acosaban al grupo de Castelnou detuvieron su ataque por unos instantes para presenciar el triunfo de su jefe.

—¡Ahora, coged esa mesa, protegeos con ella y empujad hacia la puerta! —les indicó Castelnou aprovechando la duda de sus oponentes.

Los cinco almogávares, con Rocafort y Castelnou en

vanguardia, alzaron en vilo una de las mesas y, utilizándola como escudo, empujaron hacia la puerta en tanto Jaime protegía uno de los lados amenazando con su daga a los alanos.

En medio del caos consiguieron ganar la puerta y salir de la sala, pero al comenzar a correr para llegar al exterior del palacio, Rocafort fue alcanzado por un golpe en la cabeza. Al oír el grito de su amigo, Castelnou se giró y se encontró de bruces con un enorme alano presto a descargar de nuevo su enorme maza. El templario esquivó el golpe y contraatacó clavando toda la hoja de acero de su daga en el hueco que se abría entre dos placas de acero del costado de la coraza del gigante. En el suelo, con el cráneo destrozado y sobre un gran charco de sangre, yacía el capitán Martín de Rocafort. Jaime comprobó que había muerto, apretó los puños y corrió cuanto pudo. Solo cuatro almogávares pudieron escapar de aquella matanza.

Cuando se dirigían fuera de las murallas en dirección al campamento, desde la distancia contemplaron cómo ardían las tiendas. Los miles de alanos y de turcopolos ocultos en la ciudad habían caído sobre los desprevenidos almogávares que se habían quedado en el campamento y los habían masacrado.

—La venganza puede esperar. Ahora nada hacemos aquí. Debemos regresar a Galípoli, avisar a los demás y defender a los nuestros.

Los tres supervivientes aceptaron la propuesta de su capitán y marcharon hacia el sur alejándose de los caminos.

Berenguer de Entenza, reconocido como nuevo comandante de la compañía, reunió en Galípoli a todos los capitanes. Allí se decidió vengar la traición y el asesinato de sus compañeros en Adrianópolis. La terrible ira de los almogávares caería sobre todos los griegos.

La noche era tibia y la luna brillaba como un círculo de plata. Castelnou la observó y pudo ver en el centro la mancha oscura que una leyenda identificaba como la sombra de Caín portando un haz de leña sobre la espalda, la imagen grabada en la superficie lunar del castigo divino que Dios impuso al hombre para que ganara el pan con el sudor de su frente.

El traidor al que había venido a matar ya estaba muerto, pero si hubiera podido salvarlo, lo habría hecho. Entonces comprendió que ya no tenía nada que hacer allí. Durante más de dos años había vivido como un almogávar más, había matado a varios hombres, habían muerto otros con los que había entablado amistad y había roto varias veces sus votos templarios. Era hora, pensó, de regresar al seno de la Orden. No tenía ningún otro lugar adonde ir.

12

El mar estaba tan en calma que las olas apenas levantaban una fina orla de espuma al barrer las doradas arenas de las playas de Limasol. Hacía quince días que Castelnou había abandonado Galípoli embarcado en una galera veneciana que lo había dejado en la isla de Rodas, el dominio de la Orden de San Juan, rival de los templarios, y desde allí había conseguido llegar a Chipre a bordo de un barco de carga que transportaba habitualmente caballos tanto a los templarios como a los hospitalarios.

Cuando llegó a la casa de la encomienda de Nicosia, el sol estival caía ardiente y pesado, como plomo fundido sobre los asolados campos de Chipre. Antes de presentarse ante el maestre, Castelnou se arregló la barba, se rasuró la cabeza y vistió el hábito reglamentario de la Orden. A sus treinta y cinco años, algunas canas comenzaban a poblar sus sienes, pero su fortaleza se mantenía intacta; incluso tal vez había ganado en fuerza lo que había perdido en velocidad. Los dos años y medio pasados entre los almogávares lo habían mantenido en buena forma, pues no había habido día en el que no hubiera estado o guerreando o cabalgando o dirigiendo el entrenamiento con espada de sus hombres.

Jacques de Molay estaba más delgado y parecía haber envejecido diez años. Recibió a Castelnou con un beso y lo apretó con fuerza en un largo abrazo.

—Sabía que lo conseguirías, hermano; nunca dudé de que más tarde o más temprano ibas a liquidar a ese bastardo que nos humilló en Acre —le dijo el maestre.

—No fui yo, hermano. Lo intenté, pero... no pude —se sinceró Castelnou.

—Hace un mes que nos enteramos de la noticia de la muerte de ese hijo de perra, y te aseguro que en todo el convento estalló una gran alegría, sobre todo entre los hermanos que sufrieron la derrota de Acre. La venganza de aquella afrenta ya está lograda; esa era una cuenta pendiente que no podíamos perdonar. Toda la Orden te lo agradece.

—Perdona, hermano maestre, pero insisto en que yo no tuve nada que ver con la muerte de Roger de Flor; fue el heredero de Bizancio quien le tendió la trampa, yo estaba con él...

—No importa cómo sucedió. Ese perro está muerto y ahora arderá en el infierno por toda la eternidad. Nadie puede escapar de la justicia del Temple.

Castelnou intentó explicarle al maestre lo ocurrido, pero era evidente que Molay no deseaba escucharlo; solo le interesaba que el renegado que los había humillado estaba muerto y que en adelante habría muchos que pensarían que quien se enfrentaba a los templarios tenía todas las de perder.

A comienzos del siglo XIV, el Temple seguía siendo demasiado poderoso. La disminución de las rentas de sus encomiendas en Europa se había suplido con el ahorro que le suponía el no mantener ninguna fortaleza en Tierra Santa, y aunque ya no llegaban ni hombres ni dinero en las enormes cantidades de épocas anteriores, su red de encomiendas y sus negocios seguían siendo los más importantes de la cristiandad.

Tantas riquezas despertaron la envidia de algunos príncipes, y fueron los agentes de estos soberanos quienes iniciaron una soterrada campaña para desprestigiar a la orden templaria. El más interesado en apoderarse de sus propiedades era el rey Felipe de Francia. Este monarca tenía una complexión equilibrada, miembros proporcionados, piel blanquísima y rostro sereno, de ahí que sus súbditos lo conocieran como Felipe el Hermoso.

Había razones muy poderosas para la ambición del rey francés. Su hacienda estaba en la ruina a causa de las guerras con Aragón y de las enormes deudas acumuladas por sus predecesores. Los agentes habían advertido a su soberano que o bien se buscaba algún remedio urgente a sus maltrechas finanzas, o bien la corona de Francia acabaría en bancarrota, y eso podría hacer peligrar la continuidad de la dinastía que Hugo Capeto fundara hacía más de trescientos años.

El tesoro de la corona francesa se guardaba en la casa del Temple en París, de manera que los funcionarios reales sabían que la Orden era dueña de una considerable fortuna. Al ser informado Felipe de ello, ideó un plan demoniaco. Si lograba apoderarse de las riquezas del Temple, no solo acabarían de golpe sus problemas financieros, sino que también conseguiría el reconocimiento de sus súbditos, siempre recelosos al excesivo orgullo que mostraban los caballeros templarios cada vez que aparecían en público.

Para llevar a cabo su plan, el rey Felipe necesitaba controlar el papado, la única autoridad a la que los templarios prestaban obediencia, pero en ese camino el papa Bonifacio VIII era un inconveniente. Este pontífice no había aceptado la sumisión a Francia y por ello los agentes de Felipe el Hermoso planificaron una terrible e injuriosa campaña contra él. Mediante pasquines y cartas enviadas a diversas personalidades de la Iglesia, acusaron al pontífice de cometer hasta veintinueve delitos; dos de ellos gravísimos y de manera reiterada, los pecados de herejía y sodomía, que se contaban entre los más horrendos en los que podía caer un cristiano. Bonifacio acusó de intromisión y excomulgó al rey de Francia, pero este respondió sitiándolo en la localidad de Agnani en el mes de septiembre de 1303. Acosado por los agentes de Felipe el Hermoso, uno de ellos, un florentino llamado Sciarra Colonna, lo abofeteó en público. Bonifacio VIII no pudo soportar semejante afrenta y murió poco después de vergüenza. Tras su muerte, fue elegido nuevo papa Benedicto XI, que falleció envenenado unos meses más tarde.

Cuando Jaime de Castelnou apareció en Chipre, Jacques de Molay estaba preparando un viaje a Europa. El maestre había recibido un informe secreto del comendador de la Orden en París en el que le transmitía su preocupación por las apetencias que el monarca francés estaba mostrando hacia el tesoro del Temple. Felipe IV, acuciado por gravísimos problemas financieros, había comentado en alguna ocasión con sus consejeros que con el tesoro del Temple en sus manos quedarían zanjadas todas sus dificultades.

Molay le explicó la situación a Castelnou.

—Dentro de unos días zarparemos hacia Europa, y tú me acompañarás a Roma y a París. Antes de que muriera el papa Benedicto, pude convencerle para que convocara una nueva cruzada, pero no hubo tiempo de hacerlo; lo asesinaron antes de que eso sucediera. Hace meses que la cristiandad carece de pontífice, y hemos de lograr que el que sea nombrado acepte predicar esa cruzada. Si conseguimos que lo haga y que respondan a su llamada los reyes de la cristiandad, y sobre todo el rey de Francia, en ese caso tal vez se olvide por algún tiempo de nuestro tesoro. Hay que convencerlo de que puede ganar mucho oro y plata en Tierra Santa luchando contra los mamelucos y conquistando sus tierras. Todavía confío en que los mongoles y los armenios vuelvan a combatir junto a nosotros en caso de que un gran ejército cristiano desembarque aquí en ultramar.

—Son tiempos muy convulsos para la cristiandad

—repuso Jaime—. Te puedo asegurar, hermano maestre, que no existe voluntad en los cristianos de luchar unidos contra un enemigo común. Tal vez haya pasado el tiempo de la unidad, pues ahora priman la traición y el engaño. Yo mismo he visto cómo se extendían estos pecados entre los cristianos.

—Lo sé. El papa me previno en una carta sobre las intenciones de Felipe de Francia, su extrema ambición y su avidez por el dinero y el poder; tal vez fuera asesinado por eso. De ahí que nuestra única posibilidad sea desviar su atención.

»Voy a revelarte un secreto —añadió—. Desde las derrotas en Acre y en la isla de Ruad, nuestra Orden apenas dispone de caballeros en condiciones de luchar. Lo mejor del ejército templario ha caído combatiendo por Cristo en los campos de batalla de Oriente; los hermanos de las encomiendas de Europa no están en condiciones de luchar, pues son viejos, tullidos o están mutilados. Lo que queda de la gloriosa caballería del Temple es lo que puedes ver en Chipre: unos pocos centenares de caballeros y sargentos, y algunos ballesteros. Tú mismo eres nuestro mejor soldado, y mírate, ¿qué edad tienes?, treinta y tres, treinta y cuatro años...

—Treinta y cinco —precisó Castelnou.

—Y eres de los más jóvenes... Por eso no tenemos otro remedio que tratar de llegar a acuerdos con el rey Felipe —repuso el maestre—. ¡Ay si tuviéramos un ejército de caballeros de Cristo como antes! Si fuéramos cuatro o cinco mil, yo mismo dirigiría las tropas contra el corazón del sultanato mameluco, y te aseguro, hermano Jaime, que entraríamos triunfantes en El Cairo. Pero nuestra verdadera situación es bien distinta. Nuestras encomiendas ya no envían las rentas de antaño. Nuestras explotaciones agrícolas producen menos trigo, menos vino, menos aceite, y aunque ya no tenemos que cubrir los gastos de mantenimiento de los castillos y las fortalezas que antes poseíamos en Tierra Santa, cada vez cuesta más mantener nuestra red de casas y conventos.

»Conseguí convencer al papa Benedicto para que convocara esa nueva cruzada, y ahora quiero ir en persona hasta París para intentar hacer lo mismo con el rey de Francia y con la nobleza de esa nación. Por eso te necesito en esta empresa.

—Mi deber es cumplir tus órdenes, maestre, así lo juré cuando profesé en el Temple.

—El sepulcro de Cristo debe ser liberado del dominio de los infieles sarracenos. Nosotros somos los últimos verdaderos soldados de Nuestro Salvador que quedamos sobre la tierra, no le podemos fallar.

—Haré lo que dispongas, hermano maestre.

Pocos días después, Molay, Castelnou y veinte templarios más zarparon del puerto de Limasol rumbo a Occidente. Vestidos con sus hábitos blancos, la cruz roja sobre el hombro izquierdo, parecían fantasmas perdidos en un tiempo que ya no era el suyo.

13

Vacante el trono de la Iglesia, la ciudad de Roma no tenía para los templarios el menor interés, por eso se dirigían a París. Molay sabía por los informes llegados de Francia que el rey Felipe estaba tramando un plan para controlar directamente el papado, y que no dudaría, como señalaba el rumor, en asesinar a cuantos papas se cruzaran en su camino si se oponían a sus deseos. La presión del monarca sobre los cardenales que tenían que elegir al nuevo pontífice era cada vez mayor, y nadie dudaba de que la larga mano del soberano capeto estaba detrás de cuanto se movía en torno a la Santa Sede.

Tras desembarcar en Marsella y cruzar Francia de sur a norte, la comitiva templaria entró en París el primer día de agosto. Al llegar a la sede del Temple, Castelnou se quedó asombrado. La casa de la Orden en la capital francesa era una enorme propiedad en la que, protegidos por un poderoso muro, se alzaban varios edificios, entre los que destacaba un enorme torreón de planta cuadrada con torrecillas ultrasemicirculares en cada una de las cuatro esquinas y una iglesia construida en el nuevo arte de la luz, tan grande como una catedral.

Entraron en el recinto a través de un portón donde varios sirvientes hacían guardia bajo el mando de un sargento. Allí los esperaban el comendador de París, el tesorero y todo el capítulo de la casa parisina del Temple. Molay fue saludando con un beso a todos y cada uno de los hermanos de la encomienda, y les presentó a los miembros de su comitiva. En cuanto descabalgaron, se dirigieron a la iglesia y rezaron una oración de acción de gracias. Una luz tornasolada en varios colores iluminaba la iglesia y envolvía a aquellos hombres en un profundo misticismo.

Tras finalizar el oficio religioso, el maestre convocó una reunión en la sala capitular. En ella ordenó la celebración en París de un cónclave de la Orden a partir del día 24 de agosto. Quedaba poco tiempo, pero deberían acudir cuantos comendadores de Francia estuvieran en disposición de hacerlo.

Durante todo el mes de agosto, Jacques de Molay y Jaime Castelnou fueron perfilando la estrategia a seguir en el cónclave. La intención de aquel era influir en la elección del nuevo papa, pero el modo en el que se comportaba no destacaba precisamente por la diplomacia. En el cónclave, Molay transmitió a los comendadores sus deseos. Durante cinco días se debatió en la sala del capítulo la conveniencia de intervenir de manera mucho más activa en el gobierno de la Iglesia. Algunos comendadores se quejaron de la pérdida de influencia, y echaron de menos los tiempos en los que la Orden era la más poderosa y adinerada organización de toda la cristiandad.

Molay estaba como paralizado; una y otra vez, ante las propuestas para actuar con mayor contundencia, respondía que el deber de todo templario era obedecer al papa, y como por el momento la Iglesia carecía de su cabeza visible, lo único que podían hacer era rezar para que el nuevo pontífice convocara a una nueva cruzada. El cónclave finalizó sin otra resolución que rezar y rezar para que el nuevo pontífice se comprometiera con el espíritu de los cruzados.

Mientras la cristiandad aguardaba expectante a que los cardenales eligieran nuevo pontífice, Jaime de Castelnou intentó enterarse de las verdaderas intenciones del rey de Francia. Hacía tiempo que se había dado cuenta de que Molay no se conducía con la necesaria inteligencia. Conforme pasaban los días, el maestre demostraba una considerable incompetencia, mayor inoperancia y una enorme incapacidad para atajar los graves peligros que estaban acechando al Temple. Jaime entendía que su labor al frente de la Orden no iba a procurar ningún beneficio a la misma, pero era el maestre legítimo y tenía el deber de apoyarlo.

Durante varias semanas se preocupó por recabar información sobre las intenciones del astuto rey de Francia, y cuanto más sabía, más convencido estaba de que el monarca tramaba algún tipo de plan para apoderarse de los bienes de la Orden. Consiguió permiso para revisar el tesoro del Temple, los fondos privados y los de la corona de Francia depositados en la sala del tesoro del enorme torreón, y pudo comprobar que las cuantías allí custodiadas eran mucho menores de lo que pudiera pensarse. Desde luego, con los fondos del rey apenas podían cubrirse siete u ocho meses de sus gastos, de modo que en cuanto se acabaran, no le quedaría más remedio que expoliar los del Temple.

Un joven templario recién incorporado a la Orden y con el que solía conversar en los momentos de descanso entre oración y oración le informó de que ese mismo verano algunos agentes reales habían ido divulgando varias falsedades sobre el Temple. Aquello le interesó mucho a Castelnou y le pidió más detalles.

—No sé si debería hablar de esto; solo son vagos rumores.

—Debes hablar de cuanto sirva para el bien de nuestra Orden.

El joven templario reveló que los espías del rey y sus agentes iban diciendo a cuantos querían escucharlos que los hermanos del Temple eran unos orgullosos engreídos, que por ellos se había perdido Tierra Santa y que en sus conventos solían cometerse todo tipo de delitos, pecados y herejías.

—¿Cómo te has enterado?

—Me lo ha contado mi hermano mayor; es el cabeza de nuestra familia y un caballero muy prestigioso. Lo ha hecho para prevenirme, porque él es leal a su rey.

—Informaré de esto al maestre.

—Por favor, no le digas que te lo he contado yo —suplicó el joven.

—No lo haré —le aseguró Jaime—, pero si te enteras de algo más, me informarás de inmediato.

—Así será.

Castelnou acudió a la iglesia y se sentó cerca del altar para reflexionar. El día estaba gris y la luz del sol apenas brillaba, pero las vidrieras reflejaban un ilusorio mundo de escenas de colores. Tras escuchar a su joven compañero y conocer los fondos del tesoro, estaba convencido de que Felipe el Hermoso no se contentaría con un nuevo préstamo. Anduvo largo rato dándole vueltas a la cabeza sobre qué hacer. Su obligación como templario era informar al maestre de lo que sabía, pero dudaba de que Molay reaccionara de la manera más oportuna y apropiada a los intereses de la Orden. Aun así, por obediencia a sus votos, decidió informar de todo ello al maestre:

—Tengo noticias de que el rey de Francia está llevando a cabo una campaña para desprestigiarnos; por lo que he podido averiguar, varios agentes reales están difamando a nuestra Orden entre los habitantes de París y de otras ciudades del reino. Según mis apreciaciones, está intentando crear un clima de animadversión hacia nosotros con la intención acabar con el Temple, o al menos de apoderarse de nuestros bienes.

Jacques de Molay escuchaba atento las palabras de Castelnou.

—¿Cómo sabes que es verdad lo que dices?

—Todo concuerda, hermano maestre. El asesinato del papa, los movimientos de los agentes del rey, sus cuentas... La moneda emitida ha sido depreciada varias veces en los últimos años, sin que esos remedios hayan logrado ninguna mejora. La gente de las ciudades empieza a pasar hambre, la cosecha de este año ha menguado, los almacenes de París carecen de reservas para llegar hasta la próxima cosecha y no hay fondos para comprar alimentos.

—La corona de Francia es rica —alegó el maestre.

—Pero tiene tantas deudas que no puede hacer frente a los préstamos —replicó Castelnou—. Me temo que el rey Felipe no tardará en volver sus ojos hacia las propiedades del Temple.

—¿Qué podemos hacer?

—Desde luego, sacar el tesoro de París y llevarlo a Chipre.

—Se notaría demasiado.

—No si lo hacemos con discreción. Todos los días entran y salen de esta encomienda varios carros cargados con todo tipo de mercancías; no sería difícil camuflar unas bolsas de monedas bajo un cargamento de heno o de paja.

Molay meditó unos instantes.

—No —dijo—. Somos templarios, los mejores soldados de Cristo. El Salvador nos protegerá.

—Pero, hermano maestre, el peligro...

—No insistas, hermano Jaime. Tal vez algún día ocupes mi puesto y entonces entenderás la razón de mis decisiones. Debo velar por la Orden, pero sobre todo por la cristiandad, a ella nos debemos y por ella hemos de realizar todo tipo de sacrificios. Es mi última palabra.

Castelnou acató la orden de su superior, pero estaba convencido de que constituía un grave error.

14

En noviembre, en la ciudad de Viterbo y tras una larga espera, Bertrand de Got fue elegido nuevo papa; era arzobispo de Burdeos y hombre de probada fidelidad a Felipe de Francia.

Al enterarse de la elección, Castelnou vio confirmadas todas sus sospechas. El nuevo papa no predicaría ninguna cruzada, no se opondría a los intereses del rey y no apoyaría al Temple. Los agentes reales, encabezados por el siniestro Guillermo de Nogaret, un jurista que se había convertido en la mano derecha y hombre de confianza del soberano, habían actuado con extraordinaria eficacia.

El nuevo papa, que adoptó el nombre de Clemente V, de inmediato comenzó a favorecer todo cuanto supusiera un beneficio para el monarca francés. A finales de 1305, Felipe el Hermoso emitió declaración solemne y votos de cruzado, como ya hiciera su abuelo el rey San Luis, pero a la vez pidió al papa que estudiara la posibilidad de que se fusionaran en una sola las grandes órdenes militares de la cristiandad, sobre todo el Temple y el Hospital, con lo que se conseguiría una mayor efectividad. Eso sí, la nueva y gran orden resultante debería ser dirigida por uno de los hijos del rey.

—Aquí ya no hacemos nada —le dijo el maestre a

Castelnou—. Encárgate de organizar el viaje de regreso; volvemos a Chipre.

—¿Y el tesoro?

—Se queda en París; estará más seguro que en Chipre.

La comitiva templaria regresó a Nicosia en pleno invierno, desafiando las adversas condiciones de navegación que en esa época se suelen presentar en el Mediterráneo. Cuando llegaron al puerto de Limasol, todos dieron gracias a Dios por haberlos protegido en la travesía.

Entretanto, Felipe el Hermoso seguía adelante con su plan. El taimado Nogaret manejaba los hilos de una trama que cada vez resultaba más tupida y extensa. La situación del reino empeoraba por momentos. A comienzos de la primavera de 1306, las provisiones de reserva se habían agotado en la mayoría de las ciudades de Francia, y estallaron revueltas en las que la gente, desesperada por el hambre, se lanzó a las calles a protestar contra su monarca.

La gravedad de la rebelión fue tal que el mismísimo rey tuvo que correr a refugiarse en el recinto amurallado del Temple; fue allí y en ese momento cuando Felipe el Hermoso, ante el asombro de los hermanos de la encomienda parisina, solicitó ser admitido como miembro honorífico de la Orden. El comendador de París, avalado por todo el capítulo, rechazó la petición del rey, quien se mostró muy ofendido por ello.

Superadas las dificultades de las revueltas del pueblo parisino, Felipe IV ordenó a sus agentes que incrementaran la campaña de difamación contra el Temple. Los sicarios de Nogaret comenzaron a difundir por tabernas y mercados que los culpables de la carestía y la hambruna no eran otros que los templarios, que nadaban en la abundancia en sus conventos mientras el resto de la gente pasaba todo tipo de escaseces. Las acusaciones de acumular dinero y alimentos se mezclaron hábilmente con las de la comisión de graves delitos. Un segundo consejero del rey, Pedro de Blois, fue el encargado de escribir unos panfletos en los que se decía que los templarios estaban realizando prácticas de culto al diablo y ritos satánicos, y que Dios estaba castigando por ello a todos los hombres.

Seis meses después de que Jacques de Molay, Jaime de Castelnou y el resto de la comitiva regresaran a Chipre, se presentó en Nicosia un correo templario con una carta del comendador de París para el maestre. El portador de la misiva era Hugo de Bon, el joven templario que le confesara a Jaime las intenciones del rey de Francia.

El informe que portaba era demoledor. Durante la primavera de 1306, Guillermo de Nogaret y Pedro de Blois habían movilizado a decenas de agentes para seguir con las calumnias y difamaciones contra el Temple; en panfletos distribuidos por todas partes se decía que los templarios constituían una secta satánica en la que los neófitos eran obligados a escupir sobre el crucifijo, a blasfemar, a practicar actos de homosexualidad y a venerar a ídolos demoniacos, delitos que la Iglesia castigaba con la muerte.

Ante el capítulo reunido en Nicosia, Hugo de Bon mostró uno de aquellos panfletos. Molay lo examinó detenidamente, hizo que Castelnou lo leyera en voz alta y luego preguntó si estaba firmado.

—No, hermano maestre, es un escrito anónimo —respondió Jaime.

—En ese caso, ha podido escribirlo cualquiera —supuso Molay.

—Pero se han distribuido cientos, tal vez miles de ellos en todas las ciudades del reino de Francia; eso solo han podido hacerlo gentes al servicio del rey —alegó Hugo de Bon.

—¿Tienes pruebas fidedignas de que ha sido así? —le preguntó el maestre.

—Hay muchas evidencias.

—Quiero pruebas, testigos, firmas...

—En París todo el mundo sabe que es el rey quien ha inspirado y consentido esta campaña —insistió Hugo.

—Sin pruebas nada podemos hacer. Además, en ese informe se asegura que el rey solicitó entrar en el Temple y que el capítulo de París negó su petición. No es lógico que pida ingresar en una orden a la que, por otro lado, quiere desprestigiar de semejante modo. ¿No crees?

—Eso fue una estratagema, una burla. La hizo cuando estaba a nuestra merced, refugiado en nuestra casa de París para protegerse de la multitud que quería lincharlo. De no haber sido por el Temple, Felipe el Hermoso estaría muerto —expuso el joven templario, y añadió—: Además, está ese malvado de Nogaret...

—Es un fiel consejero real.

—Si me permites, hermano maestre, te diré que estudió leyes en Montpelier, en el país de los cátaros, y que fue escalando puestos hasta que el rey le encomendó acabar con el papa Bonifacio VIII. Se dice de él que es hijo de un hereje cátaro y que por eso ha jurado destruir a la Iglesia, o al menos hacerle todo el daño que pueda. Es un hombre lleno de ambición, que no se detendrá ante nada para lograr sus propósitos —explicó Hugo con la contundencia y la seguridad de quien está convencido de que dice la verdad.

—Haz caso al hermano Hugo, hermano maestre —terció Jaime—. Nuestra Orden está en un grave peligro. Nogaret es un individuo demasiado peligroso.

—Debemos confiar en Dios; somos sus soldados y estamos a su servicio. Nuestro Señor y su madre la Virgen no consentirán que nos ocurra ningún daño —concluyó Molay.

15

A finales del verano, unos mercaderes fieles al Temple llegaron a Nicosia con un nuevo mensaje del comendador de París. En él se decía que los rumores sobre las actividades heréticas de los templarios que circulaban por toda Francia se habían extendido ya a otras naciones de la cristiandad. Molay reunió al capítulo de la Orden en Nicosia, ante el cual Castelnou fue el primero en hablar:

—Ya no se trata de unos comentarios aislados en una taberna de París pronunciados por un borracho. Los agentes del rey de Francia están calumniando a nuestra Orden por todas partes. Las acusaciones que se nos hacen son gravísimas; se nos tilda de altaneros y orgullosos, de acumular riquezas a costa de la pobreza de los demás cristianos, de practicar ritos secretos y de Dios sabe cuántas falsedades más. Todas estas mentiras han calado, al parecer, entre las gentes sencillas, que han comenzado a mirar hacia el Temple como a su gran enemigo. El rey Felipe está haciendo todo lo posible para poner a la cristiandad en nuestra contra.

—¿Con qué motivo crees que lo hace, hermano Jaime? —demandó el maestre.

—Es evidente que ambiciona nuestras propiedades y nuestro tesoro, y que no se detendrá hasta conseguirlos. Hemos sabido que a comienzos del mes de julio expulsó a los judíos de su reino, y lo hizo para apropiarse de la mayoría de sus bienes. ¿Sabéis, hermanos?, creo que con el Temple hará lo mismo.

—Los judíos asesinaron a Nuestro Salvador, nosotros somos sus soldados; existe una enorme diferencia entre ambos —replicó el maestre.

—Para un hombre tan codicioso como el rey francés, no. En los judíos no ha visto unos enemigos de la fe cristiana, sino una fuente de ingresos para sus arcas; en nosotros no verá a los defensores de la religión cristiana, sino a los propietarios de unos bienes que ambiciona. El color y el valor de la plata y del oro de los judíos y de los templarios son los mismos. Lo que les ha ocurrido a los judíos no es sino el precedente de lo que nos pasará a nosotros si no reaccionamos a tiempo —señaló Castelnou.

Entre los templarios asistentes al capítulo se extendió un rumor que Molay acalló de inmediato:

—Silencio, hermanos. El papa Clemente ha enviado una misiva en la que nos cita en Poitiers a mí y al maestre del Hospital para mediados del mes de noviembre de este año. Propone la fusión de nuestras dos órdenes en una sola, y nos pide que preparemos sendos informes sobre esta cuestión. Por tanto, partiré de inmediato hacia Francia; vendrán conmigo veinticinco caballeros, cincuenta sargentos, cien escuderos y doscientos sirvientes. Viajaremos con todo el boato posible. Hemos de mostrar en todas las tierras que atravesemos que el Temple sigue siendo poderoso y fuerte.

—Se equivoca, el maestre se equivoca —comentaba Jaime de Castelnou con Hugo de Bon al finalizar la sesión—. Cuanta mayor sea la ostentación con la que aparezcamos delante de la gente, mayor será su rencor hacia nosotros. Ese ha sido el principal error del Temple: vivir al margen de la gente cristiana a la que juramos defender. Hemos seguido la regla de san Benito desde nuestros orígenes, pero no nos dimos cuenta de los cambios que se produjeron en la cristiandad. Solo los observó y supo entenderlos Francisco de Asís.

—¿Abogas por una Iglesia de los pobres, como los herejes Dulcino o Pedro el Ermitaño? —preguntó extrañado Bon—. Eso es una herejía.

—No, claro que no. Dios ha puesto en la tierra a cada hombre en su sitio, y el plan de Dios debe cumplirse. Pero su hijo Jesucristo nos ordenó practicar la caridad, aunque tal vez no le hayamos hecho demasiado caso.

—Nosotros damos de comer a muchos pobres en nuestra casa de París.

—Sí, es uno de los preceptos de la regla. Pero fíjate, hermano, en las enormes riquezas que atesoran algunas abadías y catedrales.

—El Temple también dispone de un gran tesoro.

—Ya no es tan grande, te lo aseguro, pero solo se emplea para mayor gloria de Cristo, para rescatar cautivos y para luchar en defensa de la cristiandad. Al profesar en la Orden juramos el voto de pobreza, junto con los de castidad y obediencia, pero el primero es el de pobreza. Cuando un hombre decide hacerse templario sabe que debe renunciar al mundo, a sus riquezas, al placer de las mujeres, a su propia voluntad. Solo somos humildes siervos y pobres caballeros de Cristo y de su Iglesia. Así ha sido y así debería seguir siendo, pero nos hemos olvidado de las cosas de este mundo.

—Estamos en él —alegó Hugo de Bon.

—Eres demasiado joven, hermano, y no has tenido, ni probablemente tengas nunca, la oportunidad de luchar contra el enemigo común de todos los cristianos: el islam. Hubo un tiempo ya lejano en el que los reyes de la cristiandad acudían a la llamada del papa y enviaban sus mejores tropas, o venían ellos mismos hasta ultramar, henchidos sus pechos de amor a Cristo, dispuestos a derramar su sangre para recuperar primero y mantener después los Santos Lugares bajo dominio cristiano. Eran tiempos difíciles pero hermosos en los que los hermanos templarios cabalgábamos bajo el estandarte blanco y negro, unidos por un mismo grito: *Nos nobis, Domine, non nobis, sed Tuo nomine da gloriam.*

—¿Viviste tú esos tiempos?

—Solo el final de los mismos. Cuando yo llegué a Tierra Santa, tenía más o menos tu edad; de esto hace ya dieciséis años. Los mamelucos estaban a punto de asediar San Juan de Acre y de expulsar a los cristianos. Luché sobre los muros de la ciudad, y allí me hubiera gustado morir, al lado de mis hermanos, pero me encomendaron una misión: custodiar el tesoro del Temple y llevarlo hasta Chipre. Todavía no he podido averiguar por qué fui yo el elegido para sacar de allí nuestro tesoro.

—Me hubiera gustado estar en Acre.

—Fue terrible. Murieron miles de cristianos y centenares de hermanos templarios. Los mamelucos estaban dispuestos a acabar con todos nosotros. La guerra en ese tiempo era despiadada. En las batallas la sangre corría por el suelo como el agua de lluvia tras una tormenta. Yo he visto mezclarse la sangre con la tierra de tal manera que se formaba un barro que llegaba a teñirse de rojo.

»En la batalla de Hims —prosiguió Jaime— se derramó tanta sangre que a su final no era posible distinguir los hábitos blancos de los templarios de los rojos de los hospitalarios. He visto tanta muerte...

—Dicen aquí que eres el mejor luchador del Temple.

Castelnou sonrió con un cierto deje de amargura.

—Tuve un gran maestro de esgrima y Dios me ha dado un brazo fuerte y un cuerpo ágil; si tengo algún mérito por ello es porque así lo ha querido el Señor.

—¿Lucharías contra el rey de Francia?

—¿Por qué me preguntas eso, hermano Hugo?

—Porque temo que no nos quedará otro remedio.

—No. Los templarios no debemos pelear contra otros cristianos, lo prohíbe nuestra regla.

—Pero ya lo hemos hecho en algunas ocasiones. Uno de los hermanos de este convento de Nicosia me contó hace unos días que no le importaría liquidar a unos cuantos hospitalarios.

—Bueno, se trata de una vieja rivalidad entre ambas órdenes, no le hagas demasiado caso. Además, existe ese plan del papa para que las dos se fusionen en una sola.

—Sí, ya lo sé, pero, por lo que he oído a los hermanos mayores, ningún templario parece dispuesto a que esa unión se produzca; y el maestre también ha dejado clara su postura al rechazarla.

—Claro que no. El Temple se fundó hace casi doscientos años, y así debe seguir siendo. Y ahora vayamos a la capilla, es hora del rezo. Y no hables tanto; deberías saber que nuestra regla recomienda silencio, mucho silencio.

16

Dos galeras templarias y cuatro barcos de carga especialmente construidos para transportar caballos estaban fondeados en el puerto de Limasol. El maestre y toda su comitiva, integrada por cuatrocientos hombres y doscientos caballos, estaba ya embarcada a la espera de que se diera la orden de levar anclas. Sobre los mástiles más elevados de los seis navíos ondeaba el estandarte blanco y negro de los templarios.

El capitán de la galera capitana avisó de que todos estaban listos, y el maestre autorizó que se zarpara. El capitán dio la orden con las banderas de señales y la flota comenzó a bogar rumbo al oeste. Navegarían hasta el puerto de Marsella, controlado por el emperador de Alemania, en el menor tiempo posible. Los barcos se habían aprovisionado de tal manera que si no había contratiempos podrían llegar sin recalar antes en ningún puerto.

El ritmo de navegación fue frenético; las dos galeras se adelantaron enseguida a las cuatro naves de carga, y a la segunda jornada ya habían perdido contacto visual con ellas. Día tras día, sin detenerse para nada, las galeras avanzaron con celeridad, aunque debieron esperar a las naves de carga, que navegaban más despacio. Tres semanas después de haber partido de Limasol avistaron la costa de Marsella.

A continuación, los templarios hicieron el camino de Marsella a Poitiers formados como un formidable ejército. En la vanguardia, y tras el portaestandarte, cabalgaban veinte caballeros, todos de blanco, con sus capas marcadas por la cruz roja, escoltando al maestre Molay; después iban los carros con los sirvientes y escuderos, y en la reta- guardia, los cincuenta sargentos con sus mantos negros y cinco caballeros más que cerraban el grupo.

Al pasar por pueblos y aldeas, decenas de personas salían de todas partes a presenciar aquel cortejo; los caba- lleros y los sargentos cabalgaban orgullosos y altivos, tal cual les había pedido Molay que lo hicieran, sin descom- poner en ningún momento el paso.

Castelnou marchaba tras el estandarte picazo, al lado del joven Hugo de Bon, que parecía encantado con aquel desfile que estaba atravesando media Francia. Una vez alcanzaron Poitiers, los templarios se instalaron en la en- comienda de la Orden; hubo que habilitar espacios en los graneros e incluso en establos para acomodar a tan amplio séquito.

La entrevista con el papa Clemente V y con el maestre del Hospital se celebró en la iglesia de Santa María. Ambos maestres habían preparado sus respectivos informes y en ambos se reiteraba la negativa a fusionarse. Eran demasia- dos años de enfrentamientos como para saldarlos con un mero decreto de unión.

El humo del incienso recién quemado ascendía a lo alto de las naves de la iglesia inundándolo de un olor profundo y embriagador. El papa Clemente estaba senta- do delante del altar mayor, en un sitial que se había preparado para la ocasión, rodeado por su curia de cardenales y obispos. A su derecha, en unos bancos, lo hacían los hospitalarios, con su maestre en el primer lugar, y a su izquierda los templarios, con el maestre Jacques de Molay. Todos vestían sus hábitos reglamentarios.

El papa ofició un tedeum y él mismo abrió la reunión:

—Hermanos, la Iglesia de Cristo atraviesa unos momentos muy delicados. El Maligno acecha en espera de que entre nosotros los cristianos estallen disensiones, que él se encarga de sembrar día a día. No lo escuchéis. Hoy, más que nunca, es necesaria la unidad de todos los católicos, y para ello, los hombres de fe debemos dar ejemplo. Hace ya tiempo que algunas voces dentro de la Iglesia han abogado por la unión de vuestras dos órdenes. Los caballeros del Temple y los del Hospital sois los primeros defensores de Cristo y de los fieles de su Iglesia. Durante muchos años habéis luchado en la primera línea, donde había más peligro y donde el sacrificio era mayor. Habéis entregado a Cristo a vuestros mejores hermanos, y nadie como vosotros ha combatido con tanto ardor en defensa de la cristiandad. Pero los tiempos cambian, las viejas ideas se desvanecen y los cristianos necesitan nueva savia vivificadora. Así, es nuestro deseo que las dos órdenes más importantes de la cristiandad os unáis en una sola, que los hermanos templarios y los hermanos hospitalarios se fundan en una nueva orden de caballería. Vuestros objetivos son los mismos, vuestros deseos, también, y vuestra identidad no puede estar por encima de los intereses de la Iglesia.

»Nos, como vicario de Cristo en la tierra, y por la autoridad que nos confiere el Espíritu Santo, os convocamos para que os pongáis de acuerdo, y que ambas órdenes, las más excelsas de la caballería cristiana, renunciéis a vuestras diferencias y en beneficio de la Santa Madre Iglesia iniciéis un proceso que conduzca a la unidad en una sola regla, más grande, más poderosa y más eficaz en la defensa de la fe de Dios y de los intereses de su Iglesia.

»¿Qué tenéis que decir?

El primero en hablar fue el maestre del Temple, que se levantó de su banco y se colocó en el centro de la iglesia para dirigirse al papa:

—Santidad, la Orden del Temple fue instituida para la defensa de los Santos Lugares, la protección de los peregrinos y la lucha contra los infieles. Uno de los mayores santos de nuestra Iglesia, el venerable Bernardo de Claraval, realizó un elogio de nuestra misión y nos llamó «los pobres caballeros de Cristo». Desde entonces, nuestra tarea no ha sido otra que la que nos marcaron nuestros fundadores. Durante dos siglos hemos atesorado bienes y riquezas con una sola finalidad: que sirvieran a la causa de Cristo en la tierra. Es por eso por lo que hemos administrado nuestros bienes con prudencia, tratando siempre de que fueran útiles para cumplir nuestra misión. Si aceptamos la unión que vuestra santidad nos propone, esos bienes dejarían de ser administrados por nosotros y podrían ser empleados para fines bien distintos para los que fueron destinados.

»Ser templario es la mayor distinción que pueda recaer sobre un caballero cristiano —prosiguió Jacques de Molay—. Este hábito ha sido vestido por los mejores hombres del mundo y por él han caído en los campos de batalla de ultramar miles de nuestros hermanos. Sería una traición a su memoria, a sus ideales, a todo aquello por lo que lucharon si ahora renunciáramos a él. Nuestra posición, santidad, es que la Orden del Temple debe continuar tal cual se fundó.

Dicho esto, el maestre se sentó entre los murmullos de aprobación que surgían de los bancos templarios por su discurso.

El papa, con rostro severo, indicó con un gesto de su mano al maestre de los hospitalarios que había llegado su turno. Este se levantó, inclinó la cabeza en una reverencia hacia Clemente V, y habló desde su sitio:

—Nuestra Orden es más antigua que la de los hermanos templarios. Nacimos para acoger a los peregrinos cristianos que acudían a los Santos Lugares para venerar el nombre de Dios. Nadie puede darnos lecciones de defensa de la cristiandad. Durante todo este tiempo hemos estado al lado de los débiles, de los indefensos y de los enfermos; todo nuestro afán consiste en contribuir al triunfo de la Iglesia.

»Este hábito —el maestre se aferró a su capa roja con la cruz blanca— ha sido llevado antes que yo por miles de hermanos. Creo que ninguno de ellos permitiría que fuera sustituido por otro. Por ello, la Orden del Hospital me ha encomendado que os comunique, santidad, que ni un solo de sus hermanos está dispuesto a unirse a los templarios. El Hospital debe seguir siendo una orden autónoma.

Castelnou, sentado en el segundo banco del Temple, observó el rostro airado de Clemente V. Estaba seguro de que había recibido instrucciones del rey Felipe para presionar a los templarios y que aceptaran la unión con los hospitalarios, con el único objetivo de disolver al Temple. Una vez perdida su identidad, sería más fácil apoderarse de sus riquezas. Y en ello se ratificaba tras haber oído la intervención del maestre hospitalario, que le había parecido un tanto falsa, como si la negativa a la unión dependiera de la actitud del Temple y no de la propia voluntad del Hospital.

Tras escuchar atentamente a los dos maestres, intervino el papa:

—Creíamos que vuestros legítimos intereses estarían supeditados al bien común de la cristiandad, pero vemos que no es así.

—Los intereses de la cristiandad son los mismos que los de los templarios, santidad —repuso Jacques de Molay—. No veo ninguna contradicción en nuestra actitud de querer mantener la Orden y defender a la vez a todos los creyentes de Cristo.

—¿No entendéis que seríais mucho más eficaces juntos que separados? —demandó el papa.

—La Iglesia tiene muchas órdenes, y siguen apareciendo otras nuevas. San Agustín, San Benito, San Francisco de Asís o el beato Tomás de Aquino fundaron reglas religiosas para mayor gloria de la Iglesia. Nadie ha dudado jamás de su esencia, y nadie ha postulado por la unificación en una sola de todas las órdenes monásticas o mendicantes —dijo el maestre templario, y añadió—: A Cristo y a su Iglesia se les puede servir desde distintas opciones.

—Esas órdenes a las que os referís tan solo rezan; vosotros, además, lucháis, y ahí es donde la unidad es necesaria, en el combate contra el islam.

—No somos dueños de la orden en la que profesamos; solo Cristo es Nuestro Señor, y Él inspiró nuestra sagrada regla, a la que no podemos traicionar.

—Jurasteis obediencia al papa, y el papa somos Nos, y Nos representamos a Cristo en la tierra, somos su vicario.

—Sí, santidad, sois el vicario de Cristo, por eso sé que jamás actuaréis en contra de sus designios, porque gracias a ellos existe el Temple, y por ellos y para ellos ha de seguir existiendo. ¿Acaso estaban equivocados todos nuestros predecesores?, ¿estaba equivocado san Bernardo cuando inspiró el espíritu que dictó nuestra regla?, ¿estaban equivocados todos los maestres que me han precedido en el gobierno del Temple? Creo que no. Creo firmemente en la verdad revelada a nuestros antecesores; creo en la fuerza divina que ha guiado nuestro brazo durante dos siglos, y creo en la sangre de nuestros hermanos vertida en las arenas de Tierra Santa para mayor gloria de Cristo y de su Iglesia. No, santidad, sé que vuestra mente piensa lo mismo, y que por haber sido ungido por el Espíritu Santo, sé que no ordenaréis la unión del Temple y del Hospital. Se lo debemos a nuestros hermanos muertos.

»Aquí os dejo este memorando. —Molay depositó encima del altar un legajo de varias hojas de pergamino encuadernadas en cuero rojo—. Comprobaréis en él que la unión sería, además, muy injusta, pues el Temple es más rico, más poderoso y tiene más bienes y propiedades que la Orden de San Juan, y ello es debido a que durante dos siglos nuestros hermanos han sido los más diligentes a la hora de administrarla. Veréis en él, santidad, que aunque podrían extraerse ciertos beneficios de esa unión, lo cual reconocemos y admitimos, hemos concluido que serían mayores los defectos, por lo que el Capítulo General de la Orden del Temple ha aprobado por unanimidad rechazar dicha propuesta de unión.

»No obstante —añadió—, creemos que la unidad de acción debe ser nuestra guía en la guerra contra los sarracenos. Por ello, proponemos a vuestra santidad que emita una bula convocando a los príncipes de la cristiandad a realizar una nueva cruzada que ponga fin de manera definitiva a la presencia de los musulmanes en Tierra Santa y en todo el mundo si fuera posible —concluyó.

En la iglesia de Santa María se hizo un silencio metálico que incluso permitía escuchar el crepitar de las llamas de los cirios encendidos en torno al altar. El papa unió sus manos, levantó la cabeza lentamente y dijo:

—El hermano maestre del Temple ha hablado con la contundencia de un hombre de fe. Como servidores de la Iglesia, estamos convencidos de que lo mejor es la unión de las órdenes de caballería, pero entendemos la postura de ambos maestres y sabemos que lo que hacéis está guiado por vuestro amor al Temple y al Hospital. En virtud de lo cual, declaramos que se detenga cualquier proceso de unificación entre los caballeros templarios y los hospitalarios, y que unos y otros sigan ostentando sus títulos, privilegios y reglas. Y atendiendo a la justa proposición del hermano Molay —agregó—, procuraremos que los reyes de la cristiandad consideren la oportunidad de poner en marcha una nueva cruzada.

Tras la decisión papal, Molay apretó los puños y dibujó en sus labios un rictus de satisfacción. Por el contrario, el delegado del rey de Francia frunció el ceño y se levantó contrariado, saliendo de la iglesia a toda prisa.

De vuelta al convento, Jaime de Castelnou y Hugo de Bon comentaron los hechos acontecidos. Ambos convinieron en que la intervención del maestre había estado muy bien, y que se había mostrado sereno y confiado, pero a la vez rotundo y convincente en sus declaraciones.

Antes de partir hacia París se enteraron de que los almogávares habían puesto en marcha una terrible represalia por la muerte de Roger de Flor. Encabezados por su nuevo caudillo, Berenguer de Entenza, durante varios meses se habían dedicado al saqueo y al pillaje, y en ello seguían, intentando acabar con todo bizantino, turco o griego que se pusiera a su alcance.

Capítulo III

El sueño del grial

1

Una lluvia fina y helada caía inmisericorde sobre la comitiva de los templarios. Había salido de Poitiers de madrugada, días después de celebrada la entrevista con el papa Clemente en la que se había logrado mantener la independencia y la singularidad de la Orden, y avanzaba por el camino del norte hacia París en fila de a dos. Aunque el agua empapaba sus capotes de viaje, seguía pareciendo un cortejo digno de un rey. Los caballeros y los sargentos mantenían sus lanzas erguidas hacia el cielo plomizo, mientras cabalgaban en completo silencio, solo preocupados por mantener las líneas perfectamente ajustadas, como si estuvieran a punto de entrar en batalla.

Tras siete días de viaje avistaron las torres de la catedral de Nuestra Señora. Los bloques de caliza blanca recién tallados refulgían bajo la luz grisácea del cielo parisino. La ciudad se extendía por ambas orillas del Sena, en torno a dos islas abrazadas por el cauce del río y en las cuales se levantaban la propia catedral de Nuestra Señora y la Santa Capilla, en cuyo interior se guardaban las más preciadas reliquias de la pasión de Cristo.

En la casa del Temple ya sabían que el maestre había resultado triunfante de su entrevista con el papa en Poitiers, pero los templarios parisinos recelaban de ese éxito. Sabían bien que desde que se le negara el ingreso honorífico en la Orden, el rey Felipe había mostrado su disgusto contra ellos, y no había olvidado lo que consideraba una enorme ofensa contra su excelsa majestad.

Una vez instalados en la casa de París, los templarios de Chipre y los de Francia asistieron juntos a los oficios religiosos. Molay había ordenado que la vida de la Orden siguiera su curso habitual; así, las primeras semanas del año del Señor de 1307 discurrieron en la plácida monotonía por la que se regía el Temple en tiempos de paz.

Una mañana, después de la oración de la hora tercia, Molay hizo llamar a Castelnou. Jaime entró en la habitación donde estaba el maestre acompañado por un criado, que se retiró en cuanto los dos caballeros se saludaron. Molay estaba de pie, de espaldas a la puerta, mirando a través de una ventana que daba a unos jardines en el interior del convento.

—Siéntate, hermano Jaime —le ordenó sin girarse siquiera para mirarlo.

Castelnou dio dos pasos y se acomodó en la única silla colocada delante de una mesa. Encima de esta había una caja de plata sobredorada con nueve cruces templarias en oro que le resultó familiar.

—¿Qué deseas, hermano maestre?

—¿Recuerdas esta caja? —le preguntó señalándola.

—Creo que sí. Si no me falla la memoria, es la misma en la que se guardaba el santo grial en Acre. El maestre Guillermo de Beaujeu me encargó personalmente que la custodiara, junto con el resto del tesoro, hasta ponerla a salvo en Chipre y se hiciera cargo de ella un nuevo maestre.

—Así es. ¿Y llegaste a ver el grial?

—No. No abrí la caja, nadie me autorizó a hacerlo.

—Entonces, ¿no viste el cáliz?

—No, solo la caja.

Molay se acercó a la mesa, se sentó en la silla que había de su lado y abrió con cuidado la caja de plata. De su interior extrajo un lujoso paño que contenía un objeto que depositó lentamente sobre la mesa. Al retirar el paño quedó al descubierto un sencillo vaso de piedra semipreciosa, de color rojizo con vetas oscuras. Molay se arrodilló y se santiguó; Jaime hizo lo mismo. El maestre inició el rezo de un padrenuestro que Castelnou continuó con devoción. Al acabar la oración, ambos volvieron a santiguarse y se sentaron cada uno en su silla.

—He aquí el santo grial. Este es el vaso en el que Cristo consagró el vino como su sangre en la primera celebración eucarística.

Jaime contempló la sagrada reliquia; los rayos de luz que penetraban por la ventana provocaban en la brillante y bruñida piedra del cáliz unas irisaciones tornasoladas.

—¿Qué tipo de piedra es? —preguntó Castelnou.

—La llaman «ónice» —respondió el maestre—. Es una piedra semipreciosa que presenta diversas variedades; solo se encuentra en canteras de Oriente; los romanos la apreciaban mucho y llegaron a fabricar con ella camafeos y piezas muy delicadas. Fíjate en su brillo y su finura. —Molay cogió el cáliz y lo acercó a Castelnou—. Tómalo.

—¿Puedo tocarlo?, ¿no es un sacrilegio?

—Por supuesto que no. Los templarios hemos sido los guardianes del cáliz durante dos siglos. Solo unos pocos conocemos su historia. Tú eres uno de los elegidos.

—Yo no tengo ningún mérito para ello.

—Lo tienes —repuso el maestre—. Pero primero escucha la historia. Después sabrás por qué se te encargó la sagrada misión de ponerlo a salvo junto con el tesoro de la Orden antes de la caída de Acre. Ahora bien —añadió—, tal vez no te guste cuanto vas a oír. En todo caso, ha llegado el momento de que sepas la verdad.

»Nuestra Orden se fundó pocos años después de la conquista de Jerusalén en la primera gran cruzada —empezó Molay—. El rey Balduino, el segundo de ese nombre en la Ciudad Santa, concedió a nuestro fundador, el maestre Hugo de Payns, el solar del templo de Salomón para que allí tuviera el Temple su primera casa. El edificio que le cedió había sido una mezquita llamada de Al-Aqsa, de gran veneración para los musulmanes. Hubo que consagrar la mezquita como iglesia, construir habitaciones para los nueve primeros caballeros templarios y habilitar unas bodegas que harían las veces de establos. Fue en el curso de esas obras donde apareció esta copa de piedra: el santo grial.

—No quisiera dudar, que nunca lo he hecho, pero ¿cómo podemos saber que este cáliz es en verdad el de la última cena? —preguntó Castelnou.

—Uno de los nuestros, un caballero templario de la nación alemana llamado Wolfram von Eschenbach, escribió un largo poema al que tituló *Parzival*, el nombre de uno de los caballeros de la Mesa Redonda del rey Arturo de Bretaña. Von Eschenbach creó una trama en la que el grial era una esmeralda que se desprendió de la diadema de Lucifer, el ángel de la luz, cuando este se convirtió en el demonio al rebelarse contra Dios en el principio de los tiempos. En ese poema también se dice que la historia la tomó su autor de un cristiano de la ciudad hispana de Toledo, de nombre Kyot, quien a su vez se la había oído contar a un pagano llamado Flegetanis, hijo de un musulmán y una judía.

»El cáliz sagrado se había perdido, y el rey Arturo, el más noble y famoso de los caballeros, creó una orden de caballería, la Mesa Redonda, para buscarlo. Los mejores caballeros del reino de Bretaña, Lanzarote del Lago, Galahad, Ajax y Parzival, salieron en su busca. Pero para poder encontrarlo era necesario tener limpio el corazón, y no todos los caballeros estaban libres de pecado. El más valeroso y fuerte de todos ellos, Lanzarote, había cometido adulterio con la reina Ginebra, la esposa del rey Arturo; no era puro ni cumplía las condiciones para ser el recuperador del grial. Algunos otros caballeros eran orgullosos y altivos, y también fracasaron en la búsqueda. Solo Galahad era limpio y sin tacha, y por tanto era el destinado para recuperar la reliquia. Galahad es el soldado que vive en la espiritualidad, la verdadera imagen de Cristo, el único caballero que cumple los requisitos para ser redentor de un mundo en el que reina la vanidad y el pecado.

—Pero si apareció el grial en Jerusalén, ¿cómo es posible que estuviera antes en Bretaña? —preguntó Castelnou.

—Robert de Boron escribió un relato en el que cuenta que José de Arimatea recibió el cáliz de la última cena —explicó el maestre—. José era un rico mercader que recogió el cuerpo de Jesús de la cruz y lo llevó a un sepulcro que había ordenado construir a sus expensas en Jerusalén. Según Boron, José tomó con el cáliz unas gotas de la sangre de Jesús cuando este aún estaba crucificado. Desde entonces el cáliz habría estado bajo la custodia de los descendientes de José de Arimatea, pero no en Francia. El grial se ocultó en Jerusalén, cerca de la tumba de Nuestro Salvador, y allí tenía que permanecer hasta que la Ciudad Santa fuera liberada del yugo sarraceno.

—No entiendo...

—Lo comprendo, no es fácil. El grial encierra conocimientos que están al alcance de muy pocos, de los más limpios de corazón, los puros, los perfectos... Tu abuelo era uno de ellos, un hereje. La Iglesia así los considera, pero ellos decían ser puros. Tu padre no supo nada del suyo hasta que poco antes de la cruzada del rey Jaime de Aragón, el conde de Ampurias se lo contó. Su corazón se convulsionó al saber que su padre había sido un hereje y se embarcó rumbo a Jerusalén para tratar de borrar el pecado de su progenitor combatiendo en Tierra Santa contra los infieles. Por eso abandonó a tu madre cuando estaba embarazada y tú todavía no habías nacido. El resto ya lo conoces: una tempestad desbarató la flota del rey de Aragón, y en una de las galeras que naufragaron iba tu padre.

»La Orden decidió que el hijo de Raimundo de Castelnou debería profesar en el Temple, y el conde de Ampurias se mostró de acuerdo con ello. Por eso se te educó desde niño en la disciplina y en los valores de los templarios. Afortunadamente, los hermanos que decidieron tu futuro no se equivocaron: tu expediente es el más limpio de todos los que componemos la Orden.

—Pero ¿qué tiene que ver todo esto con el grial, con esta copa?

Jaime tomó en sus manos el cáliz, que hasta entonces había permanecido en las de Molay, y sintió la extraordinaria finura de su tacto; al mismo tiempo notó una especie de convulsión que le recorrió la espina dorsal, provocándole un profundo escalofrío.

—En realidad, nuestro hermano Von Eschenbach no escribió un poema sobre el pasado del grial, sino sobre su futuro. Y tú eres el encargado de que se conserve alejado de manos indeseables. Si le ocurriera algo a nuestra Orden, debes poner el grial a salvo, y para ello deberás ir a las montañas del norte de Hispania, buscar el lugar que indica Von Eschenbach en su poema y depositarlo allí. Jamás debe caer en poder del rey de Francia. —Entonces el maestre sacó un códice de un cajón de la mesa—. Aquí tienes una copia del *Parzival*. Léelo atentamente y busca en él el lugar donde ha de ser guardado el grial.

—Pero ¿cómo lo encontraré?; ¿cómo sabré cuál es ese lugar?

—Te será fácil; solo sigue las pistas del poema.

—¿En verdad está nuestra Orden en peligro?

—El rey Felipe es un soberano al que ciegan la codicia por el dinero y la ambición por el poder, y cree que si la riqueza del Temple pasa a sus manos se convertirá en el soberano más poderoso de toda la cristiandad. Ya domina la Santa Sede, pues ha logrado que sea nombrado papa un hombre de su confianza, y sabemos por nuestros hermanos dispersos por toda Francia que en las últimas semanas ha ordenado que se incremente la campaña contra nosotros difundiendo las calumnias y falsedades que tú ya conoces. Sus agentes, sobre todo esa rata de Nogaret, son extraordinariamente eficaces en la práctica de la difamación.

—Tales acusaciones pueden acarrear...

—... la condena a muerte; en efecto, hermano Jaime.

—Pero no pueden hacer eso.

—Claro que pueden. Ayer mismo el tesorero de la casa de París me puso al corriente de las deudas que ha contraído el rey de Francia con nosotros; gracias a nuestros préstamos ha sufragado sus guerras, ha construido sus palacios y ha pagado la dote por el matrimonio de su hermana Margarita con el rey Eduardo de Inglaterra y por el de su hija Isabel con el príncipe de Gales. Su débito hacia nuestra Orden es de tal magnitud que jamás podrá pagarlo. Todas las rentas de la corona de Francia, y lo sabemos bien porque el tesoro del reino se guarda aquí, no podrían hacer frente a la deuda ni en cincuenta años.

—Pero ir contra el Temple es ir contra Cristo, somos sus soldados —alegó Castelnou.

—El santo padre también es su vicario en la tierra y Felipe no dudó en acusar al papa Bonifacio de todo tipo de crímenes y pecados usando a Nogaret como su brazo ejecutor.

—¿Qué podemos hacer?

—Te he hecho llamar para que investigues a los templarios de París.

—¿A nuestros hermanos?, ¿sospechas de ellos?

—Su tesorero, Hugo de Peraud, prestó dinero a Felipe sin tener en cuenta las consecuencias.

—¿Peraud...? ¿Hugo de Peraud no fue quien compitió contigo por el cargo de maestre?

—El mismo. Yo jamás hubiera querido dirigir la Orden; sé que no estaba lo suficientemente preparado, pero varios hermanos me convencieron alegando que si Peraud se convertía en maestre, el Temple quedaría a merced del rey de Francia. Hubo que pugnar duro y convencer a algunos hermanos... ¿Lo recuerdas? Tú fuiste el comendador de aquella elección. ¿Vas entendiendo? No queríamos que el cargo recayera en un títere del rey de Francia, y por eso quisimos que fueras tú quien dirigiera aquel proceso, porque sabíamos que tu corazón era limpio y tu voluntad, insobornable. Y así fue. El hermano Ainaud de Troyes me confesó, una vez concluido el proceso de mi elección, que actuaste siguiendo siempre el interés de la Orden.

—Pero yo no sabía nada de todo esto... —repuso Castelnou, aunque se guardó para sí que él mismo se decantó por la candidatura de Molay, a pesar de considerarlo un hombre de poca inteligencia, porque creía que era el más capaz para continuar la guerra contra los musulmanes en Tierra Santa.

—¡Qué importa! Tú proclamaste mi nombre como maestre y con ello salvaguardaste la independencia de la Orden. Por eso debes investigar ahora cuál es la actitud de nuestros hermanos templarios de París. Tengo la sospecha de que alguien de esta casa informa al rey Felipe de cuanto aquí sucede. Averigua lo que puedas y mantenme informado.

Molay volvió a tomar el grial de las manos de Castelnou, lo envolvió en el paño y lo guardó en la arqueta de plata y oro.

—¿Estás convencido de que esa copa es el verdadero santo grial? —insistió Jaime.

—Lo ha sido para los hermanos que nos han precedido, y eso es suficiente para mí. Y ahora continuemos con nuestra tarea, seguimos siendo templarios sometidos a la regla.

2

Las calles de París estaban llenas de barro. El final de la primavera estaba siendo muy lluvioso y en los tramos más cercanos al río el concejo de la ciudad había tenido que colocar pasarelas de madera para que los transeúntes pudieran caminar sin que se hundieran en el lodo hasta las rodillas.

Hacía varios días que Castelnou deambulaba por esas calles intentando recabar cualquier información para preparar la defensa contra los rumores que difundían los agentes del rey en contra de los templarios. El joven Hugo de Bon le había entregado una lista con los lugares en los que podría ser más fácil encontrar lo que buscaba. Con permiso del maestre, se vestía cual un comerciante más y recorría los mercados y las tabernas intentando hacer oídos a cuanto se decía sobre el Temple.

Tras varios días con resultados infructuosos, al fin escuchó en una taberna del burgo de Saint-Denis una conversación que parecía interesante. Mientras Castelnou comía un pedazo de venado asado y un poco de queso y bebía una jarra de vino, sentados a una mesa cercana dos individuos de aspecto elegante debatían sobre los pecados atribuidos al Temple. El de más edad aseguraba con vehemencia que los templarios eran siervos del demonio y que habían engañado a los buenos cristianos durante años, robándoles su dinero y enriqueciéndose a costa de los hombres de buena voluntad que les habían dejado en herencia sus bienes porque creían que así contribuían a la defensa de la fe cristiana y de la Iglesia.

—Son herejes, malditos seguidores del diablo, perversos criminales que profanan templos, blasfeman y obligan a los novicios a cometer graves pecados contra la natura —dijo el hombre en voz tan alta que parecía evidente que su intención era que lo escucharan cuantos estaban en aquella taberna.

—¿Cómo lo sabes? —preguntó el más joven, también a voz en grito.

—Todo el mundo conoce la verdadera faz de esos templarios. ¿No es así? —preguntó dirigiéndose ahora a las dos docenas de clientes que había en ese momento en el local, la mayoría comerciantes que estaban en París en viaje de negocios—. ¿Alguien duda de la maldad de esos ufanos caballeros del hábito blanco?

—¿A qué os referís, señor? —preguntó Castelnou, intentando simular ignorancia—. Soy extranjero y no sé nada de ese asunto.

—¿De dónde sois?

—Soy catalán, del condado de Ampurias, y he venido a París para comprar ungüentos aromáticos y perfumes —respondió Jaime—. Os he oído y me habéis dejado muy preocupado, pues parte del dinero de mi compañía está depositado en un convento del Temple en Barcelona; el tesorero me ha garantizado su plena disponibilidad en cualquier momento.

—Perdonad, señor, pero os están engañando. Esos

templarios son malvados herejes que viven en connivencia con los sarracenos en ultramar.

—¿Conocéis Tierra Santa? —quiso saber Jaime, poniendo cara de ingenuo.

—No, pero todos cuantos allí han estado saben que si se perdió Jerusalén fue a causa de la traición de los templarios.

—Pues a mí me han dicho que muchos de ellos murieron luchando por la fe de la Santa Madre Iglesia.

—Bueno, eso es lo que sus sicarios se han encargado de contar para que lo creamos aquí; en realidad, los templarios son unos perros cobardes que han vendido Jerusalén y San Juan de Acre a cambio de unas bolsas llenas de monedas de oro.

—Pero he oído por ahí que el rey de Francia ha confiado su tesoro a los templarios, y que las joyas de la corona de Francia se guardan en el convento del Temple en París —alegó Castelnou.

—Sabéis demasiado para ser un mercader extranjero —repuso el otro.

—Bueno, me gusta informarme antes de hacer negocios. Pregunté sobre la solvencia del Temple y eso fue lo que me dijeron. Si un rey le confía su tesoro a alguien, no parece que ese alguien sea de temer.

Castelnou apreció que la mayoría de los clientes parecían mostrarse de acuerdo con sus argumentos.

—El rey, nuestro señor, sabe lo que hace. Pero creedme, amigo catalán, cuando digo que esos templarios son sicarios del mismo demonio, hijos de Satanás.

Apenas quedaba asado y queso en el plato y un poco de vino en la jarra; Castelnou dio los últimos bocados y apuró el vaso.

—Señores, quedad con Dios —dijo mientras se levantaba.

—¡Aguardad un momento! —exclamó el hombre con el que había debatido—. Los parisinos somos gente hospitalaria, de modo que os acompañaremos al lugar donde os hospedáis. Por lo que parece, vais a pie...

—Os lo agradezco, pero no es necesario. Tengo la tarde libre y me gusta pasear un buen rato después de comer.

—Insisto, señor.

La situación se volvió de pronto tensa. Jaime comprendió entonces que aquellos dos hombres eran agentes del rey y que había cometido un error al no haberse apercibido antes de ello. Además, aunque se había recortado la barba hasta dejarla no más larga de un dedo y se había dejado crecer el cabello, su aspecto estaba más próximo al de un templario que al de un mercader.

—Ya os he dicho que no es necesario.

Los dos hombres se acercaron de manera amenazante hacia Jaime.

—¿Tenéis algo que ocultar? —le preguntó el de mayor edad.

El tabernero hizo un gesto y los dos criados que servían las mesas salieron del local para regresar de inmediato armados con sendas gruesas varas. El resto de los clientes asistían callados a la escena.

—No, nada en absoluto, pero creo que vos sí.

La respuesta de Castelnou causó desconcierto en el agente.

—¿A qué os referís?

—Vamos, no tratéis de disimular. Sois perfumero, lo he notado enseguida, y tratáis de convencerme para llevarme hasta vuestra tienda para venderme vuestros productos. Está bien, veámoslos, pero os aseguro que soy un experto en perfumes, de modo que no intentéis engañarme ofreciéndome algalia de gatos de primera calidad, cuando en realidad está mezclada con aceite de áloe, o almizcle de buey como si fuera de castor; conozco bien esos trucos.

Los dos agentes del rey no supieron qué decir. El mesonero hizo una nueva indicación a los criados y estos se retiraron enseguida.

—Dejadlo estar. Que tengáis una buena estancia en París, y recordad lo dicho: los templarios son hijos del diablo; procurad no hacer negocios con ellos.

Castelnou respiró confiado; por un momento se había visto metido en un enorme lío del que había podido salir con habilidad. Desde entonces debería andar con mucho más cuidado.

Tras abandonar la taberna, se dirigió a la sede del Temple dando un rodeo y verificando cada cierto tiempo que nadie lo seguía. Lo que había salido a comprobar era cierto: agentes del rey estaban difamando a los templarios para predisponer a la gente contra ellos. Quedaba claro que Felipe de Francia estaba tramando algo; Castelnou se propuso averiguar el qué.

—¿Existe alguna manera de infiltrarse entre los agentes del rey, hermano Hugo? —le preguntó Castelnou a Bon, ya de vuelta en el convento.

—No es fácil. Nogaret es un personaje muy astuto y está siempre atento a cualquier cosa que suceda en París. Suele supervisar personalmente todo cuanto es de su incumbencia, e incluso lo que no es.

—De acuerdo, pero ¿puede hacerse?

—Es peligroso. Además, yo no confiaría en todos los hermanos de la Orden en París.

—¿A qué te refieres?

—Hace años que las encomiendas de Francia no envían caballeros a ultramar; los jóvenes somos ya muy pocos en el Temple; la mayoría son veteranos cansados o ancianos inanes, y los que se han incorporado en los últimos años ya no conocen el espíritu de lucha que os sostiene a los que todavía estáis allá. Cuando me hablabas de vuestras batallas contra los musulmanes, me sonaba a algo lejano y ajeno. A los nuevos templarios ya no nos educan como antes. Ahora somos algo así como usureros sin escrúpulos y hombres de negocios que vivimos en un convento y cumplimos una regla monacal, pero las viejas ideas y las nobles ilusiones del Temple ya no se inculcan en nosotros. Por eso, muchos hermanos están más cerca del rey de Francia que de nuestro maestre.

»No obstante —añadió Hugo—, nuestro comendador en París tiene relaciones y contactos suficientes para que puedas infiltrarte entre los hombres de Nogaret. Aun así, no sería capaz de garantizar que uno de nuestros propios hermanos no te delate.

—Correré el riesgo —aseguró Jaime—. Lo que verdaderamente importa ahora es conocer los planes del rey y saber si la Orden corre peligro.

—Si te descubren, date por muerto.

—Hace tiempo que he asumido mi muerte; desde que salí vivo de Acre, hace ya varios años, cada día que pasa es un regalo del Señor. Además, tal vez yo sea el último de los hermanos que fue educado al viejo estilo templario, y todavía creo que el sacrificio personal es necesario si ello sirve en beneficio de los demás.

—A mí jamás me enseñaron eso —reconoció el joven Hugo—. En fin, ¿cómo quieres presentarte ante Nogaret? Habrá que presentar un buen argumento.

—Creo que lo tengo. Si no me han informado mal, hace un año que los judíos fueron expulsados de Francia mediante una orden personal del rey. ¿No es así?

—Sí, en efecto. Felipe dictó el decreto de expulsión de los hebreos de todos sus dominios, y lo hizo para quedarse con todos sus bienes y propiedades, y también con lo que se les debía, de modo que nobles y comerciantes que adeudaban dinero a los judíos pasaron a debérselo de un día para otro al rey. El negocio que hizo fue extraordinario.

—En ese caso, me haré pasar por un agente secreto del rey Jaime de Aragón que ha viajado a París para informarse sobre cómo se produjo la expulsión de los judíos en Francia, para hacer lo mismo en Aragón.

—Eso es muy complicado.

—Tanto como convertir a un templario en un comerciante catalán en El Cairo; y, créeme, hermano Hugo, que ya lo he hecho.

—Pero tus credenciales...

—Imagino que en este convento habrá escribanos lo suficientemente diestros para falsificar un diploma con el sello del rey de Aragón.

—Sí, creo que sí.

—Pues vamos a ello.

Castelnou informó al maestre sobre su plan, y este le dio su bendición. Una vez más, el templario se rasuró por completo la barba y se dejó crecer el cabello. En la escribanía del convento de París, un escribano redactó un documento en el que el rey Jaime presentaba al portador del mismo, el notario real Jaime de Ampurias, como su embajador secreto ante el rey de Francia, con el encargo de interesarse por el proceso de expulsión de los judíos de los dominios de su majestad don Felipe.

Vestido con ropas seglares de gran calidad pero nada ampulosas y a lomos de un buen caballo, Jaime de Castelnou se presentó con su nueva identidad a las puertas del castillo-palacio del Louvre, la residencia del monarca. Los guardias que custodiaban la entrada le dieron el alto y le conminaron a que se marchara, pero el templario sacó de una bolsa de cuero el pergamino con su salvoconducto falsificado y al desplegarlo, con el gran sello de lacre rojo pendiente, quedaron impresionados.

—Soy embajador plenipotenciario de su majestad don Jaime II, rey de Aragón, de Valencia, de Murcia, de Sicilia, de Cerdeña, duque de Atenas y de Neopatria y conde de Barcelona.

Aquella retahíla de títulos todavía los impresionó más. Uno de los soldados fue a llamar al capitán de la guardia, quien acudió raudo a la puerta.

—Señor, dice uno de mis hombres que sois embajador del rey de Aragón. ¿Tenéis credenciales?

—Por supuesto, vedlas vos mismo.

Castelnou alargó el pergamino hacia el capitán, y al

ver cómo lo contemplaba dubitativo comprendió enseguida que apenas sabía leer.

—Humm..., sí, sí, así lo parece.

—Leed la última línea; ahí tenéis la suscripción auténtica de mi señor el rey don Jaime, y su sello real, como veo que ya habéis comprobado.

—Ejem..., de acuerdo, pasad.

Jaime espoleó su caballo y entró en el patio del palacio, donde descabalgó y entregó las riendas a un criado.

—Cuídalo bien, es propiedad del rey de Aragón —le dijo.

El capitán acompañó a Castelnou a través de un largo pasillo hasta una estancia en la que varios escribas estaban redactando documentos de la cancillería real de Francia. Acto seguido, se dirigió a uno de ellos y le susurró unas palabras al oído. El escriba dejó lo que estaba haciendo y se acercó a Jaime.

—Me anuncia el capitán que sois embajador del rey de Aragón —le dijo—. ¿Cómo no hemos sabido antes nada de vuestra llegada? Vuestra manera de irrumpir aquí me parece muy extraña.

—Señoría, dejad que me presente; soy Jaime de Ampurias, notario de su majestad don Jaime II, rey de Aragón, de Val...

—Sí, sí, ya conozco todos los títulos de vuestro soberano, pero ¿qué os trae por aquí?, y ¿por qué nadie ha avisado de vuestra llegada?

—Si me lo permitís, señor...

—Antoine de Villeneuve, vicecanciller de su majestad.

—Señor Villeneuve, mi misión es secreta... Bueno, digamos mejor que es reservada. Aquí tengo mi credencial.

El vicecanciller cogió el pergamino y lo leyó. Castelnou rezó para que no se diera cuenta del engaño.

—¡Vaya!, de modo que el rey de Aragón también desea expulsar a los judíos.

—Bueno, es una posibilidad que se está estudiando en la corte de Barcelona. Mi señor cree que los judíos causan un grave perjuicio a sus súbditos cristianos y que aprovechan estos tiempos de zozobra para extorsionar a los ciudadanos honrados con préstamos abusivos. Creemos que lo que hizo vuestro soberano el verano pasado es una buena medida contra esas tropelías; tal vez haga lo mismo en los reinos de su corona, y me ha enviado para...

—... para entrevistaros con su majestad el rey Felipe.

—Bueno, bastaría hacerlo con alguno de sus ministros, digamos con... Guillermo de Nogaret.

—Permitid que me ría de su osadía, Guillermo de Nogaret es el más poderoso señor de Francia, después de su majestad, claro.

—Pues quién mejor que él para recibir al embajador personal del rey de Aragón.

—Desconozco vuestras intenciones, pero veo difícil que os reciba.

—Tal vez lo haga si le decís que mi señor el rey Jaime estaría interesado, además, en firmar un tratado definitivo y perpetuo sobre los litigios seculares que han enfrentando a Francia con Aragón. Ya sabéis, Sicilia, vuestro flanco sur...

Villeneuve se acercó a una ventana y examinó con detalle el pergamino que le había mostrado Castelnou. Lo dejó encima de una mesa y se dirigió a un enorme armario de madera que había en una de las paredes de la sala; lo abrió y tras cotejar una lista clavada en el interior de la puerta, abrió uno de los cajones y sacó un pergamino del que colgaba un sello de lacre rojo. Con cuidado, cotejó ambos sellos, el del documento de Castelnou y el que acababa de extraer del cajón, durante unos segundos que a Jaime le parecieron eternos.

—¿Por qué vos?

—¿Perdonad...?

—Me explicaré: a pesar de que ya no sois un niño, nunca antes habíamos recibido una visita en la que estuvierais presente o una carta en la que se os nombrara. ¿Por qué el rey Jaime confía esta misión... reservada, como vos habéis dicho, a alguien que jamás antes ha tenido relaciones con la corte de Francia? Parece extraño.

—Si me dais vuestra palabra de guardar el secreto...

—Adelante, la tenéis.

—Mis antepasados fueron judíos de Mallorca. Es una larga historia; se bautizaron en tiempos del rey Jaime el Conquistador, el abuelo de mi señor. Mi padre ya nació en una familia de cristianos... Bueno, ahora entenderéis...

—No, no lo entiendo —dijo Villeneuve.

—El rey Jaime quiere demostrar que antiguas familias judías pueden abrazar la luz de Cristo y convertirse en buenos cristianos. Es la mejor manera de demostrar que una conversión sincera es posible.

—Eso no suele ocurrir, al menos en Francia.

—Vamos, vicecanciller... Jesús nació judío, nuestra madre la Virgen María nació judía, todos los apóstoles nacieron judíos, todos los primeros cristianos fueron judíos.

—En eso tenéis razón —repuso Villeneuve, y añadió—: El documento parece auténtico...

—Es auténtico —insistió Jaime—. ¿Puedo entrevistarme entonces con Guillermo de Nogaret?

—Veré qué puedo hacer. ¿Dónde os hospedáis?

—Todavía no tengo posada; he dormido en varias por el camino; anoche, concretamente, en una en Saint-Denis. Si me recomendáis alguna...

—La Torre de Plata, es la mejor: sábanas limpias, buena comida y apenas os inquietarán las pulgas. Los precios son caros, pero un embajador del reino de Aragón bien podrá pagarlos.

—Sí, claro.

—Está muy cerca de la catedral de Nuestra Señora. Preguntad por ella, todo el mundo la conoce. Y aguardad allí hasta que os llamemos.

—¿Tendré que esperar mucho tiempo?

—No lo sé; el consejero del rey está muy ocupado en estas últimas semanas.

—Imagino que con el asunto de los judíos.

—No, eso se despachó rápido; incluso fue demasiado sencillo. Ahora... —Villeneuve se acercó a Castelnou y bajó la voz—, ¿me prometéis guardar el secreto?

—El vuestro por el mío.

—Ahora se trata de los templarios.

—¡Los soldados de Cristo!

—Bajad la voz, os lo ruego.

—¿Qué pretende el rey Felipe?

—Se han hecho demasiado poderosos, demasiado ricos; la gente no los quiere, los considera seres orgullosos y altivos. Una expropiación de los bienes templarios sería bien vista por los franceses y contribuiría a paliar las deudas de la corona.

—Vuestro rey es muy audaz.

—No; simplemente necesita dinero, mucho dinero, y los templarios lo tienen.

4

Castelnou se dirigió a La Torre de Plata. En efecto, tal como le había informado Antoine de Villeneuve, era la mejor posada de París. Estaba ubicada en la isla de la Cité, la más grande de las dos que habían dado origen a la ciudad, en la que se levantaba la catedral de Nuestra Señora, cuyas torres blancas recién terminadas se veían emerger sobre los grisáceos tejados parisinos desde las ventanas del segundo piso. Allí alquiló una habitación, en principio por una semana.

Antes de salir del convento, Jaime había acordado con Hugo de Bon que se verían cada dos días, a media mañana, en la plaza de Nuestra Señora, delante de la catedral, para informarse mutuamente de sus pesquisas.

En su primer encuentro, los dos templarios se saludaron con discreción y se sentaron sobre unas piedras que los operarios del taller de cantería de la catedral habían amontonado a un lado de la plaza en espera de darles forma en el cobertizo de madera que usaban para tallar las rocas de caliza. La catedral de Nuestra Señora, el orgullo de París, estaba prácticamente acabada, pero en algunas zonas todavía quedaban por rematar pequeños detalles de los que se encargaban media docena de canteros.

—¿Qué tal ha ido todo, hermano Jaime? —le preguntó Hugo, que iba vestido con ropas de criado.

—Mejor de lo esperado. El documento ha sido cotejado como auténtico. Felicita al hermano que lo escribió, ha hecho un excelente trabajo —dijo Castelnou—. Me he entrevistado con un vicecanciller llamado Antoine de Villeneuve, ¿lo conoces?

—No, jamás he oído ese nombre.

—Está al frente de una oficina en el castillo-palacio real.

—En ese caso, debe de ser alguien importante.

—Le he pedido una entrevista con Nogaret.

—¡Ese sí que es importante!

—Pero, entre tanto, debo aguardar su llamada en La Torre de Plata.

—¡Vaya!, tienes buen gusto, hermano, es el posada más lujosa y cara de París. Un templario jamás debería hospedarse en un lugar como ese.

—No me ha quedado más remedio. Por cierto, necesitaré algo de dinero; con lo que me entregó el maestre no puedo pagar ni siquiera dos días de hospedaje —le explicó Jaime, y luego añadió—: Dile al maestre que las sospechas que teníamos estaban bien fundadas. Villeneuve me confesó que el rey Felipe está pensando en expropiar los bienes de la Orden.

—¡Tal como sospechábamos!

—Es más, creo que la expulsión de los judíos y la confiscación de sus bienes fue una especie de ensayo general. Si no me equivoco, los siguientes seremos los templarios.

—¿Y cómo es que te confió tantas cosas ese tal Villeneuve si os acababais de conocer?

—Bueno, secreto por secreto: yo le acababa de confesar que mis abuelos fueros judíos. Imagino que eso le despertó cierta confianza en mí. Por ahora, eso es todo. Nos veremos aquí mismo dentro de dos días, y procura que no te sigan, hermano Hugo.

—¿Sigo pareciendo un templario pese a este disfraz?

—Tienes el porte de un caballero, porque eres un caballero, pero en la vorágine de gente que deambula por esta ciudad pasas desapercibido. Ten cuidado, hermano.

—Tú también.

Castelnou regresó a la posada a la hora del almuerzo, y tenía apetito. La Torre de Plata era famosa por sus exquisitos guisos de venado al vino y a la pimienta y su sopa de cebolla con queso, pero Castelnou optó por pedir unas costillas de cerdo braseadas, una crema de puerros y zanahorias y una jarra de vino.

Estaba acabando su comida cuando un individuo de aspecto servil se le acercó sigiloso.

—¿Sois vos don Jaime de Ampurias?

—¿Quién lo pregunta?

—Don Guillermo de Nogaret.

—¡¿Vos sois Nogaret?!

—No, por supuesto que no; tan solo soy uno de sus criados. Me envía el vicecanciller Villeneuve. Es urgente. Desea veros enseguida.

Castelnou salió de La Torre de Plata siguiendo al criado, que lo condujo hasta una casona de piedra cerca de la Santa Capilla; la luz de los primeros días del verano parisino la iluminaba filtrando los rayos del sol a través de sus enormes vidrieras multicolores.

Entraron en la casa a través de un amplio portón y se dirigieron por una escalera al salón de la planta superior. El criado llamó con los nudillos y entró seguido de Jaime;

a continuación, hizo una reverencia y salió cerrando la puerta tras él. En la estancia había dos hombres. Uno de ellos era Antoine de Villeneuve, que se acercó unos pasos para saludar al templario. El otro estaba de espaldas a la puerta, y miraba a través de una ventana de vidrio emplomado hacia el exterior.

—Sed bienvenido, don Jaime —dijo el vicecanciller—. Os presento a Guillermo de Nogaret, jurista y consejero real.

Nogaret se dio la vuelta y miró fijamente a Castelnou. Sus ojos eran fríos y acuosos, como los de un buey, pero rezumaban un brillo acerado en el que el templario atisbó un aire de maldad.

—De modo que vos sois el embajador del rey de Aragón.

—Jaime de Ampurias, para serviros.

—Me ha dicho Villeneuve que estáis muy interesado en entrevistaros conmigo para hablar de un posible tratado entre nuestros reinos, pero yo no soy el canciller, ese tema debe quedar en manos del señor arzobispo de Narbona, que es quien ocupa ese alto cargo.

—En la corte de mi señor el rey don Jaime se sabe que sois vos quien ejerce mayor influencia en su majestad el rey Felipe de Francia, por eso deseamos cerrar un acuerdo con vos.

—Si no me han informado mal —Nogaret miró de soslayo a Villeneuve—, en la cabeza de vuestro rey anida la idea de expulsar a los judíos, como hicimos en Francia el año pasado. Bien, pues echadlos y ya está, os aseguro que nadie moverá un dedo por ellos.

—Sí, ese es un tema importante, pero hay algo más. Don Jaime desea sellar un acuerdo perpetuo sobre Sicilia y Nápoles. Mi señor está dispuesto a ceder los derechos sobre el reino de Nápoles a Francia si se le garantiza a Aragón la posesión de Sicilia.

—No es tan fácil, amigo embajador; no creo que en esa transacción estuvieran de acuerdo ni el emperador ni el papa.

—Excelencia, bien sabéis que Francia puede, digamos..., convencer al papa, mientras que Aragón podría hacer lo mismo con el emperador. Y además..., está ese asunto del Temple.

Nogaret enarcó las cejas al oír mencionar la Orden.

—¿Qué queréis decir?

—Hasta la corte de Barcelona han llegado rumores de que estáis impulsando una campaña para desacreditar a esos caballeros del demonio. En eso mismo también coincidimos. Mi señor el rey don Jaime anda buscando pruebas contra los templarios, pero no ha encontrado nada para acusarlos de haber cometido delito de herejía. Y por lo que nos han confiado, sabemos que vos estáis haciendo lo mismo.

Nogaret se puso tenso.

—¿Qué sabéis de este asunto?

—Solo rumores; en concreto, los que se oyen todos los días en las tabernas y posadas de París.

—¿Y creéis que son ciertos?

—¿Por qué no iban a serlo? ¿Quién no ambicionaría quedarse con los bienes del Temple?

—Cuidado con lo que decís, embajador, son una orden religiosa de la Santa Madre Iglesia.

—Son un peligro para la Iglesia —apostilló Castelnou.

—Han defendido Tierra Santa.

—Han pactado con los infieles y han cometido muchos pecados, y vos lo sabéis.

Castelnou estaba tensionando la conversación al máximo; quería dar la imagen de un acerado enemigo del Temple, pero sabía que si se excedía en su ardid, Nogaret, un individuo muy astuto y hábil, sospecharía.

—¿Por qué me decís todo esto?

—Porque creo que sentís hacia ellos el mismo odio que yo.

—Aclaraos, embajador.

—¿Puedo hablaros con plena confianza? —preguntó Jaime.

—Hacedlo; Villeneuve es uno de mis más fieles confidentes.

—Mi abuelo era uno de los «perfectos». Era un gran hombre y amaba a Dios, pero fue perseguido por ser un cátaro, un hereje para la Iglesia. Los templarios fueron sus ejecutores; ellos lo delataron y ellos ayudaron a acabar con casi toda mi familia. Mi padre les juró odio eterno, y ahora soy yo quien se lo profesa.

Al oír el relato de Jaime, Nogaret palideció. Sin decir palabra, se dirigió hacia una silla y se sentó apesadumbrado.

—Esos malditos... —bisbisó.

—Por lo que me han informado, también vos tenéis alguna cuenta pendiente con ellos.

—¿Qué sabéis vos de eso? —preguntó Nogaret, un tanto alterado.

—Que vuestros padres murieron en la hoguera condenados por herejes cátaros, como mi abuelo, y que los templarios también fueron el brazo ejecutor de la sentencia eclesiástica. Como podéis comprobar, nuestros corazones desean la misma venganza y nuestras almas guardan el mismo odio hacia los caballeros blancos.

Castelnou había llevado las cosas demasiado lejos, pero ya no había marcha atrás; solo existían dos posibilidades: o Nogaret se tragaba el engaño y le confiaba a Jaime sus planes sobre los templarios, o recelaba de él, averiguaba la verdad y lo mandaba ejecutar.

El consejero real permaneció en silencio un buen rato. Antoine de Villeneuve, que había asistido a toda la conversación sin decir una sola palabra, miró a Castelnou y le hizo una mueca de complicidad. Por fin, Nogaret se levantó, se acercó al templario, a solo un paso de distancia, y le confesó:

—Voy a hacer todo lo posible para acabar con esos caballeros del demonio.

—Me alegro; yo, en vuestro caso, haría lo mismo. Pero tened cuidado porque son muy poderosos.

—Los judíos, Sicilia y Nápoles, ahora el Temple... Tenemos muchos puntos que discutir, señor embajador.

—Sobre los que espero que Aragón y Francia lleguen a un buen acuerdo.

—Yo también lo deseo. Y ahora, si me lo permitís, debo acudir a palacio para despachar con su majestad.

Nogaret le dio la mano a Castelnou y salió de la sala.

—Agradezco vuestra mediación para esta entrevista, vicecanciller —le dijo Castelnou a Villeneuve.

—No tiene importancia, es mi trabajo; y, además, vos me caéis bien.

Jaime de Castelnou y Hugo de Bon se encontraron de nuevo, según el plan de citas previsto, frente a la catedral de Nuestra Señora. Tras comprobar que nadie los seguía, los dos templarios se dirigieron por separado hasta la orilla del río Sena y se sentaron en una zona discreta.

—¿Has averiguado algo, hermano Jaime? —le preguntó Hugo.

—No demasiado. Nogaret trama algo, y desde luego odia al Temple, pero no me ha avanzado nada sobre sus planes. —Jaime no se atrevió a confiarle todo lo que le había dicho el consejero real, pues por un momento receló del joven templario.

—Dicen que ese hombre es muy inteligente y astuto, y muy difícil de engañar. Seguro que ha intentado confundirte.

—No lo sé; cuando le confesé que conocía la historia de sus padres, pareció muy afectado, pero reaccionó enseguida y mostró sin ambages su animosidad contra el Temple. Dile al maestre que tome precauciones, tal vez debería poner en alerta a todas las encomiendas.

—¿Crees que el rey será capaz de atacar al Temple?

—Creo que no, pero sí es capaz de denunciar a la Orden ante el papa. Los cargos que se nos atribuyen en los rumores que Nogaret ha hecho circular por París son tan graves que la Inquisición podría actuar contra nosotros y acusarnos de herejía.

—¿Sin pruebas? —preguntó Bon.

—Estuve dos años en Roma y puedo asegurarte que la Iglesia no necesita prueba alguna para acusar e incluso condenar a un hombre.

5

Los rumores sobre los templarios eran cada vez más escandalosos. Nogaret había recopilado todo un listado de cargos contra los caballeros de Cristo; para asentar su denuncia, sus agentes localizaban a caballeros y sargentos que habían sido expulsados del Temple para que ratificaran todas las acusaciones a cambio de dinero.

A mediados del verano de 1307, Jaime de Castelnou había reunido suficiente información para estar seguro de las intenciones del consejero y su rey. A principios de agosto se presentó ante Nogaret para anunciarle que tenía que regresar a Aragón.

—Hace ya varias semanas que intento alcanzar un acuerdo con vos, pero me dais largas y más largas. Mi señor don Jaime me requiere en Barcelona; lamento partir sin haber obtenido ningún resultado positivo para nuestros reinos —dijo Castelnou.

—Lo siento, embajador, pero el reino de Francia está preocupado por asuntos más urgentes. ¿Necesitáis un salvoconducto?

—No estaría de más.

—El vicecanciller os lo expedirá; con él no tendréis ningún problema para llegar hasta los dominios de vuestro soberano.

Los dos hombres se saludaron con frialdad. Por un momento, Castelnou pensó en la posibilidad de liquidar allí mismo al consejero real, pero se contuvo, aunque en ese momento supo que más adelante tal vez se arrepintiera de no haberlo hecho.

Se despidió de La Torre de Plata y pagó la cuenta, que

ascendió a una buena suma; después paseó por las calles de París hasta que comenzó a anochecer, y con las últimas luces del día se dirigió a la sede del Temple, deteniéndose en cada esquina y comprobando bien que no lo seguía nadie.

Jacques de Molay acababa de cenar y aguardaba a Jaime en la sala capitular del convento parisino. El maestre saludó al templario y le ofreció un poco de vino.

—Me alegro de que no hayas sufrido ningún contratiempo. Temí que ese Nogaret pudiera descubrirte.

—En el Temple me han enseñado a superar este tipo de situaciones.

—¿No has podido averiguar nada más?

—No; por más que lo intenté, lo único que pude sacar de Nogaret es que odia al Temple y que acabaría con nosotros si pudiera. Los rumores de los delitos que sus agentes nos atribuyen se conocen en todo París, y he decirte, hermano maestre, que la mayoría de la gente los cree.

—Tenemos que informar al papa de todo esto; él nos dará protección y desmentirá tan falsas acusaciones.

—Yo no haría tal cosa.

—¿Por qué?

—El papa Clemente está al servicio de los intereses de Francia; no podemos confiar en él.

—Es el vicario de Cristo en la tierra y su elección está inspirada directamente por el Espíritu Santo; es la única autoridad a la que los templarios debemos obediencia. Si negamos esa realidad, rechazamos todo aquello en lo que se sostiene nuestra fe.

—El papa ha obrado en beneficio del rey Felipe, a quien le debe su tiara pontificia.

—Voy a pedir a su santidad que abra una investigación

sobre las acusaciones que nos atribuyen esos rumores; así, todo el mundo verá que no tenemos ningún delito que ocultar.

—Antes deberíamos pactar con el papa el resultado final de las pesquisas.

—No hay nada que temer; somos inocentes.

—Conozco a más de un inocente que ha ardido en la hoguera, hermano maestre.

—No digas eso, hermano Jaime, ni tan siquiera lo insinúes, porque podrías ser acusado de herejía.

Castelnou calló, recordando de nuevo que votó la candidatura de Molay a maestre solo para evitar que saliera elegido el candidato del rey de Francia, pues seguía pensando que era un hombre pusilánime y poco inteligente.

—Ahora deberé ocultarme por algún tiempo en el convento; si me reconocieran los agentes del rey, podríamos tener dificultades.

—Claro, claro. Rápate la cabeza, deja crecer tu barba y toma de nuevo el hábito de caballero.

Al día siguiente, Molay reunió al capítulo de los templarios de París. Su propuesta de enviar una misiva al papa para pedirle que iniciara una investigación sobre los rumores contra la Orden fue aprobada por una amplísima mayoría. Castelnou opinó que era perjudicial hacerlo y le sorprendió que el joven Hugo de Bon se mostrara tan entusiasta con la propuesta del maestre.

Clemente V nunca había ido a Roma; desde que fuera elegido sumo pontífice bajo la presión del rey Felipe, viajaba de una ciudad a otra de Francia, siempre escoltado por un pequeño ejército. Gracias a las riquezas de la Iglesia, vivía en la opulencia, gastando con ligereza las enormes sumas de dinero que le proporcionaban las cuantiosas rentas eclesiásticas. El 24 de agosto de 1307, el papa accedió a la petición de los templarios y anunció solemnemente que se iniciaba el proceso para averiguar si había algo de cierto en aquellas gravísimas acusaciones. Cuando Jacques de Molay comunicó a sus hermanos templarios el inicio de las pesquisas papales, todos quedaron paralizados, nadie reaccionó ante lo que estaba pasando. Jaime de Castelnou comprendió entonces que el espíritu templario se había esfumado. Desde que fueran derrotados en Acre, hacía dieciséis años, las encomiendas de Europa no habían vuelto a enviar caballeros armados a Tierra Santa. En Chipre solo quedaban los veteranos de las últimas batallas contra los sarracenos, la mayoría viejos, cansados o inútiles para el combate, mientras que en las encomiendas europeas los caballeros que profesaban en el Temple ya no lo hacían para combatir por la cristiandad, sino para formar parte de una élite señorial que controlaba tierras, rentas y dinero. Los templarios de cada convento estaban más próximos a su nación que a los intereses de la Orden, que se estaba convirtiendo en un fantasma sin objetivos, ideales y horizontes. Entre los templarios de uno y otro lado del Mediterráneo había muy pocas cosas en común y, desde luego, entre ellas no estaban los principios que habían hecho posible la fundación de la Orden en Jerusalén dos siglos atrás.

—Apenas resta nada de aquello en lo que yo creí. En la encomienda de Mas Deu me enseñaron a defender la cristiandad y me convirtieron en un caballero de Cristo, pero ahora siento que aquellos ideales han sido borrados de la orden templaria. Soy un hombre ajeno a este tiempo y no me identifico con lo que veo a mi alrededor. Los hermanos de las encomiendas de Europa solo parecen preocupados por sus rentas, por sus negocios y por su poder; los reyes de la cristiandad ya no miran hacia el sepulcro del Señor, ya no ambicionan ganar Tierra Santa, ya no desean la gloria para Dios, sino alcanzar la suya propia; los obispos y los abades viven en la opulencia, dilapidando las rentas que pagan los campesinos, y el papa y sus cardenales solo atienden a sus instintos más banales, se alían con los poderosos del mundo y abandonan a los pobres.

Castelnou lamentaba la situación del Temple. Tras la hora de la cena, en el tiempo de receso, charlaba en uno de los claustros del convento de París con el joven Hugo de Bon. La noche de principios de septiembre era cálida y corría una brisa suave que acariciaba la piel como un guante de terciopelo.

—Siempre he admirado tu pundonor, hermano Jaime, pero debes ser consciente de la mudanza de los tiempos. El mundo está cambiando demasiado deprisa; ya no hay soldados cristianos en Tierra Santa, y dudo que los monarcas cristianos estén interesados en que los vuelva a haber; nadie hace nada por amor de Dios, sino por su beneficio propio; hace ya algunos años que las rentas de los poderosos disminuyen, las cosechas menguan y el comercio ha dejado de proporcionar tan cuantiosos beneficios como antaño.

—Nosotros somos la vanguardia del mundo cristiano, hermano Hugo, el ariete de la cristiandad frente a la barbarie. Los templarios hemos garantizado durante casi dos siglos la defensa de la frontera del reino de Cristo en Oriente. ¿Sabes cuántos hermanos he visto morir desde que lucho como templario? Cientos, tal vez miles, y cada uno de ellos dio su vida por la Orden, por la cristiandad y por Dios Nuestro Señor. ¿Y sabes qué pedía a cambio de ese supremo sacrificio cada uno de ellos? Nada, absolutamente nada. Los templarios hemos regado con nuestra sangre cada rincón de Oriente, y ahora parecemos apestados a los que hay que olvidar.

—Yo soy caballero templario, como tú, pero no he vivido esa época; es probable que la Orden necesite algunos cambios. Jerusalén no es el objetivo inmediato.

—Jerusalén sigue ahí. Ahora el Santo Sepulcro está bajo gobierno sarraceno, el templo de Salomón se ha convertido de nuevo en una mezquita donde se reza al falso dios de los musulmanes y los peregrinos no tienen la seguridad de que sus pasos los conduzcan hasta las sendas que pisó Jesucristo.

»Y en cuanto al papa... —Jaime hizo una pausa antes de continuar—. Su santidad debería defender nuestra Orden, de la que él es la máxima autoridad, por encima de los intereses del rey de Francia. Pero ahí lo tienes, errando de un sitio para otro, más preocupado por agradar a Felipe el Hermoso con cada una de sus decisiones que por ser el siervo de los siervos de Dios que necesita la Iglesia.

—Esto que estás diciendo, hermano Jaime, casi suena a herético. El papa es...

—Es un hombre, solo un hombre.

—Pero su elección y su inspiración provienen del Espíritu Santo.

—Tal vez, pero a veces da la impresión de que el Espíritu Santo está ocupado en otras cosas, como si no le interesaran demasiado los asuntos de este mundo.

6

Jacques de Molay envió a Clemente un completo memorial en el que se rebatían punto por punto todas las acusaciones difundidas los últimos meses sobre los templarios. El maestre estaba indignado, pero a la vez convencido de que el papa les daría la razón y restituiría el honor cuestionado a los miembros de la Orden. Los delegados pontificios comenzaron toda una retahíla de interrogatorios en los que los templarios colaboraron sin la menor sospecha de que estaban cayendo en una trampa. Y mientras todo esto ocurría, el rey de Francia acababa de perfilar su plan. En una entrevista con el taimado Nogaret, el monarca le había encargado la redacción de una orden por la cual todos los templarios del reino de Francia debían ser apresados y encerrados.

El día 14 de septiembre, Nogaret envió a todos los altos funcionarios de las provincias de Francia una circular en la que les ordenaba que tuvieran preparada una compañía de soldados para la noche del día 12 de octubre en todas las localidades donde hubiera una encomienda del Temple. La carta era enigmática, pues iba acompañaba de otra cerrada, sellada y lacrada que no debería abrirse hasta que llegase ese mismo día, bajo severísimas penas si se incumplían las instrucciones. La mayoría de los delegados creyeron que la intención de su soberano era tener todo dispuesto para declarar la guerra a Inglaterra y lanzarse a la conquista de las tierras que los ingleses todavía poseían en el continente, en las costas atlánticas entre Bretaña y los Pirineos.

Un sargento templario de la encomienda de París se

enteró de la expedición de esa orden real y acudió ante el maestre para transmitírsela. Jacques de Molay receló de aquella información y, aunque supuso que detrás de ella había una operación contra el Temple, no le dio demasiada importancia y se limitó a comentar que ningún cristiano sería capaz de atentar contra los intereses de la Orden.

—Esa carta real ha sido dirigida a todos los senescales del reino de Francia; me temo que algo se oculta tras ella y que no es bueno para nosotros.

—Vamos, hermano Jaime, esa circular solo dispone que los soldados estén prevenidos en todas partes; probablemente los espías del rey Felipe hayan detectado movimientos de las tropas inglesas y lo que pretende su majestad es alertar a los senescales ante un posible ataque.

—Quien ha ordenado la formación de fuerzas armadas para que estén preparadas ese día ha sido Nogaret en persona. Lo conozco y sé que es un hombre que no se anda con disquisiciones ni etiquetas. Odia al Temple, ambiciona nuestras riquezas y está obsesionado con nuestra desaparición. Deberíamos actuar con habilidad y destreza para tratar de enterarnos de qué es lo que realmente pretende.

—Ya lo hiciste, y sin ningún resultado —le reprochó Molay a Castelnou.

—Eso no es del todo cierto, hermano maestre. El vicecanciller Villeneuve me dio a entender que la expulsión de los judíos y la confiscación de todos sus bienes era una especie de ensayo previo a la futura expropiación de los bienes de nuestra Orden, y gracias a mi entrevista con Nogaret sabemos de la enorme inquina que ese hombre nos profesa. Estoy convencido de que será capaz de llegar lo más lejos posible para acabar con el Temple.

—Eres demasiado receloso, hermano Jaime; nadie en su sano juicio atentaría contra la Orden militar más poderosa de la cristiandad. No me imagino a uno de los consejeros del rey de Francia conspirando en contra de los templarios.

—Permíteme, hermano maestre, que insista, pero...

—No, ya basta. Eres uno de nuestros mejores caballeros, y en los años que llevas entre nosotros has demostrado una absoluta fidelidad a la Orden, a la defensa de sus integrantes y a la salvaguarda de sus propiedades. Sabes que pienso en ti para que el día en que Dios decida que tengo que dejar este mundo me sucedas al frente de nuestros hermanos, pero para que eso ocurra debes demostrar serenidad, prudencia y obediencia, mucha obediencia. Recuerda que en tus votos te comprometiste a ello. Olvida, pues, esas veleidades conspirativas y céntrate en los esfuerzos por desmontar las acusaciones que se han vertido sobre nosotros. Además, nada tenemos que ocultar; somos inocentes de cualquier delito y nadie podrá demostrar lo contrario.

Jaime se retiró apesadumbrado. En los ojos de Nogaret había visto reflejados la ambición y el odio, y por eso estaba convencido de que estaba tramando algo. El maestre era un ingenuo que no atendía a ninguna de las señales, incapaz de poner en marcha los mecanismos de autodefensa que poseía la Orden.

En los días siguientes intentó de nuevo convencer al maestre para que reaccionara, pero Molay seguía insistiendo en que ningún cristiano haría daño al Temple, y pese a que algunos comendadores le notificaron su temor de que alguna amenaza se cernía sobre sus encomiendas, nada hizo para garantizar su protección. Ni siquiera cuando el día 22 de septiembre el arzobispo de Narbona dimitió de su cargo de canciller del reino de Francia. Cuando el rey Felipe nombró a Nogaret como sustituto del prelado, ya no le cupo a Castelnou la menor duda de que aquellos negros nubarrones no tardarían en descargar una tempestad sobre la Orden.

Media docena de caballeros templarios, alarmados ante la pasividad que mostraba el maestre en el proceso abierto, se dirigieron a Castelnou para mostrarle su inquietud. Le advirtieron que los oficiales de Nogaret estaban organizando algo realmente importante, pues se había movilizado a un gran número de soldados, y desde luego no parecían los preparativos para una posible guerra contra Inglaterra, pues ni se habían detectado movimientos de tropas inglesas en las islas ni en sus posesiones en el continente, ni había tropas francesas camino de las fronteras occidentales. Algunos de esos caballeros sospechaban que el verdadero objetivo era neutralizar a la Orden del Temple.

—El maestre asegura que no hay peligro y que el rey de Francia jamás atentará contra nosotros —les dijo Jaime.

—El hermano Molay no nos hace caso, pero tú, hermano Jaime, tienes un gran ascendiente sobre él. Te rogamos que intentes convencerlo para que reaccione. La amenaza que se cierne sobre nuestra Orden es real, y algo tenemos que hacer —repuso el portavoz de los caballeros.

—Ya he hablado con él de este asunto. Nuestros informantes nos han hecho saber que ese peligro existe, yo mismo he podido comprobarlo, pero el maestre no quiere verlo.

—Siempre sostuve que Jacques de Molay era un hombre poco imaginativo, demasiado inflexible y carente de astucia, y lo que está haciendo corrobora la impresión que me produjo cuando lo conocí, hace ahora más de diez años —sostuvo el templario—. No es capaz de darse cuenta de lo que está ocurriendo ante sus propias narices; si lo dejamos hacer, nos conducirá a la ruina.

—Recuerda, hermano, que es nuestro maestre y que le debemos obediencia.

—Debemos obediencia al Temple y al espíritu que lo inspiró. Si dejamos que Molay siga al frente de la Orden, estaremos perdidos.

—Y en ese caso, ¿qué propones?

—Sustituir a Jacques de Molay como maestre.

—Eso es alta traición.

—No. Nuestra regla deja bien claro que si un hermano no puede o no sabe cómo ejecutar una orden del maestre, o si esta no es razonable, deberá pedir a alguien que le ruegue al maestre que lo libere de la obligación de cumplirla. Y todos los aquí presentes entendemos que no es razonable permanecer de brazos cruzados mientras se está urdiendo nuestra liquidación.

—Juramos obedecer a nuestros superiores. La existencia de nuestra Orden se basa en la obediencia; si rompemos ese principio, estamos acabados.

—Y si dejamos que Molay siga anclado en esa inanidad absurda, también. Al menos pon a salvo el tesoro.

—¿A qué te refieres, hermano?

—Lo que buscan el rey Felipe y su lacayo Nogaret es nuestro tesoro. Ordena que se lo lleven de aquí, que se oculte en algún lugar seguro. No podemos consentir que caiga en sus manos.

—¿Tesoro, dices? Pero si aquí apenas hay unos miles

de libras. El esfuerzo que hicimos en Tierra Santa acabó con la mayor parte de nuestras rentas.

—No me refiero al dinero.

—¿Entonces...?

—Estoy hablando del santo grial. Los reyes de Francia están obsesionados con las reliquias. El abuelo de Felipe, Luis el Santo, ordenó construir la Santa Capilla para guardar las suyas, y se gastó una fortuna en adquirir las más preciadas de la cristiandad. Sin embargo, la más notable de todas ellas, el grial, está en nuestras manos, y en ellas debe seguir —dijo el templario, y señalando a sus hermanos, añadió—: Nosotros seis hemos decidido crear un grupo para defender y proteger el sagrado cáliz de Cristo. Tú fuiste su guardián en Acre y gracias a ti se salvó con el resto del tesoro de aquella encomienda. Ahora te rogamos que presidas nuestro grupo y salves el santo grial. Aquí está.

A una indicación del portavoz, uno de los caballeros sacó de debajo de su capa blanca un paño que envolvía un pequeño objeto; al destaparlo, Jaime observó que era la misma copa que Jacques de Molay le había enseñado.

—¿Cómo lo habéis conseguido? El maestre guarda siempre consigo la llave del cofre.

—El herrero del convento está con nosotros; para él ha sido fácil abrir el cofre y volverlo a cerrar.

—No puedo aceptar esto que estáis haciendo; lo pondré de inmediato en conocimiento del maestre y él decidirá qué hacer con vosotros —dijo Castelnou.

—Aguarda un momento. Solo te pedimos que lo conserves a buen recaudo hasta el 13 de octubre. Ese es el día señalado para que los soldados del rey estén listos para actuar. Si su objetivo no es el Temple, en ese caso devolveremos el grial a su cofre original, pero si los soldados del rey intervienen en nuestras encomiendas, al menos no podrán apropiarse de él.

—No puedo hacer lo que me pedís, va contra nuestra regla.

—Ya te he dicho que nuestra regla permite, en casos de falta de razón, desobedecer al maestre, y tú, hermano Jaime, sabes muy bien que aquí se da esa circunstancia.

El corazón de Castelnou le decía que aquellos hombres tenían razón y que Molay carecía de cualidades para ser un buen maestre, pero su cabeza le ordenaba ser fiel al juramento de obediencia. Toda su vida había sido un templario ejemplar y no estaba dispuesto a manchar su expediente en un momento tan difícil. No obstante, conocía a Nogaret y sabía que la ambición del canciller real no tenía límite. Por una vez, desoyó a su cabeza e hizo caso a su corazón.

—De acuerdo, pero solo el santo grial. El resto del tesoro se quedará en el convento —aceptó Castelnou.

El templario que guardaba el cáliz extendió los brazos y se lo entregó.

—Dios te lo pague, hermano.

—Pero recordad que si el día 13 no ocurre nada, el santo grial regresará a su cofre.

—Ojalá que así sea, pero mucho nos tememos que no sucederá de ese modo.

Los seis templarios juramentados se despidieron y dejaron a Castelnou con el Grial en sus manos. Jaime lo ocultó entre su hábito y se dirigió a su dormitorio, donde lo escondió bajo el jergón, a la espera de encontrar un lugar seguro donde depositarlo. Sabía que lo que había hecho no estaba bien y que si se descubría, sería expulsado del Temple y tal vez encarcelado de por vida, pero estaba convencido de que el rey de Francia y Nogaret estaban dispuestos a actuar contra el Temple y que la pasividad del maestre era perjudicial para la Orden.

7

Se acercaba el día 13 de octubre, pero en la encomienda de París todo parecía tranquilo. Castelnou había ordenado a dos hermanos sargentos que de vez en cuando se dieran una vuelta por los alrededores del complejo por si veían algún movimiento sospechoso. Todo estaba en calma, aunque en los últimos días se había notado un sensible descenso en el número de personas que se acercaban al Temple para depositar allí sus bienes, y algunos ricos comerciantes incluso habían retirado los fondos que los templarios les administraban, lo que hizo sospechar a Castelnou que los rumores sobre los delitos del Temple eran ya conocidos por todos y que se estaba desatando una cierta alarma entre los que allí tenían custodiados sus bienes.

En aquellos días de principios de octubre de 1307 murió Catalina de Courtenay, esposa de Carlos de Valois, hermano del rey de Francia. Fue el propio monarca quien decidió que las exequias de su cuñada se celebraran como si fueran las de una reina. El día 8 llegó una carta con el sello real de Felipe de Francia en la cual se dirigía al maestre Molay con grandes elogios y lo invitaba a participar en el desfile solemne.

Tras la cena, el maestre buscó a Castelnou.

—Tus temores eran infundados, hermano Jaime. El rey me ha invitado a portar el paño fúnebre en los funerales de su cuñada doña Catalina. Ese solemne honor se reserva a personas muy próximas y afectas al soberano. Ya te dije que no había que temer nada.

—Me alegro de que así sea, pero ¿no te parece extraño que las exequias se celebren justo el día anterior a la orden de que los soldados estén preparados para sabe Dios qué?

—No veo ninguna relación en ello.

—Tal vez no la haya, pero con esa invitación el rey se asegura que ese día estés en París. Si, como supongo, la acción del día 13 está dirigida contra nosotros, parece obvio que Nogaret quiera que el maestre de la Orden esté localizado.

—No disponemos de ninguna prueba para suponer, ni siquiera para especular, que el rey de Francia trama algo en nuestra contra. Siempre hemos dispuesto de excelentes informadores y de espías muy eficaces; tú mismo cumpliste ese papel en Tierra Santa en más de una ocasión, y hace unos meses volviste a ejercer como tal cuando te hiciste pasar por un embajador del rey de Aragón ante el mismísimo Nogaret. Ni uno solo de nuestros informantes ha sido capaz de descubrir el menor indicio de lo que tú supones.

—Perdona, hermano maestre, pero yo mismo fui testigo en una taberna de cómo los agentes del rey azuzaban a la gente contra nosotros. ¿Qué sentido tiene que el rey Felipe sea el promotor de esa campaña de rumores si no es para humillarnos, condenarnos y así hacerse con nuestros bienes?

—Ya hemos hablado suficientemente de este asunto, y no quiero volver a ello. Asistiré a la ceremonia del día 12, dormiré esa noche en la casa de París y al día siguiente no ocurrirá nada malo.

—Ojalá tengas razón.

—La tengo, hermano Jaime, la tengo. —El maestre llenó dos copas de vino, le ofreció una a Castelnou y añadió—: Además, confío en convencer al rey Felipe para que encabece una nueva cruzada. Siento que no puedas acompañarme en el séquito del sepelio, imagino que asistirá el canciller Nogaret y podría reconocerte.

La ingenuidad del maestre, o su enorme torpeza política, no dejaba de sorprender a Castelnou.

Finalizadas las exequias por la cuñada del rey, el maestre y el séquito de diez templarios que le había acompañado como guardia personal regresaron al convento de París mediada la tarde. Molay estaba contento, pues los templarios habían destacado en el cortejo funerario con sus inmaculadas capas blancas con la cruz roja. El rey le había agradecido personalmente la asistencia y le había dicho que en los próximos días lo citaría para celebrar una entrevista.

Entretanto, todos los senescales del reino de Francia acudían a los lugares indicados en los que se había ordenado que se concentraran los destacamentos de soldados, listos para intervenir al día siguiente.

A media noche, el senescal de París rompió el sello lacrado del escudo real que cerraba la segunda carta recibida un mes antes, la desplegó y al leer lo que allí se ordenaba, no pudo por menos que mostrar una cierta sorpresa. Felipe, rey de Francia por la gracia de Dios, ordenaba a todos los oficiales de su reino que se dirigieran con las tropas armadas a todos los conventos del Temple y los asaltaran, requisaran sus propiedades y detuvieran a todos los templarios. La operación, preparada días atrás con el máximo sigilo, debía llevarse a cabo con una perfecta sincronización en todas partes.

La llamada a la oración de maitines sobresaltó a Jaime de Castelnou. Mientras caminaba junto al resto de los hermanos hacia la capilla del convento de París pudo contemplar por un momento el oscuro cielo emplomado y tuvo una especie de premonición, una sensación de agobio invadió su alma y le provocó un desasosiego como nunca antes había sentido. No era como ese miedo que invadía el corazón de los caballeros antes de cada batalla, ni como el sentimiento de angustia por el hermano caído en combate, sino una profunda inquietud, a la vez cortante y fría, que se colaba en cada una de sus venas como un líquido helado y lacerante.

Cuando regresó al dormitorio y se acostó tras la primera de las oraciones del día, no pudo conciliar el sueño. Una fuerza interior poderosa e irresistible lo empujaba a salir de aquella enorme sala donde dormían sus hermanos templarios. Al amanecer se cumpliría el día 13, la fecha en la que estaba convencido de que algo terrible iba a suceder, y esa obsesión no le permitía conciliar el sueño.

Con sumo cuidado se incorporó de su catre y cogió su capa; en ese momento recordó que bajo el jergón estaba oculto el santo grial. Metió la mano y palpó con cuidado hasta encontrarlo; después lo guardó bajo su capa y salió del dormitorio. Un sargento que hacía guardia en la puerta se limitó a saludarlo con un leve movimiento de cabeza, creyendo tal vez que el hermano no podía aguantar más sus necesidades y se disponía a aliviarlas.

Jaime salió al gran patio de la casa del Temple y contempló el cielo; tan encapotado estaba de negras nubes que parecía el presagio de una terrible calamidad; el enorme torreón se perfilaba sobre la madrugada como un gigante inmóvil, y a través de las ventanas del dormitorio y de la iglesia podían intuirse las tenues luces de los velones que le conferían una discreta luminosidad ambarina.

Aunque la noche parecía tranquila, Jaime, inquieto, subió por una escalera hasta lo alto de los muros y se sentó junto a las almenas, oteando las calles que rodeaban la encomienda. Sacó el grial y acarició la piedra tan bien pulida. Cuando, algo más sosegado, estaba punto de regresar al dormitorio, oyó unos ruidos al otro lado de los muros. En un primer momento pensó que podría tratarse de algunos parisinos que se dirigían a sus talleres para comenzar la jornada de trabajo y no les dio importancia, pero de pronto cayó en la cuenta de que faltaban todavía algunas horas para el amanecer. Entonces se asomó por las almenas y en la casi absoluta oscuridad pudo atisbar varias sombras que se movían con rapidez hacia la puerta del convento y el reflejo metálico de las espadas que portaban en las manos. Con presteza se ocultó para no ser visto y se asomó de nuevo, ahora con sumo cuidado, a fin de observar qué estaba ocurriendo.

En un instante pasó por su cabeza todo cuanto había temido. Aquellos tipos eran sin duda los soldados a los que se había citado para que estuvieran prestos a intervenir el día 13 de octubre, y estaba claro que los templarios eran sus objetivos. Agachado para no ser visto, se dirigió hacia la escalera y bajó deprisa los peldaños, con cuidado de no tropezar ante la falta de luz. Cuando alcanzó el patio y se dirigió hacia el dormitorio para alertar a sus hermanos templarios, observó que varios hombres armados con lanzas, espadas y escudos ya se encontraban allí, y se aprestaban junto a la puerta. Varias antorchas se encendieron a la vez y aquellos hombres entraron en el dormitorio gritando a los sorprendidos freires que se levantaran y que no temieran nada; los asaltantes se identificaron como hombres del rey y dijeron que estaban allí para protegerlos.

Castelnou se ocultó tras un montón de piedras procedentes del taller en el que unos canteros estaban trabajando para la construcción de una nueva sacristía para la iglesia. Intentando no ser descubierto, se asomó con sigilo para ver cómo sus hermanos eran sacados del dormitorio y colocados, todavía somnolientos, por pequeños grupos en el centro del patio, rodeados de soldados bien armados que habían formado un círculo para que nadie pudiera escapar de allí.

—¿Cuántos templarios habitáis en este convento? —preguntó el que parecía dirigir aquella tropa.

Jacques de Molay dio un paso al frente.

—¿Quién lo pregunta?

—El rey Felipe de Francia —respondió el capitán.

—Vos no sois el rey.

—Actúo en su nombre.

—¿Qué os trae para interrumpir de esta manera la regla de nuestra Orden?

—Imagino que vos sois el maestre Jacques de Molay, ¿me equivoco?

—En efecto, lo soy, y creo que nos debéis una explicación.

—Yo solo cumplo órdenes de su majestad. Aquí está el decreto real por el que se nos ordena que en el día de hoy, 13 de octubre del año del Señor de 1307, sean detenidos todos los templarios de este reino.

—¿Por qué causa?

—Por vuestros crímenes. Se os acusa de cometer pecado de orgullo, de avaricia, de crueldad, de celebrar ceremonias degradantes para los buenos cristianos, de proferir blasfemias, de practicar ritos paganos, de rendir culto a los ídolos y de sodomía. ¿Queréis que siga?

—¡¿Qué?! ¿Quién es capaz de acusarnos de semejantes falsedades?

—Su majestad el rey y su canciller, Guillermo de Nogaret, en su nombre.

Desde su escondite, apenas a treinta pasos del círculo de soldados, Castelnou podía escuchar toda la conversación. Maldijo que sus temores se hubieran confirmado e intentó pensar alguna solución rápida para salir de aquella situación.

Con el patio iluminado por las antorchas, cualquier movimiento brusco para huir sería detectado de inmediato; algunos de los soldados portaban ballestas y, aunque consiguiera ganar unos metros a causa de la sorpresa, estaba convencido de que tenían instrucciones de acabar con la vida de cualquiera que se opusiera a la detención o huyera.

Lo había supuesto y lo estaba viendo con sus propios ojos, aun así Castelnou apenas podía creerlo. Ante su mirada atónita, los soldados del rey de la cristianísima Francia estaban apresando a los templarios sin que ninguno de ellos opusiera la menor resistencia; y es que aquellos monjes y guerreros habían sido entrenados para combatir contra los sarracenos, contra los seguidores del malvado Mahoma, y no sabían hacer otra cosa. Todo aquello estaba ocurriendo sin que el maestre hubiera puesto remedio alguno, pese a las advertencias de que algo similar podía ocurrir. Las voces que se habían alzado para estar preparados ante una situación parecida no habían sido atendidas, y ahora se pagaban las consecuencias de aquella insensata falta de previsión.

—¡Contestad!, ¿cuántos templarios sois en este convento? —inquirió de nuevo el capitán.

—Contadnos vos mismo, si es que sabéis hacerlo; aquí estamos todos.

El capitán, algo confuso, no quería parecer a los ojos de su tropa como un ignorante, de modo que no insistió más.

—Está bien —dijo—; en ese caso, daos por presos del señor rey don Felipe de Francia. Os conduciremos a prisión en espera del día en que seáis juzgados por vuestros delitos.

Jaime se arrastró entre la oscuridad y las sombras que provocaban las antorchas hasta alcanzar un edificio donde se guardaban las armas de los templarios, pero se topó con la gruesa puerta de madera atrancada. Tenía que pensar rápido y evitar ser sorprendido. Entretanto, los soldados revisaban una a una todas las dependencias del convento. Si se encontraban una puerta cerrada, no aguardaban a que alguien viniera con la llave y la echaban abajo sin contemplaciones. Ni siquiera la de la iglesia fue respetada.

—¡¿Dónde está el tesoro, malditos hijos del demonio?!

¡¿Dónde lo habéis escondido?! —preguntó el capitán a voz en grito.

—No poseemos otra cosa que lo que hayáis podido ver —respondió Molay con serenidad.

—Eso no es cierto; todo el mundo sabe que el Temple es enormemente rico, y aquí solo hay unos pocos miles de libras.

—Pues ese es todo el dinero que posee nuestra Orden aquí en París —aseguró el maestre.

Las primeras luces del día comenzaban a iluminar el horizonte oriental. Los soldados iban y venían de un edificio a otro, amontonando en el centro del patio, junto a los templarios, cuanto de valor requisaban.

—¿Dónde está el tesoro, maldita sea?, ¿dónde está?

El capitán maldecía a los templarios cada vez que sus soldados acudían con algún objeto valioso, pero sin que aparecieran por ninguna parte las deslumbrantes riquezas que se les atribuían.

—¡El oro!, ¿dónde está el oro? —demandó el capitán ante el rostro del maestre.

—Gastado en Tierra Santa, en la construcción de castillos y fortalezas, en el rescate de cristianos y en la defensa de nuestra fe.

—¿Me tomáis el pelo?

—En absoluto.

—Tiene que estar en alguna parte, y más vale que confeséis dónde, porque mi señor Nogaret no va a ser tan caritativo.

—No hay nada más; cuanto posee nuestra encomienda de París lo tenéis aquí —repitió el maestre, señalando los objetos de valor y las bolsas de monedas que los soldados habían amontonado en el patio.

El capitán parecía desesperado; Nogaret le había dicho que tras los muros de la casa del Temple se almacenaban riquezas sin parangón, que allí se custodiaba el mayor tesoro jamás concentrado por hombre alguno; pero, por el momento, solo había encontrado unos pocos miles de libras.

Oculto tras una puerta en la sala capitular, a la que había llegado aprovechando el revuelo que se había formado cuando unos soldados encontraron varias cajas llenas de monedas de plata, Castelnou oyó acercarse a uno de ellos. A través de una rendija observó que iba solo, y aunque llevaba una espada colgada del cinto, parecía descuidado. En cuanto el soldado entró en la sala, el templario no lo dudó y lo golpeó con fuerza con un pedazo de madera justo en lo alto de la espalda, en el lugar donde acababa la protección del casco. El soldado se plegó como un pesado fardo, sin emitir sonido alguno. Castelnou se apresuró a sostenerlo para que no cayera al suelo de golpe y el ruido pudiera alertar a los demás. Con suma rapidez, le quitó la sobreveste y el casco y se los colocó él mismo. Después arrastró el cuerpo y lo ocultó bajo uno de los bancos de la sala, de manera que para descubrirlo fuera necesario agacharse y mirar debajo de los asientos.

Vestido con la ropa y el yelmo del soldado, salió con decisión de la sala y se cruzó con varios de sus hermanos, que lo ignoraron por completo. Una vez en el patio, avanzó por uno de los lados hacia la puerta del convento, procurando no llamar la atención de nadie. Instantes después estaba fuera del recinto, tras cuyos muros resplandecía fantasmagórico el fuego de las antorchas. Se despojó de las ropas del soldado, que arrojó por encima de unas tapias, y pensó en dirigirse a La Torre de Plata. Allí ya lo conocían, de modo que no sería difícil hacerse pasar de nuevo por el embajador del rey de Aragón y pedir alojamiento.

8

Tuvo que esperar oculto por las callejuelas de los alrededores de la catedral hasta que amaneció y la ciudad recuperó el trasiego que desaparecía al ponerse el sol. Durante el día, París era un verdadero trajín de gentes que iban y venían, pero en cuanto caía la noche, las calles quedaban desiertas y solo se atrevían a transitarlas grupos de jóvenes en busca de diversión violenta, los llamados «charivaris», que de vez en cuando asaltaban la casa de alguna joven viuda para violarla. Las autoridades de la ciudad solían consentir este tipo de actos para evitar que esa energía juvenil no se cebara en otros ámbitos.

Mezclado al fin con la vorágine de personas que atestaban las calles al poco de amanecer, llegó a la posada, donde algunos huéspedes daban cuenta de un suculento desayuno con pan recién horneado, tajadas de tocino ahumado, queso curado y cerveza.

En la calle, el atuendo de Jaime, compuesto por la túnica que usaban los templarios para dormir y los calzones, había pasado desapercibida, tal vez confundido con uno más del ejército de menesterosos que vagaban de convento en convento en busca de un pedazo de pan o de un vestido viejo. Sin embargo, para hospedarse en la mejor posada de la ciudad, su aspecto no era precisamente el más adecuado.

El posadero estaba a punto de echarlo a patadas cuando el templario se identificó como Jaime de Ampurias, consejero áulico y embajador del rey de Aragón.

—¿Sois vos?, ¿en verdad que sois vos? Jamás os hubiera reconocido con esa ropa y ese aspecto. Decidme qué os ha pasado.

—Se trata de una larga historia que no creeríais. Necesito vuestra comprensión y vuestra ayuda. Hace un par de días fui asaltado por unos ladrones que robaron todas mis pertenencias. Ocurrió en el camino de París a Chartres, y desde entonces he sobrevivido de milagro. Os ruego que me fieis cama y comida hasta que pueda recibir fondos de mi señor el rey de Aragón.

El posadero frunció el ceño y se atusó el bigote.

—Bueno, me pagasteis bien en la anterior ocasión. ¿Cuánto tiempo tardaréis en recibir esos fondos?

—En cuanto pueda comunicarme con mi señor el rey.

—Entretanto, podéis pedir prestado a uno de esos cambistas del mercado, o a la Orden del Temple...

—Si me fiais dos semanas, os daré dos monedas por cada diez que me adelantéis.

—Eso está bien, pero si no me pagáis en tres semanas, serán tres monedas por cada diez.

—De acuerdo. Y ahora...

—¡Ah!, claro, desearéis instalaros. Acompañadme, os daré una de las mejores estancias.

Ya en la soledad de la habitación de la posada, Jaime intentó serenarse. Las últimas horas habían sido demasiado intensas. Había presenciado la detención de los templarios de París, había escapado del convento tras golpear a uno de los soldados del rey, se había escondido por las calles y había llegado a La Torre de Plata sin ropa adecuada, sin dinero y probablemente con decenas de soldados buscándolo por toda la ciudad. Solo tenía dos alternativas: o entregarse a los hombres de Nogaret y compartir la suerte de sus hermanos templarios, o tratar de huir, pero ¿adónde?

Supuso que la redada habría sido general en todas las encomiendas templarias del reino de Francia y que no podría buscar refugio ni amparo en ninguna de ellas; incluso era muy probable que detrás de ese plan estuviera el mismísimo papa, por lo que todas las encomiendas del Temple en tierras cristianas habrían corrido la misma suerte, en cuyo no caso no tendría ningún lugar al que acogerse.

Desde luego, tras conocer a Nogaret estaba convencido de que no cabía esperar de aquel individuo ningún gesto de condescendencia, y que si en sus manos estaba la suerte del Temple, como así parecía, el futuro de la Orden no era precisamente halagüeño.

La redada había resultado un éxito absoluto. Con una precisión asombrosa, las tres mil casas y encomiendas de los templarios franceses habían sido ocupadas, intervenidas y expoliadas, y sus moradores, unos veinte mil miembros, detenidos sin que ninguno ofreciera el menor conato de resistencia. De ellos, solo quinientos cuarenta y seis eran caballeros, los demás eran sargentos, artesanos, criados, siervos y capellanes.

Para llevar a cabo aquella operación, el rey había movilizado a unos cincuenta mil hombres armados. Tenían orden de actuar con toda contundencia si se producía algún rechazo a cumplir la orden real. Casi todos los hombres que vivían en las encomiendas francesas no habían empuñado jamás un arma. Los legendarios combatientes templarios o estaban en Chipre o estaban muertos. Algunos caballeros y sargentos sí estaban en condiciones de resistir, como los que escoltaban al maestre Molay en París, o algunos otros en las encomiendas más grandes, pero ninguno de ellos movió un solo dedo para defenderse cuando los soldados del rey asaltaron los conventos. Todos se dejaron atrapar convencidos de que lo que les estaba ocurriendo no podía ser verdad, como si se tratara de una especie de pesado sueño colectivo del que iban a despertar sobresaltados pero libres. No, a la Orden cristiana que más había luchado por la defensa de los Santos Lugares, a los caballeros que más sangre habían derramado por la cristiandad en las tierras de ultramar no podía ocurrirles semejante tragedia.

Durante la primera jornada que Castelnou pasó en la posada apenas salió de su aposento. Solo bajó al comedor para cenar, y allí oyó a unos comensales que hablaban de la gran redada contra los templarios. El hostalero le proporcionó ropa adecuada y pudo deshacerse de la túnica para dormir con la que había huido del convento.

Durante dos días no paró de darle vueltas a la cabeza sobre qué hacer. Imaginó que los caminos estarían vigilados, de modo que la única salida posible era urdir un formidable engaño, tan grande, absurdo e increíble que por eso mismo nadie dudara de su credibilidad.

En cuanto ultimó los detalles del plan, se rasuró la barba, que todavía no le había crecido más allá de la mitad del cuello, se vistió con la ropa que le había proporcionado el hostalero, salió de la posada y se dirigió hacia la cancillería. Antes había ocultado el santo grial en el techo de su alcoba, detrás de una tabla que arrancó con cuidado y que volvió a colocar después. Las calles de París rebosaban de gente que solo se refugiaba en sus casas, tiendas o tabernas por la tarde, durante las dos o tres horas en las que caía una lluvia fina pero constante.

Los guardias que custodiaban la entrada a la cancillería le impidieron el paso. Tras identificarse de nuevo como Jaime de Ampurias, embajador del rey don Jaime de Aragón, los soldados le pidieron sus credenciales, impresionados por un título tan relevante. Jaime les dijo que se las habían robado, pero que el canciller Guillermo de Nogaret lo conocía perfectamente y que lo recibiría en cuanto lo anunciasen. Los soldados dudaron, pero uno de ellos decidió dar aviso al jefe de la guardia, que salió a encontrarse con el distinguido visitante.

—¿Qué deseáis, señor? —le preguntó.

—Ver a su excelencia don Guillermo de Nogaret. Es urgente.

—El canciller está muy ocupado; no puede recibiros.

—Decidle que está aquí don Jaime de Ampurias, y que deseo hablar con él.

—Ya os he dicho que está muy ocupado. ¿No os habéis enterado de que hace dos días fueron detenidos todos los templarios de Francia?

—Claro que lo sé, y de eso precisamente he venido a hablar con él.

—Pues no va a poder ser —zanjó la cuestión el jefe de la guardia.

Castelnou estaba a punto de retirarse cuando reconoció a Antoine de Villeneuve, que descendía de una carreta justo a la puerta de la cancillería.

—¡Vicecanciller, vicecanciller! —gritó Jaime.

Villeneuve se giró y lo reconoció al instante.

—¡Don Jaime!, ¿qué hacéis aquí?

—¡Ah!, se trata de una larga historia. He venido a ver al canciller Nogaret, pero vuestros guardias me impiden el paso; dicen que está muy ocupado.

—Y es verdad. ¿No os habéis enterado de la noticia? Hace dos días fueron apresados todos los templarios de Francia.

—Sí, llegué a París la noche anterior a que eso ocurriera. Me hospedo en La Torre de Plata, como hace unos meses, pero ahora mi situación es distinta.

—¿Venís a ofrecernos un nuevo tratado?

—No; ahora os propongo ponerme a vuestro servicio.

—¿Habéis abandonado al rey de Aragón?

—Más o menos. En todo caso, tal vez os interesen algunas informaciones sobre los templarios que tengo en mi poder.

—Como cuáles.

—Su tesoro.

—¿Sabéis dónde está?

—Intuyo por vuestra pregunta que no lo habéis encontrado.

—Requisamos la encomienda de París y encontramos unos miles de libras en monedas de oro y plata, algunos objetos valiosos y varias reliquias. Estamos recibiendo noticias de toda Francia sobre la operación, que ha sido un rotundo éxito. La noche del pasado día trece, todos los templarios del reino quedaron presos bajo la custodia de los oficiales del rey y todas sus encomiendas fueron intervenidas. Guillermo de Nogaret diseñó un plan perfecto.

—¿Todos, decís? En ese caso, serán miles.

—Unos veinte mil, aún estamos haciendo el recuento.

Aunque es probable que alguno haya escapado. Aquí, en la encomienda de París, nos falta uno, pero caerá pronto.

—Vaya, os felicito. Conociendo vuestra competencia, imagino que algo habréis tenido que ver vos con el éxito de esa operación —le dijo Castelnou a Villeneuve, un halago que tenía como objetivo ganarse su confianza.

—Bueno, mi aportación fue modesta. Me encargué de coordinar la acción para que todos los conventos fueran intervenidos a la misma hora, y creedme que no era fácil.

—Ya imagino, pero supongo que habrá habido resistencia; los templarios tienen fama de hombres duros e indomables.

—Pues no; por lo que sabemos, hasta ahora no ha habido ni un solo conato rebelde ante la intervención real en ninguna de las encomiendas. Este trajín que veis se debe a que está llegando información de toda Francia; todavía queda por conocer lo ocurrido en las casas del Temple más alejadas de París, pero por el momento todo ha discurrido conforme a lo previsto.

»Pero pasad, acompañadme. Si puedo, os procuraré esa entrevista con el canciller, aunque ya os adelanto que está muy ocupado con la incautación de los bienes de los templarios. Son centenares los informes que hay que leer y otras tantas las medidas que adoptar. Tened en cuenta que los bienes del Temple pasarán a ser administrados desde ahora mismo por la corona, y eso requiere de un gran esfuerzo por nuestra parte... Y volviendo al tesoro, ¿sabéis dónde está?

Castelnou y Villeneuve entraron en la cancillería mientras el templario pensaba qué respuesta dar a esa pregunta.

—En Chipre, está en Chipre —respondió Jaime—.

Lo custodian mil caballeros y dos mil sargentos en la encomienda de Nicosia.

—No son esas nuestras noticias —repuso Villeneuve—. Uno de nuestros espías nos informó que el tesoro templario fue trasladado desde Chipre hasta París. Venía con el maestre y su séquito.

—¿Un espía? En ese caso, solo pudo ser uno de los hermanos de la Orden. ¡No! ¿Habéis logrado convertir a un templario en uno de vuestros agentes? Nosotros también lo procuramos, pero no hubo manera, ni uno solo de los que habitan tierras aragonesas se dejó comprar para traicionar a su orden. Si vos lo habéis logrado, sois todavía más eficaz de lo que suponía.

—En efecto, uno de los templarios de la casa de París trabaja para nosotros. Lo infiltramos en el Temple y nos proporcionó información suficiente para llevar a cabo la intervención con éxito.

—En ese caso, ese hombre sabrá dónde está el tesoro.

—Él vio cómo trasladaban decenas de arcones de Nicosia a París, y cómo en uno de ellos se guardaba el santo grial.

—¡¿Tenéis el grial?! —Castelnou se hizo el sorprendido.

—Por desgracia, no. El cofre en el que viajó a París desde Chipre estaba vacío. Alguien se nos adelantó y se lo llevó.

—¿Alguien del Temple?

—Por supuesto. Creemos que la mayor parte del tesoro y el santo grial fueron extraídos de la sede de París dos días antes de nuestra intervención. Uno de nuestros hombres que vigilaba el convento vio salir una carreta llena de heno. ¿No os parece sospechoso?

—No. ¿Por qué iba a serlo?

—Porque las carretas que entran en el Temple van siempre llenas, y de allí salen vacías. Una carreta que entra en el convento con heno lleva ese forraje para los caballos, pero una carreta que sale llena de heno solo puede significar una cosa: que oculta algo.

—Vaya, vuestra sagacidad sigue asombrándome. ¿Habéis localizado ya esa carreta?

—No; nadie sabe adónde se dirigió ni qué llevaba oculto bajo el heno, pero no me cabe duda de que ahí estaba escondido el santo grial y probablemente el oro del Temple.

Tras recorrer el patio y varios pasillos de la cancillería, los dos hombres llegaron al gabinete de Villeneuve, una amplia sala con las paredes repletas de estanterías de madera donde se acumulaban legajos de papel y rollos de pergamino. Sobre dos amplias mesas se extendían dos docenas de documentos recién redactados.

—¡Sí que tenéis trabajo! —exclamó Jaime.

—Y el que se avecina —le repuso el vicecanciller—. Hasta ahora las cosas han ido rodadas: el plan ha sido un éxito, ningún templario se ha resistido a la incautación y nadie ha salido en su defensa, ni el mismísimo papa, que por otra parte hará lo que disponga su majestad, pero a partir de este momento debemos actuar con rapidez y diligencia.

»Ayer mismo —prosiguió—, el canciller convocó a varios doctores de la Universidad de París, que, como sabéis, es la más afamada de la cristiandad, y les explicó con todo detalle las acusaciones que hemos dictado contra los templarios. En esa reunión estaban los más prestigiosos teólogos y juristas de la institución, hombres dedicados al estudio y a la enseñanza, y ninguno de ellos criticó la intervención contra el Temple; todos, de manera unánime, apoyaron la decisión del rey Felipe.

—Siempre os consideré un hombre muy eficaz; estaréis orgulloso.

—Sí, hemos hecho un buen trabajo. Las diez acusaciones contra los templarios están bien justificadas y son irrefutables, como así lo han ratificado los maestros de la universidad, de modo que hemos obrado bien siguiendo las directrices de la justicia y la voluntad de Dios.

—¿Puedo saber cuáles son esas acusaciones? —preguntó Castelnou con aparente ingenuidad.

El vicecanciller se acercó a una de las dos mesas grandes, ojeó varios pergaminos y cogió uno de ellos.

—Claro. Aquí están, las redactaron ayer mismo nuestros escribanos. Leedlas vos mismo.

Castelnou cogió el pergamino y en ese momento agradeció haber aprendido latín.

Tras bisbisear el preámbulo del documento, leyó en voz alta el decálogo de acusaciones, que tradujo del latín sobre la marcha, pues imaginó que ese gesto del vicecanciller podía ser una prueba para demostrar que en efecto era un embajador que sabía la lengua culta.

—«Ítem, en primer lugar, obligar a los novicios a abjurar de Dios, de su hijo Jesucristo, de la Virgen Santa María, madre del Salvador, y de los santos.

»Ítem, realizar actos sacrílegos contra la Santa Cruz y contra la imagen de Nuestro Señor Jesucristo.

»Ítem, practicar ceremonias infames y actos contra natura en la recepción de los novicios, con besos inmundos en la boca, ombligo y nalgas.

»Ítem, no consagrar las hostias en la eucaristía y no

creer en los sacramentos de la Iglesia romana, así como omitir en la misa las palabras de la consagración.

»Ítem, adorar diabólicamente a ídolos con forma de gatos y de cabezas humanas.

»Ítem, practicar actos de sodomía, con besos y tocamientos en las partes pudendas a los novicios, y yacer con ellos como varón con mujer.

»Ítem, arrogarse por el maestre y por los oficiales del Temple la facultad de perdonar los pecados sin haber sido investidos del sacramento sacerdotal.

»Ítem, celebrar ceremonias nocturnas en las que se practican ritos secretos contrarios a los autorizados por la Iglesia.

»Ítem, apoderarse fraudulentamente de las riquezas de los fieles cristianos y de la propia Iglesia, abusando del poder a ellos conferido.

»Ítem, caer en los pecados de orgullo, avaricia y crueldad, realizar ceremonias degradantes para los novicios y proferir y obligar a proferir blasfemias.

»¿Todo esto es cierto? —preguntó Castelnou al acabar de leer el memorial de acusaciones y agravios.

—Sí, rotundamente cierto —respondió Villeneuve—. Tenemos testigos que ratificarán punto por punto cada una de esas diez acusaciones.

Jaime sabía que no se había movido un solo dedo y que nadie lo movería en el futuro por defender al Temple. Además de las acusaciones oficiales del rey de Francia, sus agentes habían difundido con éxito, como él mismo había podido comprobar en las calles de París, la leyenda de que los templarios atesoraban riquezas sin cuento, que eran orgullosos hasta rayar en la altanería, que tenían ingentes posesiones por toda Europa obtenidas con engaños y fraudés, que nadaban en la abundancia y derrochaban todo tipo de lujos mientras los campesinos y los menesterosos de las ciudades pasaban hambre, que realizaban sus ritos y ceremonias al margen de la Iglesia, con plena autonomía, que habían sido los culpables de la pérdida de Jerusalén y de los demás territorios conquistados por los cruzados en Tierra Santa al no aceptar unirse con la Orden de San Juan, como propuso el papa, y que todos sus actos estaban cubiertos por un secretismo tras el cual solo podía esconderse un influjo diabólico.

—Los templarios están perdidos.

—Así es, don Jaime, así es. Nadie puede salvarlos. Mañana, recibidos todos los informes de cada una de las intervenciones, su majestad el rey Felipe pondrá en marcha un gran despliegue diplomático para tratar de convencer a todos los reyes y gobernantes de la cristiandad para que hagan lo mismo en sus dominios. Y, por cierto, ¿qué creéis que hará vuestro soberano, el rey de Aragón?

—Precisamente de eso quería hablaros. Ya no soy embajador del rey Jaime.

—¿Qué os ha ocurrido?

—Tuve ciertas desavenencias con su majestad. No aceptó mi fracaso diplomático de hace unos meses. Mi situación en la corte se complicó y no me quedó más remedio que huir de Barcelona. En realidad, estoy aquí buscando refugio y asilo, y así se lo quería pedir a Nogaret.

—No esperaba semejante noticia. Hablaré con el canciller, tal vez pueda hacer algo por vos.

—Tengo información que quizá os interese. Recordad que he sido oficial en la corte de don Jaime.

—Nunca os hubiera catalogado como un traidor.

—No lo soy, pero debo sobrevivir.

—Lo entiendo. Acompañadme.

Los dos salieron de la sala y recorrieron varios pasillos y salas hasta que alcanzaron el gabinete del canciller, a cuya puerta había apostados varios soldados, ujieres, criados y oficiales. El secretario del canciller se acercó a Villeneuve, y este le susurró algo al oído.

—Pasad, pasad, creo que don Guillermo os recibirá ahora mismo.

El canciller del reino de Francia estaba de pie, en medio de una amplia sala en una de cuyas paredes se abría una gran chimenea en la que crepitaban varios leños consumidos lentamente por el fuego.

El secretario se acercó hasta el canciller, habló unos instantes con él y le señaló a los recién llegados.

—Don Jaime de Ampurias, me alegro de volver a veros. Ruego que perdonéis este desorden, pero han ocurrido acontecimientos de vital importancia en los últimos días —dijo Nogaret al tiempo que lo saludaba.

—Ya me he enterado de vuestra acción contra los templarios —respondió Jaime—. Habéis sido muy audaz.

—Era imprescindible; esos caballeros blancos se habían convertido en una grave amenaza para Francia y para toda la cristiandad. Ahora mismo estamos redactando una serie de cartas para enviar a todos los soberanos cristianos solicitando que hagan lo mismo en sus dominios, aunque, por lo que me ha dicho mi secretario, no podré pediros que se lo transmitáis al rey de Aragón, pues habéis perdido sus favores.

—Digamos mejor que he decidido cambiar de aires. Os ofrezco toda la información que conozco.

—¿A cambio de qué?

—De dinero, claro, y de ayuda y cobijo. Tengo mi

cabeza en gran estima y no quisiera perderla si por desventura cayera en manos del rey Jaime.

—¿Qué tipo de información tenéis?

—Datos sobre castillos y fortalezas del reino de Aragón, sus guarniciones, la marina real, sus puertos, número de galeras, pactos y acuerdos secretos... y, además, noticias del Temple.

—¿Qué sabéis vos del Temple?

—Antes necesito contar con vuestro auxilio; tras mi precipitada huida de Barcelona, no dispongo de dinero ni para pagar mi hospedaje en La Torre de Plata.

—Para no disponer de dinero, no habéis elegido mal alojamiento en París.

—Ya estuve allí cuando vine a visitaros como embajador de Aragón.

—Mi tesorero os proporcionará unas cuantas libras para que no tengáis problemas. Más adelante hablaremos despacio, ahora estoy demasiado ocupado. —Y dirigiéndose a Villeneuve—: Encargaos vos de que le entreguen diez libras de plata a don Jaime.

9

El día 24 de octubre comenzaron los interrogatorios. El primero de los templarios que compareció ante el tribunal designado por el canciller real fue el maestre Jacques de Molay. Durante la sesión de preguntas estuvieron presentes varios maestros de la Universidad de París. El rey Felipe había dado órdenes tajantes a Nogaret para que todo el proceso tuviera un aspecto de incuestionable legalidad.

Tres días después llegó a palacio una carta del papa Clemente V. El sumo pontífice se mostraba aparentemente indignado por la acción del rey de Francia, y en ella protestaba con energía sobre la detención de los templarios en ese reino, a la vez que denominaba al Temple como el verdadero ejército de la Iglesia.

En la cancillería, adonde se desplazaba todos los días, Castelnou fue informado por Villeneuve de la misiva papal.

—¿No teme el rey que Clemente lo excomulgue o que coloque su reino bajo interdicto? —quiso saber Jaime—. Por lo que me habéis contado, esa carta es muy dura.

—¿Juráis guardarme un secreto? —le preguntó Villeneuve, bajando la voz a pesar de que en la sala de la cancillería donde se encontraban estaban ellos dos solos.

—Claro. Sabéis que soy una tumba.

—El papa Clemente sabía de la intervención que llevaríamos a cabo contra el Temple y estaba de acuerdo. Esta carta es una impostura. Está todo previsto. Acordamos con su santidad que, una vez apresados los templarios, él se mostraría indignado y ofendido, y que protestaría mediante una carta ante su majestad, pero nada más. La Iglesia atraviesa momentos muy delicados, como bien sabéis, y nuestro rey Felipe es su único sostén. Si le retirara su apoyo, Clemente no duraría ni una semana en el solio de san Pedro. Ya veréis, todo quedará en esa protesta formal, pero después el papa aceptará cuanto el rey disponga.

—Pero el Temple depende directamente del papa.

—Las acusaciones son tan terribles que el propio pontífice admitirá que los templarios tienen que desaparecer.

—Entonces, el plan consiste en suprimir la Orden del Temple —supuso Jaime.

—En efecto; así se decidió hace casi dos años, y hasta ahora el plan se ha cumplido con precisión. Fue el rey quien lo ideó y Nogaret quien lo ejecutó. Brillante, ¿no os parece?

—Muy brillante, en efecto.

—Para ello, fue preciso atraer al maestre Molay desde Chipre hasta Francia con argucias diplomáticas, infiltrar a algunos de nuestros agentes en la Orden y llevarlo todo con sigilo para que los templarios no sospecharan lo que se les avecinaba. En ese momento aparecisteis vos proponiendo un tratado entre Francia y Aragón, y Nogaret, entonces consejero real, no os hizo el menor caso, porque, como comprenderéis, estaba metido de lleno en la ejecución de este plan.

—Sorprendente. Lo que no entiendo es cómo los templarios no se enteraron de nada. Sé muy bien que disponen de espías e informantes en todas partes. Me extraña que el maestre Molay ni siquiera llegara a sospechar lo que ocurría.

—Tuvimos mucho cuidado en que nadie se fuera de la lengua, y os aseguro que hubo que cortar algunas. Además, entre los templarios más próximos al maestre hay varios agentes reales.

Al escuchar las palabras del vicecanciller, Castelnou se mostró inquieto. Si Villeneuve decía la verdad, alguno de los hermanos era un traidor, y lógicamente quedaría libre, lo reconocería y su engaño quedaría al descubierto.

Pese a que su siguiente pregunta podía despertar sospechas, no tuvo más remedio que hacerla:

—Esos agentes reales infiltrados, ¿están libres?

—No, claro que no. Han sido apresados con los demás templarios. Su trabajo no ha terminado todavía, tienen que aparentar que siguen siendo caballeros de la Orden, pues en caso contrario todo nuestro plan podría venirse abajo.

En ese momento el canciller entró en la sala hecho una furia.

—¡Ni el tesoro fabuloso, ni los ídolos satánicos, ni un solo documento comprometedor! —exclamó—. Hemos registrado hasta debajo de las piedras todas y cada una de las encomiendas, hasta hemos excavado algunas tumbas en el cementerio de los templarios en el convento de París, y no hemos encontrado nada, ¡nada!

»Acabo de informar en palacio a su majestad y se ha sentido tremendamente frustrado. Ni una sola prueba para ratificar nuestras acusaciones, ¿me oís, Villeneuve?, ¡ni una sola!

Nogaret parecía fuera de sí, tanto que tardó unos instantes en apercibirse de la presencia de Castelnou.

—Pero Hugo nos aseguró que al menos el santo grial estaba en París —intentó justificarse el vicecanciller.

Al escuchar el nombre de Hugo, Jaime sintió una punzada en su estómago. Ese Hugo no podía ser otro que el joven templario Hugo de Bon, el mismo que había acudido a Chipre con aquella carta del comendador del convento de París que motivó el viaje del maestre a Francia, el mismo que había transmitido sus informes a Molay, el mismo que se había mostrado tan entusiasta de la propuesta del maestre de solicitar del papa el inicio de una investigación sobre los rumores que pesaban sobre el Temple.

Entonces lo vio claro: Hugo de Bon era el traidor infiltrado, o al menos uno de ellos. Con dificultad, y haciendo uso de toda su experiencia en situaciones extremas, Castelnou pudo mantener la calma.

—¡Ah!, estáis aquí, don Jaime. Me alegro, ha llegado el momento de que me contéis cuanto sepáis del Temple. Os escucho.

—Por lo que acabo de oír de vuestra propia boca, no tenéis pruebas para sostener las acusaciones contra los templarios. Esta circunstancia puede ser un grave problema para vos.

—Así es. El rey quiere pruebas contundentes, irrefutables; y las tendrá. Si no las encontramos, las fabricaremos. Pero decidme, ¿qué sabéis de esos caballeros del demonio?

—Que no existe ningún tesoro —respondió Castelnou, improvisando sobre la marcha—. Hace tres años viajé hasta Chipre en misión secreta para el rey Jaime. Como bien sabéis, mi antiguo señor desea imponer su dominio en todo el Mediterráneo y para ello necesita controlar las islas, desde Mallorca, ahora en manos de una rama secundaria de su dinastía, hasta Chipre. Fui allí para ofrecer a los templarios un gran acuerdo: si ellos le entregaban Chipre, el rey de Aragón les ofrecería ayuda para recuperar Jerusalén y para crear un principado propio en Palestina; don Jaime sería coronado como rey de Jerusalén y los templarios administrarían el nuevo reino en su nombre, pero con total autonomía. Durante mi estancia en la isla viajé hasta la ciudad de Nicosia, donde ahora se encuentra la casa central del Temple; allí me enseñaron sus reliquias y pude ver su tesoro. Creedme, solo había unos cuantos miles de libras, algunos objetos valiosos y reliquias, muchas reliquias.

—¿Visteis el santo grial? —preguntó Nogaret.

—Me enseñaron un cofre y me dijeron que guardaba ese santo cáliz, pero no llegué a verlo. Creo que se trataba de un engaño.

—No puedo creerlo. Durante doscientos años han acumulado propiedades, rentas, oro, plata, joyas... ¡Todo ese tesoro tiene que estar escondido en algún lugar!

—No, canciller, no existe tal tesoro. Yo supuse lo mismo que vos, pero me convencí de lo errado que estaba cuando me explicaron la enorme cantidad de castillos y fortalezas que habían construido en Tierra Santa, y los miles de caballos que habían comprado para las guerras contra los sarracenos; solo en la batalla de Hattin, de la que habréis oído hablar, se perdieron más de trescientos caballos y caballeros y buena parte del tesoro templario acumulado hasta entonces. ¿Sabéis cuánto costó levantar la Bóveda de Acre o el castillo del Peregrino? Cientos de miles de libras. Ahí está el tesoro de los templarios, enterrado en las ruinas de Tierra Santa.

—¿Y sobre la abjuración de Dios, de Cristo, de la Virgen y de los santos a la que se obligaba a los neófitos para entrar en la Orden? ¿Qué podéis decirme de eso?

—Que durante mi estancia en Chipre jamás presencié tal cosa. Pero si tenéis infiltrados en ella, podréis preguntarles, sabrán mucho más que yo.

—Sabemos que adoran a ídolos —aseguró Nogaret.

—En una ocasión presencié una escena que podía parecerlo, pero nada más lejos de la realidad. Unos templarios veteranos construyeron una especie de cabeza monstruosa con pelos de caballo y dientes de jabalí, y la enseñaron a unos novicios para amedrentarlos. Tan solo era una chanza. Me dijeron que a los jóvenes que ingresan en el Temple suelen gastarles este tipo de bromas para poner a prueba su serenidad y su valor.

—Los obligan a blasfemar.

—Se trata de otra prueba. Tras la ceremonia de entrada en la Orden, a veces se pide a los caballeros recién admitidos que escupan sobre la cruz, y con ello se les fuerza su fe al límite. Si lo hacen, son inmediatamente expulsados. Os aseguro que no vi jamás a ninguno de los templarios hacer gestos obscenos o proferir blasfemias.

—Pese a lo que os he oído decir sobre los templarios en alguna otra ocasión, de vuestras palabras deduzco que esos caballeros de blanco no os desagradan del todo... Seríais un buen defensor en el proceso que estamos incoando contra ellos.

Castelnou se dio cuenta de que se había dejado llevar por su espíritu templario y de que Nogaret comenzaba a sospechar algo. Entonces decidió cambiar de táctica:

—Sois tan inteligente como imaginaba. He tratado de defender a esos templarios utilizando argumentos que responden a la falta de pruebas a la que habéis aludido, y os habéis dado cuenta enseguida. Os felicito.

Nogaret era astuto, pero todavía era más soberbio y presuntuoso, y entendió las palabras de Castelnou como un reconocimiento a su superioridad dialéctica.

—Habrá que buscar una solución; su majestad quiere pruebas, y enseguida. ¿Se os ocurre algo, don Jaime?

—El papa.

—¡¿Cómo?!

—Los templarios solo obedecen al papa. El de obediencia es uno de sus votos sagrados. Sabemos que vuestro rey ejerce una gran influencia sobre el sumo pontífice, de modo que su intervención resultará clave en todo este proceso. Si Clemente ratifica las acusaciones de Felipe, los templarios estarán definitivamente perdidos.

—Lo están de todos modos, don Jaime, pero tenéis razón, una condena del papa nos dejaría con las manos limpias y nos otorgaría toda la razón.

—¿Habéis hablado con él?

—Por supuesto; Clemente estaba al corriente de toda la operación —confesó Nogaret, aunque eso ya lo sabía Jaime por boca de Villeneuve.

—Y en tal caso, ¿por qué no ha emitido una condena tajante contra el Temple?

—Porque necesita alguna prueba contundente e incontestable. Clemente es un cobarde y, aunque jamás se enfrentará a nuestro rey, pues no en vano sabe que de él depende mantenerse al frente de la Iglesia, no le interesa que otros monarcas de la cristiandad lo consideren como un mero lacayo de Francia. Ya sabéis que hay un enorme malestar por la manera en que intervenimos en su elección como sumo pontífice, de modo que no podemos forzar demasiado las cosas. Debemos actuar con sumo cuidado y sigilo, o Aragón, Inglaterra, Venecia y algunos otros estados podrían negar la legitimidad del papa Clemente y provocar un terrible cisma en la Iglesia, lo que sería muy perjudicial para los intereses de Francia.

—Por lo que veo, canciller, será complicado encontrar una sola prueba definitiva contra los templarios —dijo Jaime.

—Disponemos de un contundente decálogo de acusaciones, pero nos falta un testigo, una voz dentro del Temple que ratifique todos los cargos.

—Conozco a los templarios; ni uno solo declarará en contra de la Orden.

—Os equivocáis; no sabéis de lo que es capaz de declarar un hombre si se lo somete a un profundo interrogatorio.

—¿Os referís a torturarlo?

—Llamadlo como prefiráis.

10

Jaime regresó a La Torre de Plata. Tras su conversación con el canciller Nogaret comprendió que no había ninguna posibilidad de que desde la Iglesia se denunciara el apresamiento de los templarios y la intervención en sus encomiendas. Su situación era muy difícil. Desde luego, el rey de Francia había conseguido un éxito total en su reino, porque todas las encomiendas de Francia habían sido intervenidas, todos los templarios encerrados en prisiones reales y todos sus bienes confiscados. La única esperanza venía del exterior. Las cartas enviadas por Felipe el Hermoso a los reyes y soberanos de la cristiandad para que hicieran otro tanto en sus dominios no habían tenido efecto. A los pocos días se entregó en París una carta del rey Jaime de Aragón en la que rechazaba esa propuesta; el monarca alegaba que los templarios siempre habían vivido en sus estados como hombres religiosos, mostrando una piedad digna de encomio para cualquier buen cristiano, y añadía que como caballeros y soldados de Cristo siempre habían sido leales, luchando con valor contra los infieles. Por todo ello no creía necesario acosarlos de ese modo, menos aún si semejantes acusaciones no se sustentaban en pruebas fidedignas.

Tras sopesar todas las posibilidades, Castelnou llegó a la conclusión de que los templarios solo tenían una posibilidad: hacerse fuertes en Chipre y tratar por todos los medios de lograr la división entre el rey de Francia y los demás monarcas cristianos. Desde luego, Felipe IV no iba a reblar en sus decisiones, por lo que solo una intervención contundente de la Iglesia, siempre y cuando Clemente V dejara de ser papa, y de los demás reinos cristianos podría librar a los templarios de su terrible final. Jaime sabía que una acción tan rotunda provocaría un cisma en la Iglesia y que las remotísimas posibilidades de iniciar una nueva cruzada desaparecerían por completo, pero en esos momentos lo más importante era salvar al Temple.

Tendría que actuar con enorme prudencia y sin ninguna ayuda; estaba solo en Francia, no podía marcharse sin levantar sospechas, y además tenía en su poder el grial, que seguía oculto en su habitación de la posada.

Tras varios días de interrogatorios, Nogaret no obtenía ningún resultado; los templarios mantenían que eran inocentes de todas las acusaciones, y una y otra vez declaraban ante los inquisidores que todos esos rumores eran falsos y que la Orden siempre se había comportado con el decoro y la decencia propios de los buenos cristianos. El tiempo pasaba y el canciller no lograba ninguna confesión de culpabilidad. Decidió entonces someter a los hermanos templarios a crueles torturas, pero ni aun así logró extraer de sus bocas la más mínima confesión de culpa. Desesperado ante la falta de pruebas y presionado por el rey para que consiguiera alguna declaración autoinculpatoria, Nogaret ordenó al inquisidor general de Francia, Guillermo de París, que intensificara los métodos de interrogatorio. La dureza de las torturas fue tal que casi medio centenar de templarios murieron en las dos primeras semanas de suplicios.

Cuando se enteró de ello, Castelnou se presentó en la cancillería, donde encontró a Villeneuve abatido.

—¿Es cierto lo que he oído, vicecanciller? ¿Es cierto que han muerto varias decenas de templarios a causa de las torturas?

—Así es, don Jaime, así es... Al inquisidor general se le ha ido la mano. El canciller ordenó que se practicaran tormentos para obtener algunas confesiones, pero los agentes inquisitoriales han ido demasiado lejos.

—¡Medio centenar de muertos! ¡Por el amor de Dios, os habéis vuelto locos! Vais a provocar el efecto contrario al perseguido. Si convertís a los templarios en mártires, vuestro plan estará abocado al fracaso.

—Treinta y seis, son treinta y seis los muertos.

—Lleváis bien la cuenta.

—Tenemos informes detallados de cada caso.

El vicecanciller se acercó a una mesa, cogió varios cuadernillos de papel y se los entregó a Castelnou. El templario ojeó los informes y sintió un hondo estremecimiento en su interior. Sus hermanos habían sufrido un tormento sin parangón: les habían arrancado las uñas con tenazas, les habían extraído los dientes uno a uno, les habían quemado los pies, les habían arrancado la piel a tiras con cardadores de púas de hierro, les habían aplicado brasas ardientes en diversas partes del cuerpo, además de otras atrocidades semejantes.

El templario dejó los informes sobre la mesa e intentó disimular el enorme odio que sentía hacia los culpables de aquella barbarie.

—Y, a pesar de todo, no se ha conseguido una sola confesión de culpa —dijo abatido.

—No; esos templarios deben de estar forjados con hierro —repuso Villeneuve—. Solo dos de ellos han declarado que vieron la cabeza, a la que llaman Bafomet, y que en una de las encomiendas había un ídolo en forma de gato, que corresponde a la figura del demonio, como bien sabéis.

—Eso no es suficiente. Ya os dije que en una ocasión yo también vi una de esas cabezas, que se utilizan como máscaras burlescas para asustar a los neófitos. Y en cuanto al ídolo en forma de gato..., ¿os habéis fijado en las esculturas de nuestras catedrales, aquí mismo, en Nuestra Señora de París? Están llenas de esculturas que representan figuras monstruosas, y animales satánicos: dragones que devoran hombres, cerdos que bailan, asnos tocados con tiaras episcopales, leones, jabalíes, toros, caballos, serpientes, dragones, arpías, quimeras... Todo tipo de animales satánicos, representaciones del mismísimo Satanás incluso, decoran las paredes y los pórticos de la casa de Dios.

—Pero no se les rinde culto. Están ahí para que los hombres recordemos que el mal acecha por todas partes y que es preciso estar prevenidos ante él.

—Esas pruebas son demasiado endebles.

—El papa las ha aceptado.

—¿Qué ha dicho el papa?

—Aparentemente, se ha enfadado. Ha escrito una carta protestando por las muertes de los templarios, a la que hemos respondido alegando que fue su santidad quien animó a abrir la investigación contra el Temple, y ello a petición de la propia Orden.

—Pero en el proceso de investigación no se contemplaba la tortura —dijo Castelnou.

—Tampoco se rechazaba; y bien sabéis que la tortura es en ocasiones la única manera de lograr que los acusados confiesen sus pecados y sus delitos.

—Por lo que me habéis dicho, los templarios no lo han hecho, ninguno de ellos ha aceptado ser responsable de cuanto se les acusa, ¿no es así?

—Sí, en efecto, pero todo está a punto de cambiar.

—¿A qué os referís?

—Hemos encontrado una prueba irrefutable que condenará a los templarios de manera inexorable.

—Decidme.

—No puedo, es un secreto... por el momento. Lo que sí puedo avanzaros es que Clemente va a emitir una bula esta misma semana en la que elogiará al rey Felipe y lo proclamará defensor de la fe y verdadero hijo de la Iglesia; además, reconocerá que las acusaciones contra el Temple son ciertas.

—Pero eso puede suponer la ruptura de la Iglesia con los demás reinos cristianos; Aragón no acepta la persecución contra el Temple...

—Ni tampoco los portugueses, ni siquiera Eduardo de Inglaterra, que ha rechazado las acusaciones contra los templarios y se ha negado a perseguirlos. Pero no os preocupéis, se trata de una estratagema.

—¿A qué os referís?

—A que el respaldo al Temple por parte de los reyes de Aragón, Portugal e Inglaterra es una impostura, pues están preparando una intervención en sus respectivos reinos similar a la que nosotros llevamos a cabo hace un mes. ¿O acaso creéis que esos monarcas no ambicionan las riquezas de los templarios? Sí, los declararán inocentes de los cargos que les imputamos, y ya sabemos que así va a ocurrir en Castilla, en Aragón, en el Imperio alemán y, por supuesto, en Chipre, pero no es más que un ardid. Creedme: de aquí a unos meses, del Temple solo quedará el recuerdo.

—Pero los templarios siguen resistiendo.

—Por poco tiempo. El canciller ha ordenado que se mantengan las torturas a todos los que están presos, incluido el maestre Jacques de Molay si no coopera.

—¡Pero si es un anciano!

—Los delitos no entienden de edades.

11

La prueba irrefutable a la que se refería el vicecanciller se conoció pronto. El delator que Nogaret buscaba lo encontró en un oscuro personaje, y solicitó la presencia inmediata de Jaime de Castelnou en la cancillería.

—Os he mandado llamar porque al fin hemos dado con la prueba inculpatoria de los templarios, y os atañe a vos, don Jaime —anunció el canciller.

—¿De qué se trata?

—Tenemos un testigo dispuesto a ratificar todas nuestras acusaciones.

—¿Un templario?

—Sí.

—¿Quién es?

—Se llama Esquieu de Floyran.

Castelnou recordó aquel nombre, pues su caso había sido tratado en un capítulo de la Orden estando el maestre en París.

—No lo conozco de nada —mintió.

—Pues deberíais conocerlo. Fue prior del Temple en la encomienda de Montfaucon, una aldea de la región del Périgueux. El Temple lo acusó (injustamente, por supuesto) de haber asesinado al comendador de esa provincia, despechado porque lo había depuesto de su cargo, y lo condenó a muerte. Floyran consiguió escapar y ¿sabéis dónde buscó refugio?

—No, no lo sé, ¿cómo iba a saberlo?

—Pues deberíais, don Jaime de Ampurias.

Castelnou intuyó que Nogaret sabía más de lo que estaba diciendo.

—No sé por qué tendría que saberlo.

—Porque el prior huyó a Aragón y se presentó en la corte del rey Jaime, quien lo rechazó. Después regresó a Francia, y aquí contó todo cuanto ocurría en las encomiendas templarias. Lo enviamos a compartir una celda con un hermano renegado, que le relató las herejías que se cometían en el interior de esa guarida de hijos del demonio en que se había convertido el Temple. Aquí está toda su confesión, las pruebas irrefutables que necesitábamos —dijo Nogaret señalando un legajo de varios folios.

—Vamos, canciller, sois un gran jurista; esa confesión ha sido realizada por un hombre despechado que lo que busca es la venganza contra el Temple, no la justicia.

—Os equivocáis, don Jaime; este testimonio de cargo es el definitivo contra los templarios.

—Ningún tribunal serio admitirá esa declaración como prueba.

—Ya lo ha hecho. Guillermo de París, inquisidor general y confesor de nuestro rey, la ha admitido. Y como deberíais saber, cuando existe una acusación en firme, es el acusado quien debe probar su inocencia.

—¿Habéis comprado al testigo?

—Bueno, digamos que hemos compensado su colaboración con la justicia —ironizó Nogaret.

—Los argumentos de ese testigo son demasiado burdos, nadie los creerá.

—¿Estáis seguro de eso? ¿A quién le importa lo que les ocurra a los templarios? ¿Habéis presenciado alguna manifestación en su defensa?, ¿habéis visto al pueblo de París gritando a favor de su inocencia?, ¿conocéis a alguien que los haya defendido? No, amigo, no; a nadie le preocupa la suerte que vayan a correr los caballeros blancos. Los templarios son pasado.

Castelnou tuvo que apretar los puños y morderse los labios para no saltar sobre Nogaret y acabar con su vida. Aquel individuo acababa de asestar un golpe mortal al Temple.

—Se trata de la declaración de un solo hombre contra la de centenares.

—Ahí también os equivocáis. Las torturas están causando efecto; algunos templarios ya han confesado y tarde o temprano la mayoría de ellos reconocerán que las acusaciones son ciertas; el propio maestre también lo hará —dijo el canciller, para luego añadir—: Y aquí está la bula del papa Clemente V. Además de reconocer como ciertos los pecados y los delitos de los templarios, conmina a todos los soberanos de la cristiandad a que ordenen la confiscación de todos sus bienes hasta que se haga cargo de ellos la Iglesia.

La bula papal estaba fechada en Aviñón, donde había fijado la nueva sede, el día 22 de noviembre de 1307.

—¿Habéis torturado al maestre?

—No, aún no. Una comisión pontificia integrada por tres cardenales llegará la semana próxima a París para interrogar a Jacques de Molay. Si no se declara culpable de cuanto se le acusa, entonces sí será torturado.

El interrogatorio de los tres cardenales fue intenso, pues el papa les había ordenado expresamente que convencieran al maestre de que lo mejor era confesar la comisión de los delitos de los que se le acusaba. Si lo hacía así, sería trasladado a Aviñón, y tras unos meses de encierro en el palacio papal, quedaría libre. Sin embargo, Jacques de Molay se mantuvo firme. A pesar de la insistencia de los cardenales, rechazó las acusaciones una y otra vez, afirmando con rotundidad que él era inocente, que los caballeros templarios eran inocentes y que la Orden del Temple era inocente.

El rey de Francia no estaba dispuesto a ceder y procuró a través de sus agentes que el proceso se enmarañara cuanto fuera necesario. Por todas partes surgían nuevas acusaciones y en cualquier lado aparecía un oscuro testigo que declaraba bajo juramento haber presenciado prácticas heréticas en el comportamiento y las ceremonias rituales de los templarios. Las torturas se intensificaron, y ni siquiera el propio maestre se libró de ellas. A finales de 1307, tras varias semanas de duros castigos corporales, algunos templarios cruelmente atormentados comenzaron a desmoronarse. Jacques de Molay no pudo soportar ni su suplicio ni el de sus hermanos, y acabó confesando que todas las acusaciones eran ciertas, y con él, todos los altos cargos de la Orden.

Nogaret dibujó en sus afilados labios una maléfica sonrisa cuando uno de sus hombres depositó encima de su mesa del gabinete de la cancillería la declaración de culpabilidad del maestre y de los más relevantes caballeros templarios. Ahí estaba lo que había perseguido, la prueba indiscutible de su triunfo, la confesión que necesitaba para que el rey Felipe tuviera en sus manos el argumento que le había exigido tantas veces.

El canciller fue pasando una a una las hojas del expediente y en ellas pudo leer cómo el notario ponía en boca del maestre del Temple la inculpación de él mismo y de toda la Orden por haber renegado de Cristo, por haber practicado actos de sodomía, por haber adorado a ídolos con forma de cabeza humana y de gato, por haber escupido sobre la Santa Cruz y haber blasfemado, por no creer en los sacramentos, por omitir la consagración en la santa misa, por arrogarse la facultad de perdonar los pecados pese a no estar investido de las órdenes sacerdotales, por celebrar ceremonias nocturnas y ritos secretos, por apropiarse de riquezas de la Iglesia mediante fraude y abuso de poder, y por haber mostrado orgullo, altivez, avaricia, soberbia y crueldad.

En el expediente de confesión, ciento treinta y cuatro de los ciento treinta y ocho templarios sometidos a interrogatorio mediante tortura habían confesado su culpabilidad; solo los cuatro restantes habían negado las acusaciones.

El dinero que le había entregado Nogaret a Castelnou se estaba acabando. El templario apenas podía sostener ya su engaño, sobre todo desde que el canciller recelara de él tras la conversación en la que había salido a colación el viaje del delator Floyran a la corte del rey Jaime de Aragón. Tal y como estaban desencadenándose los acontecimientos, Jaime era consciente de que no tardarían en descubrir su artimaña, y que lo más prudente sería huir de París, pero ¿adónde? Los caminos estaban vigilados y nadie entraba ni salía de la ciudad sin que Nogaret se enterara al instante. Para viajar por Francia hacía falta el salvoconducto de alguna autoridad real, y no tenía ninguna excusa para pedirlo. Y, además, estaba el grial. Desde luego, no era una pieza demasiado grande y podía ocultarse fácilmente entre el ropaje, pero en una inspección detallada no sería difícil localizarlo. Aunque claro, ¿quién sería capaz de identificar aquella copa de piedra rojiza con el santo cáliz donde Jesucristo consagró la primera eucaristía de la cristiandad?

Decidió entonces visitar al vicecanciller, tal vez el único a quien podría engañar una vez más, para pedirle que le expidiera el salvoconducto bajo la farsa de un supuesto viaje a Castilla.

Una vez hubo comprobado que el santo grial seguía oculto en su sitio, se abrigó con una capa de piel que le había regalado Villeneuve para soportar la humedad y el frío del invierno parisino y se dirigió hacia la cancillería. A punto estaba de entrar cuando vio acercarse a un joven acompañado por otros dos hombres vestidos con el uniforme de la guardia real. De golpe, sus sospechas quedaron confirmadas: aquel individuo era Hugo de Bon. Si el templario traidor lo reconocía, Jaime estaba perdido, de modo que se giró y se cubrió la cabeza con la capa. Hugo pasó a su lado charlando animadamente con los dos guardias y accedieron a la cancillería entre grandes risotadas. Jaime volvió sobre sus pasos hasta La Torre de Plata. No había tiempo que perder. Recogió sus escasísimas pertenencias en una bolsa de cuero, envolvió el grial en un paño, lo colocó en la bolsa, pagó la cuenta y salió de la posada con apenas unas pocas monedas. Las calles de París estaban llenas de barro, hacía frío y una neblina densa y gris cubría la ciudad como una gasa plateada. Finalmente pudo salir de la ciudad sin que los guardias de la Puerta de Orleans mostraran interés por él.

Jaime se dirigió hacia el sur, pues solo había un lugar en el mundo donde podría ser acogido: el condado de Ampurias, su tierra natal, de la que partiera casi veinte años atrás y a la que no había regresado desde entonces. El camino era largo y estaba lleno de dificultades, pero un templario sabría cómo ingeniárselas para llegar.

Pasarían al menos dos días, tres a lo sumo, hasta que lo echaran de menos en la cancillería, y entonces muy probablemente ordenarían su búsqueda. Pero para entonces, y si no ocurría ningún contratiempo, estaría lejos del alcance de los agentes de Nogaret, que, en caso de que intentaran localizarlo, sin duda tendrían muchas dificultades para encontrar a un anónimo peregrino en el marasmo de señoríos en los que se dividía Francia.

Para no despertar sospechas, Castelnou decía en cada uno de los lugares a los que llegaba que era un caballero que había perdido todo en las cruzadas y que peregrinaba a Compostela en busca del perdón divino por no haber tenido fuerzas para defender Tierra Santa contra los musulmanes. Durante cuatro semanas caminó en dirección sur, atravesando las tierras del condado de Angulema, del vizcondado de Limoges y del condado de Toulouse, hasta que una mañana de finales del invierno avistó las cumbres nevadas de los Pirineos.

En algunos lugares por los que pasó pudo comprobar que la orden real de intervenir las encomiendas templarias había sido cumplida con éxito, y que ninguna de cuantas personas se encontró en el camino defendía a la Orden del Temple. La campaña de propaganda desplegada por los agentes del rey Felipe había resultado demoledora, y la inmensa mayoría de la gente creía que los templarios eran en verdad culpables de todo cuanto se les acusaba. Había incluso rumores que implicaban a los caballeros blancos en terribles conjuras contra los cristianos; en una aldea cercana a Carcasona escuchó a un juglar recitar una especie de profecía según la cual pronto caerían sobre Francia terribles desgracias, y que los templarios se habían aliado con los musulmanes para acabar con la cristiandad.

12

El aire del condado de Ampurias le pareció el más puro de cuantos había respirado en mucho tiempo. Habían pasado demasiados años desde que los templarios lo enviaran a ultramar, pero no había olvidado el perfil de las montañas de su tierra. Al entrar en ella le vinieron a la memoria sus años de infancia en la corte del conde, su educación como aspirante a caballero y el día en el que

Raimundo Sa Guardia y Guillermo de Perelló se lo lleva-
ron consigo para ingresar en el convento templario de Mas
Deu, en el Languedoc, de donde salió convertido en caballero listo para combatir en Tierra Santa.

El castillo de Castelnou se alzaba en lo alto de la colina al pie de la cual, en la ladera meridional, se recostaba
una pequeña aldea de casas de paredes de mampostería y
tejados de paja y barro. Aquel había sido el feudo de su
padre, y allí había sido engendrado, pero aquella era la
primera vez que sus ojos veían la fortaleza. Recordó entonces lo que el conde de Ampurias le había contado sobre
sus orígenes, el pasado cátaro de sus abuelos y su ejecución
en Montsegur, la pérdida de su padre en la tempestad que
hundió parte de la flota que el rey de Aragón envió a la
cruzada y la muerte de su madre en el momento del parto.
Mientras ascendía por el camino que serpenteaba en la
ladera camino del castillo, toda su vida pasó por su cabeza, como si apenas hubiera durado el tiempo de un sus-
piro.

En la puerta de la fortaleza hacía guardia un soldado,
que al ver acercarse a Jaime le cortó el paso.

—¿Adónde vas? —le preguntó.

—Me gustaría conocer al señor de este castillo —respondió Jaime con cierto aire de solemnidad, el mismo que
le habían enseñado a mostrar en el Temple.

—¿Qué es lo que quieres?

—Tan solo conocerlo.

—¿Te has vuelto loco? Vamos, lárgate por donde has
venido o tendré que darte una buena tunda.

—Mi nombre es Jaime de Castelnou; hubo un tiempo
en el que mi padre fue señor de esta fortaleza.

El soldado dudó unos instantes.

—¿Jaime de Castelnou? No conozco a nadie con ese nombre.

—Pregúntale a tu señor, seguro que él sí ha oído hablar de mí.

—Mi señor no está en la fortaleza. Ha salido muy temprano a cazar con su halcón. Tardará en volver.

—Puedo esperar.

—Tal vez no regrese hasta la caída de la tarde.

—No tengo prisa.

El templario se sentó cerca de la puerta del castillo. El día era fresco y limpio, y los campos verdosos anunciaban que la primavera estaba próxima.

Pasado el mediodía, Jaime vio aproximarse a lo lejos una pequeña comitiva compuesta por seis caballeros que avanzaban ladera arriba. Cuando llegaron a su altura, Jaime se levantó y alzó la mano.

—Busco al señor de Castelnou —dijo en tono severo.

—¿Y quién lo busca? —preguntó uno de los caballeros.

—Jaime de Castelnou.

Los seis caballeros, de cuyas sillas de montar colgaban algunas perdices y faisanes y dos de los cuales portaban sendos halcones sobre sus guanteletes, se miraron asombrados.

—¿Tú..., vos sois Jaime de Castelnou?

—En efecto.

—Acompañadnos.

Los seis jinetes y el templario entraron en el castillo ante la mirada atónita del guardián de la puerta.

El que había hablado con Jaime saltó con agilidad de su caballo, entregó las riendas a uno de sus compañeros y habló:

—Soy Guillermo de Moncada, barón y señor de Castelnou, vasallo del conde de Ampurias —se presentó.

—Jaime de Castelnou, hijo de Raimundo de Castelnou, antiguo señor de este castillo.

—He oído hablar de vos, pero os hacía muerto en algún lugar de Oriente.

—Pude sobrevivir.

—El conde me habló de vuestro padre y de vuestra hermosa madre. Los dos murieron tan jóvenes... Pero ¿y vos?, ¿qué os trae por aquí? ¿No habíais jurado la regla del Temple?

—Así es, pero dejé la Orden hace algún tiempo —mintió Jaime.

—Por lo que sé, jamás se deja de pertenecer al Temple.

—Aquí, tal vez, pero en Oriente las cosas son distintas.

—¿Y qué buscáis?

—Un empleo.

—¿No tenéis nada?

—Cuando dejé el Temple, puse mi espada al servicio de Roger de Flor; estuve con la compañía de almogávares durante varios años, luchando contra los turcos en Bizancio, hasta que el megaduque fue asesinado.

—¿Estabais vos allí? —preguntó Moncada, muy interesado.

—Sí; fui uno de los invitados al banquete que nos ofreció el príncipe heredero al trono imperial de Constantinopla. Conseguí escapar de aquella celada, pero no pude ayudar a Roger de Flor.

—Debió de ser un gran soldado.

—En efecto, lo fue.

—Venid conmigo; comeremos y seguiremos hablando.

El barón de Moncada ordenó a sus criados que asaran carne y que sacaran de la bodega la mejor de las barricas de vino; poco después, un cordero daba vueltas sobre el fuego en la gran chimenea de la cocina del castillo.

Mientras servían la carne y el vino, el barón le hizo un ofrecimiento a Jaime:

—¿Queréis ser uno de mis caballeros? Sé que os invitió como tal nuestro señor el conde, y por lo que he oído de vos manejáis bien la espada. Vuestra experiencia nos será de mucha utilidad, y además creo que será necesaria porque es probable que el rey de Francia no se contente con las riquezas de los templarios. Los condados del Rosellón y la Cerdaña siempre han sido codiciados por los soberanos de París, que desearían ver sus dominios ampliados hasta los Pirineos, y aun más acá, si eso fuera posible. Me habéis dicho que buscáis un empleo, pues bien, yo os ofrezco formar parte de mi mesnada.

—Necesitaréis la autorización del conde de Ampurias —supuso Jaime.

—No, no, no es necesario, aunque, como vasallo suyo que soy, se lo comunicaré enseguida. Creo que estará muy contento de que hayáis vuelto; sé que os crio como a un hijo.

—¡¿Todavía vive?!

—Está muy anciano y apenas sale de Perelada, pero su cabeza sigue bien asentada. El rey don Jaime lo aprecia mucho y de vez en cuando va a visitarlo.

—Me gustaría ir a verlo.

—Iremos en las próximas semanas. Entretanto, os buscaré acomodo en la fortaleza. Dispondréis de un caballo, un equipo militar y una renta, que será pequeña, pues esta baronía no es nada rica, como bien sabréis.

Destinaron para el alojamiento de Jaime una pequeña salita en un pabellón adosado al interior de la muralla del castillo. Buscó un lugar para esconder el grial, y tras inspeccionar la pequeña estancia, observó que en uno de los rincones había una laja de piedra de dos palmos de longitud por uno de anchura, la mayor de las que cubrían el suelo de la habitación. Cogió su cuchillo y la levantó con cuidado, desprendiendo la capa de argamasa con la que estaba adherida a las demás. Excavó en la tierra hasta hacer un agujero lo suficientemente grande para contener el cáliz, lo sacó de su bolsa y lo observó con cuidado. No estaba convencido de que aquella fuera la copa en la que Jesucristo celebrara la primera eucaristía del rito cristiano, pero era sin duda el único objeto que lo mantenía anclado al pasado y la única esperanza que le quedaba de volver a ser alguna vez un caballero templario. Recordó entonces lo que le dijera el maestre Molay sobre el futuro de aquella copa, y el encargo de buscar el lugar en el que debería ser depositado, el señalado en el poema del templario alemán Von Eschenbach, el mismo que había identificado a la Orden del Temple con la Orden del Grial.

Una semana después de llegar al castillo, Guillermo de Moncada y Jaime de Castelnou firmaron un contrato de vasallaje. El barón lo admitía como a uno de sus hombres y le otorgaba sustento, un caballo, espada, lanza, escudo, cota de malla, casco y varios vestidos; a cambio, Jaime prometía fidelidad y ayuda a su nuevo señor, y se comprometía a prestarle consejo y auxilio. El contrato se certificó con la imposición de manos por parte del barón a su nuevo vasallo y un beso entre ambos; a continuación, Moncada le entregó un cinturón de cuero, símbolo de la nobleza y la pureza del caballero.

13

En París, Guillermo de Nogaret tardó cinco días en enterarse de la desaparición de Castelnou. Burlado, pronto supo que quien se hacía pasar por Jaime de Ampurias, primero como embajador del rey Jaime II de Aragón y después como renegado consejero de ese monarca, no era otro que Jaime de Castelnou, caballero templario, uno de los pocos que habían logrado huir de la gran redada del 13 de octubre.

El canciller de Francia había dictado una orden de captura contra Castelnou, pero tras varias semanas de búsqueda infructuosa, decidió que no merecía la pena realizar más esfuerzos para localizar al templario fugitivo. No obstante, encargó a Hugo de Bon, el traidor, que no olvidara el asunto y que estuviera alerta por si alguna vez Castelnou volvía a cruzarse en su camino.

Mediado el año del Señor de 1308, Nogaret había recuperado la plena confianza de su rey. En el mes de mayo, Felipe el Hermoso había convocado una asamblea de los Estados Generales de Francia a celebrar en la ciudad de Tours. A finales de ese mes se entrevistó en Poitiers con Clemente V; ambos pactaron que a partir de ese momento el papado sería quien encabezara el proceso contra los templarios, que quedaban bajo custodia de la Iglesia. El maestre Jacques de Molay, que seguía preso en París, sería trasladado al castillo de Chinon, cerca de Tours, donde permanecería encerrado y donde continuarían los interrogatorios.

Si alguna esperanza quedaba para los templarios de los demás reinos y estados de la cristiandad de mantener sus posesiones y de que sus soberanos no imitaran lo que había hecho Felipe IV en Francia, lo pactado en Poitiers acabó con ella. Hasta ese verano, los monarcas más poderosos de Occidente, como Jaime de Aragón o Eduardo de Inglaterra, se habían negado a detener y a juzgar a los templarios de sus dominios, pero la situación había cambiado; ya no se trataba de un capricho o de una maniobra política del monarca francés, ahora era el mismísimo papa quien decretaba abrir el proceso contra todos los templarios de la cristiandad. En sendas bulas papales emitidas en el mes de agosto se ordenaba a los obispos que crearan en sus respectivas diócesis comisiones con la finalidad de interrogar a los templarios de su jurisdicción eclesiástica, y nombró para ejecutarlo a dos canónigos, dos dominicos y dos franciscanos bajo la presidencia del propio prelado.

Conforme esas órdenes fueron llegando a todas las diócesis, los templarios de cada reino respondieron de manera desigual. Los caballeros de Chipre, acostumbrados a luchar en Tierra Santa contra los musulmanes y a defender a los peregrinos cristianos, se entregaron sin la menor resistencia, pero los templarios de los reinos y estados del rey de Aragón se refugiaron en sus fortalezas, se aprovisionaron de cuanto pudieron y se dispusieron a resistir.

La cara de Guillermo de Moncada mostraba un rictus serio. Jaime, que regresó al castillo tras haber acudido a una de las aldeas de la baronía para recaudar unas rentas, se dio cuenta enseguida de que algo grave estaba ocurriendo. Bajó del caballo y saludó a su señor.

—Los campesinos dicen que sus cosechas cada año menguan más, y que no pueden seguir pagando las mismas rentas o pasarán hambre —informó Castelnou.

—Todos los años lo mismo; esos labriegos no hacen sino lamentarse.

—Tal vez tengan razón.

—No. Seguro que ocultan trigo, aceite y vino en sus cabañas, o en cuevas en el bosque. ¿Habéis mirado bien?

—Sí, claro que sí; y además vuestro administrador lleva un control muy exhaustivo de cuanto se produce en la baronía. Es difícil que se le escape algo. Pero no creo que el gesto de vuestro rostro se deba a la actitud de esos campesinos.

—No, claro que no. Se trata de algo más grave que os atañe a vos.

—Decidme.

—Nuestro señor el rey ha prohibido a todos sus vasallos que ofrezcan ayuda a los templarios de sus reinos.

—Creo que no la necesitan. Los conozco bien y saben cuidarse solos.

—Eso no es todo. Como sabéis, los templarios de estos reinos se han refugiado en sus fortalezas; hasta ahora nuestro rey, aunque los había conminado a entregarse, apenas había hecho nada contra ellos, pero ha decidido que ya es hora de acabar con esa situación y ha movilizado a varias milicias concejiles y a tropas de la nobleza. El conde de Ampurias tiene que aportar varios caballeros, y me ha pedido que acuda con todos mis hombres contra los templarios. Y eso os incluye a vos.

—Pero el rey Jaime rechazó la petición de Felipe IV para detener a los templarios, e incluso alegó que su comportamiento era ejemplar y que siempre habían servido a la Iglesia y a la cristiandad.

—De eso hace ya varios meses. Sin embargo, desde que la Iglesia ha tomado las riendas del proceso y el papa ha ordenado apresar a todos los caballeros blancos, las cosas han cambiado. Nuestro rey no puede provocar un desaire al papa; si lo hiciera así, Clemente podría emitir un interdicto contra su majestad, despojarlo de sus reinos y excomulgarlo. Si eso ocurriera, Francia tendría una excusa perfecta para reclamar el Rosellón y la Cerdaña, y quién sabe si el mismísimo condado de Barcelona. Como sabéis, los monarcas franceses siguen considerando que tienen derechos a su dominio desde los tiempos del emperador Carlomagno, pese al tratado que firmaron hace medio siglo los reyes de Aragón y Francia acabando con ese vasallaje.

»La mayoría de los templarios se han rendido ya —prosiguió el barón—, y casi todos sus castillos y fortalezas están bajo dominio real, pero quedan algunos por entregarse, sobre todo el de Monzón, su fortaleza más poderosa. Tenemos que acudir allí. El rey ha encomendado la dirección de las operaciones militares contra el castillo de Monzón a don Alfonso de Castelnou, un oficial real que gobierna la sobrejuntería de Huesca. Ambos lleváis el mismo apellido. ¿Lo conocéis?

—No. No sé quién es.

—Tal vez seáis familia.

—Castelnou es un apellido muy frecuente en las tierras del Pirineo.

Guillermo de Moncada se quedó mirando a Jaime y le preguntó de súbito:

—¿Estáis dispuesto a luchar contra vuestros antiguos hermanos templarios?

—Os juré auxilio y ayuda.

—También jurasteis guardar la regla del Temple.

—Eso ocurrió hace ya mucho tiempo, demasiado.

—En ese caso, espero que no tengáis ninguna duda si llega el momento de atravesar con vuestra espada el corazón de alguno de esos templarios.

El viaje de cinco días hasta Monzón lo hizo Castelnou en silencio. Cabalgaba a lomos de su caballo como lo hiciera cuando profesaba en la Orden del Temple: taciturno, erguido sobre su silla de montar, con la cabeza recta y el mentón ligeramente levantado, en esa pose orgullosa y solemne que mostraban los caballeros templarios cada vez que salían de sus encomiendas para realizar una patrulla.

La comitiva guerrera la encabezaba el barón, escoltado por dos portaestandartes, uno con el pendón del conde de Ampurias y otro con el del linaje de los Moncada, y tras él formaban veinte caballeros, todos los suyos, y doce más del conde de Ampurias, varios escuderos y criados con dos carretas cargadas de víveres y enseres de guerra.

Al llegar a Monzón, Jaime contempló la formidable fortaleza templaria. El poderosísimo castillo se alzaba en lo alto de un escarpado cerro de laderas terrosas casi verticales. Era muy amplio y estaba fuertemente murado. Sintió un cierto alivio; si los templarios encerrados en el castillo decidían resistir y disponían de víveres y agua suficientes para soportar el asedio de los sitiadores, podrían aguantar varios meses allá arriba, tal vez hasta que alguien con cordura y poder suficientes decidiera poner fin a semejante despropósito desencadenado por el rey de Francia y secundado por el papa.

El castillo estaba rodeado por varios campamentos con tropas reales, en tanto los vecinos de Mozón seguían realizando sus actividades cotidianas como si aquel asedio no fuera con ellos.

Alfonso de Castelnou, el sobrejuntero de Huesca y oficial real al mando del ejército sitiador, recibió a los hombres de Ampurias en su tienda de mando.

—Sed bienvenidos a Monzón, señores. Como habréis podido observar vosotros mismos, el castillo del Temple es prácticamente inexpugnable. Casi todas las fortalezas templarias de los dominios de nuestro rey don Jaime o se han rendido o están a punto de hacerlo, pero Monzón resiste —les explicó—. Quiero poneros al corriente de cómo está la situación: creemos que ahí arriba residen al menos veinte caballeros templarios, cuarenta sargentos y probablemente un centenar de escuderos y criados. Al frente de todos ellos está su comendador, Berenguer de Belvis, que también es el lugarteniente del maestre de la provincia templaria de Aragón, y conocemos los nombres de algunos caballeros suyos, como Dalmau de Timor, Arnaldo de Banyuls y Bernardo de Belliusen, además de otros que ignoramos. Todos ellos parecen soldados experimentados.

»Nosotros somos muchos más —prosiguió—. A mis órdenes forman milicias concejiles de varias ciudades y villas de Aragón, además de la caballería nobiliaria. En las próximas jornadas recibiremos nuevas tropas procedentes de Lérida. Hace tres días llegó don Artal de Luna con máquinas de asedio traídas de Huesca y de Zaragoza. Desde luego, ni uno solo de esos templarios podrá escapar de la fortaleza; el problema es que nosotros tampoco podremos entrar en ella con facilidad. Hemos debatido con don Artal varias posibilidades para conquistar el castillo: un asalto frontal queda descartado; las laderas son casi verticales y además el terreno es arenoso y se desmorona con facilidad; hemos sopesado la posibilidad de excavar un túnel, pero esa misma fragilidad del terreno, que lo hace fácil de excavar, provoca que sea muy inestable y habría que emplear mucho tiempo en entibar cada tramo para evitar que se derrumbara; las máquinas de guerra de las que disponemos son capaces de lanzar algunas piedras hasta lo alto de la fortaleza, pero dada la distancia a la que habría que colocarlas y la altura a alcanzar, tendríamos que disparar proyectiles de poco peso, con lo que los daños que les causaríamos no serían demasiado importantes. —Hizo una pausa y añadió—: Como veis, la mejor estrategia es sitiar el castillo y aguardar a que esos testarudos templarios se rindan. Al menos esa es la orden que de momento nos ha dado su majestad don Jaime.

—Perdonad, don Alfonso, ¿qué opina la gente de Monzón? —preguntó Guillermo de Moncada.

—Hasta ahora los montisonenses se han mostrado absolutamente indiferentes. Actúan como si este asunto no fuera con ellos. No creo que sientan el menor interés en lo que les ocurra a esos freires. Siempre han vivido a la sombra del castillo, y tal vez consideren que es hora de acabar con esos orgullosos templarios.

En ese momento, Jaime volvió a reconocer que el gran error de los caballeros del Temple había consistido en vivir al margen de la realidad que afectaba a la mayoría de la gente de su tiempo. Dedicados al servicio de Cristo y empeñados en proteger los Santos Lugares y a los peregrinos de Tierra Santa, se habían separado de su verdadera misión, y sobre todo se habían alejado de los sentimientos del pueblo. Habían querido emular la vida de Cristo, pero solo habían logrado alcanzar la indiferencia cuando no el rechazo de los cristianos. Eran hombres del pasado viviendo en un tiempo que para ellos se estaba acabando, y nada parecía que fueran a cambiar demasiado las cosas. En su corazón solo había lugar para la desesperanza. Había entregado toda su vida al servicio del Temple, había luchado por los ideales que le habían inculcado en la Orden y ahora empezaba a dudar de si su esfuerzo había servido para algo. Se sentía vacío, como si alguien le hubiera robado el alma.

—¿Tenéis órdenes precisas de su majestad? —preguntó el barón.

—Dispongo de instrucciones generales —contestó don Alfonso—. El rey Jaime no quiere que haya derramamiento de sangre. Espera que los templarios se entreguen sin luchar, y me ha pedido que tenga paciencia, mucha paciencia. Por las noticias que nos están llegando de otras fortalezas templarias en el reino de Aragón, no está habiendo combates, sino una rendición pactada y con condiciones. Espero y deseo que los templarios de Monzón hagan lo mismo.

—¿Y si no se entregan? —preguntó Jaime.

—En ese caso, que de momento no contemplo, tendríamos que asaltar el castillo.

—Ah, perdonad, don Alfonso, os presento a Jaime de Castelnou, uno de mis caballeros —terció Moncada, omitiendo que también había sido templario—. Ya veis, lleva vuestro mismo apellido, tal vez seáis parientes.

—No lo creo. ¿De dónde procedéis?

—Del condado de Ampurias, pero mis abuelos eran del Languedoc —respondió Jaime.

—¡El Languedoc! Los viejos feudatarios del rey de Aragón. Allá murió nuestro gran rey don Pedro, luchando al lado de sus vasallos herejes. Ironías del destino, un rey apelado el Católico luchando a favor de los herejes cátaros contra las tropas del papa. ¿No os parece asombroso?

—No. Conozco casos similares. En Tierra Santa he visto aliarse a musulmanes con cristianos, a tártaros con cristianos, a griegos con alanos, y así decenas de alianzas contrarias al sentido común.

—Vaya, ¿habéis luchado en ultramar? —le preguntó don Alfonso.

—Sí; fui hasta allí a causa de unos votos, y os puedo asegurar que cualquier combinación de alianzas es posible.

—¿Conocéis tácticas de asedio de fortalezas? Por lo que he oído, en el sitio de Acre se emplearon máquinas extraordinarias. ¿Estuvisteis allí?

—Esa fue mi primera acción de guerra. Y sí, los mamelucos utilizaron muchas máquinas de asedio, sobre todo dos enormes catapultas con las que demolieron las murallas de la ciudad.

—¿Sabríais construir una de esas?, por si esos testarudos templarios no se rinden y llegara el momento de atacar la fortaleza.

—No, no sabría hacerlo. Vi las catapultas a lo lejos, desde lo alto de los muros de Acre, pero no pude acercarme lo suficiente para descubrir de qué modo funcionaban. Solo sé que eran enormes y que lanzaban los proyectiles más pesados que jamás he visto arrojar a máquina alguna.

—¡Lástima!, con unos ingenios como esos conseguiríamos que se rindieran antes.

Bien sabía don Alfonso que los templarios de Monzón se habían juramentado para no entregarse hasta que no lo hicieran todos los castillos de la Orden en el reino de Aragón. Como encomienda principal del Temple, resistirían hasta que no quedara un solo castillo en su poder. Mozón sería el último reducto del Temple.

14

Las tropas del rey Jaime mantuvieron el asedio al castillo de Monzón, en tanto iban llegando noticias de la rendición de las demás fortalezas de Aragón. A lo largo del otoño de 1308 se entregaron las principales encomiendas con sus castillos. En todos los casos la rendición fue pactada. A finales de ese año, el de Monzón era el único castillo que conservaban los templarios.

—Llevamos aquí varios meses y esos condenados hijos de Satanás no se entregan; o lo hacen pronto o no me quedará más remedio que abandonar el asedio; no puedo dejar abandonadas mis tierras —comentó Guillermo de Moncada un día de invierno en el que aquella mole rojiza y ocre se recortaba nítida en el intenso cielo azul.

El barón solicitó permiso para retirarse y, tras obtenerlo, se marchó a su feudo tres días antes de la Navidad, dejando a Jaime de Castelnou al frente de la hueste del conde de Ampurias y prometiendo que regresaría en cuanto revisara sus propiedades.

Los días discurrían monótonos; sitiados y sitiadores se observaban y permanecían a la espera, convencidos los unos y los otros de que el único final posible era la rendición de la fortaleza.

Mediada la primavera de 1309, Guillermo de Moncada regresó a Monzón, y traía consigo instrucciones muy precisas del rey Jaime para Alfonso de Castelnou y Artal de Luna, los dos jefes de los sitiadores.

En la tienda de este último se reunieron los generales del ejército real.

—Nuestro señor desea que este sitio acabe cuanto antes —empezó Moncada—. Ha dispuesto que dialoguemos con los templarios y que escuchemos sus propuestas. Este documento contiene las condiciones hasta donde podemos acordar con los rebeldes. Si las aceptan y nos entregan el castillo, quedarán libres. Hace falta nombrar a un negociador. Yo propongo a Jaime de Castelnou.

—Me parece bien —repuso don Alfonso.

—Por mi parte, no hay ningún problema —convino don Artal, y dirigiéndose a Jaime, agregó—: Mañana subiréis a ese castillo y pediréis al comendador de los templarios que proponga sus condiciones para entregar la fortaleza. ¿Estáis de acuerdo con vuestra misión?

—Por supuesto.

—En ese caso, que Dios os guíe.

A la amanecida, Jaime de Castelnou dejó sus armas, se vistió con una sobreveste verde y comenzó a subir por el camino empinado que ascendía por las laderas del cerro hasta la puerta del castillo. En su mano sostenía una bandera blanca que agitaba de manera acompasada.

Unos sitiados apostados en una fortificación exenta junto al castillo lo dejaron pasar; al llegar ante la puerta, un sargento templario que vestía el reglamentario hábito negro con la cruz roja de la Orden se asomó desde las almenas.

—¿Quién eres y qué te trae por aquí?

—Soy Jaime de Castelnou y quiero hablar con el hermano que gobierna esta fortaleza —le respondió con aplomo.

—Márchate.

—Un templario no se retira jamás. *Non nobis, Domini, non nobis, sine Tuo nomine da gloriam* —dijo Castelnou, citando la divisa del Temple.

Aquellas palabras fueron pronunciadas con tal convicción que el sargento dudó.

—¿Eres templario?

—Déjame pasar —insistió Jaime—. Voy desarmado.

Al instante se abrió la enorme puerta y Jaime entró en una zona oscura, un túnel que daba acceso a otro espacio abierto y a una nueva puerta. Desde luego, la fortaleza estaba construida para soportar un ataque directo.

El sargento, acompañado por dos soldados armados con lanzas, se plantó ante él y le indicó que lo siguiera. Entraron en la zona alta del castillo y se dirigieron a una pequeña iglesia que desde el exterior ofrecía el aspecto de un macizo torreón de piedra. Frente al altar, de rodillas, estaba el comendador de Monzón.

—Hermano, este hombre asegura llamarse Jaime de Castelnou y ser uno de los nuestros —dijo el sargento.

Berenguer de Belvis se incorporó, se santiguó, hizo una reverencia a la imagen de la Virgen que presidía el altar del templo y se giró hacia la entrada. Una cálida luz estival bañaba la nave de la iglesia a través del único ventanal del lado sur. Los rayos del sol se tamizaban a través de la lámina de alabastro inundando todo el interior de un tono dorado con reflejos nacarados.

El comendador miró a Jaime con serenidad, se acercó hasta él y alargó las manos.

—Bienvenido, hermano.

—¿Me conoces? —preguntó Jaime.

—No, pero sé que eres uno de los nuestros. He oído hablar de ti; además, solo un templario se comportaría así en esta situación. Vamos al refectorio, imagino que tendrás muchas cosas que contar.

Durante varias horas Jaime de Castelnou narró a los templarios de Monzón todo cuanto les había ocurrido a sus hermanos en Francia, y la amarga sensación que tenía ante la ausencia de esperanza alguna.

—El Temple está perdido, no existe ninguna posibilidad de supervivencia —concluyó Jaime—. El papa Clemente es un esbirro al servicio del rey Felipe y los monarcas de la cristiandad, que al principio se negaron a condenar a nuestra Orden, ahora han visto que nuestras propiedades pueden acarrearles importantes beneficios. La mayoría de esos soberanos deben mucho dinero al Temple; si desaparecemos, esas deudas quedarán canceladas. Todas las encomiendas de todas las provincias se han rendido, muchas de ellas sin oponer la menor resistencia. En Francia, nuestros hermanos se entregaron como corderos, y en Chipre, mis compañeros, habituados a luchar a muerte en los campos de batalla de Tierra Santa, se entregaron sin hacer una sola protesta.

—Entonces, ¿no hay posibilidad de resistir?

—No, ni la más mínima. El rey de Francia y el papa

han lanzado sobre nosotros todo tipo de calumnias e infamias, y han conseguido que la gente se las crea de cabo a rabo. Yo mismo lo pude comprobar en París, y lo mismo me ha pasado en Monzón. Los habitantes de la villa miran hacia aquí arriba con una indiferencia absoluta.

—En ese caso, ¿qué nos recomiendas, hermano Jaime?

—Una rendición pactada. Nuestro rey no tiene la menor intención de causar daño a los templarios. Las instrucciones que acaba de dar a los sitiadores son bien concisas: por el momento no se producirá ningún ataque a la fortaleza; no desea que haya derramamiento de sangre. No obstante, el rey de Aragón no puede obviar las instrucciones del papa Clemente, porque en ese caso podría ser condenado por hereje, su reino puesto en interdicto y anatemizado. Así pues, yo me comprometo a que tengáis unas buenas condiciones de capitulación.

El comendador Belvis se dirigió al resto de sus hermanos y todos estuvieron de acuerdo en entregar el castillo previa concesión de garantías. Algunos de ellos eran soldados experimentados, pero también eran conscientes de que su resistencia sería inútil.

—De acuerdo. Fijaremos nuestras condiciones para la entrega del castillo, pero no nos rendiremos hasta que no agotemos todas nuestras reservas —dijo el comendador.

—¿Y para cuánto tiempo tenéis alimentos?

—Para ocho meses, al menos.

—Así lo transmitiré, pero tal vez sea demasiado tiempo.

—Eres un templario; comprenderás que no podemos entregarnos sin agotar todas nuestras posibilidades.

—No hay esperanza alguna, hermano Berenguer.

—Mientras nos quede un pedazo de pan, sí la hay. Cuando profesé en la Orden, me enseñaron que mientras le reste un soplo de vida, un templario debe seguir combatiendo.

Jaime de Castelnou se despidió de sus hermanos abrazándolos uno a uno, y antes de salir de la fortaleza compartió con ellos una oración en la iglesia.

Don Artal de Luna oyó el informe de Castelnou y frunció el ceño cuando escuchó que la capitulación tardaría varios meses en producirse. Aunque tenía órdenes directas del rey de no atacar la fortaleza, quiso dar una sensación de fuerza y pidió más tropas. A comienzos del otoño, una vez acabadas las tareas de la siega y la vendimia, llegaron a Monzón refuerzos procedentes de varias milicias concejiles de ciudades y aldeas del este de Aragón. Más de dos mil hombres se prepararon para pasar el invierno ante la poderosa fortaleza de los templarios.

Jaime los visitaba cada semana y veía en ellos la esperanza de que el papa perdonara a la Orden y le reintegrara sus bienes; sin embargo, las torturas a las que habían sido sometidos el maestre Jacques de Molay y los principales caballeros habían surtido efecto y todos habían confesado su participación en los crímenes de los que se les acusaba. Molay, agotado tras ser cruelmente torturado, admitió que había escupido sobre la cruz, que había practicado la sodomía y que había renegado de la fe en Cristo. Satisfecho por aquellas confesiones, el rey Felipe había puesto a los templarios bajo la custodia de la Iglesia; pero entonces se produjo una situación que el monarca francés no esperaba. Al verse liberados de las garras de Felipe y custodiados por soldados del papa, los templarios, encabezados por el propio maestre, se retractaron de sus anteriores declaraciones de culpabilidad y negaron todas las acusaciones que contra ellos se habían vertido, alegando que se habían obtenido mediante torturas y que, por tanto, no eran ni válidas ni legítimas.

Castelnou les transmitió a sus hermanos de Monzón esta nueva situación:

—Ahora sí que no hay ningún remedio. Nuestro maestre ha cometido una gran torpeza al retractarse de sus confesiones. La Iglesia condena a los relapsos a la hoguera. No hay salida, el Temple está definitivamente perdido.

—Hubo un momento para la esperanza, ¿no es cierto? —le preguntó el comendador Belvis.

—No, nunca lo hubo. Si el hermano Molay y los demás altos caballeros de la Orden no hubieran admitido los cargos, tal vez habrían sido torturados hasta la muerte y ahora serían mártires. Pero, al hacerlo, dieron la razón al rey Felipe, y eso hubiera bastado para que el castigo no fuera demasiado duro. Tal vez hubieran complacido al monarca admitiendo esos pecados que nunca cometimos. Desde luego, la Orden estaba condenada en cualquier caso, pero nuestros hermanos hubieran sido encarcelados por algún tiempo, y quién sabe si al cabo de dos o tres años las cosas habrían cambiado. Mas al retractarse de su confesión, han provocado la ira del rey, y ahora su situación es mucho peor. Las torturas van a continuar, y el final se encuentra mucho más próximo.

—Hemos preparado un borrador con nuestras condiciones para la entrega de la fortaleza. Son estas.

El comendador indicó a uno de los tres hermanos capellanes refugiados en el castillo que las leyera:

—«Solicitamos —empezó el capellán— poder ir ante el papa cuatro o cinco de los frailes del convento de Monzón para tratar sobre nuestros derechos; conservaremos nuestras joyas e inmuebles; entregaremos nuestras armas al rey de Aragón, que serán guardadas para sernos devueltas si la Orden siguiera en vigor una vez acabado el proceso en el que está inmersa; conservaremos todas nuestras mulas y cada comendador de cada una de las encomiendas templarias de los dominios del rey de Aragón tendrá derecho a disponer de dos criados; nuestro señor el rey de Aragón intercederá ante el papa para que ninguno de los hermanos de las encomiendas de la tierra del rey sea sometido a tormento alguno; los seglares que prestan servicio en la fortaleza de Monzón serán perdonados; los hermanos templarios podrán vivir libremente en los lugares donde haya conventos de la Orden».

—Creo que serán admitidos todos esos puntos —comentó Jaime.

—Y tú, hermano, ¿qué vas a hacer?

Aquella pregunta lo dejó desconcertado. Desde que los soldados asaltaron la sede del Temple en París y hasta ese momento, Castelnou solo se había preocupado por sobrevivir. Los acontecimientos se habían sucedido demasiado deprisa para detenerse a pensar en otra cosa que en vivir día a día. Su instinto, tal vez adquirido en el asedio de Acre y en las batallas en ultramar, le había empujado a no dejarse apresar, a no entregarse como el resto de sus hermanos, a seguir manteniendo una chispa de esperanza, tal vez la que él negaba a los demás.

—Hace tiempo, varios hermanos me encargaron una misión que debo cumplir. Dedicaré el resto de mi vida a ello.

—Espero que tengas éxito; sé que cuanto hagas será en beneficio de nuestra Orden —dijo Belvis—. Y ahora prepararemos la capitulación. Primero entregaremos la fortificación de la muela situada delante del castillo, esa será la señal de que comenzamos la rendición, y dos semanas después entregaremos el castillo.

—Me parece bien. Así habrá tiempo para cerrar los términos de la capitulación.

Cuando Jaime bajó del castillo hasta el campamento y le transmitió a don Artal de Luna las condiciones solicitadas por los templarios, el jefe de las tropas reales no puso una sola objeción y aceptó todos los puntos.

Tal como estaba previsto en el acuerdo, la fortificación de la muela, un baluarte defensivo avanzado fuera del castillo, fue entregado a las tropas reales. El 24 de mayo, las puertas de la fortaleza se abrieron para que entrara una delegación de los sitiadores de la que formaba parte Castelnou.

En el patio de armas estaban formados con sus uniformes reglamentarios, pero sin armas, dieciocho caballeros, treinta y nueve sargentos, tres capellanes templarios y, detrás de ellos, casi un centenar de escuderos, artesanos y criados. Berenguer de Belvis se adelantó y, en su cargo de comendador de la Orden en Monzón, hizo entrega del castillo a don Artal de Luna, que solemnemente prometió en nombre del rey de Aragón respetar el acuerdo de capitulación al que habían llegado ambas partes.

Los campamentos de los sitiadores fueron levantándose y los hombres de las milicias concejiles regresaron a sus casas deseosos de llegar a tiempo para la cosecha. A pesar de los relevos, algunos habían permanecido al pie del castillo de Monzón varios meses, y no deseaban otra cosa que volver a encontrarse con sus familias.

Los hombres del conde de Ampurias también recogieron sus tiendas, cargaron sus carros y emprendieron la marcha de regreso hacia Lérida. Seis días después, Jaime de Castelnou avistaba el torreón de piedra del castillo que su padre gobernó tantos años atrás.

15

El grial permanecía en el mismo sitio donde lo había escondido, bajo la mayor de las lajas de piedra del suelo, en un rincón de la estancia que su señor le había asignado en las dependencias del castillo. Jaime se persignó, lo cogió con sus manos y creyó que había llegado el momento de buscar el lugar donde debía depositarlo. Las claves para identificar ese sitio estaban en el poema *Parzival* del templario alemán Von Eschenbach, pero el ejemplar que le había entregado el maestre Molay cuando le confirió la responsabilidad de llevarlo a ese misterioso lugar en caso de peligro para el Temple lo había perdido en el asalto de la casa del Temple de París. Recordó entonces que había guardado el ejemplar en un saco junto a sus escasas pertenencias, y que la noche en la que huyó de la sede lo dejó olvidado en el dormitorio.

Sin aquella copia jamás podría encontrar el lugar al que tenía que llevar el santo grial. Solo recordaba que era un sitio perdido «en las montañas del norte de Hispania», pero aquella pista era demasiado escueta. Esas montañas podrían ser los Pirineos, que se extendían desde el mar Mediterráneo hasta el mar de los cántabros, pero también las montañas de la tierra de los vascones, entre los reinos de Navarra y de Castilla, o incluso las de Cantabria y Asturias, o las de Galicia, en el extremo occidental del mundo. Demasiadas millas y demasiados lugares para recorrerlos todos en una sola vida.

No le quedaba más remedio que conseguir otro ejemplar del libro de Von Eschenbach, de modo que se puso a pensar en algún lugar cercano donde pudiera encontrarlo.

«¡Mas Deu! Claro, la encomienda de Mas Deu donde me formé como templario. Seguro que allí tendrán uno», se dijo.

Pidió permiso de partida a Guillermo de Moncada con la excusa de que quería ver el convento donde se había educado, y el barón se lo concedió. Mas Deu estaba a dos jornadas de marcha desde Castelnou.

Cuando llegó, se encontró que las dependencias de la encomienda habían sido intervenidas por soldados del rey de Aragón.

Jaime se identificó como caballero del barón de Moncada y solicitó al capitán que mandaba el pequeño destacamento que le dejara ver la biblioteca del convento. Al principio el oficial puso algún reparo, pero cuando Jaime le dijo que había servido en el ejército real que había ocupado el castillo de Monzón, se ganó su confianza y le dejó revisar la biblioteca de Mas Deu.

En las estanterías de madera de una salita anexa a la sala capitular solo había dos docenas de libros; la mayoría eran misales, libros de horas y de liturgia, pero en una pequeña alacena se guardaban media docena de códices que Jaime revisó con cuidado. Uno de ellos era una copia de la regla del Temple, que incluía los artículos aprobados en la última reforma de la Orden; otro era el *Elogio de la milicia templaria*, el libro que escribiera san Bernardo de Claraval y que tanto influyera en su época para el reconocimiento del Temple como la gran orden de la cristiandad, y finalmente el tercero que consultó era un ejemplar del *Parsival* de Wolfram von Eschenbach.

Castelnou lo hojeó con cuidado y observó que el códice estaba completo.

El capitán lo observaba entre curioso y extrañado ante el interés de aquel caballero por aquellos libros.

—No hay ninguno satánico —dijo Jaime al tiempo que cerraba el *Parsival.*

—¡Libros satánicos! —exclamó el oficial.

—Sí. Como supongo que sabréis, una de las acusaciones contra los templarios es que practicaban ritos de exaltación del demonio. Estoy buscando en sus bibliotecas por si encontrara alguno, pero ya veo que en esta no hay ninguno.

Jaime sacó su puñal, empujó con él uno de los libros y lo dejó de manera aparentemente descuidada encima de la estantería mientras abría otro.

—Siento que hayáis perdido el tiempo.

—No importa, tenía que hacerlo. Bueno, regreso a Castelnou.

Jaime dio media vuelta y, seguido por el capitán, salió de la salita donde estaba la pequeña biblioteca. Tras alejarse unos pasos, echó mano al cinto.

—¡Vaya!, seré idiota. He olvidado mi puñal ahí dentro. Esperad, ahora vuelvo.

Sin darle tiempo a pensar al capitán, Jaime regresó a la biblioteca a paso ligero, cogió el *Parsival* y lo guardó entre su ropa justo en el momento en el que asomaba el capitán por la puerta.

—¿Lo habéis encontrado?

—Sí, aquí está —dijo Jaime, enseñando el puñal que acababa de recoger de la estantería.

—Espero que tengáis suerte la próxima ocasión.

—Tal vez.

Jaime asió las riendas de su caballo y salió de Mas Deu caminando; el libro le impedía doblar bien la cintura, por lo que desistió de subir a su montura hasta que no se hubo alejado de la encomienda.

De regreso a Castelnou, Jaime abrió el libro de Von Eschenbach y comenzó a leer.

El caballero Parzival, o Perceval, era uno de los doce que constituyeron la alianza de la Mesa Redonda, presidida por el rey Arturo de Bretaña, cuya principal misión era la búsqueda del cáliz en el que Jesucristo había consagrado su sangre en la última cena, y el mismo en el que José de Arimatea había recogido las últimas gotas de sangre que brotaron del costado de Cristo cuando el soldado romano Longinos lo travesó con su lanza. Parzival, originario del País de Gales y lleno de espiritualidad, no era sin embargo el caballero más apropiado para encontrar el grial; el elegido era Galahad, el de corazón más puro y limpio de todos ellos.

Las páginas del libro contaban la historia del rey Arturo y de su fabuloso reino de Camelot, en la isla de Avalón, donde vivió una hermosa historia de amor con la reina Ginebra, su esposa, hasta que el más poderoso de los caballeros, Lanzarote del Lago, cometió adulterio con la reina y el hasta entonces brillante y luminoso Camelot entró en una época de luchas y de guerras que provocaron la muerte de Arturo y el fin de su reino. Los caballeros de la Mesa Redonda, juramentados para encontrar el grial, partieron en todas las direcciones para procurar su localización, pues solo con esa santa reliquia recuperaría Camelot los tiempos de esplendor.

Jaime leía y releía cada uno de los párrafos, pero no encontraba ninguna pista que ayudase a identificar el lugar donde debía depositar el santo cáliz. Dentro de su cabeza repetía una y otra vez las palabras que le había dicho Jacques de Molay: «Te será fácil; solo sigue las pistas del poema». Pero ¿y si el libro que tenía en sus manos no era exactamente el mismo que le había entregado el maestre? Jaime sabía que algunos copistas modificaban el texto del libro que estaban copiando, que suprimían algunos párrafos, que incluían otros nuevos o que cambiaban a propósito nombres de ciudades y de personas. Si el copista de ese ejemplar había hecho lo mismo, las pistas contenidas en el original serían muy distintas y jamás podría encontrar el lugar destinado para depositar el grial.

Doce caballeros, un rey, un cáliz sagrado, una mesa y un mago llamado Merlín; el único paralelo que encontraba en ese texto era la reunión de los doce apóstoles con Jesús para celebrar la primera eucaristía cristiana en la última cena, pero nada más.

Siguió leyendo. De todos los caballeros que salieron en busca del grial, solo Galahad, el más puro e inocente, fue a parar a un castillo llamado Monsalvat, es decir, la montaña del Salvador. Según el texto que tenía delante, el castillo del grial estaba en el centro de una región llamada «el país del Templo», erigido en una montaña pedregosa y casi inaccesible, junto a una cueva bajo un gran peñasco. El castillo había sido edificado por una dinastía de reyes y en él habitaba una cofradía de monjes que lo custodiaba. El castillo estaba ubicado en las montañas del norte de la antigua Hispania romana y lo poseía un rey llamado Anfortas, a quien se conocía como el rey Pescador.

Todo era demasiado impreciso. Las montañas del norte de Hispania se extendían desde el mar Mediterráneo hasta el fin del mundo, en Compostela, donde acababa el camino de los peregrinos a la tumba del apóstol Santiago. A lo largo de ese camino había centenares, tal vez miles de castillos en los que depositar el cáliz sagrado. Lo único que decía aquel libro era que estaba construido en un lugar inaccesible, junto a una gran cueva.

Si lo que había dejado escrito Von Eschenbach era una pista para localizar un castillo en el que esconder el grial, su búsqueda era bien difícil. Una cueva, una roca, un lugar de complicado acceso, la montaña del Salvador... Tendría que preguntar a los peregrinos, a todos cuantos hubieran hecho el camino a Santiago, para averiguar si había algún lugar como el que describía el poeta templario.

Durante varias semanas, y aparentando cierta indiferencia, Jaime preguntó a todos los viajeros que cruzaron por Castelnou. Cada uno le daba una ubicación diferente. Para unos era la cueva de Covadonga, en las montañas del reino de León, donde comenzara la lucha de los cristianos contra los musulmanes; para otros era un castillo en el camino de Roncesvalles, en el reino de Navarra, y algunos aseguraban que era un castillo cerca de Pamplona. Sin embargo, nadie daba argumentos convincentes.

Un día llegó a Castelnou un personaje que dijo ser mercader de la ciudad de Dijon y que regresaba de Compostela, hasta donde había peregrinado para dar las gracias al apóstol por haberle librado de una enfermedad que los cirujanos le habían pronosticado como mortal. El borgoñón preguntó por un caballero llamado Jaime de Ampurias, pero le dijeron que allí no había nadie con ese nombre; entonces preguntó por Jaime de Castelnou. Cuando los dos hombres estuvieron frente a frente, supieron, con solo mirarse, que tenían mucho en común.

—¿Vos sois Jaime de Castelnou? —le preguntó el mercader.

—En efecto.

—Entonces escuchad atentamente: el lugar que buscáis se encuentra en el norte del reino de Aragón, en las montañas de Jaca.

—¿Cómo sabéis...?

—Lo sé; y os aseguro que es el mejor lugar que alguien como vos buscaría para custodiar algo valioso.

—No, os equivocáis...

—Id a la ciudad de Jaca y preguntad por el prior de la antigua catedral, allí encontraréis lo que buscáis.

—Esperad, ¿quién sois?

—Ya os lo he dicho, un humilde mercader de Borgoña que regresa a casa tras haber cumplido sus votos de peregrino.

El encuentro con el mercader dejó a Jaime lleno de inquietud.

16

Su espíritu de templario seguía firme, pero las noticias que llegaban a Castelnou eran terribles. A fines del año del Señor de 1309, el papa Clemente V, que había instalado definitivamente la sede pontificia en Aviñón, decretó que todos los reyes de la cristiandad deberían apresar a todos los templarios doquiera se encontraran. Jacques de Molay, agotado por los interrogatorios, las torturas y los años de cárcel, acabó por declararse incapaz para defender la Orden como su maestre. En ese mismo tiempo, varias decenas más de caballeros templarios fueron torturados y quemados en París.

Estaba claro que la Orden del Temple había sido condenada y que ningún poder en la tierra podría salvarla de su exterminio. Los templarios de los reinos cristianos comenzaron a desertar, a renegar de la regla o a pedir el ingreso en la del Hospital, su vieja adversaria.

Jaime dudaba entre descubrirse como templario y afrontar el destino como el resto de sus hermanos o mantenerse oculto bajo aquel disfraz de caballero del barón de Moncada. Sabía que si se autodelataba, lo esperaba la prisión, la tortura o incluso la muerte, salvo que renunciara al Temple e ingresara en el Hospital; pero si así lo hacía, el grial, del que era el custodio, podría caer en cualquier mano desaprensiva, y él, como caballero cristiano, no podía consentirlo. También podía llevar el cáliz a Monsalvat, a las montañas de Jaca, como había deducido tras releer una y otra vez el *Parzival* y recibir la misteriosa visita del mercader de Dijon, dejarlo allí y después entregarse a las autoridades para correr la misma suerte que sus hermanos templarios.

El invierno se echó encima sin aviso. Una tempestad de nieve cubrió los caminos e impidió durante dos meses el tránsito por aquellos parajes. Jaime aprovechó las largas veladas invernales para releer el poema de Von Eschenbach hasta convencerse de que realmente Monsalvat estaba en las montañas del norte de Aragón.

Una mañana de principios de primavera, cuando los hielos y las nieves ya se habían retirado de los caminos,

Jaime pidió permiso a su señor para ir en peregrinación a Santiago de Compostela.

—¿Estáis seguro, don Jaime, de que ese es vuestro deseo? —le preguntó Guillem de Moncada.

—Sí; necesito encontrar algunas respuestas.

—¿A qué preguntas?

—Permitid que me reserve esa cuestión.

—Por supuesto. En fin, siento perder por algún tiempo a mi mejor caballero, pero no puedo negarme a vuestra solicitud. ¿Cuándo pensáis iniciar la peregrinación?

—La semana próxima.

—De acuerdo. Comunicaré vuestra partida al conde de Ampurias. Id con Dios, don Jaime.

—Quedad con él, don Guillermo.

Jaime había mentido. Desde luego, no tenía la menor intención de ir en peregrinación a Compostela; todo su empeño estaba volcado en localizar el país del Templo en las montañas aragonesas y comprobar cuál era el lugar preciso para depositar allí el santo grial. Para ello tenía que ir a la ciudad de Jaca y buscar al prior de la catedral.

La noche antes de partir extrajo el cáliz de su escondite, lo acarició con mimo, se santiguó, rezó un padrenuestro, lo besó y lo embaló con cuidado para que no sufriera ningún daño en el viaje.

Con las primeras luces del alba, dejó el castillo de Castelnou y cabalgó hacia poniente. Rondaba los cuarenta años de edad, pero su aspecto seguía siendo formidable, salvo por algunas canas que manchaban de un gris desvaído sus sienes. Alzado sobre su montura, con la espalda recta, el mentón ligeramente elevado, pero no de forma exagerada, cabalgaba tal cual le habían enseñado a hacerlo en el Temple, con la altivez digna de los mejores caballeros de Cristo, pero sin mostrar un perfil avasallador.

Para ir hasta Jaca, donde el prior le daría cuenta de la ubicación de Monsalvat, decidió seguir el camino de los peregrinos que iban a Compostela desde la ciudad de Gerona, de modo que optó por dirigirse hacia Ripoll, desde allí atravesar el condado de Urgel y entrar en el reino de Aragón por la villa de Bonansa, desde donde le habían dicho que arrancaba un camino que bordeaba los Pirineos por el sur y que atravesaba varios valles hasta alcanzar la ciudad aragonesa.

El tiempo era lluvioso, de modo que se pertrechó con una capa encerada, un amplio sombrero de ala muy ancha, al estilo del que solían llevar los templarios en sus largas cabalgadas, y avanzó en solitario.

Durante los primeros días no tuvo ningún contratiempo. La lluvia, fina pero incesante, no era tan copiosa como para interrumpir la marcha, de modo que consiguió hacer en un solo día etapas que los peregrinos tardaban habitualmente dos jornadas en culminar. Acostumbrado a las marchas agotadoras en los desiertos de Siria y del Sinaí, a coronar los altos y fríos puertos de los montes de Armenia o a cabalgar horas y horas sobre su montura en formación junto a sus hermanos templarios bajo un sol inclemente, el camino hacia Santiago le parecía poco menos que un paseo de recreo por el bosque de Castelnou un domingo de primavera por la mañana.

Vestía como un caballero, y no había olvidado su espada, su escudo, un puñal largo y otro corto y su casco cónico de combate. Pese a su aspecto noble, podía pasar por un peregrino si así lo proclamaba, pues las gentes de las localidades por las que discurría el camino estaban acostumbradas a ver a todo tipo de personajes, pobres y ricos, nobles y plebeyos, santos y demonios, damas y rameras, en una especie de pasacalles que a veces se asemejaba más a un desfile de vanidades mundanas que a una verdadera peregrinación.

Durante su marcha le pareció recobrar algo del espíritu de la regla del Temple que cumpliera durante tantos años. En cierto modo, un templario y un peregrino vivían vidas parejas: el primero adaptaba su actividad vital al ritmo que le marcaba la regla, mientras que el segundo lo hacía al ritmo que lo obligaba el camino, una norma no escrita pero que debía ser cumplida como la de los caballeros del hábito blanco y la cruz roja.

La noche comenzó a caer justo cuando ascendía una larga y empinada ladera de una sierra que, según le habían dicho en la última aldea, separaba las tierras del condado de Urgel de las del condado de Ribagorza, en el reino de Aragón; hacía ya siglo y medio que el título de rey de Aragón y el de conde de Barcelona los ostentaba la misma persona, aunque sus variados dominios tenían leyes, monedas y oficiales diferentes.

A la salida de esa misma aldea, tres hombres le habían señalado que justo en lo alto de la cuesta, tras un bosquecillo de alerces, había un albergue en donde podría pasar la noche. La oscuridad se le echaba encima y Jaime arreó a su caballo para que ascendiera más deprisa. Al llegar a la cumbre comprobó que allí no había ninguna construcción. Dio varias vueltas por los alrededores hasta que se percató de que no era cierto lo que le habían asegurado, y receló por ello.

Quienes le habían informado al pie de la larga cuesta eran tres hombres que mantenían una charla entretenida al lado de una fuente, justo en la última choza de la aldea. Jaime había atisbado en sus rostros un cierto reflejo de codicia, y sospechó de ellos por cómo cruzaban las miradas cómplices. Tal vez pensaron que un caballero solitario podía ser una presa fácil para los tres, y que quizá portara una buena bolsa con dinero. De hecho, el caballo por sí solo ya costaba una pequeña fortuna.

Atendió a su instinto de soldado experimentado en ardides y emboscadas vividas en Tierra Santa y en Grecia y preparó en un claro del bosquecillo un círculo de piedras en el que encendió un fuego, como solían hacer todos los viajeros que acampaban en el monte para ahuyentar a algún lobo que merodeara por los alrededores. Al lado de la fogata dispuso un montón de ramas y hojas moldeándolas como si de una forma humana se tratara y colocó en la cabecera la silla de montar; después las cubrió con su manta de viaje simulando la figura de un hombre acostado y depositó sobre la zona de la presunta cabeza, junto a la silla, el amplio sombrero de viaje. Alejó el caballo a un centenar de pasos y lo ocultó en la espesura, atado de la brida a un árbol. Avivó la hoguera y le añadió los leños más gruesos que pudo encontrar para conseguir que el fulgor de las brasas perdurara el máximo tiempo posible, luego se ocultó entre el ramaje no muy lejos del fuego, mirando de frente el camino que por la cuesta conducía hasta la aldea que había dejado atrás, y se dispuso a esperar.

Las horas transcurrieron lentas y pesadas; la noche, pese a la altitud de aquellas sierras y a la temprana primavera, no era demasiado fría, aunque comenzaba a notar en los huesos la humedad acumulada por las últimas jornadas de lluvia casi ininterrumpida. Pese al cansancio y al sueño, procuró mantener sus reflejos bien alerta, y de nuevo agradeció a la disciplina templaria su capacidad para permanecer despierto y concentrado, y para superar el dolor, el calor, el frío y el miedo.

Pasada ya la mitad de la noche, aunque no lo pudo calcular con exactitud porque las nubes cubrían por completo el firmamento y no había ninguna estrella a la vista, oyó unos leves ruidos. Aguzó la vista, detuvo la respiración para escuchar con mayor detalle y entonces pudo observar unas sombras, que se hicieron más nítidas conforme se acercaban a las brasas de la hoguera, provistas de lo que parecían unos palos, o tal vez eran espadas. Cuando se encontraban a unos pocos pasos del fuego, vio con mayor claridad, con esos ojos suyos acostumbrados a escudriñar la oscuridad de la noche cerrada, a tres individuos dispuestos a atacar al presunto viajero que dormía junto a la fogata. Uno de ellos levantó una estaca y la descargó con enorme violencia sobre el bulto que cubría la manta, justo en el borde del sombrero, donde se suponía que estaba el cuello de la víctima. Un golpe de semejante contundencia y en ese preciso lugar hubiera sido suficiente para dejar sin vida a un hombre. De inmediato, los otros dos secuaces se lanzaron a golpear la zona de las piernas, uno a cada lado. Desde luego, aquellos canallas sabían bien lo que hacían. Habían organizado perfectamente su ataque a traición: primero un golpe directo a la base del cuello, luego el castigo a las dos piernas a la vez y, por último, otro garrotazo justo en el centro de la cabeza.

Sin embargo, en contra de lo que esperaban aquellos desgraciados, bajo la manta no había ningún cuerpo, solo un montón de hojas y ramas. Al comprobar su error, los tres salteadores comenzaron a proferir juramentos y a lanzar palos a ciegas en todas las direcciones. Justo entonces, Jaime cogió su espada, que había clavado en el suelo a su lado, y salió de su escondite a toda velocidad en dirección hacia los malhechores. El primero de ellos recibió un tremendo golpe en la espalda que lo dejó tumbado y sin aliento; el segundo cayó de bruces tras sufrir una estocada en el muslo, y el tercero, el que había usado el garrote para golpear en primer lugar, perdió medio brazo derecho cuando intentó defenderse de la acometida de Castelnou. Con la misma rapidez con la que había cargado, Jaime se puso en guardia por si a alguno de ellos le quedaban ganas de volver a la carga, pero los tres gemían de dolor en el suelo suplicándole que no los matara.

—Debería liquidaros ahora mismo y dejar que las alimañas se dieran un festín con vuestros despojos, pero me parece que no es esta la primera vez que atacáis a alguien, de modo que imagino que la justicia estará deseosa de atraparos. Tumbaos los tres bocabajo y colocad las manos en la espalda. Si atisbo el menor movimiento en cualquiera de vosotros, el más leve, que se dé por muerto.

—¡No puedo, me falta una mano, me la habéis sajado! —exclamó entre sollozos el que había perdido medio brazo.

—Pues hazlo con el muñón que te queda o perderás también la otra mano.

En un momento, el templario avivó el fuego con hojas y ramas secas para disponer de más luz y maniató a los tres ladronzuelos a la espalda, forzándoles los codos cuanto dieron de sí las articulaciones. Después los ató uno detrás de otro formando una especie de cuerda de presos. También les trabó los pies con cuerdas, dejándoles apenas un par de palmos para que pudieran caminar siempre a pasos cortos. Sin perderlos de vista, acudió a por su caballo y regresó junto a la hoguera.

—Esperaremos a que salga el sol y continuaremos camino hacia Bonansa. Imagino que allí se harán cargo de vosotros en espera de que un oficial del rey os encierre en una mazmorra.

Jaime limpió la hoja de su espada y la envainó.

—¡Es un caballero del demonio! —dijo uno de los tres ladrones—. Fijaos, lucha con la mano izquierda.

—Me estoy desangrando... —clamó quejoso el que había perdido el antebrazo derecho.

Jaime puso al fuego su puñal y le practicó un torniquete, tal como había visto hacer tantas veces en las batallas en ultramar; después le aplicó la hoja candente sobre el muñón. El ladrón mutilado perdió el conocimiento y cayó al suelo fulminado por el dolor, derribando al que estaba a su lado, que, herido en la pierna, apenas podía sostenerse en pie, y a su vez arrastró al tercero.

—Mejor así —dijo Jaime—, no os levantéis hasta que os avise.

Con las primeras luces del alba, el extraño cortejo descendió hacia Bonansa. Los aldeanos que vieron aparecer a aquel jinete y, tras él, la cuerda de tres presos de aspecto lamentable, se quedaron sorprendidos contemplando una escena que no se daba precisamente todos los días y que para ellos rompía la rutinaria monotonía.

—¿Qué lugar es este? —preguntó Jaime, aunque sabía que al otro lado de la sierra estaba la aldea de Bonansa.

—Bonansa, en el reino de Aragón.

—¿Quién es la máxima autoridad en este lugar? —preguntó el templario en voz alta a la docena y media de curiosos que se habían arremolinado.

—El jurado Marcelo Mezquita —respondió uno de los aldeanos.

—¿Dónde puedo encontrarlo?

—Su casa es la última de esta hilera. Le sugiero que se dé prisa, señor, porque está a punto de salir al campo.

Bonansa era una aldea con apenas tres docenas de casas, así que no le costó identificar la que pertenecía al jurado. Una vez llegó a su puerta, seguido por un grupo de curiosos cada vez mayor, descabalgó, ató las bridas de su caballo a una anilla de hierro en la pared y llamó con el puño.

Un varón de complexión recia y rostro severo abrió.

—¿Don Marcelo Mezquita, jurado de Bonansa?

—Soy yo, caballero. ¿Qué deseáis? —preguntó el hombre mientras, perplejo, alargaba el cuello al contemplar a los presos.

—Que os hagáis cargo de estos malhechores. Anoche, mientras descansaba en lo alto de aquella cuesta, me atacaron aprovechando la oscuridad. Como podéis comprobar, su envite traidor no tuvo éxito, pero por la forma en que actuaron me parece que no es la primera vez que intentan asaltar a un viajero.

—¡Son los bandoleros que andábamos buscando! —gritó una de las personas allí congregadas.

—¡Sí, son ellos! —exclamó otra.

—¿Los habéis capturado vos solo, señor...? —preguntó el jurado, haciendo un gesto para que callaran sus convecinos.

—Sí; tuve suerte en el envite. Mi nombre es Jaime y

soy caballero del barón de Moncada, señor de Castelnou. Voy en peregrinación a Santiago. Os entrego a estos delincuentes para que sean juzgados.

—¡Oh, sí!, avisaremos al sobrejuntero de Ribagorza, que es a quien compete la jurisdicción real en este lugar; entretanto, los encerraremos en una choza.

—Procurad que no escapen.

—En las condiciones en las que los habéis dejado no creo que les queden ganas.

—¡Son ellos, son ellos! ¡Deberíamos colgarlos ahora mismo! —volvió a gritar uno de los aldeanos.

—¡Eso es cosa de la justicia! —gritó el jurado.

—Por lo que escucho, estos tipos son conocidos en estos parajes —supuso Castelnou.

—Hace tiempo que tres bandidos tenían amedrentados a cuantos se atrevían a viajar de noche por estos caminos. Hasta ahora nadie había podido capturarlos a pesar de haber cometido varios robos, pero siempre lograban huir. Os agradecemos su captura, señor.

—Aseguraos, don Marcelo, de que serán juzgados conforme a vuestras leyes.

—Así lo haré —respondió el jurado—. Si os parece, don Jaime, puedo ofreceros un buen desayuno. En el fuego están cociendo unas gachas de ordio con tocino y costillas ahumadas de jabalí.

—Gracias, pero debo seguir mi camino.

—Tenéis aspecto de haber dormido poco. Imagino que esta pasada noche habrá sido muy larga para vos y para vuestro caballo. Mi casa es humilde, pero hay una cama con ropa limpia y heno recién segado en el establo para vuestra montura, que a lo que parece también necesita un tiempo de reposo.

Jaime se volvió hacia su caballo y vio que, en efecto, el pobre animal estaba agotado.

—De acuerdo. Acepto, pero os pagaré por ello.

—No es necesario.

—Para mí sí lo es.

Jaime durmió toda la mañana, aunque tuvo la previsión de atrancar la puerta de la humilde estancia y colocar su espada junto a la cama, y la bolsa con el grial bajo la almohada de paja.

A mediodía ordenó sus cosas, se aprovisionó de algo de cerdo ahumado, embutido curado, queso y pan y se puso en marcha hacia el oeste. El jurado de Bonansa le había indicado que para ir hasta Jaca en esas fechas de primavera lo más seguro era descender por el curso del río Isábena hasta la villa de Graus, y de allí, por Aínsa y Boltaña, remontar el curso de un río llamado Ara hasta la aldea de Broto, cruzar el collado de Cotefablo y llegar hasta Biescas; desde esa villa hasta Jaca el camino era casi llano y se podía hacer en una sola jornada. En total, entre cuatro y seis días de viaje, según estuvieran los caminos y los puertos.

Al atardecer del quinto día de haber partido de Bonansa, Jaime de Castelnou atisbó sobre una colina amesetada las murallas de Jaca.

17

La ciudad de Jaca era más pequeña de lo que había imaginado. Por su caserío y el número de vecinos, era poco más que algunas de las villas que había atravesado en la última semana, pero además de las murallas, que le conferían el carácter de ciudad, había un edificio imponente que le llamó la atención, una gran iglesia de piedra en el viejo estilo ubicada cerca de la puerta norte, por donde arribaban la mayoría de los peregrinos procedentes del otro lado de los Pirineos.

A pesar del pequeño tamaño de la ciudad, junto a la que había un burgo rodeado de su propia muralla, las calles estaban atestadas de peregrinos que acababan de llegar de Aquitania, de Francia y de Alemania sobre todo; visitaban las tiendas de zapatos para reponer el calzado gastado después de transitar los puertos de las altas montañas. Hacía apenas dos semanas que la ruta a través del Somport había quedado libre de nieve y los peregrinos que aguardaban el fin del invierno en el lado francés habían comenzado a acudir a Jaca.

Castelnou se dirigió directamente a la gran iglesia de piedra, que tenía el tamaño de una catedral y cuyo tejado sobresalía sobremanera por encima del caserío. La puerta principal se abría a los pies, en la calle que continuaba ya dentro de la ciudad el camino de los peregrinos, tras un pórtico, y en el lado sur, junto a otra puerta, había una plazuela en la que todo indicaba que ese mismo día se había celebrado un mercado.

Jaime descendió de su caballo y se acercó hasta la entrada del templo. Un par de sayones armados con varas le dijeron que esa noche solo podían dormir allí peregrinos, y que los caballos no podían entrar en la iglesia.

—No es mi intención pasar la noche en la casa del Señor y mucho menos hacerlo con mi caballo; solo deseo hablar con el prior de esta catedral.

—Ya no es catedral, señor —dijo uno de los sayones—; hace tiempo que el obispado de Jaca mudó la sede episcopal a Huesca, cuando la ciudad se ganó a la morisma. Ahora la gobierna un prior. Su nombre es Arnal de Lizana y vive en esa casa de piedra.

—Con su sobrina —añadió con una pícara sonrisa su compañero.

Jaime se dirigió a la casa y llamó a la puerta. El prior de la antigua catedral era un hombre enjuto, de baja estatura y de unos cincuenta años de edad. El templario se quedó con la boca abierta al reconocer en ese hombre al mercader de Dijon que había preguntado por él en Castelnou.

—Pasad, hace tiempo que os esperaba —dijo el prior, abriendo la puerta de par en par.

—¿Vos, sois vos el mercader...? —preguntó Jaime, sorprendido y balbuceante.

—El mismo; os esperaba, pasad.

—¿Mi caballo...?

—Perdonad, traedlo; la cuadra está al fondo del zaguán.

Jaime entró en la casa prioral tirando de las riendas y anduvo unos pasos hasta el fondo del pequeño patio; el prior abrió la puerta de la cuadra y el animal entró él solo.

—Necesita comer algo —dijo Castelnou mientras acariciaba el anca del caballo.

—Hay paja en el pesebre; aquí podrá descansar vuestra montura, y vos también. Seguidme.

El prior condujo a Jaime hasta una estancia iluminada por dos candiles de aceite y la lumbre de una chimenea, donde, en un puchero de hierro, se cocinaban unas verduras y un pedazo de carnero.

—Explicadme... —dijo Castelnou, todavía atónito.

—Es muy simple —dijo el prior—. Hace cuatro años, dos caballeros templarios vinieron a verme; yo era un freire capellán de la encomienda del Temple de Huesca. Se identificaron como portadores de un mensaje secreto de nuestro maestre y buscaban un lugar dedicado a Nuestro Salvador, un lugar en una montaña de complicado acceso, junto a una cueva profunda en las soledades de estas sierras fragosas. Dijeron que en ese lugar había un castillo al que uno de nuestros hermanos había denominado Monsalvat en un libro que escribió sobre el santo grial. Yo les indiqué que el lugar al que se referían no era un castillo, sino un monasterio dedicado a san Juan, el monasterio de San Juan de la Peña.

»Ellos se miraron y sonrieron: "El castillo solo lo pueden contemplar los elegidos por Dios; tal vez no lo vean todos los ojos, pero está allí, sobre la peña de la cueva". Yo me quedé sobrecogido, pero los caballeros me tranquilizaron: "Dentro de algún tiempo, si nuestra Orden está en peligro, un caballero templario vendrá preguntando por ese castillo de Monsalvat y traerá con él un objeto muy preciado que deberá ser depositado en la cueva para ser custodiado allí. El Temple te ha designado para que seas el encargado de informarle sobre dónde debe depositar el grial. El obispo de Huesca te designará como prior de la antigua catedral de Jaca; en ella deberás esperar a que te busque el templario que vendrá demandando la ubicación de Monsalvat". Y dijeron que su nombre era Jaime, Jaime de Castelnou. Entonces les pregunté que por qué había sido yo el elegido para esa misión, y me respondieron que un templario debe limitarse a obedecer.

»Cuando fue encarcelado el maestre Molay me inquieté, y esperé algún tiempo aquí en Jaca a que se presentara el caballero templario, pero nadie lo hizo —prosiguió el hombre—. Intenté contactar con alguno de los hermanos templarios, pero todos estaban detenidos y nadie vino hasta mí para darme ninguna instrucción. Imaginé entonces que los hermanos que se presentaron en Huesca habían muerto o estaban presos en Francia, y que el tal Jaime de Castelnou habría corrido la misma suerte. Sin embargo, hace unos meses un peregrino me preguntó por el castillo de Monsalvat; al principio creí que él sería el hermano que tenía que contactar conmigo, pero cuando le demandé que por qué buscaba Monsalvat, me dijo que un caballero le había preguntado por él en la aldea de Castelnou, en el condado de Ampurias, y tenía cierta curiosidad. Lo demás fue sencillo. Me convertí por unos días en un mercader borgoñón y me fui en vuestra búsqueda. El resto ya lo sabéis.

—Ningún hermano me dijo que debía preguntar por el prior de Jaca.

—Debieron de detenerlos antes de que pudieran hacerlo. Ellos sabían que tú, hermano Jaime, eras el custodio de ese preciado objeto —repuso el prior, dirigiéndose al caballero como lo hacían entre sí los templarios.

—¿Te dijeron de qué objeto se trataba?

—No, pero no hacía falta. Hace siglos que lo esperamos.

—¿Qué es lo que esperas?, ¿quién lo espera? —preguntó Jaime, cada vez más sorprendido.

—El santo grial, y los caballeros de San Juan.

—¿Los hospitalarios?

—Claro que no; los templarios jamás habríamos confiado el objeto más preciado de la cristiandad a nuestros máximos rivales. Los caballeros de San Juan son los monjes del monasterio de la Peña —explicó—. Solo un templario puede entender lo que significa ese cáliz. ¿Lo llevas contigo?

—¿Cómo sé que cuanto me estás contando es cierto?

—Porque tu corazón te dice que no miento.

Jaime miró a aquel hombre a los ojos; su mirada parecía sincera y limpia.

—¿Dónde está ese monasterio?

—Muy cerca, a una jornada de camino. Pasarás la noche en mi casa y mañana podrás seguir tu camino. En San Juan te esperan, como te he esperado yo. Pero entretanto..., ¿puedo pedirte un deseo?

—Si puedo concedértelo...

—¿Puedo verlo?

Castelnou abrió la bolsa de cuero en la que guardaba su ligero equipaje y sacó el paño que contenía el grial; lo desplegó lentamente, cogió el sagrado cáliz, se santiguó y dijo:

—Este es, hermano.

El prior de la antigua catedral de Jaca se convulsionó a la vista de la copa rojiza, cuya superficie bruñida reflejaba, cual si de gemas de ámbar engastadas se tratara, las llamas doradas de la chimenea.

Como si hubiera sido inducido por una sacudida mística, Arnal de Lizana cayó de rodillas, se santiguó con devoción y rezó devotamente un padrenuestro. Luego besó el grial y se persignó de nuevo.

—¡La sangre de Cristo! ¡Este cáliz contuvo la sangre de Cristo! Y esta es al fin la tierra del sagrado vaso, la tierra de la sangre de Cristo —dijo.

Durante la cena, los dos templarios hablaron sobre lo

que le había ocurrido a la Orden. Jaime puso a Arnal al corriente de cuanto había sucedido desde que el rey Felipe de Francia iniciara la campaña de difamación contra ellos, la persecución y la captura de todos sus hermanos en las encomiendas francesas.

Mediada la primavera del año 1310, la situación de la Orden continuaba siendo muy confusa. Desde luego, la inmensa mayoría de los templarios franceses seguían presos, aunque tras varios meses de confusión y de perplejidad, eran ya muchos los hermanos que habían reaccionado al trauma de la detención y al de la catarata de acusaciones para retractarse de sus primeras declaraciones y proclamarse inocentes de cuantos delitos se les acusaba. En mayo de ese año eran ya más de quinientos los que habían manifestado ante los tribunales que los juzgaban que cuanto se había dicho de ellos y de sus prácticas era falso y que siempre se habían comportado como buenos cristianos y fieles servidores de la Iglesia y de sus mandamientos.

La cantidad de retractaciones había causado un tremendo malestar en el rey de Francia, que al ver peligrar su plan, demandó que se aplicaran las sanciones más duras a los que se echaran atrás. Así lo cumplió el arzobispo de Sens, un lacayo al servicio de Felipe el Hermoso, que condenó a la hoguera al medio centenar de templarios que se habían retractado en su diócesis.

Toda la cristiandad estaba expectante ante lo que pudiera suceder. La situación era muy delicada. La bonanza de los decenios anteriores se había acabado; el hambre, la carestía, la enfermedad y la muerte parecían haber emergido del infierno para establecerse entre los seres humanos. Las cosechas no rendían lo que antaño, las rentas no fluían con la abundancia de otros tiempos y las obras de las grandes catedrales levantadas en el nuevo arte de la luz, las casas de Dios en la tierra, estaban interrumpidas a causa de la falta de recursos con los que cubrir los costes de los talleres de los artesanos que las estaban construyendo. Parecía como si Dios hubiera apartado su mirada de los ojos de los hombres.

El prior desayunó con Castelnou; tras rezar un padrenuestro, comieron unas tajadas de tocino frito, unas rebanadas de pan tostado con miel y un vaso de vino especiado con canela.

—Desde Jaca hasta el monasterio de San Juan de la Peña solo hay una jornada de camino —dijo Lizana—. Toma el curso del río Aragón y desciende por su ribera siguiendo la ruta de Compostela. A tres horas de viaje, a tu izquierda, un estrecho valle secundario conduce hasta el monasterio de Santa Cruz, regentado por las hermanas benitas. Lo identificarás enseguida por la torre de la iglesia del convento, construida en el viejo arte de la piedra. Hasta ahí el camino es llano y fácil. Pero justo en Santa Cruz comienza lo más difícil de la ruta hasta San Juan. Para llegar al monasterio de la cueva santa hay que ascender una difícil senda a través de un bosque denso y una tierra áspera y fragosa. La senda es muy empinada y está llena de guijarros y dificultades. Ten cuidado porque tu caballo puede lesionarse una pata con facilidad. El monasterio está en lo más alto de los farallones de rocas rojas, ubicado debajo de una cornisa rocosa que lo protege como un manto de piedra. Está tan oculto por la vegetación que no te darás cuenta de que existe hasta que no te topes de bruces con él.

—¿A quién debo dirigirme? —preguntó Jaime.

—El abad es don Pedro de Setzera, pero no creo que lo encuentres allí; suele dejarse ver poco por el monasterio, pues pasa más tiempo en Jaca o en Huesca que en su casa abacial. Además, la situación del monasterio no es nada boyante. Tiempo atrás fue el más rico del reino de Aragón, y los reyes lo colmaron de privilegios y donaciones; pero, como bien sabes, no corren buenos tiempos. Hace ya algunos años que la situación del monasterio, como la de tantos otros, es muy delicada. Las rentas apenas dan para mantener a la comunidad de monjes; hace ochos años, el rey don Jaime tuvo que acudir en ayuda de ese cenobio y colocarlo bajo su especial protección para evitar que la comunidad monacal se deshiciera y quedara incluso abandonado.

—Entonces, si las condiciones de San Juan son tan deficientes como me estás diciendo, ¿no será peligroso dejar allí el santo grial?

—Todo lo contrario. Ese cáliz se convertirá en un acicate para los monjes. La comunidad necesita un estímulo para que vuelva a tener un motivo para la esperanza. Los monjes que allí viven están esperando que el grial llegue a ellos. Conocen la leyenda, saben que su cenobio es el elegido, y hace tiempo que aguardan ansiosos la llegada de la más importante reliquia de la cristiandad.

—¿Cómo me reconocerán?

—No te preocupes por eso. Tiempo antes de que escales hasta lo alto y llegues a su puerta, ya sabrán de tu llegada. Te estará aguardando un comité de monjes; todo estará preparado.

Acabado el desayuno, Castelnou aparejó su caballo, lo sacó de la cuadra y ya en la calle, frente a la puerta de la casa del prior, montó.

—Te agradezco cuanto has hecho por mí y por el grial, prior. Eres un buen hombre.

—Tan solo he cumplido con mi compromiso como capellán templario.

—Cuídate, hermano Arnal, y queda con Dios.

—Que Él te proteja en tu camino, hermano Jaime.

El templario arreó su montura y salió de Jaca por el camino que seguían los peregrinos hacia su destino en el confín del mundo conocido.

18

El camino discurría por un amplio valle a cuya derecha se atisbaban las altas cumbres nevadas de los Pirineos y a la izquierda, unas sierras escarpadas en las que, en algún lugar escondido entre las selvas y las rocas, se alzaba el monasterio de San Juan. Jaime siguió aguas abajo el curso del río Aragón, que diera nombre al legendario condado origen del reino, y no tuvo que preguntar a ningún campesino para saber que uno de los vallecitos ubicados a la izquierda de la calzada era el que conducía primero a Santa Cruz y, desde allí, a San Juan.

Todavía no era mediodía cuando llegó ante la silueta maciza y paradójicamente grácil de la torre de piedra, y se dirigió hacia el palacio abacial de las hermanas benitas. El templario echó pie a tierra, acarició el cuello de su caballo y lo llevó hasta la orilla de un arroyo para que bebiera agua fresca. Unos campesinos segaban alfalfa en un prado y, aguas abajo, varias mujeres lavaban diversas prendas que luego extendían al sol sobre un prado de hierba limpia.

El sol calentaba casi en lo más alto, el cielo estaba despejado, de un azul luminoso y claro, y una brisa suave y fresca traía aromas cargados de olor a tomillos y retamas. Juan sintió entonces una sensación de paz interior como nunca antes había conocido. Durante unos breves instantes toda su vida pareció discurrir por delante de sus ojos, como si en su cabeza pasaran a la vez todas las imágenes que su vista había presenciado durante tantos años y en tantos lugares, y comprendió que sería capaz de quedarse allí, en aquel valle oculto entre las estribaciones de la sierra de San Juan, el resto de su vida.

Sacó de su bolsa de viaje un pedazo de pan, queso y embutido, se sentó sobre una piedra y comió despacio mientras aspiraba el aire perfumado entre bocado y bocado.

Cuando acabó de comer, se dirigió hacia dos de los campesinos y les preguntó por el camino que conducía al monasterio de San Juan. Los dos hombres no recelaron del caballero y le indicaron el principio de una senda que se abría entre la espesura del bosque, aunque le advirtieron que se trataba de un camino pedregoso y empinado, más propio para ser recorrido con una acémila que con una cabalgadura tan galana.

Dentro del bosque el silencio apenas era interrumpido por el canto de los pájaros y el ruido de hojas y ramas que de vez en cuando se sacudían, tal vez movidas por algún animal que corría a esconderse ante los pasos del hombre y de su caballo. Conforme ascendía hacia lo alto de la cumbre de rocas bermejas, la senda se volvía cada vez más empinada, hasta el punto de precisar un enorme esfuerzo con cada paso que daba.

Poco a poco, con la paciencia adquirida en los conventos del Temple, ayudando a su montura a avanzar y procurando aplicar todos los cuidados requeridos para evitarle daños, Jaime ascendió hasta salir de la espesura del bosque justo en una zona en la que, por encima de su cabeza, se elevaba una cornisa de rocas en lo más alto de la montaña. Tras un recodo rocoso, a unos pocos pasos al frente, debajo de una amplia visera de piedra, vio el monasterio, construido dentro de la enorme cueva. En verdad, el aspecto era el de una formidable fortaleza que ni siquiera un ejército de diez mil hombres hubiera podido conquistar. Una enorme pared de sillares cerraba la cueva de arriba abajo y ante ella se levantaban algunos edificios recientes, tal vez fruto de la última época de esplendor del monasterio.

Conforme se iba acercando, unos monjes que se afanaban en ayudar a descargar unas cántaras de aceite y unos sacos de harina que un comerciante había subido en dos borricos y dos mulas por la ladera sur de la sierra acudieron a su encuentro. El que los encabezaba portaba una cruz de plata y los que lo seguían comenzaron a cantar un salmo de David.

Jaime, un tanto perplejo, se detuvo y aguardó en pie hasta que la comitiva de monjes se detuvo a unos pocos pasos de él.

—Tú eres el caballero del Templo —dijo el monje de la cruz de plata—. Sé bienvenido; hace tiempo que te esperábamos. ¿Traes contigo la sagrada reliquia?

Castelnou, sin mediar palabra, sacó de la bolsa el cáliz, lo extrajo de su paño y lo mostró. Los monjes cayeron de rodillas y se persignaron repetidas veces proclamando loas de alabanza a Dios, a su hijo Jesucristo, a la Virgen María y a una larga retahíla de santos entre los que estaban algunos de los más venerados por los templarios.

—Aquí está, y aquí debe quedarse.

—Has recorrido un largo camino, ven con nosotros.

Uno de los monjes se hizo cargo del caballo y los demás entraron en el monasterio. De inmediato, a través de unas salas abovedadas, una de cuyas paredes era la propia roca de la cueva, llegaron hasta la iglesia, cuya triple cabecera estaba excavada en la piedra.

—En cuanto supimos que habías llegado a Santa Cruz comprendimos que eras el enviado, y preparamos todo para tu llegada, aunque en realidad hace años que aguardábamos este momento, desde que dos de tus hermanos llegaran hasta aquí y comprobaran que este era el sagrado lugar para custodiar el cáliz sagrado. Ahora celebremos la eucaristía en acción de gracias a Nuestro Salvador por haber permitido que esté entre nosotros el vaso en el que su hijo Jesús redimió al mundo de sus pecados y nos procuró la vida eterna con su sangre.

Todos los monjes de la comunidad asistieron a la ceremonia, que acabó con la adoración del grial colocado sobre la mesa del altar.

Acabada la misa, el monje que había portado la cruz se dirigió al templario:

—Nuestro abad no se encuentra entre nosotros, pero le comunicaremos de inmediato que lo que esperábamos ya está aquí. Entretanto, te rogamos que permanezcas con nosotros. Se acerca el verano y esta época es la más propicia para vivir es este lugar. Supongo que estarás agotado y que mereces un descanso. Aquí puedes recuperar fuerzas antes de continuar tu camino, si es que todavía tienes que ir a alguna parte, porque si no sabes adónde ir, esta comunidad te acogerá como un hermano más y te hará partícipe de su mesa. Los tiempos que corren no son los mejores, como ya te habrán advertido, pero en la mesa del refectorio siempre hay un plato de verduras y un pedazo de carne para calmar el hambre, y un lecho caliente para conciliar el sueño.

—Te lo agradezco...

—Mi nombre es Martín de Cercito; el abad me confía el mando de la comunidad durante sus ausencias.

—Gracias por tu hospitalidad, hermano Martín, y ya que así me lo has ofrecido, me quedaré un tiempo, hasta que ponga en orden mis ideas.

—Hazlo cuanto quieras, aquí te encontrarás bien. Por tu mirada intuyo que has tenido una vida llena de contratiempos y esfuerzos; en este monasterio, si la buscas, hallarás la paz de Dios que tal vez reclama tu alma.

El verano discurrió plácido y sereno. Jaime se acomodó una vez más a la regla de los monjes, y vestido como uno más de ellos, se aplicó a las tareas cotidianas del monasterio. A sus cuarenta años cumplidos, ya no era ningún joven. Su pelo se había ido plateando y pocos cabellos oscuros le quedaban; aunque seguía siendo un hombre fuerte y fornido, tantos años de privaciones, esfuerzos, batallas y heridas comenzaban a hacer mella en su naturaleza. Todavía era capaz de moverse con agilidad y de manejar una espada con la fuerza de la juventud, como había demostrado al enfrentarse y derrotar con facilidad a los tres malhechores que intentaron asaltarlo cerca de Bonansa, pero se estaba dando cuenta de que si alguna vez regresaba a Tierra Santa, sus condiciones en el campo de batalla ya no serían las mismas que antaño y que muy difícilmente saldría victorioso de una lid con tres enemigos a la vez.

Cierto que había logrado culminar el encargo que le hiciera su maestre antes de que los templarios fueran apresados por los soldados del rey de Francia, y que se había comportado como un hombre de fe y de honor, pero estaba cansado y sabía que su tiempo se acababa.

A pesar de lo alejado del monasterio y del difícil acceso, cada quince días llegaban al cenobio noticias de lo que ocurría en el mundo. Las traían monjes que regresaban de Jaca o de Huesca, adonde iban a menudo en busca de la recaudación de rentas que se generaban en tantos lugares o de suministros para el cenobio, o mercaderes que suministraban de ciertos productos al monasterio. Uno de esos monjes contó que la cristiandad seguía convulsionada ante las decisiones que estaba tomando el papa Clemente V y que algunos cristianos empezaban a cuestionar a un pontífice que se mostraba más como un servil lacayo del rey de Francia que como el primero de los príncipes de la Iglesia.

A finales de octubre, cuando los bosques de hayas y robles habían perdido el color verde para convertirse en una sinfonía de ocres, amarillos y rojos, cayó la primera nevada. A la hora de la oración de prima, toda la sierra amaneció cubierta de un denso manto blanco. El invierno sería largo, pero durante el verano y los primeros meses del otoño, el hermano cillero se había preocupado de proveer la despensa de suficientes víveres, y que las cocinas tuvieran abundante leña para cocinarlos y para alimentar las chimeneas. Todos los inviernos el monasterio solía quedar dos o tres meses bloqueado por la nieve, que en ocasiones caía en tan gran cantidad que podían pasar tres o cuatro semanas con los monjes completamente incomunicados.

Durante esas semanas, Jaime tuvo el tiempo necesario para buscar una razón que le impeliera a seguir adelante. En el monasterio había alcanzado la paz que durante toda su vida no había tenido, pero algo le decía en su interior que aquel no era su destino. Se sentía un hombre ajeno al mundo del que venía, un ser atrapado entre sus recuerdos, sus ideales y la memoria de un tiempo pasado. Nada había sucedido como lo había imaginado, nada sucedería jamás como él hubiera querido. Los días comenzaron a hacerse tediosos y eternos, y ni siquiera la primavera, que irrumpió un día de mediados de abril como un catarata de sol en las montañas, cambió esa sensación de tedio que lo invadía.

Habló con el hermano Martín y le comunicó su decisión de partir del monasterio. Su caballo había superado el frío invierno de la montaña, estaba bien alimentado y parecía tan sano y robusto como cuando partiera del castillo de Castelnou camino de Jaca muchos meses atrás.

Lo ensilló con cuidado, acariciando las negras crines que le caían sobre el cuello, y se subió a la montura con delicadeza, para que se acostumbrara al peso del jinete tras tan largo periodo sin ser montado. Poco antes había cambiado el hábito de monje por sus ropas de caballero, se había encajado los guantes y colocado al cinto su espada y su puñal, y de esta guisa se presentó en la iglesia, sobre cuyo altar contempló por última vez el santo grial.

—Ten cuidado con el descenso, es más peligroso aún que la subida —le recomendó Martín de Cercito.

—Descuida, hermano, bajaré despacio, como si no quisiera alejarme nunca de aquí —repuso Jaime.

—Si no lograras encontrar tu destino, recuerda que siempre habrá en este cenobio pinatense un lugar para ti.

—Si alguna vez regreso, espero de tu hospitalidad y la de tus hermanos una acogida similar.

El templario azuzó a su caballo y le soltó las riendas para que el animal supiera que podía empezar a descender hacia el valle a través de la senda que se perdía entre la espesura.

19

Jaca volvía a estar llena de peregrinos aquella mañana de primavera de 1311. Decenas de ellos se agolpaban ante la puerta de la catedral esperando recibir la bendición del prior para retomar el camino hacia Compostela. Dos individuos discutían en la plaza del mercado sobre la longitud de un paño de lana, en tanto comprobaban la medida cortada por el mercader con la de la vara jaquesa que estaba grabada en piedra en la puerta lateral de la catedral.

Arnal de Lizana acabó su bendición sobre el grupo de peregrinos que iban a iniciar una nueva etapa y se acercó hasta Jaime de Castelnou, que aguardaba paciente sobre su caballo en un lado de la plaza. El templario descendió de la montura y saludó al prior, que lo invitó a entrar en su casa.

—Espero que hayas tenido un buen año —dijo Jaime.

—Lo mismo te digo —repuso Arnal—. A lo que veo, has decidido dejar el monasterio.

—Sí, quizá sea el lugar para acabar mis días, pero antes tengo cosas que hacer.

—Imagino que no sabrás nada de lo ocurrido en París.

—No, allá arriba apenas llegaron noticias durante el invierno; además, a los monjes de San Juan solo les interesan su monasterio y sus rentas, que, por cierto, cada día son menos, por lo que me contaron.

—Así es; pero Dios proveerá, como hace siempre —le dijo el prior, y a continuación procedió a contarle lo acontecido en los últimos tiempos—: Durante este año han continuado las torturas a nuestros hermanos. Un sargento, asustado por el castigo que estaba recibiendo y por lo que veía que le hacían a sus compañeros, fue atormentado hasta tal extremo que declaró que mataría al mismo Dios si se lo pidieran. Las ejecuciones se cuentan ya por centenares. Jacques de Molay ha quedado absolutamente quebrantado y muchos hermanos se han declarado culpables para poner fin a tanto sufrimiento. El malvado rey Felipe se ha autoproclamado «guardián de la cristiandad» y ha confiscado todos los bienes del Temple, pero sigue buscando el tesoro, que no aparece por ninguna parte.

—Nunca hubo tal tesoro.

—¿Estás seguro? Se dice que unos hermanos salieron con él de París poco antes de que los soldados del rey irrumpieran en la sede del Temple.

—Te aseguro, hermano Arnal, que no hay tal tesoro. Puedo ratificar que las riquezas de la Orden están enterradas en ultramar. Durante dos siglos, las rentas del Temple han ido a parar a la construcción de fortalezas, al pago del rescate de cautivos y a la formación de nuestros ejércitos en Tierra Santa. Cuando abandonamos Acre, apenas pudimos salvar unos cuantos miles de libras. El fabuloso tesoro del Temple es una leyenda que urdieron los agentes del rey de Francia para engañar a la población y hacerle creer que éramos inmensamente ricos, y así cultivar un sentimiento de odio y rechazo hacia nosotros.

—Pero ¿y las rentas de las encomiendas, las donaciones, los intereses de los préstamos...?

—Todo eso es ahora un montón de ruinas en las tierras y desiertos de ultramar.

—Entonces, ¿todo es mentira?

—Sí, una gran mentira urdida por Guillermo de Nogaret, el astuto y malvado canciller de Francia, un hombre sin escrúpulos capaz de vender a su madre al mismísimo Satanás.

—¿Y no hay manera de desmontar esas calumnias?

—Lo intentamos, pero la gente no quiere a los templarios. Hemos vivido durante mucho tiempo al margen de los sentimientos de los buenos cristianos. Nos sabíamos elegidos por Dios para ejecutar su plan en la tierra, y nos hemos topado con una realidad que no conocíamos. No fuimos capaces de ver lo que estaba ocurriendo delante de nuestros ojos y nos creímos invencibles e intocables. Pese a que era obvio que el rey de Francia estaba tramando un plan contra nosotros, no tuvimos el coraje de mover un solo dedo para contrarrestarlo y nos dejamos atrapar como corderos. Los informes que se manipularon contra nuestra Orden fueron demoledores. Dejamos que fueran cayendo sobre nosotros decenas de acusaciones falsas, consentimos que nos procesaran de manera ilegal, no tuvimos los reflejos suficientes para responder a tanta infamia y acabamos siendo conducidos al cadalso como bueyes al matadero. Los hermanos que se negaron a confesar fueron ejecutados; los que se retractaron, también, y los que confesaron delitos que no cometieron no hicieron sino dar razones a los asesinos. El papa nos negó su apoyo porque es un agente más al servicio de Felipe de Francia...

—Así lo parece. A comienzos de esta misma primavera, Clemente ha emitido un edicto por el que ha proclamado la suspensión de la Orden del Temple. El obispo de Huesca me remitió una copia hace unos días.

—¡No puede ser!

—Las acusaciones surgen por todas partes. Un peregrino me contó que, ante la comisión pontificia reunida en París, un fraile de la Orden de Predicadores declaró hace tres semanas que el origen del Temple está en una promesa que el diablo le hizo a uno de nuestros primeros caballeros, y de ahí nuestra riqueza.

—¡Cómo pueden creer esas patrañas!

—¿Qué vas a hacer, hermano Jaime?

—Regresaré al condado de Ampurias. Ahora soy vasallo del barón de Moncada y no quisiera caer en el delito de felonía.

—Recuerda que tras ese edicto pontificio, todos los templarios estamos condenados a desaparecer de una forma u otra.

—Cierto, pero todavía no ha sido disuelta la Orden, solo suspendida. Aún queda alguna esperanza. El rey de Aragón podría...

—El rey de Aragón, como también el de Castilla, ha decidido que los bienes del Temple sean repartidos entre las demás órdenes.

—¿Y qué han hecho nuestros hermanos?

—Todos han aceptado las condiciones del rey. Cada hermano caballero ha recibido una renta de tres mil sueldos, y quinientos los sargentos y los criados.

—¿Y tú?

—¿Yo?, yo seguiré aquí en Jaca, recibiendo peregrinos, dándoles la bendición cuando se marchen hacia Compostela... Para eso fuimos educados los templarios, para socorrer a los que caminan en busca del Señor, ¿no es así? Además, ahora sé que el grial está custodiado aquí, en estas montañas. Al fin y al cabo, hemos cumplido nuestro sueño: proteger a los peregrinos y defender la sangre de Cristo.

—¿Sabes, hermano Arnal?, tal vez tengas razón y nuestra Orden ya sea tan solo un sueño.

—Pero un sueño hermoso.

Entonces Lizana le confesó a Castelnou que estaba ideando un relato para contarle a la gente cómo había llegado el santo grial hasta el monasterio de San Juan de la Peña, y en ese relato, por cuestiones obvias, no tenían cabida los templarios.

Finalmente, los dos templarios se despidieron deseándose suerte.

20

El castillo de Castelnou apareció de pronto, encaramado en lo alto del cerro, tras un recodo del camino. Jaime detuvo el caballo y contempló la fortaleza por unos instantes. En los campos de los alrededores las cosechas maduraban, aunque no con la abundancia de años atrás; parecía que una terrible maldición se había extendido para disminuir los frutos de la tierra.

Su llegada provocó un cierto revuelo en el castillo, donde solo quedaban media docena de guardias y algunos criados, pues el barón de Moncada había salido de caza con algunos de sus caballeros. La estancia que le había asignado don Guillermo estaba vacía, igual que el escondite donde había depositado el grial cuando entró a su servicio. Jaime aprovechó el día para descansar y esperó a que llegara su señor.

La partida de caza no había sido demasiado fructífera; con las presas ocurría como con las cosechas, que año a año disminuían. Los tiempos de abundancia se habían esfumado y solo los más viejos recordaban cuando las mieses eran tan abundantes que cada cosecha bastaba para alimentar a toda la población del condado y aún sobraba casi otro tanto para vender en los mercados de Gerona, de Perpiñán y de Barcelona. Por el contrario, desde hacía unos años lo que se recolectaba apenas alcanzaba para alimentar a los lugareños, e incluso había habido temporadas en que se había tenido que importar trigo de Francia para evitar la hambruna. La caza también había disminuido. Años atrás los bosques rebosaban de jabalíes, ciervos, conejos y todo tipo de aves, pero ahora era difícil abatir un faisán, una perdiz o un venado; ni siquiera los conejos abundaban como antes. Se decía que incluso los lobos y los zorros comían caracoles ante la escasez de presas con las que alimentarse.

El barón de Moncada se alegró al ver a su vasallo y olvidó el enfado que traía por el mal día de caza. Se saludaron con un abrazo y se sentaron a la mesa de la sala mayor del castillo, en donde se sirvió una jarra de vino y queso mientras en la chimenea dos criados colocaban al fuego un cordero para que estuviera listo a la hora de la cena.

—Contadme, don Jaime, ¿cómo es Compostela? ¿Es cierto que allá se acaba el mundo?

—No lo sé; no llegué hasta la tumba del apóstol.

—¡¿Qué?!

—Me quedé en las montañas de Jaca, en un monasterio llamado San Juan de la Peña. Allí he estado todo este año.

—Pero ¿cómo...?

—Es fácil de explicar; allí tienen el santo grial.

—¿Estáis seguro?

—Bueno, al menos los frailes veneran un vaso de piedra rojiza, muy bruñida, que aseguran que es el mismo que usó Cristo para celebrar la eucaristía en la última cena, el mismo en el que José de Arimatea recogió las gotas de sangre del costado de Jesús en la cruz.

—¿Y cómo llegó a ese monasterio?

—Lo desconozco —mintió Jaime—, pero allí está.

—¿Y todo un año necesitasteis para ver el grial?

—El viaje se complicó muy pronto. Apenas había caminado una semana cuando, en mitad de la sierra, tuve un encuentro con unos malhechores. Quisieron tenderme una emboscada, pero fueron ellos los sorprendidos.

—¿Qué les ocurrió?

—Que fueron a por lana y salieron trasquilados. Adiviné sus intenciones y... —Castelnou relató el envite con los tres bandidos—. Imagino que los ahorcarían y sus despojos serían pasto de los buitres.

—Fuisteis muy astuto.

—Cuestión de suerte.

Desde la baronía de Castelnou el mundo parecía más dulce. Jaime siguió cumpliendo con sus deberes de caballero del barón de Moncada, y acudió a las aldeas a recaudar las rentas de su señor. Los campesinos pagaban con reticencias, amedrentados por la espada del templario, que significaba la garantía del poder del barón de Moncada.

A finales del año de 1311, el papa Clemente emitió un informe que ninguno de los templarios que habían sobrevivido a cuatro años de torturas y cárcel esperaba que fuera tan duro para con ellos. En ese documento se daban por ciertas todas las acusaciones que se habían emitido en el momento en el que se inició el proceso: se daba por probado que habían renegado de Dios, de Cristo, de la Virgen y de todos los santos; que habían asegurado que Cristo era un falso profeta, que ni había sufrido la Pasión ni había sido crucificado para la redención del género humano, sino para purgar sus propios crímenes; que no era el Salvador ni procuraba la liberación de los hombres, y que habían blasfemado escupiendo y pisoteando la cruz. Como consecuencia de tan terribles delitos considerados probados, el papa conminaba a todos los soberanos de la cristiandad a que arrestaran a cuantos templarios hubiera en cada uno de sus dominios.

El plan tramado por el rey de Francia se estaba cumpliendo de manera inexorable y, desde luego, el papa era una pieza más en el engranaje que hacía posible que se ejecutara con semejante precisión.

Desde Castelnou, Jaime contemplaba impotente cuanto estaba ocurriendo. En ocasiones le entraban ganas de vestirse como un caballero del Temple y acudir hasta París armado como tal para dar cuenta de que jamás se habían cometido esos delitos de los que los acusaban; otras veces soñaba con regresar a San Juan de la Peña y acabar allí sus días, a la sombra tranquila y serena de la gran cornisa rocosa que protegía el monasterio.

En su alma convivían sentimientos de odio y rencor hacia quienes estaban destruyendo el Temple con el miedo y el recelo a ser descubierto y encerrado en una prisión para el resto de sus días. De vez en cuando, como cuando era un joven escudero en formación para recibir la orden de la caballería, le gustaba galopar por los campos de la baronía hacia un horizonte imposible.

La última esperanza, si es que todavía les quedaba alguna a los templarios, se desvaneció en el mes de marzo de 1312. Durante varios meses, el papa Clemente, que seguía en Aviñón, había celebrado un concilio en Vienne, a orillas del Ródano. Algunos rumores hicieron correr la voz de que dos mil caballeros templarios armados esperaban escondidos en los bosques cercanos a la ciudad para irrumpir en el concilio y defender el honor de la Orden, pero en realidad solo se presentaron nueve. En aquel concilio se decidió la disolución definitiva de la Orden del Temple, y así lo ratificó el pontífice mediante una bula que emitió desde su palacio de Aviñón. El papa se reservaba además el derecho a juzgar al maestre Jacques de Molay.

—Habrá una nueva cruzada —anunció Guillermo de Moncada en una cena que ofreció a sus caballeros en la sala grande del castillo de Castelnou—. El papa Clemente ha disuelto el Temple, pero ha convocado a toda la cristiandad para partir a Tierra Santa. La cita será para dentro de siete años. Nuestro rey don Jaime ha enviado allí a sus procuradores, que se han mostrado de acuerdo con la resolución dictada por el papa.

—Seremos demasiado viejos para entonces —adujo uno de los caballeros.

—Tal vez, pero así podremos purgar nuestros pecados y morir en paz —añadió otro entre las carcajadas de sus compañeros.

Jaime bebió un trago de vino endulzado con miel y comprendió que el anuncio de esa cruzada era un engaño más del papa y del rey de Francia para disminuir el impacto que pudiera causar la disolución de los templarios; ninguno de los dos tenía la menor intención de llevarla a cabo.

Desde luego, la disolución de la Orden de los Pobres Caballeros de Cristo era un mero trámite. En ese tiempo, muchos templarios estaban muertos; otros se habían reconciliado con la Iglesia e integrado en otras órdenes, como la del Hospital; algunos habían regresado a sus hogares de origen y se habían perdido en el anonimato de los tiempos, y unos pocos se habían hecho caballeros errantes y se ganaban el pan ofreciendo su espada a grandes señores.

En el resto de la cristiandad, los templarios fueron mucho mejor tratados que en el reino de Francia. En un concilio celebrado en Tarragona en octubre de 1312, los templarios de la corona de Aragón fueron considerados inocentes de todos los cargos y quedaron absueltos, aunque se confiscaron sus bienes, fueron incautadas sus propiedades y quedaron sometidos a la custodia de los obispos.

Los bienes del Temple se repartieron con celeridad. El papa, los reyes, las demás órdenes religiosas..., todos sacaron cuantiosas tajadas del botín. A lo largo de los últimos meses de 1312 y durante todo el año de 1313, los templarios que no habían sido ejecutados y que no huyeron fueron colocados en otras órdenes religiosas. Los más jóvenes vistieron el hábito de los caballeros de San Juan y fueron destinados a luchar en las fronteras de los reinos hispanos contra el islam, en tanto que los más ancianos quedaron recluidos en conventos donde aguardar el fin de sus días en paz.

21

A principios de 1314 casi nada quedaba de la otrora todopoderosa Orden de los Pobres Caballeros de Cristo. Condenado a cadena perpetua, el maestre Jacques de Molay, un anciano de más de setenta años, y un grupo de sus caballeros era cuanto mantenía vivo el espíritu templario. El pobre anciano, sometido a torturas, privaciones y decenas de largos y prolijos interrogatorios a lo largo de seis años y medio, había perdido la razón. Pasaba los días ensimismado en sus propios pensamientos, intentando buscar alguna explicación a cuanto había sucedido y justificando su falta de capacidad para hacer frente a semejante crisis.

Sin que nadie pudiera explicárselo, el maestre se resistía a morir. Tal vez era por entonces el hombre más anciano del mundo, pero alguna desconocida fuerza interior lo mantenía vivo a pesar de tantos tormentos como había sufrido. Tanto el papa como el rey de Francia consideraron que, aunque ya no constituía ningún peligro, pues nadie se uniría al maestre en caso de que proclamara la restauración del Temple, era tiempo de resolver el problema de su prisión, que no dejaba de ser un símbolo y a la vez un recuerdo permanente de una situación que ambos soberanos preferían que se olvidara.

Decididos a acabar con los últimos rescoldos de la hoguera del Temple, entendieron que la mejor manera era eliminar a Jacques de Molay y a sus colaboradores más íntimos. Felipe de Marigny, secretario de Felipe IV y arzobispo de Sens, como máxima autoridad eclesiástica de Francia, fue comisionado para ejecutar el plan, mientras su hermano Enguerando se encargaba de administrar las rentas y las propiedades de los templarios en nombre del rey. Se tomó la resolución de condenar a cadena perpetua a Jacques de Molay, Godofredo de Charnay (preceptor de Normandía), Hugo de Pairand (visitador de Francia) y Godofredo de Bonneville (preceptor de Aquitania), pero antes se les pediría que aceptasen sus culpas y sus pecados, y que si así lo hacían, serían perdonados, excarcelados y enviados a varios conventos para que pasaran allí el resto de sus vidas. Ese plan contenía una trampa: si los templarios se retractaban y se proclamaban inocentes, serían ejecutados inmediatamente como relapsos y perjuros. Y eso mismo procuraron alentar el rey y el papa a través de sus agentes.

El horizonte azul de Castelnou estaba atravesado por una banda de nubes rojizas que parecían teñidas de sangre. Jaime se enteró a través de un mensajero real de que Felipe IV había decidido poner fin al encierro del último maestre de los templarios. Durante años, tanto el papa como el monarca francés habían confiado en que la avanzada edad del maestre, su estado de salud y sus propias cavilaciones acabarían por provocarle la muerte, y así se eliminaría por sí solo el último gran problema que restaba por resolver.

Jaime no lo pensó dos veces; sin avisar siquiera a su señor el barón de Moncada, cogió su caballo, algunas provisiones y una bolsa con monedas y se dirigió hacia el norte. Si no encontraba contratiempo alguno, llegaría a París en un par de semanas. No sabía ni a qué iba ni qué podía hacer allí, pero un impulso irresistible lo empujaba hacia la ciudad donde se jugaba la última baza de la partida de naipes en la que se decidía el futuro del Temple.

En los primeros días de mayo de 1314, París estaba cubierto por un cielo plomizo y sus calles, repletas de barro y agua. Por toda la ciudad corría el rumor de que los templarios encarcelados iban a ser absueltos como medida de gracia del rey y del papa, que pretendían así demostrar su talante caritativo y dadivoso.

Castelnou se presentó de nuevo como mercader catalán y tomó posada en una casa de huéspedes en el barrio de la orilla izquierda del río Sena. A gusto hubiera regresado a La Torre de Plata, pero renunció ante la posibilidad de que lo reconocieran. Tras dejar su caballo y tomar un almuerzo caliente, se dirigió hacia la antigua sede del Temple. Desde fuera todo parecía igual; los altos muros no habían sido demolidos y el enorme torreón de piedra, con las cuatro torrecillas semicirculares en las esquinas, se erguía como un centinela formidable en el centro del amplio complejo conventual. Sin embargo, custodiando la puerta ya no estaba la guardia templaria, sino dos soldados del rey, y sobre ella no ondeaba el estandarte blanco y negro de los caballeros de Cristo, sino la oriflama azul con flores de lis doradas de los reyes de Francia.

Después se dirigió hacia la cancillería, y desde una

distancia prudencial atisbó la entrada, también protegida por guardias reales. Se quedó allí un buen rato por si veía aparecer a Antoine de Villeneuve, al traidor Hugo de Bon o al propio Guillermo de Nogaret. Pero tras pasar vigilante buena parte de la mañana, no reconoció a nadie de cuantos entraron o salieron de aquellas dependencias.

No sabía qué hacer ni a quién dirigirse, y aunque supuso que era difícil que alguien se acordara de él, no quería correr el riesgo de que lo identificaran como el único caballero que escapó del convento de París el día de la batida contra los templarios.

Unos días más tarde, Jaime fue a oír misa a la catedral de Nuestra Señora, que lucía espléndida, recién acabadas las últimas obras. La grisácea luz del mediodía parisino entraba a través de las vidrieras multicolores y parecía mudar para convertir el interior del templo en un verdadero tornasol de colores. «Ojalá luciera el sol», pensó mientras observaba las escenas bíblicas representadas en las vidrieras.

Al salir de la catedral, un corrillo de personas discutía con cierta vehemencia sobre lo que estaba pasando en el tribunal de París. El papa y el rey habían nombrado una comisión de jueces que debía anunciar la culpabilidad de los templarios en el proceso que duraba ya seis años y medio, y poner fin así a la provisionalidad que hasta entonces se achacaba a todo ese asunto. En realidad, la mayoría de los parisinos habían perdido todo interés por aquellos caballeros confinados en las prisiones reales, y eran muy pocos los que estaban preocupados por cuál sería su destino.

—¡Dicen que van a liberar al maestre! Parece que ha admitido al fin sus culpas y que mañana mismo será enviado a un convento. Ahora le están comunicando la sentencia en el tribunal —anunció uno de los curiosos.

—El rey tenía razón: esos monjes estaban aliados con el demonio. Las autoridades han tardado en darse cuenta, pero por fin han sido descubiertos.

De repente, un hombre apareció corriendo en la plaza de Nuestra Señora, ante la fachada principal de la catedral, y gritando:

—¡Se ha retractado! ¡El maestre Molay se ha retractado!

—¡¿Qué dices?!

—Acaba de ocurrir lo inesperado. El tribunal estaba anunciando al maestre y al resto de los templarios la confirmación de la sentencia definitiva a cadena perpetua; todos estaban convencidos de que los templarios aceptarían esta resolución, porque así estaba acordado, y que serían perdonados de inmediato por arrepentirse de sus pecados, pero lo sucedido nos ha sorprendido a todos los que allí estábamos.

»Jacques de Molay ha pedido la palabra —prosiguió el hombre—, se ha levantado de su asiento con toda solemnidad y se ha vuelto a retractar de todas sus confesiones anteriores. Ha comenzado diciendo que la Orden del Temple es el orgullo de la Iglesia y de los cristianos, que nadie ha defendido la fe de Cristo como ellos y que todas las acusaciones vertidas sobre los templarios son falsas. Deberíais haber visto la cara que se les ha quedado a los jueces del tribunal. Estaban atónitos; alguien les había dicho que existía un acuerdo con los templarios, pero no imaginaban que su maestre fuera a responder de esa manera. Ha dicho que él y su Orden son inocentes de cuantos cargos, pecados y delitos son imputados, y que si en ocasiones anteriores admitieron la comisión de aquellos crímenes lo hicieron por haber sido sometidos a torturas y para exculpar a sus compañeros. Luego ha seguido acusando a los sicarios del rey Felipe de manipular lo que él había declarado en anteriores interrogatorios y ha negado haber obrado en contra de la Iglesia y de sus mandamientos.

—Perdonad, amigo, soy extranjero —intervino Jaime—. ¿Qué está pasando?

—Muy sencillo, señor —dijo el hombre—. Que los templarios no admiten sus cargos y que se ha liado una buena en el tribunal por causa de ese viejo cabezota.

—¡Continúa hablando! —le gritó uno de los curiosos.

—Como os decía, Molay y sus compañeros han vuelto patas abajo al tribunal. Godofredo de Charnay ha hecho lo mismo que su maestre, ratificando que si renegó de Cristo en alguna ocasión lo hizo a causa del insoportable dolor de la tortura.

—Y los demás templarios, ¿qué han hecho?

—Eso ha sido lo mejor: todos han apoyado a su maestre y lo han defendido.

—¿Y qué ha decidido el tribunal?

—Condenarlos a muerte, claro. ¿Qué otra cosa podía hacer?

—Esos templarios se han suicidado —comentó en voz baja uno de los presentes.

—Es extraño; Jacques de Molay sabía que una declaración así lo conduciría a la muerte, y sin embargo lo ha hecho —comentó otro.

—Los quemarán esta misma tarde, en la isla de las Cabras —anunció el mensajero—. No faltéis, porque promete ser un espectáculo memorable —añadió, y se alejó por una callejuela seguido por media docena de curiosos que no cesaban de hacerle preguntas sobre lo ocurrido en el tribunal.

Castelnou supuso que todo aquello estaba preparado y que, una vez más, el maestre Molay había caído en la trampa de Felipe IV y sus sicarios. Pensó que si en la elección de Chipre, que él condujo, hubiera sido elegido el candidato del rey de Francia, probablemente la Orden del Temple seguiría vigente, más poderosa si cabe, aunque bajo la dependencia del monarca francés. Claro que ahora eso ya no importaba. El Temple era pasado y nadie quería volver a rememorar pedazos de memoria que no interesaban a la inmensa mayoría de la gente.

¿Qué le había sucedido al maestre? ¿Por qué se había mostrado tan digno en el último momento? Sí, era un anciano débil y exhausto al que solo le restaba un soplo de vida, pero ¿por qué ahora?, cuando precisamente no quedaba ya ningún templario libre o en disposición de reivindicar el espíritu de la Orden. ¿Lo habían vuelto a engañar otra vez, o había querido dar una prueba de dignidad al final de su vida?

Probablemente la respuesta la encontraría en la ejecución. Sería duro presenciar la muerte en la hoguera de varios de sus hermanos, pero era la única manera de entender lo que estaba ocurriendo, y tal vez el único modo de buscar una razón para seguir viviendo.

La isla de las Cabras, a la que algunos parisinos conocían también como el islote de los Judíos, pues allí habían sido ejecutados varios de los hijos de Israel en ocasiones anteriores, se ubicaba en un extremo de la Cité. Jaime, al ver que el cadalso estaba prácticamente listo, pese a ser mediodía, comprendió que sus sospechas eran ciertas: todo lo acontecido en el tribunal era una trampa para que Jacques de Molay cayera de bruces.

No había comido desde el desayuno, pero tampoco tenía apetito, de modo que pasó el rato merodeando por las orillas del Sena, contemplando los preparativos para la ejecución que se iba a perpetrar.

Mediada la tarde, un murmullo se fue convirtiendo en vocerío. Centenares de personas aparecieron por una de las calles que daba al río. Rodeaban a varios carros en los que iban los templarios condenados a muerte aquella misma mañana. A Jaime se le heló la sangre cuando comprobó que eran treinta y ocho los hermanos que morirían quemados a orillas del Sena.

Las dos riberas se llenaron de curiosos mientras unos soldados bajaban de los carros a los condenados y los embarcaban en pequeñas canoas para conducirlos a la islita. Desde la orilla en la que se encontraba, Jaime pudo distinguir la figura de Jacques de Molay. El maestre casi no podía andar y tenía que ser ayudado por dos soldados. Uno a uno, los treinta y ocho templarios fueron atados en sendos postes de madera a los que rodearon de haces de leña impregnados de aceite y brea. El griterío de la multitud se tornó en un silencio tan profundo que solo se escuchaba el rumor del río.

Desde luego, quien hubiera ideado la trampa lo tenía todo previsto. El escenario era sobrecogedor y a la vez grandioso, con el gran Sena como testigo y la isla como cadalso inabordable, por si alguien estaba tentado de acudir a última hora en auxilio de los condenados. Pero nadie lo hizo. Los espectadores solo aguardaban a que empezara el espectáculo. Era eso; simplemente, un espectáculo.

El encargado de la ejecución esperó el momento en que el sol comenzó a ocultarse en el horizonte; cuando el último rayo desapareció en la lejana campiña, aplicó su antorcha a los montones de leña. El fuego fue ganando fuerza poco a poco y las llamas crecieron hasta alcanzar los cuerpos de los templarios. Antes de que alguno de ellos emitiera un grito de dolor o de miedo, una voz anciana pero firme tronó en medio del silencio. Jaime pudo oír con claridad al maestre; pese a los años transcurridos desde la última vez que la escuchara, le resultó inconfundible.

Jacques de Molay llamó asesinos a sus verdugos, pidió venganza y lanzó una terrible maldición sobre la dinastía de los capetos, de la que era miembro el rey Felipe IV y que venía gobernando en Francia desde hacía más de tres siglos.

—Yo maldigo a los asesinos del Temple, a Guillermo de Nogaret, a Enguerando de Marigny y al rey Felipe de Francia; reclamo venganza sobre esta infamia y maldigo a la estirpe de la familia de los capetos para que sea borrada con toda su descendencia de la faz de la tierra. Malditos seáis una y mil veces, malditos, malditos, malditos.

La voz del maestre se fue apagando y, con ella, los gritos de horror de los hermanos que ardían en las piras de la muerte. Ahora el silencio solo era alterado por el crepitar de los leños flameantes. Un humo denso y espeso y un olor a carne quemada provocaron la náusea entre los espectadores, muchos de los cuales no pudieron aguantar y se marcharon cabizbajos mientras las sombras de la noche conquistaban las calles de París. En el centro del río Sena, una inmensa hoguera lucía como una luciérnaga infernal cuyo resplandor se reflejaba sobre las oscuras aguas como en un espejo del averno.

22

Desde la salida del valle de Canfranc observó la ciudad de Jaca, en lo alto del cerro, sobre el curso del río Aragón, y junto a ella, como un niño pegado a las faldas de su madre, el burgo del Burnao. A su espalda quedaban las cumbres nevadas del Pirineo y el puerto de Somport, que había atravesado junto con un grupo de peregrinos de la ciudad de Chartres. Jaime de Castelnou solo portaba una bolsa de viaje con algunos alimentos, una túnica de peregrino, un sombrero de ala ancha, una manta y dos pares de sandalias de cuero. Se apoyaba en un cayado de madera del que colgaba una concha de peregrino. Había salido de París a finales de mayo y, tras visitar la catedral de Nuestra Señora de Chartres, había vendido su caballo, sus armas y sus ropas de caballero para unirse al último grupo de peregrinos que aquel año de 1314 había iniciado el gran viaje a Compostela.

Entró en la antigua capital del reino de Aragón por la puerta del norte y se dirigió hacia la plaza de la catedral. La casa del prior Arnal de Lizana seguía allí, igual que tres años atrás. Llamó a la puerta de madera y oyó descorrer un cerrojo antes de abrirse. Tras el umbral apareció una joven de apenas veinte años.

—¿Qué quieres? —le preguntó sin abrir del todo la puerta.

—Perdona, mi nombre es... —Jaime recordó entonces que nunca le había dicho su nombre al prior Lizana y no reconoció en la muchacha a la que había sido su sobrina—. Bueno, olvídalo y dile al prior que un peregrino pregunta por él.

—Aguarda un momento.

La joven se retiró, cerró la puerta y corrió el cerrojo.

Al poco apareció un hombre de unos cuarenta años, de recia complexión y pelo ensortijado.

—¿Quién eres y qué buscas? —le preguntó.

—Soy un peregrino y pregunto por Arnal de Lizana, prior de Jaca.

—Llegas un poco tarde. Don Arnal murió el invierno pasado. Ahora el prior soy yo.

—¿Sabes si dejó algo para mí?

—¿Para ti? —Al mirar los ojos poderosos de Castelnou y su faz noble y serena, el nuevo prior rectificó—: ¿Para vos?, quería decir.

—Sí, para mí. Me llamo Jaime, Jaime de Castelnou. Tal vez no os dijera mi nombre, pero quizá os diera alguna indicación por si venía un peregrino o un caballero preguntando por él.

—No, lo siento, murió antes de que yo me hiciera cargo de su puesto.

—Perdonad la interrupción, pues.

Jaime tomó aire y se dirigió a la catedral. El templo estaba tenuemente iluminado por unas candelas de aceite y varios cirios que ardían en los tres altares de la triple cabecera. Algunos peregrinos oraban en las capillas y otros recorrían el templo celebrando una especie de vía crucis. El templario rezó un padrenuestro por su hermano prior fallecido y salió de la iglesia. Si se daba prisa y caminaba ligero, podría llegar a San Juan de la Peña antes de anochecer.

A lo largo del sendero olía a tomillos y a retamas. La ascensión era muy empinada, pero la espesura del bosque mitigaba con su sombra el calor, que apretaba de firme en aquellos últimos días de primavera incluso en las tierras altas de las sierras de Jaca. El monasterio seguía allí, al final de la larguísima y revirada cuesta, custodiado como una delicada reliquia bajo la inmensa cornisa rocosa de piedra roja y gris.

«El templo del Grial», murmuró Jaime de Castelnou mientras de manera decidida andaba los últimos pasos hacia el olvido.

Nota del autor

La Orden del Temple es una de las instituciones más controvertidas, manipuladas y falseadas de cuantas han sido fundadas por los seres humanos a lo largo de toda la historia. Debido a su épica fundación, a su trágico final, a la aureola de caballeros legendarios que siempre los rodeó, a su presunto tesoro fabuloso y a las terribles acusaciones que sobre ellos se vertieron, los templarios han sido objeto de especulaciones de todo tipo.

Establecida a comienzos de 1120 en Jerusalén por Hugo de Payns, caballero de la región francesa de Champaña, el Temple recibió como solar fundacional la mezquita de Al-Aqsa, ubicada sobre la explanada en la que antes se alzó el templo de Salomón, destruido en el siglo VI a. C., y después el de Herodes el Grande, arrasado en el año 70 por el general Tito, luego emperador de Roma. Gracias al mecenazgo de reyes, nobles y papas, la Orden del Temple acumuló abundantes riquezas y propiedades que empleó en las guerras que durante casi dos siglos sostuvo en Tierra Santa, que supusieron un enorme esfuerzo financiero, además de grandes inversiones en hombres y materiales. Perdida la ciudad de Acre en 1291 y abandonada Tierra Santa por los cruzados, el Temple, creado para la defensa de los peregrinos a Jerusalén y la custodia de los Santos Lugares, dejó de tener sentido y su existencia fue cuestionada por los soberanos cristianos de Europa.

Felipe IV el Hermoso, rey de Francia, ambicionó sus riquezas. Tras controlar el papado con pontífices fieles a su política, puso en marcha un plan para acabar con el Temple y apoderarse de sus propiedades. Todos los templarios de Francia fueron apresados por una orden real el 13 de octubre de 1307. Se inició entonces un largo proceso en el que centenares de caballeros fueron encarcelados, torturados e incluso ejecutados bajo las acusaciones de blasfemia, sodomía, herejía y otros graves delitos. Después de seis años y medio de cárcel y de tormentos, el último maestre del Temple, Jacques de Molay, fue quemado en París en 1314, tras haberse declarado él y su orden inocentes de todos cuantos cargos eran acusados.

Una tradición recoge la noticia de que, en el momento de arder en la hoguera, el maestre pronunció un terrible conjuro contra sus asesinos. La maldición pareció cumplirse, pues los principales autores de la persecución contra el Temple murieron en los meses siguientes a esa ejecución.

El rey Felipe IV falleció en noviembre de 1314 en el transcurso de una cacería; los dos hijos que lo sucedieron, Felipe V y Carlos IV, son conocidos en la historia de Francia con el nombre de los «reyes malditos»; el último, Carlos IV, murió sin descendencia, y con él se extinguió en 1328 la dinastía real de los capetos, que había reinado en Francia ininterrumpidamente desde finales del siglo x.

Guillermo de Nogaret, el brazo ejecutor de Felipe IV, murió poco después, y Enguerando de Marigny, ministro de finanzas y administrador de los bienes templarios incautados, fue acusado de herejía y condenado a muerte en abril de 1315 por un tribunal del que formaba parte su propio hermano, Felipe de Marigny.

El papa Clemente V falleció en abril de 1315; fue quien trasladó la sede pontifica de Roma a Aviñón, dando lugar a la llamada «segunda cautividad de Babilonia», que desencadenó años después el gran cisma de Occidente.

Los caballeros templarios que no fueron ejecutados o no desparecieron quedaron adscritos a otras órdenes religiosas, sobre todo a la del Hospital; en Escocia se fundó con caballeros templarios la Real Orden; en Portugal, la de los Caballeros de Cristo, y en la corona de Aragón, la de Montesa.

Una tradición asegura que en 1793, cuando la cabeza del rey Luis XVI rodaba en el cadalso de París cercenada por la guillotina, una voz anónima gritó: «¡Jacques de Molay, estás vengado!».

Setecientos diez años después de la ejecución de su último maestre, los templarios siguen despertando un interés extraordinario, aprovechado por falsarios, especuladores, pseudohistoriadores, intrigantes y arribistas que han contribuido a desenfocar su historia y el papel que desempeñaron estos monjes guerreros en los dos siglos centrales de la Edad Media.

Esta novela recrea los últimos años de la Orden del Temple a través de la figura ficticia de Jaime de Castelnou, personaje imaginario que ha sido utilizado como paradigma y estereotipo de caballero templario.

La leyenda atribuye a los templarios el hallazgo de

relevantes reliquias en las excavaciones que realizaron en la explanada del Templo en Jerusalén, entre otras, el arca de la alianza y el santo grial, aunque no existe prueba alguna de ello.

En el monasterio aragonés de San Juan de la Peña, cerca de la ciudad de Jaca, existía en 1399 un cáliz de piedra semipreciosa que el rey Martín el Humano envió a su palacio de la Aljafería, en la ciudad de Zaragoza, y que a mediados del siglo xv el rey Alfonso V remitió a Valencia. En la catedral de esta ciudad se conserva todavía, en una capilla gótica edificada para custodiarlo, con el nombre de «santo cáliz», y son muchos quienes lo consideran como el que Cristo utilizó en la celebración de la eucaristía en la última cena. Se trata de un vaso de una variedad de ónice de color rojizo oscuro con algunas vetas, datado en el siglo i, al que se ha añadido un pie también de piedra semipreciosa que tiene una inscripción en árabe que se ha leído como «Soy Jesús»; ambas piezas están unidas por un soporte de orfebrería en plata sobredorada, añadido en el siglo xii.

Por toda Europa existen decenas de iglesias en las que se asegura que entre sus reliquias está el cáliz de la última cena. No obstante, son muchos los seres humanos que siguen buscando, como los caballeros del rey Arturo, su verdadero santo grial.

Índice